DE BUURMAN

Eerste druk februari 2012
Tweede druk februari 2012
Derde druk maart 2012
Vierde druk maart 2012
Vijfde druk maart 2012
Zesde druk maart 2012
Zevende druk maart 2012

J. J. Voskuil

De buurman

Roman

Uitgeverij Van Oorschot
Amsterdam

Woord vooraf

In 2001 had mijn man *De buurman* af. Hij wilde het publiceren. Ik las het en was niet zo enthousiast. Er werd weer erg veel geruzied, maar mijn grootste bezwaar was dat een van de hoofdpersonen erdoor zou worden gekwetst. Dus zag mijn man van publicatie af.
Toen hij in 2008 overleed, leefde deze hoofdpersoon nog. Hij overleed onlangs, in 2011. Mijn grootste bezwaar was daardoor weggenomen. Ik voel mij tegenover mijn overleden man verplicht mij over mijn kleinere bezwaar, het geruzie tussen hem en mij, heen te zetten, en het boek alsnog te publiceren. Het is natuurlijk een prachtig boek.

Amsterdam, 12 juli 2011
Lousje Voskuil-Haspers

In het achterhuis was een groothandel in wc-potten gevestigd. Er werkte één man. Hij kwam om negen uur, als ik al naar mijn werk was, en vertrok om vijf uur, voor ik terugkeerde. Nicolien hoorde hem langskomen als ze bezig was met de afwas. Hij kwam dan over het portaaltje, klom de negen treden naar het achterhuis op, opende zijn voordeur en sloot haar zachtjes achter zich. De rest van de dag merkte ze niets van hem, tot hij weer wegging. Er kwamen ook geen bezoekers.

'Het is een oude man, denk ik,' zei ze.

'Heb je hem dan gezien?' vroeg ik.

'Nee, dat kan ik horen.'

*

Er werd gebeld. Toen ik opendeed, stond er een oude man met grijs, golvend haar, in een slecht zittend, wat te ruim, grijs kostuum.

'Ik ben de directeur van Fecalo, van hierachter,' zei hij. 'Mag ik u iets vragen?'

Ik vroeg hem binnen te komen. Hij stelde zich voor, maar ik vergat zijn naam meteen weer. We zaten net een borrel te drinken. Ik bood hem er ook een aan. Hij sloeg dat niet af.

'De kwestie is dat wij gaan verhuizen,' zei hij toen hij een slok had genomen, 'en nu wilde ik u vragen of u misschien de post zoudt willen doorzenden als dat zich mocht voordoen.'

'U gaat verhuizen!' zei ik verrast.

Hij knikte. 'Eind van deze maand.'

'Dat is jammer.'

'Ik vind het ook jammer, maar het kon niet anders.'
'Omdat we altijd een goeie buurman aan u gehad hebben.' Ik keek naar Nicolien om een bevestiging.
'Ja,' zei ze.
'En ik aan u,' zei hij beleefd.
Er viel een stilte, waarin ik het nieuws verwerkte.
'Waar gaat u naartoe?' vroeg ik.
'Naar Krommenie.'
'Krommenie!'
'We zijn daar beter bereikbaar voor onze klanten.'
'Hebt u veel aanloop?'
Hij aarzelde. 'Nogal.' Hij aarzelde opnieuw. 'Maar we doen ook veel telefonisch af natuurlijk.'

'Hoe kon je dat nou vragen?' zei ze toen hij weg was. 'Dat is toch ontzettend pijnlijk. Hij heeft nooit aanloop.'
'Het was eruit voor ik erbij had nagedacht.'
'Je moet toch echt wat beter nadenken voor je zoiets er maar uitflapt.'
Ze had gelijk. Ik voelde me schuldig.

*

Nadat hij verhuisd was, bleef zijn appartement een paar maanden leeg. Op een ochtend, toen ik me in het washok stond te scheren, was er plotseling lawaai in huis: geloop op de trappen, harde stemmen, gesleep met hout. Door de matglazen ruit in onze voordeur zagen we dat het daglicht door de geopende deur waarachter Fecalo had gezeten de gang inviel. In dat licht liepen schimmen in en uit, de trap op en af. Drie kwartier later was het weer stil, maar de deur stond nog open.
'Zijn ze weg?' vroeg Nicolien, die me uitliet.
'Ze zullen wel weer terugkomen,' voorspelde ik, omhoogkijkend.

Ze belde me op op mijn werk. 'Ze zijn weer terug hoor.' Op de achtergrond hoorde ik een geweldig lawaai.
'Wat zijn ze aan het doen?'
'Aan het timmeren. En ze hebben de radio keihard aanstaan. Hoor je dat niet?'
'Ja, ik hoor het.'
'Verschrikkelijk! Ik weet gewoon niet waar ik blijven moet.' Haar stem was wanhopig.
'Doe de kamerdeur dan dicht.'
'En de katten dan? Die moeten toch in en uit kunnen? Hoe wou je dat dan doen? Ik kan toch niet de hele tijd de deur voor ze openmaken? Dan word ik gek.'
'Het zal wel niet zo lang duren.'

Het duurde een week of drie. Daarna werd het daar opnieuw stil, tot we op een zaterdagavond, toen we net in bed lagen, gestommel op de trap hoorden.
'Hoor je dat?' vroeg ze.
'Ik hoor het.'
'Wat zou dat zijn?'
'Geen idee.'
'Ga jij eens kijken?'
Ik ging mijn bed weer uit, naar de voorkamer. Voor het huis, in het licht van de lantaarn, stond een kleine huurauto van Ouke Baas. Drie of vier mannen en een vrouw tilden er meubelen en dozen uit en droegen die het huis in. Ik liep naar de voordeur. Het licht in de gang was op. Ik hoorde ze hijgend de trap opkomen, af en toe even stilhouden, gedempt praten en stommelen. Ik zag hun schimmen door de open deur in het achterhuis naar binnen gaan.
'Ze zijn aan het verhuizen,' meldde ik, de slaapkamer weer inkomend.
'Zaterdagnacht?' zei ze verbaasd.
'Misschien omdat het dan rustig is op de gracht?'
'Waren het dan geen verhuizers?'
'Het waren drie of vier mannen en een vrouw.'

'Er zal daar toch geen echtpaar komen wonen?'
'Ik heb geen idee.'
'Want ik heb geen zin om hier samen huisvrouwtje te gaan zitten spelen.'
'Ach.'
'En dan bij elkaar op de koffie of de thee zeker. Ik denk er niet over!'
'Dat heb je toch zelf in de hand?'
'Wat zou ik dat verschrikkelijk vinden!'
'Wacht nou maar eerst eens af,' suste ik. 'Als het zover is, dan kun je altijd nog zien.'

De volgende maandag belde ze me op op mijn werk. 'Ze hebben ook nog een piano meegebracht.'
'Diezelfde mensen?' vroeg ik ongelovig.
'Nee, dit waren echte verhuizers, maar ze hebben wel de trapleuning uit de muur gerukt. Die hangt er nu helemaal los bij.'
'En die nieuwe buren?'
'Die heb ik niet gezien.'

Die kregen we ook niet te zien. De volgende ochtend, toen ik naar mijn werk ging, was er een naamplaatje naast de deurbel aangebracht: *drs P. Stallinga*. En de trapleuning was hersteld, zonder dat we er iets van gemerkt hadden. De naam Stallinga kwam me vaag bekend voor, maar ik kon hem niet thuisbrengen.
'Het is in ieder geval een Fries,' zei ik.
'Hoe weet je dat nou?' Dergelijke loze veronderstellingen irriteerden haar.
'Omdat zijn naam op een a eindigt.'
'Dat zegt toch niets? Dan hoeft het toch nog geen Fries te zijn?'
'En zijn voorletter is P. Dus zal hij wel Pier heten. Pier Stallinga.'

*

Naarmate de tijd verstreek, groeide de zekerheid dat drs P. Stallinga alleen was. Dat verzoende haar met zijn aanwezigheid. Voor mannen die alleen waren, had ze bij voorbaat sympathie.
'Hij zal zich toch wel komen voorstellen?' opperde ze, toen we na drie weken nog altijd niets van hem gehoord hadden.
Maar hij kwam zich niet voorstellen. Integendeel, als hij een van ons op de gang hoorde wanneer hij toevallig tegelijk naar buiten kwam, trok hij zich weer haastig terug en wachtte hij tot hij onze deur dicht hoorde slaan. Dat was niet altijd gemakkelijk, omdat hij 's ochtends ongeveer tegelijk met mij het huis verliet en 's avonds omstreeks dezelfde tijd als ik weer terugkwam. Bovendien fietste hij naar zijn werk en als hij zijn fiets 's ochtends uit het souterrain haalde voordat ik mijn huis had verlaten, kon het gebeuren dat hij hem de straat op tilde als ik de buitendeur uitkwam of al op straat stond en me omdraaide om mijn hand op te steken naar Nicolien. In die gevallen trok hij zich haastig met fiets en al terug, maar niet zo snel of ik hield er toch de indruk aan over van een oudere, kabouterachtige man met een dun baardje, niet veel meer dan wat verspreide losse haren en opvallend scheve ogen. Toen dat een paar keer was voorgevallen, wachtte hij achter zijn voordeur tot hij mij had horen weggaan. Dit gedrag, dat mij op zijn best amuseerde, versterkte de sympathie van Nicolien en verzoende haar met de nieuwe situatie.

*

In de jaren dat Stallinga alleen in het achterhuis woonde, zag ik hem maar eenmaal van dichtbij. Ik kwam van mijn werk en kocht, als iedere dag, de krant bij het Athenaeum Nieuwscentrum. Toen ik op de ingang afliep, zette Stallinga daar juist zijn fiets op slot, een kleine, groene sportfiets.

Hij zag me niet, liep met stijve, kromme benen naar binnen, scharrelde onhandig met zijn portemonnaie, draaide zich met de krant in zijn hand om en stond plotseling recht voor me. Ik groette hem glimlachend, met een knikje. Hij reageerde daar niet op. Achter hem de hal uitkomend zag ik hem met zijn fiets aan beide handen de Nieuwezijds Voorburgwal oversteken, omslachtig opstappen en langzaam wegrijden, diep voorovergebogen over zijn stuur, met zijn ellebogen wijd opzij. Hij reed zo langzaam dat ik een tijdlang op het trottoir aan de andere zijde gelijke tred met hem hield. Pas toen we het Paleis naderden en ik voor de stoplichten van de Raadhuisstraat moest wachten, nam hij een voorsprong. Hij verdween in het verkeer. Uit het feit dat ik hem nooit meer bij het Nieuwscentrum terugzag, leidde ik af dat hij me wel degelijk gezien had en om een tweede ontmoeting te voorkomen voortaan ergens anders zijn krant kocht.

*

Ik stond in de keuken mijn müesli voor de volgende ochtend te maken, toen ik de deur van Stallinga hoorde opengaan. Het licht op het portaal ging op.
'Nou, dag,' zei iemand.
'Dag,' zei een andere, een jongere mannenstem. Waarop een paar knallende zoenen volgden. Voetstappen kwamen de trap af.
'Dag,' zei de eerste stem nog eens, van boven.
'Dag,' antwoordde de tweede, vlak voor onze voordeur. Even later sloeg de buitendeur, pas daarna werd de deur van Stallinga zachtjes gesloten.
'Stallinga had bezoek,' meldde ik, de kamer inkomend.
'O ja?' zei ze verbaasd. 'Dat heeft hij nooit.'
'Nee.' Dat ze elkaar bij het afscheid gezoend hadden, hield ik voor me.

Freek en zijn vriend zaten in de schaduw van het huis, voor de open deuren van het souterrain, een glas wijn te drinken toen ik thuiskwam, een tafeltje met nootjes en kaas tussen hen in. Ik bleef staan. Ze boden me ook een glas aan, maar ik sloeg dat af omdat Nicolien boven ons met de borrel zat te wachten. Terwijl ik daar stond kwam een jongen met een matras op zijn rug aanlopen. Hij knikte verlegen, klom het bordes op en belde aan. 'Dat gaat goed,' zei Freek, die hem met belangstelling gevolgd had. De jongen lachte een beetje, in zijn bewegingen gehinderd door de matras over zijn hoofd. Ik schatte hem tussen de dertig en veertig. Hij had een gezicht met weinig uitdrukking, met een ongezonde, bleke huid. 'Peer!' zei hij in de microfoon. De deur sprong open en hij ging het huis in.
'Wie is dat?' vroeg ik.
'Ik denk de nieuwe vriend van Stallinga,' antwoordde Freek.
'Ik wist niet dat hij een vriend had,' zei ik verbaasd.
'Nee, een gezonde situatie is het daar niet.'
Zijn vriend moest daar smakelijk om lachen.

'Stallinga heeft een vriend,' vertelde ik.
'Hoe kom je daar bij?' vroeg ze.
'Er ging een jongen naar boven met een matras op zijn rug.'
'Maar dat hoeft toch nog geen vriend te zijn?'
'Volgens Freek is het zijn vriend.'
'Ja, Freek! Die vindt dat natuurlijk leuk om te zeggen. Die denkt dat iedereen homosexueel is. Dat wil hij graag.'
'Wat is het dan?'
'Het kan toch net zo goed een neefje zijn die een baan in Amsterdam heeft gekregen en nou bij hem komt logeren tot hij een kamer heeft?'
'Dat kan, maar het lijkt me niet waarschijnlijk.'
'Om altijd maar meteen te zeggen dat iemand homosexueel is,' zei ze. 'Het lijkt me helemaal geen homosexueel. Het is een man in zijn eentje, net als Frans Veen. Daar zeg je toch ook niet van dat hij homosexueel is?'

Misschien was het dus zijn neefje, maar een baan had hij zeker niet. Hij verliet het huis zelden. En als hij naar buiten ging, meestal 's middags en dan voor korte tijd, wachtte hij bij hun voordeur tot het stil was, zoals Stallinga. De enkele keer dat Nicolien daar iets van merkte, hoorde ze hem bijna geruisloos langskomen, alsof hij op pantoffels liep.

Dat hij geen logé was, bleek na een paar maanden ondubbelzinnig. Bij thuiskomst trof ik bij de bel en bij het brievenvak van Stallinga nieuwe naamplaatjes aan: *Petrus Stallinga – Peer de Graaf.*
'Zie je nou wel dat hij geen Pier heet,' zei Nicolien. 'Het is dus helemaal geen Fries.'

*

We kwamen laat thuis. Toen we net binnen waren en ik de bedden openlegde, werd er aangebeld.
'Wie kan daar nou nog zijn,' zei Nicolien, 'zo laat?'
Ik opende onze voordeur en trof op het portaal Stallinga en zijn vriend. Ze hadden allebei een grote platte pet op, waardoor ik ze niet meteen herkende. In hun jacks, Stallinga met een tas aan een leren riem schuin over zijn borst, leken ze op twee enigszins uit de kluiten gewassen kabouters. Ze grijnsden.
'De sleutels,' zei Stallinga, op de deur wijzend. Mijn sleutels zaten nog in het slot. 'Dat is gevaarlijk.'
'Heel gevaarlijk,' echode zijn vriend.
'Dank je wel,' zei ik verbluft, de sleutels uit het slot halend. Stallinga had zich al afgewend en klom de trap op naar zijn voordeur.
'Welterusten,' zei de vriend nog.
'Wat was dat?' vroeg Nicolien, de gang inkomend.
'De Stallinga's. Ik had de sleutels in het slot laten zitten.'
'Wat aardig,' vond ze. 'Je hebt ze toch wel bedankt?'

*

Ze belde me aan het eind van de middag op op mijn werk. 'Je raadt nooit waar ik geweest ben!' Haar stem was opgewonden.

'Nee,' gaf ik toe.

'Bij Stallinga en zijn vriend. Ik heb daar thee gedronken.'

'Hé.'

'Wat zeg je dat ongeïnteresseerd. Verrast je dat niet?'

'Jawel. Natuurlijk wel.'

'Waarom reageer je dan niet anders?'

'Tja, dat weet ik niet.' Ik was niet alleen en probeerde zo neutraal mogelijk te antwoorden.

'Nou dan leg ik maar weer neer,' zei ze ontstemd. 'Dan vertel ik het maar niet, als je er geen belangstelling voor hebt.'

'Goed. Tot straks dan.'

'Tot straks,' zei ze boos.

Ik legde de hoorn neer, wachtte een paar minuten en ging toen de kamer uit. Uit een lege kamer belde ik haar op. 'Je weet toch dat ik niet kan reageren als ik niet alleen ben. Dat zou jij ook niet kunnen. Ik heb dat al wel honderdmaal gezegd.'

'Je werk is zeker weer belangrijker.'

'Mijn werk is niet belangrijker, maar als er iemand bij is, kan ik nu eenmaal niet over persoonlijke dingen praten.'

Ze zweeg.

'Wat was er nou?'

'Ik heb nou geen zin meer om het te vertellen.'

'Vertel het nou maar. Het interesseert me.'

'Ik heb Peer op de gang ontmoet,' zei ze onwillig, 'en die vroeg of ik een kopje thee kwam drinken. Dat is alles.'

'En Stallinga?'

'Die was er ook bij natuurlijk.'

'Was die dan niet op zijn werk?'

'Nee, want die is vorige maand met pensioen gegaan.' De woorden kwamen er met tegenzin uit.

'Met pensioen!'
'Het zijn ontzettend aardige mensen!'
'Dat is leuk.' Het klonk plichtmatig, maar ik wist niet hoe ik het anders moest zeggen.
Het was een ogenblik stil. 'Ik heb gevraagd of ze vanavond wat komen drinken,' zei ze toen, 'omdat ze dan jou ook kunnen ontmoeten. Vind je dat goed?' Aan haar stem kon ik horen dat ze daar onzeker over was.
'Natuurlijk vind ik dat goed!' Ik had er weinig zin in. Ik vond het niets voor haar en na wat ik van hen gezien had, had ik niet de behoefte nader kennis te maken, maar het was niet het moment om dat te laten merken.

'Petrus Stallinga,' zei hij, zijn hand uitstekend nog voor hij over de drempel was. Zonder ergens aandacht aan te besteden liep hij voor me uit de gang door, terwijl Peer nieuwsgierig om zich heen keek, eerst naar wat er in de gang aan de muur hing en toen in de kamer.
Nicolien was opgestaan. 'Leuk dat jullie er zijn,' zei ze verlegen, hen een hand gevend.
'Ga zitten,' zei ik.
'Dan zal ik hier maar gaan zitten,' besliste Stallinga. Hij nam de grootste stoel, waar Nicolien gezeten had, deed zijn schoudertasje af en zette dat naast zich op de grond.
'Hun kamer is groter dan die van ons, hè Petrus?' merkte Peer op.
'Natuurlijk!' zei Stallinga. 'Zij wonen aan de voorkant!'
'Willen jullie koffie?' vroeg Nicolien.
Terwijl zij in de keuken was, praatten we over het huis. Stallinga had daarnaar, naar zijn zeggen, een litteratuuronderzoek gedaan. Hij vertelde omslachtig wat hij gevonden had. Zijn toon was droog en onbewogen, alsof hij een referaat voorlas. Daarbij had hij een ongemakkelijk, wat stuurs gezicht, met merkwaardig schuine ogen en een gele teint. Dat gaf hem iets oosters, een indruk die nog versterkt werd door een dun Ho Tsji Minh-baardje. Onder het baardje droeg hij een vlinder-

dasje en een wollen vest met zakken over een streepjeshemd. Peer was gekleed in een T-shirt en een wijde slobberbroek. Het viel me opnieuw op dat hij een vale, ongezonde huid had, al was hij zeker twintig jaar jonger dan Stallinga, maar nu ik hem beter zag, had hij ook iets onzindelijks en vreemde, wegvluchtende ogen. Terwijl Stallinga zat te praten, keek hij om zich heen, zonder naar hem te luisteren.
'Ben jij eigenlijk een Fries?' vroeg ik, toen Nicolien weer in de kamer was.
'Natuurlijk ben ik een Fries!' zei Stallinga, alsof alleen al de veronderstelling dat hij dat niet was zijn verontwaardiging wekte.
Het amuseerde me – een lichte triomf. Omdat je geen Pier heet, wilde ik nog zeggen, maar die duivelse gedachte hield ik voor me. 'Uit welk deel van Friesland?'
'Nee. Ik ben buiten Friesland geboren.'
'Waar?'
Hij aarzelde. 'In Den Haag.'
'Daar komen wij ook vandaan,' zei ik verrast.
'Ik kom uit Rotterdam!' protesteerde Nicolien.
'Nicolien is in Rotterdam geboren,' verbeterde ik. 'Toen ze drie was zijn haar ouders naar Den Haag verhuisd.'
'Maar ik bén een Rotterdamse!'
Hij reageerde daar niet op. Het maakte niet de indruk dat het hem interesseerde.
'Waar woonde je in Den Haag?' vroeg ik.
Hij aarzelde weer.
'Wij woonden in de Vruchtenbuurt,' hielp ik.
'In het Bezuidenhout,' zei hij onwillig.
'Dan heb je het bombardement meegemaakt.'
'Nee,' hij schudde traag zijn hoofd, 'want toen was ik ondergedoken.'
'In Brabant, hè Petrus?' zei Peer. 'Waar ik vandaan kom.'
'Ja, maar jij was nog niet geboren.' Zijn gezicht was plotseling anders. De blik waarmee hij naar Peer keek, was vriendelijk.
'Nee, ik was nog niet geboren.' Hij lachte smakelijk.

'Waar was je ondergedoken?' vroeg ik.
Hij keek me aan. De vriendelijkheid verdween uit zijn gezicht. Mijn vragen wekten argwaan. 'Dan zou ik namen moeten noemen en dat doe ik liever niet.'
'Ik bedoel: bij boeren of in een dorp?'
'Op het platteland.'
'Daarom gaat Petrus ook altijd nog naar de dodenherdenking op de Dam,' zei Peer.
'Niet daarom,' corrigeerde Stallinga. 'Dat zou ik toch doen.'
'Nee, om de oorlog natuurlijk,' kwam Peer hem tegemoet.
'Vind je dat geen poppenkast?' vroeg ik.
Petrus keek me niet-begrijpend aan. 'Waarom zou ik dat moeten vinden?'
'Als je kijkt wie daar allemaal naartoe gaan.'
'Met anderen heb ik niets te maken.'
'Erger je je niet aan de sensatie?'
Geërgerd schudde hij zijn hoofd. 'Ik vind dat het onze plicht is om de slachtoffers te herdenken.'
'Dat kan ook anders.'
'Als zij niet voor onze vrijheid hadden gevochten dan zaten we hier nu niet.'
'Ik ging eerst ook niet,' zei Peer, 'maar nu denk ik er ook zo over.'
Ik keek hem geamuseerd aan. 'Maar jij bent toch niet bevrijd? Jij was nog niet eens geboren.'
Hij moest daar hartelijk om lachen. 'Nee, ik doe het dan ook voor Petrus.'
'Je doet het niet voor mij,' verbeterde Stallinga. 'Je doet het omdat je hebt ingezien wat we aan hen te danken hebben.'
'Ja natuurlijk,' zei Peer. 'Dat ook natuurlijk.'

'Je moet niet zo veel aan Petrus vragen,' zei Nicolien toen ze weg waren. 'Ik geloof niet dat hij dat prettig vindt.'
'Maar ik moet het gesprek toch aan de gang houden?'
'Dat hoeft toch niet door van die persoonlijke vragen te stellen?'

‘Ik vond het niet persoonlijk.’
‘Je kunt toch ook wel over iets anders praten?’
‘Waarover dan?’
‘Over koetjes en kalfjes.’
‘Dat kan ik niet.’
‘Bij mij thuis werd altijd over gewone dingen gepraat. Dat vond ik nou juist gezellig.’
‘Je vader zei anders niets.’
‘Nee, maar hij was er wel altijd bij en dan lachte hij. Heel anders dan jouw vader. Die gaf je altijd het gevoel dat je iets verkeerds gezegd had. Die zei geen stom woord.’
‘Mijn moeder praatte.’
‘Ja, over liefde. Dat was het enige waar jouw moeder belangstelling voor had. Nou, zo was mijn moeder gelukkig niet.’
‘Mijn moeder praatte ook wel eens ergens anders over.’
‘Niet waar ik bij was dan.’
Ik zweeg.
‘In ieder geval had ik de indruk dat Petrus het niet prettig vond.’

*

Een week later brachten we een tegenbezoek. We klommen de trap op. Nicolien drukte op de bel. De bel klingelde. Toen de deur openging, stonden ze naast elkaar in een kleine, donker verlichte hal om ons te verwelkomen.
‘Eerst het huis bekijken, hè,’ zei Peer, toen we uitvoerig handen hadden geschud – alsof hij zich daarop al verheugd had.
De hal had vier deuren. Hij opende de middelste: hun slaapkamer.
‘Moet je die nu ook laten zien?’ zei Petrus gegeneerd.
‘Natuurlijk! Die is toch het belangrijkste?’
Het was een tussenkamertje dat bijna helemaal in beslag werd genomen door een enorm, laag tweepersoonsbed.
Naast het hoofdeinde was tegen de muur een leeslampje bevestigd, met daarboven een rekje met boeken. Voor het raam

hing een zwaar, donker gordijn. Het rook er muf, alsof er niet gelucht werd.
'Gezien!' zei ik.
'En dit is mijn kamer.' Peer opende de deur ernaast en deed het licht op: TL-buizen.
Het eerste wat me opviel was een piano. Voor het raam stond een werkbank, tegen de muur een rek met gereedschap. Een fiets hing aan haken aan het plafond.
'Speel je piano?' vroeg ik. Ik herinnerde me nu dat er bij de intrek van Petrus een piano was binnengebracht.
'Nee, Petrus. Hè Petrus? Het is een erfstuk van zijn moeder.'
'Sinds Peer er is niet zo veel meer,' relativeerde Petrus.
We stonden midden in de ruimte en keken om ons heen. Er was een geweldige rotzooi bijeengebracht: een divan, stukken hout, dozen, een kast, visnetten, schilderijlijsten, een grote rol gordijnstof en in een hoek, bij elkaar gedreven, een antieke kast en wat oude meubelen, die de kamer waarschijnlijk voor de komst van Peer gestoffeerd hadden.
'Mooi,' zei ik.
'Ja,' zei Nicolien.
'En dan heb ik hier nog een donkere kamer.' Hij opende een derde deur op de gang, de deur van de douchecel.
'Peer maakt prachtige foto's,' verduidelijkte Petrus.
'Ik zal jullie er straks wat laten zien,' beloofde Peer.
'En waar douchen jullie dan?' vroeg ik, naar binnen kijkend. Onder de douche was een aanrecht met twee spoelbakken aangebracht.
'Als je wilt douchen kun je net zo goed naar het badhuis gaan,' vond Peer. 'Ik heb me altijd onder de kraan gewassen. Dat is genoeg.'
'Wij ook hoor,' viel Nicolien hem bij. 'Toen we nog op de Lijnbaansgracht woonden, wasten we ons in de keuken. Dat kan best.'
'Hadden jullie thuis een douche?' vroeg ik aan Petrus.
'Wij hadden een bad,' antwoordde hij droog. 'Maar ik heb daar niet zo'n behoefte aan.'

Zijn eigen kamer was het tegendeel van die van Peer. De enige lichtbronnen waren een ouderwetse bureaulamp op een groot bureau-ministre in de hoek voor het raam en een antieke schemerlamp die kleine glimplekken wierp op een kabinet tegen de zijmuur. Midden in de kamer stonden een met groen leer beklede bank voor een klein met perlemoer ingelegd tafeltje, tegen de andere muur een pronkkast met porselein en kristal. Nicolien en ik gingen op de bank zitten, Petrus naast zijn bureau en Peer op een stoel in de ruimte. De leuning was te hoog om mijn arm op te leggen. Ik liet me wat onderuitzakken om te demonstreren dat ik me op mijn gemak voelde. Recht voor me hing tegen de muur naast het raam een vogelkooi, waaruit een paar lange, dunne stokken de kamer instaken. Op een stokje voor de kooi zat een vogeltje te slapen.

'Hebben jullie een vogel?' vroeg ik.

'Dat is Pierewiet, onze huisgenoot,' zei Petrus. 'Die heeft Peer meegebracht.'

'Het is een Mozambikaanse kanarie,' vulde Peer aan. 'Die zingt mooi, jongen. Gossamme.'

'Maar is dat niet vervelend voor zo'n vogel om altijd binnen te zitten?' vroeg Nicolien bezorgd.

'Nee, waarom? Hij heeft toch zijn eten en drinken? En hij kan gewoon in de kamer rondvliegen.'

'En al vond hij het vervelend, als Peer er plezier aan heeft, dan is het goed,' vond Petrus.

Er viel een wat ongemakkelijke stilte. Op het gladde leer schoof ik langzaam verder onderuit. Ik kwam weer omhoog en zocht steun tegen de achterleuning.

'Hebben jullie ook een brief van de makelaar gehad dat ze de elektrische bedrading willen vernieuwen?' vroeg Peer. 'Petrus denkt erover om zijn toestemming te weigeren.'

'Waarom?' vroeg ik.

'Hij is bang dat zijn antiek gestolen wordt. Hè Petrus?'

'Ik houd er niet van als vreemden mijn huis inkomen,' bevestigde Petrus.

'Maar je bent er toch zelf bij?' merkte Nicolien op.
'Ze zullen het niet meteen meenemen, maar ze wachten tot je een keer weg bent.'
'Dat lijkt me sterk,' vond ik.
'We zijn al een paar keer opgebeld door iemand die meteen de hoorn weer neerlegde,' vulde Peer aan. 'Nou, dat lijkt me niet in orde.'
'Dat worden wij ook wel eens,' zei Nicolien. 'Dat zijn gewoon mensen die verkeerd verbonden zijn.'
'Die zijn er ook,' gaf Peer toe, 'maar ik zou toch uitkijken als ik jullie was.'
Nicolien lachte.
'Ik laat ze er niet in!' zei Petrus beslist. 'Ik zal tegen de makelaar zeggen dat Peer die bedrading wel zal vernieuwen.'
'Kan Peer dat?' vroeg ik.
'Peer kan alles.'
'Alles wat met mijn handen is,' preciseerde Peer.
Ik lachte. 'Ik kan niks met mijn handen.'
'Jawel,' zei Nicolien. 'Als iets kapot is, maak jij het meestal zelf.'
Ik schudde mijn hoofd. 'Nee, ik kan niks.'
'Ik kan een heleboel,' zei Petrus, 'maar niet zo veel als Peer. Dat moet ik toegeven.'
Ik keek naar hem. Onvoorstelbaar dat die man iets anders kon dan lezen.
'Mijn vader was leraar op de ambachtsschool,' vertelde Nicolien. 'Die maakte ook altijd van alles. Maar eigenlijk was hij bouwkundig tekenaar.'
'Nee, ik heb op de Kunstacademie gezeten,' zei Peer. 'Ik ben schilder geweest, kunstschilder dan.'
'Maar dat zag je niet meer zitten,' begreep ik.
'Nou, niet meer zitten... Het was meer zo dat ik vastliep. Priegelwerk. Niks an. Getverdemme!'
'En je kon niet van stijl veranderen?'
'Als je altijd van links op je fiets bent gestapt, kun je niet meer van rechts opstappen.'

Ik lachte. Hij amuseerde me.

'En ik was depressief. Dat kwam er nog bij. Daarvoor ben ik nog een tijdje in een inrichting opgenomen.'

'Zou je dat nu wel vertellen?' waarschuwde Petrus.

'Waarom niet? Dat mogen ze toch wel weten?'

'Omdat je daar beter niet mee te koop kunt lopen.'

'Nou, daar zullen ze toch niks mee doen? Nee hoor, daar schaam ik me niks voor.'

'Wij hebben ook een vriend die in een inrichting heeft gezeten,' vertelde ik, om duidelijk te maken dat we niet van de straat waren, 'twee zelfs! Ik bedoel twee vrienden. Ja, ook twee inrichtingen trouwens.' Ik lachte.

'Zie je wel,' zei Peer tegen Petrus. 'Het is niets bijzonders.'

'Was je depressief of was je panisch?' vroeg ik.

'Depressief. Ik liep alsmaar in de straat heen en weer en ik kon niets meer doen.'

'Ja, dat is depressief. En waarom was dat?' Ik herinnerde me de waarschuwing van Nicolien en vroeg me af of ik te ver ging. Maar zo was ik dan. Bovendien interesseerde het me.

'Ja, waarom was dat?' Hij leek er geen moeite mee te hebben. 'Alles kwam eigenlijk bij elkaar. Ik had samengewoond met een echtpaar en die gingen plotseling verhuizen. En ik was verliefd op een jongen, maar die liefde werd niet beantwoord. Toen knapte er iets. Het was eenzaamheid, denk ik. Ik kon ineens niet meer tegen de eenzaamheid.' Hij keek me recht aan.

Ik knikte. 'Heb jij dat nooit gehad, dat je eenzaam was?' vroeg ik, me tot Petrus wendend.

Hij schudde zijn hoofd. 'Nee, ik kan heel goed tegen alleen zijn, al zeg ik het zelf.'

'Petrus kan ontzettend goed tegen alleen zijn,' viel Peer hem bij.

'Het ging me alleen wel benauwen om altijd bij een hospita te zitten,' voegde Petrus er nog aan toe. 'Daarom ben ik op aanraden van vrienden in dit huis gekomen. Die dachten dat het dan beter zou gaan.' Onder het praten keek hij schuin van me weg, naar de grond, maar bij de laatste woorden wendde hij zijn hoofd naar me toe, alsof hij daar beneden op de grond de kracht had gevonden om die vreemde indringer in de ogen te zien.

'Maar toen voelde je je toch ook wel eens alleen,' herinnerde Peer hem.

Petrus aarzelde. 'Ja,' gaf hij toe. Het kostte hem moeite. Hij keek naar Peer. 'Maar ik ben opgeknapt toen deze lastige jongen kwam.' Hij legde, plotseling vertederd, zijn hand op Peers knie. Zijn gezicht was op slag veranderd, heel vriendelijk.

Er viel een wat verlegen stilte, alsof we getuige waren van iets wat we niet mochten zien.

'At je ook bij die hospita?' vroeg ik om het gesprek op wat neutraler terrein te brengen.

'Zal ik jullie eens een paar van mijn schilderijen laten zien?' vroeg Peer op hetzelfde moment. Hij stond op.

'Niet allemaal tegelijk alsjeblieft,' zei Petrus droog.

'At je ook bij die hospita?' herhaalde ik.

'Laat Peer nou eerst zijn schilderijen laten zien,' kwam Nicolien ertussen.

'Nee, ik at iedere avond in een restaurant.'

'Daar hebben we elkaar ook voor het eerst ontmoet,' zei Peer uit de hoek van de kamer. 'Niet waar, Petrus?'

'Ja, daar hebben we elkaar voor het eerst ontmoet.'

Peer kwam met twee schilderijen naar de lamp en zette ze voor ons op de grond, in het licht. Op het grootste lag een naakte man, met de billen naar ons toe, met één arm opzij. Het andere toonde het geslacht van een man.

'Je laat ons wel de schandelijkste dingen zien,' zei Petrus gegeneerd.

'Dat hindert toch niet?' zei Peer zorgeloos. 'Dat zullen ze toch wel meer gezien hebben? Ik heb trouwens nog iets heel anders.'

'Nee, dat nou maar niet,' zei Petrus.

'Wel ja, waarom niet?' Hij was al op weg en kwam terug met

een houtsculptuur, een fallus van ongeveer een meter hoog, die verbluffend knap gesneden was. 'Moet je voelen hoe zacht dat is,' zei hij, over de eikel strelend. Hij stak hem me toe.
'Ik geloof je op je woord,' antwoordde ik, zonder op de uitnodiging in te gaan.
'Jij dan?' vroeg Peer aan Nicolien.
'Nee,' zei ze. Ze lachte.
'Zet hem nou maar weer weg. Nou is het wel genoeg geweest,' vond Petrus.
'Heb je altijd naakten geschilderd?' vroeg ik toen Peer weer op zijn stoel zat.
'Heel veel.' Zijn gezicht was afwezig. 'Ik denk dat dat een manier was om me te bewijzen.' Hij keek me aan alsof hij me nu pas opmerkte. Zijn stem was toonloos. 'Daarvoor ook wel dode insekten.'
'Omdat je geobsedeerd was door de dood?' Ik dacht aan Frans Veen, die ook dode insekten tekende.
'Nee,' hij lachte smakelijk, 'omdat die niet wegvliegen. Ik fotografeer ook altijd dode dieren die langs de weg liggen.'
'Denk je echt dat het daarom is?' vroeg ik ongelovig.
'Ja hoor.' Hij keek naar Petrus. 'Zullen we nou foto's gaan kijken?'
'Zou je ze niet eerst eens wat wijn inschenken? Je kunt je gasten toch niet de hele avond op een droogje laten zitten?'
Ze hadden een Marokkaanse wijn in een tweeliterfles. Terwijl Peer de glazen inschonk, antieke kristallen glazen, viel er een stilte, zo stil dat je het klokken van de wijn in de glazen hoorde. Ik keek naar de vogel op zijn stok bij het raam, dat zwart uitkeek op de nacht, en naar de glimplekken van het licht van de schemerlamp op de antieke meubelen. Naast de kast, achter Petrus, hing een schilderij, zo te zien een strandgezicht uit het eind van de negentiende of het begin van de twintigste eeuw, maar het was te donker om de voorstelling goed te kunnen zien. De kamer ademde een serene rust.
'Je bent met pensioen, hè?' zei ik tegen Petrus.

Hij knikte bijna onmerkbaar. 'Ja, ik ben met pensioen.'
'Kom je nog wel eens op je werk?'
Hij aarzelde. 'Ja, maar ik verlang er niet naar terug.'
'Je doet ook niets meer?'
Hij aarzelde opnieuw, maar langzamerhand begon ik te denken dat dat zijn gewone manier van praten was. 'Nee.' Hij dacht na. 'Maar ik ga wel wat doen, want anders zou ik het niet uithouden.'
'Wat bijvoorbeeld?' Het interesseerde me, omdat ik zelf over niet al te lange tijd ook met pensioen zou gaan.
Hij schudde zijn hoofd. De vraag was te direct.
'Piano spelen, tekenen, schilderen,' probeerde ik.
'Ik wil nog wat schrijven,' zei hij binnensmonds.
Dat antwoord verraste me. 'Een roman?'
'Nee, filosofie natuurlijk,' antwoordde hij kregelig.
'Even klinken!' waarschuwde Peer. Hij had de glazen voor ons neergezet, hief zijn glas en bracht het naar dat van Petrus, waarna over en weer alle glazen tegen elkaar getikt werden, een ritueel waaraan ik nog niet eerder had deelgenomen, maar waar Peer een kinderlijk plezier in scheen te hebben.
'Waar heb jij gewoond voor je bij Petrus kwam?' vroeg Nicolien.
'Op een zolderkamertje in de Hazenstraat. Oei, als ik daar nog aan denk!'
'Was dat niet leuk?'
'Dat was helemaal niks! Er was niet eens een wc!'
'Hoe deed je dat dan?' vroeg ik.
'Op een krant. En die gooide ik dan buiten weg. Ik durfde Petrus niet eens te ontvangen, zo niks was het.'
'Maar ik ben toch gegaan,' zei Petrus. 'En ik heb er geen spijt van.'
'Je vond het er zelfs gezellig,' herinnerde Peer zich.
'Overal waar jij bent, wordt het gezellig.'
'Had je daar ook TL-buizen?' vroeg ik kritisch.
'Ja, maar dat is omdat je onder zo'n schemerlamp geen contrasten hebt.'

'Ik denk dat dat aan Peers ogen ligt,' zei Petrus. 'Hij zou eigenlijk eens naar de oogarts moeten, maar dat wil hij niet.'
'Ben je gek. Mijn ogen zijn best.' Hij stond op. 'Maar nou gaan we foto's kijken!'
'Fotografeer jij ook?' vroeg ik aan Petrus.
Hij knikte. 'Maar niet zo goed als Peer.' Hij keek langs me.
'Ik maak ze in zwart-wit en Petrus in kleur,' zei Peer vanachter uit de kamer.
'Ja, ik maak ze in kleur. Dat ligt me beter. En ik moet zeggen dat het resultaat meestal heel fraai is.' Hij keek naar Peer. 'Niet zo veel, Peertje.'
'Waarom niet?' Hij kwam met een geweldige stapel foto's terug en legde ze voor ons op het tafeltje, waarna hij zijn stoel bijschoof.
'Niet langer dan een uur dan.'
'Als ze er genoeg van krijgen, dan zeggen ze het wel.'
'Ja, dan zeggen we het wel,' beloofde ik.
We begonnen met goede moed. Hij bleek een voorliefde te hebben voor tegenlicht, voor lelijke gebouwen en kapotte auto's en voor hekken.
'Alweer een hek,' stelde ik vast.
Hij lachte. 'En weet je wat dat betekent, volgens de psychiater dan?'
Ik schudde mijn hoofd. 'Geen idee.'
'Dat ik geblokkeerd ben.'
'Alsjeblieft, zeg,' zei Petrus.
'Petrus heeft een hekel aan psychiaters,' zei Peer geamuseerd met een knikje in diens richting.
'Heb jij een hekel aan psychiaters?' vroeg ik.
'Zieleknijpers zijn het,' zei Petrus driftig. 'Ik wil niet dat daar in mijn huis over gepraat wordt.'
'En ben je geblokkeerd?' vroeg ik aan Peer, de opmerking van Petrus negerend.
'Dat weet ik niet hoor. Het kan me ook niet meer zo veel schelen, geloof ik.'
'Nou, nou is het wel genoeg!' waarschuwde Petrus.

‘Laten we er maar over ophouden. Petrus heeft het liever niet,’ zei Peer tegen mij.
Inmiddels had ik hoofdpijn gekregen, van vermoeidheid en van de wijn. Om kwart voor twaalf stelde ik voor op te stappen, maar Nicolien wilde daar niet van horen, zodat het half-een werd.

‘Nu bleef jij plakken,’ zei ik zodra we weer in ons huis waren, ‘en anders verwijt je mij dat.’
‘Dat is toch niet te vergelijken,’ zei ze verontwaardigd. ‘Jij blijft plakken als het klootzakken zijn. En ik blijf plakken als ik het echt leuk vind. Ik vind het aardige jongens.’
‘Maar ik had hoofdpijn. Het was een signaal.’
‘Dus het is mijn schuld dat je hoofdpijn hebt! Ik had niet op bezoek mogen gaan!’
‘Dat zeg ik niet.’
‘Maar het klinkt wel zo!’
Ze maakte zich steeds kwader en kroop ten slotte boos in bed.

*

Toen ik haar opbelde vanaf mijn werk had ze net de post van beneden gehaald. ‘Nou is er een nieuwjaarskaart van Peer en Petrus bij,’ zei ze. ‘Wat moeten we nou doen?’
‘Dat is toch geen probleem?’
‘Want ik had twee krentenproefjes willen brengen. En dat kan nu natuurlijk niet meer. Nou is het net of we op die kaart reageren.’
‘Dat hindert toch niet?’
‘Dat hindert wél! Dan is het toch geen aardigheid meer?’
‘Dat zie ik niet in.’
‘En hoe moet dat dan met die kaart? Als zij een kaart sturen, dan moeten wij toch een kaart terugsturen?’
‘Dan doe je er een kaart bij.’
‘Maar wat voor kaart dan?’

'Dat weet ik natuurlijk niet van hieruit. Je kunt er toch een uitzoeken? We barsten van de kaarten.'
'En hoe moet ik dat dan doen? Moet ik die dan afgeven? Of op de mat leggen?'
Aan haar stem hoorde ik dat de onzekerheid haar in paniek bracht. 'Laten we het nu maar even laten bezinken,' stelde ik voor.

Een paar uur later belde ik haar opnieuw. 'Weet je het al?'
'En jij?'
'Het lijkt me het beste dat je die proefjes met een kaart brengt.'
'Dat heb ik ook bedacht.'
'Als je nou eerst eens begint met een kaart uit te zoeken?'
Dat zou ze doen.

Toen ik thuiskwam, lag mijn bureau vol kaarten. Ze had daar een van uitgezocht, een kaart van *Amnesty*, en er haar naam al opgezet. Uitstekend. Ik zette mijn naam ernaast. Doordat ik de ruimte overschatte, kwam mijn *n* door haar *N* heen. Dat maakte haar boos, maar niet lang. Zoiets kon gebeuren.

'Ik dacht vannacht dat het misschien gek is, die kaart,' zei ze de volgende ochtend bij het opstaan.
'Waarom?'
'Omdat ze een vogel hebben.'
We haalden de kaart erbij: een tekening van een gekooide vogel die verlangend naar een heleboel vrije vogeltjes in een boom keek. Ik aarzelde, maar ik liet dat niet merken. Onzekerheid zou ze niet verdragen. Het lag op mijn lippen om te zeggen dat het wel kon, maar ik verbeterde dat nog net. 'Ik vind dat het best kan.'
'Dus jij vindt het niet gek?'
'Nee, ik vind het niet gek.'
We legden de kaart terug en gingen aan tafel.

'Ik vind het toch eigenlijk wel gek,' zei ze. 'Zou jij het niet gek vinden als je zelf een vogel had?'
'Ik niet.'
'Maar zij misschien wel.'
'Dat weet ik natuurlijk niet.'
'Dus jij denkt dat ze het misschien wel gek vinden!'
'Ik zeg dat ik het niet weet.'
'Maar de kans bestaat dat zij het gek vinden.'
'Die kans bestaat altijd.'
'Dan kunnen we die kaart niet gebruiken.'
'Waarom niet?'
'Omdat je zegt dat zij het gek zullen vinden.'
'Dat heb ik niet gezegd.'
'Dat heb je wel gezegd!'
'Ik heb gezegd dat ze het misschien gek zullen vinden.'
'Dus je bent er niet zeker van.'
'Hoe kan ik daar nou zeker van zijn? Bij een ander?'
'Waarom schreeuw je zo? Wat mankeert je? Is er soms iets? Heb je moeilijkheden op het Bureau?'
'Ik schreeuw niet.'
'Je schreeuwt wel! Je moest je stem eens horen! Zoals je me aankijkt! Of je me op wilt vreten! Wat mankeert je?'
Het verwijt maakte me woedend. Ik was ervan overtuigd dat ik niet schreeuwde. Als ik in het nauw gedreven werd, en Nicolien was daar een meester in, ging ik alleen harder praten. Maar ik beheerste me. 'Ik schreeuw niet en er is niets,' zei ik. 'Ik vind het alleen vervelend dat je dat altijd suggereert.'
'Ik ben toch zeker niet begonnen?'
Ik stond op en liep naar het bureau. 'Laten we een andere kaart uitzoeken.' Het was tien over acht. Ik moest naar mijn werk. Ik bladerde in de kaarten, deed een paar voorstellen. Ze wees ze allemaal af. Ten slotte viel de keus op een afbeelding van het station in Utrecht. Voorlopig! Het sloeg nergens op, maar het was een reproductie van een aardig schilderij. Ik zette mijn naam op de achterkant. Toen ik de deur uitging vermoedde ik al dat ze in de loop van de ochtend met een

andere kaart naar het Bureau zou komen. Nog wat ontstemd over de druk waaronder ik tot een beslissing was gedreven, wuifde ik in de motregen naar boven.

Om tien uur kwam ze de kamer in. Alleen Ad was er.
'Goeiemorgen heren,' zei ze vrolijk. Ze had een krentenbrood voor de afdeling bij zich en vier kaarten die ze bij een kunsthandel aan de Prinsengracht gekocht had: twee met een vogel, een met een fietser gezien door een beregende ruit, en een met een kat. Ik was voor de vogel, een wat zieke mus op een wit vlak, en zette voor de derde keer mijn naam.

*

Nicolien stond in de keuken fondue te maken toen er gebeld werd. Ik was in de kamer, bezig met het dekken van de tafel, en hoorde haar opendoen en daarna de stem van Peer. Toen ze bleven praten, ging ik de gang in. Hij had een strak wit hemdje aan over een vrij dik lijf. Zijn blik was blij en argeloos.
'Ik hoor van Nicolien dat jullie geen kerstboom hebben, hè?'
'Peer kwam naar onze kerstboom kijken,' legde ze uit.
'Jullie wel?' vroeg ik.
'Ja, wis en waarachtig. Zonder kerstboom geen Kerstmis.'
'Ik had verwacht dat jij een kerstkrib zou hebben,' plaagde ik.
'Die hadden we vroeger thuis. Jongens, mooi was dat! Joei!'
'En waarom heb je dan nou een kerstboom?'
'Omdat Petrus protestant is natuurlijk. Maar een kerstboom is ook mooi!'
Ik knikte. 'Hoe groot is hij?'
'Zo ongeveer.' Hij hield zijn hand ongeveer een meter van de grond.
'Dan moet je op je buik gaan liggen om hem te zien.'
Hij moest daar hartelijk om lachen. 'Nee hoor. Hij staat op een tafeltje. Jullie moeten eens komen kijken!'
'Nou?' vroeg ik bedenkelijk.

'Nee, nou niet,' zei Nicolien, die in de fonduepan was blijven roeren. 'Nou moeten we eten.'
'Nee, als de kaarsjes branden natuurlijk. En morgen liggen er ook pakjes onder. Jongens, prachtig is dat. Joeihoei! Ik ben benieuwd wat ik krijg.'
'Wat hebben jullie als kerstmaal?' Ik deed een stap terug en leunde tegen de deurpost van de keuken.
'Erwtensoep! Petrus eet altijd erwtensoep. En op tweede kerstdag gaan we buiten de deur eten.'
Op het portaal werd een deur geopend. Petrus! Ik had de indruk dat Peer schrok. We hoorden hem langzaam de trap afkomen. Toen de bel overging, opende ik de deur.
Petrus verscheen in beeld, in een groen overhemd. Zijn gezicht was verstoord. Hij rukte zijn bril af. 'Kom je nog?' vroeg hij dreigend, zonder ons te groeten.
'Ja, ik kom.'
'Dat zou ik ook zeggen. Anders is het klapstuk op.'
'Nou, dan ga ik maar,' zei Peer tegen ons.
Petrus had zich alweer omgedraaid en klom terug naar zijn huis. Peer volgde hem verlegen.
'Nu maar hopen dat hij hem niet doodslaat,' merkte ik op toen ze de deur achter zich gesloten hadden.
'Zou het zo erg zijn?' vroeg ze geschrokken.
'Wij zullen het wel horen als hij vannacht het ontzielde lichaam de trap af sleept.'
Ze vond dat te luguber.

Later op de avond haalde ze kaas en noten en ik de glazen en de port. We zaten bij de kaarsen, ik met een houten bak op schoot voor de schillen.
Ik keek naar haar gezicht. 'Waarom ben je triest?'
'Ik weet het niet.' Ze vocht tegen haar tranen.
'Wat is er dan?'
'Ik weet niet wat er is. Ik ben zo geëmotioneerd.' Ze begon een beetje te huilen.
'Maar wat zit je dan dwars?'

'Ik weet het niet. Ik denk die jongens. Omdat het *underdogs* zijn.'
'Maar zulke *underdogs* zijn het toch ook weer niet?' Zodra ze over *underdogs* begon, had ik de neiging dat te relativeren. Het irriteerde me. Ik onderdrukte dat, maar helemaal inhouden kon ik me niet.
'Het zijn wél *underdogs*! En ik wil niet dat je dat kleineert! Al die mensen die neerzien op homo's, zoals je moeder. Ik vind het heel moedig zoals ze leven. Het ontroert me.'
'Dat houdt toch niet in dat alle *underdogs* aardig zijn. Er zijn net zo goed profiteurs onder.'
'Dat weet ik wel, maar toch kan ik het niet hebben als je zo praat. Dan wil ik voor ze opkomen. Net als met krakers. Als ik krakers niet aardig vind, dan zal ik ze toch verdedigen als een patser op ze afgeeft.'
'Ik ook.'
'Jij lang niet altijd.'
'Het ligt eraan wie dat is.'
'Ik verdedig ze altijd.'
Ik zweeg. Hoe vaak hadden we dit gesprek al gevoerd?
'Het zal wel met mijn vader te maken hebben. Dat die door de maatschappij getrapt is en dat ik hem toen niet verdedigd heb. Ik voel me verschrikkelijk schuldig. Tegenover alle *underdogs*.'
'Dat heb ik niet.'
'Nee, dat heb jij niet. En daarom zal dat altijd een punt van wrijving tussen ons blijven.'
'Voor mij zijn er geen *underdogs*. Alleen mensen die voor of tegen me zijn, die ik wel of niet aardig vind.'
'Ja, zo ben je.'
'Mensen als Peer en Petrus vind ik wel aardig, maar niet interessant. Ze hebben me niets te vertellen.'
'Ik wil niet dat je zo over ze praat.'
'Ik mag toch wel nagaan waar het verschil zit tussen ons?'
'Nee! Ik verdraag niet dat je zo over die jongens praat! Ik verdraag het niet!' Ze begon opnieuw te huilen. 'Ik kan het

niet verdragen dat de maatschappij op zulke mensen neerziet!'

*

Van Peer hoorde ze dat hij en Petrus erover dachten een hond te nemen. Ze vertelde het bij het wakker worden.
'Een hond? Op een bovenhuis?'
'Een kleine hond.'
'Waarom nemen ze dan niet liever een kat?'
'Petrus houdt niet van katten.'
Van ieder ander mens zou dat voor Nicolien een bewijs geweest zijn dat hij niet deugde, maar ik hield dat voor me.
'Ze willen alleen een rashond.' Aan haar stem hoorde ik dat ze daarmee zat.
'Dat kan natuurlijk niet.'
'Nee.'
'Als je een hond neemt, haal je die toch uit het asiel?'
'Dat heb ik ook gezegd, maar ze zijn bang dat die honden vals zijn of ziek.'
Het gewone vooroordeel van bekrompen mensen.
'Misschien kun je Tjitske vragen of die in haar asiel een hond heeft die ik ze kan aanraden?' zei ze aarzelend. 'Misschien zijn ze gemakkelijker te bewegen om een hond uit het asiel te nemen als ik met een concrete hond aankom.'
'Ik zal het doen.' Die uitgesproken voorkeur voor een rashond verbaasde me. 'Anders wel gek,' zei ik met enig leedvermaak, 'dat *underdogs* een voorkeur hebben voor rashonden.'
Ze reageerde daar niet op, maar toen ik onder de douche stond, rukte ze plotseling de deur open. 'Wat bedoelde je eigenlijk met die opmerking?' vroeg ze kwaad. 'Wou je soms beweren dat homo's niet deugen? Net als je moeder?'
Haar uitval verraste me. 'Natuurlijk zijn er homo's die niet deugen,' antwoordde ik. 'Ik kan er zo een paar noemen.'
'Maar ik accepteer dat niet langer! Het moet eindelijk maar

eens afgelopen zijn met die homohaat! Ik wil geen woord meer horen over die jongens!' Ze sloeg de deur met kracht weer dicht.

Jongens! Vijfenzestig en twee- of drieënveertig. Dat vond ik nou discriminatie.

Toen ik tien minuten later de kamer inkwam, was ze nog altijd woedend. 'Het moet nu maar eens uit zijn met die opmerkingen over homo's! Ik heb geen zin om je moeder hier in huis te hebben!'

'Ik heb niets tegen homo's.' Ik was nu ook kwaad. 'En met mijn moeder heeft dat niets te maken! Ik heb alleen gezegd dat ik het gek vind dat *underdogs* een voorkeur hebben voor rashonden. En dat was een grapje!'

'En waarom heb je je moeder dan nooit op haar nummer gezet als ze zei dat ze van zulke mannen gruwde? Waarom heb je dat nooit gedaan?'

Ik haalde mijn schouders op. 'Jouw moeder had iets tegen joden.'

'Maar daarvoor heb ik haar dan ook op haar nummer gezet! En niet één keer! Elke keer!'

'Ik dus niet. Ik vind dat zinloos.'

'Omdat je er net zo over denkt!'

'Ik denk er niet net zo over. Ik maak alleen verschil tussen aardige en onaardige homo's.'

'En waarom niet aardige en onaardige ménsen? Hè? Hè?'

'Omdat jij ongezien alle *underdogs* aardig vindt.'

'Nee mannetje!' Woedend trok ze haar lippen weg. 'Omdat jij de pest hebt aan homo's! Omdat je net zo denkt als je moeder! Je hebt zelf gezegd dat je ze herkent omdat ze wiegend op je af komen!'

Dat maakte me woedend. Ik herkende me daar absoluut niet in. 'Dat is een rotstreek! Je weet best dat ik zoiets nooit zeg!'

Ze stond met een ruk op, liep woedend de slaapkamer in en sloeg de deur hard achter zich dicht. Meteen daarna hoorde ik haar hard huilen. Ik liet haar huilen, maakte mijn brood en ging naar mijn werk.

Een uur later belde ik haar op om te zeggen dat Tjitske een hond had. Haar stem klonk gedeprimeerd, maar ik had geen zin me te verontschuldigen. Ik was nog kwaad over de karikatuur die ze van me gemaakt had.

Toen ik 's avonds thuiskwam, was ze opgewekt. Ze kwam net van Peer en Petrus. Er was een goeie kans dat ze de hond van Tjitske namen. Ze kwam bij me zitten en sloeg haar armen om me heen. 'Je bent erg lief. Je bent een erg lieve man. Je moet je maar niets aantrekken van de dingen die ik zeg. Ik ben in de overgang.'
'Hoe lang al?' kon ik niet nalaten te vragen.
'Dat is niet aardig.'
'Sinds gisteren?'
'Ja, sinds gisteren.' Ze liet haar goeie humeur niet bederven.
'En hoe lang duurt dat nog?'
'Dat weet ik niet. Maar jij moet je er maar niets van aantrekken. Want ik houd toch van je?'

'Tjitske vraagt of Peer en Petrus die hond nog willen hebben,' zei ik toen ik haar aan de telefoon had. 'Er zijn nog andere gegadigden voor.'
Aan het eind van de middag belde ze terug dat ze ervan afzagen.
'Ze nemen toch liever een rashond,' begreep ik.
'Nee, ze nemen helemaal geen hond. Petrus is bang voor zijn meubels. Ik denk dat het een idee van Peer was.'

'Ze vroegen me om thee te blijven drinken,' vertelde ze later. 'Ik vind het toch zo ontroerend zoals ze met elkaar omgaan. En al die ouderwetse meubelen. Net als bij mijn ouders. Ik kan er wel om huilen.'
Ik reageerde daar niet op.
'Begrijp je dat niet.'
'Nee, dat begrijp ik niet.'
'Omdat je niet begrijpt wat *underdogs* voor mij betekenen.

Net als vroeger. Bij jou thuis voelde ik me eenzaam. Zoals jouw moeder praatte over vrouwen die geen kinderen wilden en over homo's. Ik vond dat verschrikkelijk. Zo bedreigd voel ik me nu weer. In wat jij zegt herken ik soms wat ze bij jou thuis zeiden. Misschien ben ik daarom zo labiel.'
'Maar mensen zijn toch niet hetzelfde?'
'Peer en Petrus wel. Ik denk erover om hen eens te vertellen hoe uitgestoten ik me voelde omdat ik geen kinderen wilde.'
'Denk je dat ze zichzelf daarin herkennen?'
Mijn scepsis wekte haar woede. 'Zie je wel! Ik moet zoiets niet zeggen! Als ik zoiets zeg, breek jij het weer af! En dan is het gevolg weer dat ik mijn mond houd. Zo gaat het altijd. Ik moet het eerst zelf doen, voor ik erover praat.'
Ik zweeg. Ik was ervan overtuigd dat Petrus zich in haar verhaal niet zou herkennen. Daar was hij te conventioneel voor, net als Beerta. Een vrouw moet groot zijn en kinderen krijgen. Nicolien verwachtte solidariteit waar die niet was. Haar *underdogs* hadden niets met elkaar gemeen. Maar voorbeelden zouden haar niets zeggen. Verwantschap zat voor haar in de situatie, niet in het karakter. En dat zou ik inderdaad nooit begrijpen.

*

In de krant stond een bericht dat een aantal leden van het Rode Flikkerfront zich in de Raadzaal van Groningen hadden uitgekleed om te protesteren tegen het beleid ten aanzien van homo's. Ze las het me voor bij de borrel.
'Maar dat is toch puur exhibitionisme?'
'Dat heeft niets met exhibitionisme te maken!' zei ze boos. 'Dat is alleen weer een opmerking tegen de homo's.'
'Misschien hebben homo's wel een neiging tot exhibitionisme.'
'Zie je wel! Ik wil niet dat je zo praat!'
Dat prikkelde me. 'Waarom is dat geen exhibitionisme? Jij

en ik kleden ons toch ook niet uit als we het ergens niet mee eens zijn?'
'Houd je mond!' viel ze uit. 'Dat is alleen omdat het lichaam een obsessie voor ze is! Het moet nu eindelijk eens uit zijn met dat discrimineren van homo's! Ik verdraag dat niet langer!'
Ik zweeg. Haar verklaring sprak me aan. Ik dacht daarover na en schonk mezelf nog eens in. Maar tegelijk was ik ook gebelgd over dat steeds terugkerende verwijt dat ik iets tegen homo's had. Ik keek op. Ze was gaan huilen.
'Wat is er?' vroeg ik.
'Dat weet je heel goed.'
'Maar je moet toch met elkaar kunnen praten?'
'Niet op die manier!'
'Als iets exhibitionisme is...'
'Nee! Nee! Nee!'
Ze was niet tot bedaren te brengen, ook tijdens de maaltijd niet.

*

Peer had haar gevraagd of ik van mijn Bureau een boek over volkskunst voor hem wilde meenemen. Ik bracht dat de volgende avond.
Petrus deed me argwanend open, zijn bril in zijn hand. 'O, Maarten,' zei hij aarzelend.
'Ik heb hier een boek voor Peer,' legde ik uit, het boek iets optillend. 'Hij heeft me erom gevraagd.'
'O, ja.'
'Kan ik het hem misschien even brengen?' vroeg ik toen hij bleef dralen.
'Ja, maar Peer is niet thuis.'
Nu aarzelde ik. 'Blijft hij lang weg?'
'Dat weet ik niet. Hij is een boodschap doen.'
'Misschien wil jij het hem dan geven?' Ik stak hem het boek toe.

Even leek het of hij het niet wou aannemen. 'Ja,' zei hij toen, 'dat is dan misschien het beste.' Hij nam het aan. 'Nou, bedankt dan maar.' Waarop hij de deur sloot.

'Wat raar,' zei Nicolien. 'Zei hij ook niet waar Peer naartoe was?'
'Hij zei niets.'
'Ook niet of je even binnen wilde komen?'
'Ik had de indruk dat hij er geen raad mee wist.'
'Dat zal dan wel zijn omdat jij het was, want tegen mij is hij altijd erg vriendelijk.'

'Onze post was vanmiddag gewoon in het bakje blijven liggen en die van hen was al weg,' zei Nicolien een dag later bij de borrel. Sinds we contact met hen hadden, bracht Peer die altijd mee omhoog.
'Hé.'
'En gisteren ook. Terwijl jij er gisteravond nog geweest bent om dat boek te brengen.'
'Toen was hij een boodschap doen.'
'Dat vond ik ook al zo gek. Om die tijd. En hij is ook niet komen bedanken.'
'Ja, dat is vreemd.'
'Er zal toch niets zijn?' vroeg ze.
'Je bedoelt dat ze ruzie hebben?'
'Dat kan toch?'
'Hij kan ook naar zijn moeder zijn.'
'Maar dan zeg je toch niet dat hij een boodschap is gaan doen?'
'Petrus misschien wel.'
Daar reageerde ze niet op. Waarschijnlijk beviel de opmerking haar niet.

'Ik maak me zorgen over die post,' zei ze 's avonds. 'Vind je dat gek?'
'Het is zo, dus het is niet gek.'

'Ja, je vindt het gek.'
'Ik vind het niet gek. Waarom zou ik iets van jou gek vinden?'
'Maar het is toch gek om je zorgen te maken over iemand die je zo weinig kent?'
Ik keek haar afwachtend aan, in de veronderstelling dat er nog meer zou komen.
'Waarom zeg je dan niets, als je het niet gek vindt?'
'Wat moet ik dan zeggen? Jij maakt je zorgen. Ik niet.'
Maar dat bevredigde haar niet. Ze vond dat ik iets moest zeggen, ook als ik niet wist wat.

*

'Ik heb vanmiddag thee bij ze gedronken,' vertelde ze toen ik van mijn werk kwam. Ze zat een borrel te drinken. 'Als de nieuwe mat komt, dan wil Peer je wel helpen.'
'Mooi.'
'En hij heeft ook aangeboden om een nieuwe theemuts voor ons te maken. Omdat de oude zo vuil is. Dat had hij gezien.'
'Dat is aardig.'
'Peer ziet alles.'
'Ja.' Ik was nog afwezig van de hele dag werken. Ik schonk mezelf in.
'Vraag je niets?'
Ik keek haar aan. 'Hoe was het?'
'Leuk natuurlijk, maar ik geloof niet dat je er belangstelling voor hebt.'
'Natuurlijk heb ik er belangstelling voor.'
'Het is niet te merken.'
'Ik ben net thuis!'
'Ik zal mijn mond wel houden hoor, als het je niet interesseert.'
'Het interesseert me, maar ik moet nog even omschakelen.'
Ze zweeg.

Ik nam een slok, zette het glas weer neer en keek haar opnieuw aan. 'Hoe was het?'
'Petrus was ziek,' zei ze onwillig.
'Wat heeft hij?'
'Hij heeft al een paar weken last van zijn keel.'
Ik knikte. 'Wat zegt de dokter?'
'Hij heeft geen dokter.'
'Hij zal wel bang zijn voor dokters.'
'Hè, wat flauw.'
'Waarom is dat nou flauw? Frans is ook bang voor dokters. Hij is te schuw om naar een dokter te gaan.'
'Ik vond het juist zo aardig van Petrus.'
'Waarom zou het niet aardig zijn? Het is iemand die bang is voor zijn lichaam. Daarom doet hij ook aan astrologie en heeft hij sympathie voor antroposofen.'
'Dat is Petrus niet. Dat is Peer!'
'Je hebt me zelf verteld dat Petrus altijd in die winkel voor natuurvoeding koopt.'
'Peer! Wil je het weer beter weten? Peer kookt!'
'Maar Petrus kookte vroeger ook.'
'Petrus at altijd buiten de deur!'
'En je hebt verteld dat het problemen gaf nu Petrus met pensioen is, omdat hij nu ook weer zou willen koken.'
'Dat heb ik niet verteld. Wie praat er nu met Peer? Jij of ik?'
'Jij.'
'Nou dan! Waarom wil je het dan weer beter weten?'
'Jij weet het beter.'
'Dat hoef je niet zo raar te zeggen. Zo van: "Jij weet het natuurlijk weer beter!" Ja! Toevallig weet ik het dit keer eens beter. Gek hè?'
'Dat is helemaal niet gek, want Peer heeft het aan jou verteld. Jij hebt het dus uit de eerste hand. Ik heb het van jou.'
'Je hebt het helemaal niet van mij! Peer heeft het aan ons samen verteld!'
Dat antwoord sloeg me met stomheid. We zwegen ontstemd

en dronken van onze borrels. 'En wat doet Petrus nu?' vroeg ik ten slotte.
'Niets.'
'Heeft Peer dan geen dokter?'
'Ja, maar Peer heeft een vrouwelijke dokter en Petrus wil geen vrouw.'
Dat amuseerde me. 'Peer wel?'
'Peer wil juist een vrouw!'
Ik vond dat merkwaardig, maar hield het voor me.
'Petrus vroeg wie wij als dokter hebben en ik heb hem Bals aangeraden.'
'Dat is goed,' zei ik. 'Bals is een aardige man.'

De nieuwe mat kwam toen ik op mijn werk was. Die lag in de gang op me te wachten. Na het eten ontruimden we de helft van de kamer, waarna ik Peer ging halen om me te helpen.
Ze zaten op de bank koffie te drinken, Petrus in zijn pyjama en met een sjaal om zijn hals.
'Ga even zitten,' zei Peer. 'Ik ben zo klaar.'
'Hoe gaat het nu met je keel?' Ik nam plaats op de stoel schuin tegenover hen.
Traag schudde hij zijn hoofd. 'Dat wordt nog niet beter.'
'Wat zei Bals ervan?'
Hij aarzelde. 'Niets eigenlijk.'
Dat verbaasde me. 'Heeft hij je ook niets voorgeschreven?'
'Nee. Het moet maar vanzelf overgaan.'
Ik knikte. 'Wat vond je van hem?'
Hij gaf niet dadelijk antwoord en keek van me weg. 'Ik ben niet naar de dokter geweest.'
'Petrus heeft een hekel aan dokters,' verduidelijkte Peer.
'Ik heb geen hekel aan dokters,' corrigeerde Petrus. 'Ik ga alleen niet zo gauw naar ze toe.'
'Ja, dat bedoel ik.'
'Daar kan ik inkomen,' hielp ik.
Er viel een stilte. Ze haastten zich niet. Terwijl ze van hun

koffie genoten, drukten ze de knieën tegen elkaar en streelden ze elkaar een beetje, wat me het gevoel gaf te veel te zijn.
'Nou dan gaan we maar,' zei Peer ten slotte. Hij zette zijn kopje weg.
'Eerst nog een zoen,' zei Petrus.
Peer grinnikte. 'Zo is ie nou,' zei hij tegen mij.
Ze zoenden elkaar vol op de mond, waarna ze allebei opstonden. Petrus hing zijn tasje over zijn pyjama. Hij sloot de deur achter zich twee keer af en volgde ons. 'Ik kom kijken of ze het wel goed doen,' zei hij tegen Nicolien. Hij keek naar onze mat, gaf Peer nog een zoen voor we aan de slag gingen en zette zich op mijn bureaustoel, tussen de bijeengeschoven meubelen, met een glas cognac, dat Nicolien intussen voor hem had ingeschonken, in zijn hand.
Peer en ik tilden het bureau op, Nicolien trok de mat eronderuit. We sneden hem met onze stanleymessen in repen, rolden de repen op en sleepten ze de trappen af naar de buitendeur. We maakten de vloer schoon en zetten de meubelen weer op hun plaats. Peer verplaatste als laatste de stoel van Petrus, waarvoor hij opnieuw een zoen kreeg.
Ik keek naar het resultaat.
'Wat leggen jullie er nou voor in de plaats?' vroeg Peer.
'Net zo'n kokosmat,' antwoordde ik.
'Dat moet je niet doen, joh. Dat is niks. Je moet net zo'n kleed nemen als wij, een mooi, dik, groen kleed.'
'We hebben die mat al gekocht.'
'Dan breng je die weer terug.'
'Ik let er altijd op dat ik veel groen in mijn kamer heb,' kwam Petrus ertussen. 'Dat is de mooiste kleur.'
'Mijn vader vond rood altijd de mooiste kleur,' merkte Nicolien op.
'Nee, groen! Groen is de mooiste kleur. Daar word je rustig van.'
'En dan zou ik meteen die ouwe divan wegdoen en een mooi bankje kopen,' zei Peer tegen mij.
'Een groen bankje,' begreep ik.

Hij grinnikte, maar ik had de indruk dat de ironie hem ontging.
'Zullen we nog wat drinken?' stelde Nicolien voor.
'Wij hebben nog wat koffie over,' herinnerde Peer zich. 'Die haal ik even.'
'Wij hebben ook wel koffie.'
'Nee, ik haal de onze even.' Hij liep de kamer uit.
'Ik ben eens bij mensen geweest, die hadden helemaal geen groen in hun kamer,' vertelde Petrus. 'Het viel me meteen op. Ik heb er natuurlijk niets van gezegd, want je moet je niet bemoeien met andermans zaken. Maar ik heb toen het gesprek op kleuren gebracht en op de uitwerking die ze hebben op je stemming. Daar hadden ze nog nooit van gehoord. Ze hadden zelfs nog nooit gehoord van Goethe's *Farbenlehre*, hoewel die man gestudeerd had, geen Duits, maar iets anders – wat dat doet er niet toe. Ja, wel van Goethe natuurlijk, anders had ik niet met ze kunnen omgaan.'
Nicolien lachte. 'Ik heb ook nooit gehoord van Goethe's *Farbenlehre*.'
'Ik heb toen uitgelegd,' vervolgde hij, haar opmerking negerend, 'dat dat te maken heeft met de breking van het licht en dat de golven die groen uitzenden een rustgevende invloed hebben. En de volgende keer hadden ze groene gordijnen aangeschaft!' Hij glimlachte triomfantelijk.
Hij praatte zo monotoon, dat het me moeite kostte hem te volgen. Alles wat hij zei had bovendien de uitvoerigheid van iemand die lang alleen is geweest en niet meer weet wat wel en niet belangrijk is.
Peer kwam terug met een potje onder een gebloemd mutsje. Toen hun koffie op was, dronken we onze eigen koffie.
'We zouden ze eigenlijk eens te eten moeten vragen, Petrus,' zei Peer.
'Dat zouden we dan toch eerst samen moeten overleggen,' wees Petrus hem droog terecht.
'Ja, natuurlijk, ik zeg het ook maar. Zijn jullie eigenlijk vegetariër?'

'Nee,' zei Nicolien, 'maar we vinden vlees wel een steeds groter probleem.'
'Ja, zo dacht ik er ook over.'
'Maar van die onzin heb ik hem afgeholpen,' zei Petrus meesmuilend.
'Waarom is dat onzin?' vroeg ik.
'Mensen zijn er niet voor de dieren. Dieren zijn er voor de mensen.'
'Maar je houdt ook wel van eieren!' merkte Peer op, alsof hij de opmerking van Petrus daarmee wilde verzachten.
'Voor een ei kun je me 's nachts wakker maken,' gaf Petrus toe.
'Zullen we niet eens naar bed gaan?' zei ik tegen Nicolien. Het was halfeen. Ik was moe.
'Misschien wil Petrus nog een cognacje?'
'Ja, ik wil nog wel een cognacje.'
'Nou, ik niet,' zei Peer. 'Geef mij maar een glaasje vruchtensap.'
Nicolien nam ook nog een cognacje. Ik keek de kamer rond. Zonder mat was de ruimte hol en kaal. Ik voelde me ontmoedigd. Ik keek tersluiks naar hen en stelde vast dat het geen mensen voor mij waren.

'Hoe vond je het nou?' vroeg ze. 'Je vond het toch zeker ook gezellig?'
'Jawel, maar op het laatst werd ik te moe.'
'Ik werd helemaal niet moe. Zo'n bezoek geeft me juist een kick!'
'En dat gezoen, daar kan ik niet goed tegen.'
'Dat vind ik nou juist zo aardig!'
Ik keek haar verbaasd aan. 'Aardig?'
'Van anderen zou ik het vies vinden, maar zij hebben natuurlijk wat te bewijzen. Dat begrijp ik heel goed.'
'Maar dan hoef je anderen toch nog niet in verlegenheid te brengen? Wij zoenen elkaar toch ook niet waar anderen bij zijn? Dat hebben we nooit gedaan.'

'Ik wil niet dat je er zo over praat!' zei ze kwaad.
Ik reageerde daar niet op. Dit keer ging ze er niet op door.

*

Nicolien was naar haar moeder. Een kwartier na mij kwam ze thuis. Ik had net de jenever uit het vriesvak gehaald en de glaasjes klaargezet.
'Hoe was het?' vroeg ik, toen ze zich verkleed had en de kamer inkwam.
'Triest natuurlijk.'
'Herkende ze je?'
'Tegen het eind heel even, geloof ik. Kijk eens wat ik gekocht heb.' Ze liet me een boek over homosexualiteit zien.
Ik nam het van haar over en bladerde erin.
'Ik vond het toch nog moeilijk om dat te kopen. Gek hè?'
'Nee, waarom zou dat gek zijn?' Ik gaf het haar terug.
'Toen ik wegging, kwam ik Peer op de gang tegen en die wenste me een goede reis en het beste met mijn moeder. Zo aardig! Je merkt aan alles dat hij het meent en beseft hoe moeilijk zo'n bezoek is. Toen dacht ik dat ik toch aandacht moet besteden aan zijn probleem. Ik word daar zo door ontroerd.' Ze vocht tegen haar tranen. 'Het is gek, maar ik moet daarom huilen. Dat er iemand is die aandacht voor me heeft. Zo iemand ken ik niet. Iedereen die hier komt, heeft aandacht voor jou. Ik zit erbij. Ik luister alleen maar. En als er dan iemand aandacht heeft voor mij, dan merk ik pas dat ik daar ook behoefte aan heb, al wil ik het niet toegeven. Ik zou het ook nooit verdragen als het geen homofiel was. Maar het is een homofiel. Dus er komt absoluut geen erotiek bij. Het is onverdacht. Want als het een man en een vrouw zijn, dan komt er nog iets anders bij.'
Ik schonk haar een borrel in, niet wetend wat ik daarop zeggen moest. Ze zocht naar haar zakdoek. Ik haalde de mijne uit mijn zak en gaf haar die.
'Dank je.' Ze veegde haar tranen weg en snoot haar neus.

'Het is aardig van je.'
'Ach, aardig. Het is het minste wat ik doen kan.'
Ik zweeg. Ik vond het overdreven, maar hoedde me ervoor dat te laten merken.
'Wat heb jij vandaag gedaan?' vroeg ze met een verstopte stem.
'Ik heb met Van der Land gepraat.'
'Van der Land? Was die dan op het Bureau?'
'Die is bezig met een artikel en daar wou hij met me over praten.'
'Verschrikkelijk.'
'Ach.'
'Als ik nog aan die bezoeken denk. Die waren een nachtmerrie. Hij praatte alleen met jou. Tanneke en ik zaten erbij als de vrouwtjes. Net als je vader en je broers. Een echte hetero. Vrouwen tellen niet. Die zijn goed om het eten te maken. Geef me dan maar de homo's, zoals Petrus en Peer. Die behandelen een vrouw tenminste als een gelijkwaardige. Die gedragen zich niet zo tiranniek.'
'Ik vind Petrus anders behoorlijk tiranniek.'
'Omdat je de pest aan die jongens hebt! Omdat je geen gelegenheid voorbij laat gaan om ze een hak te zetten!'
'Ik vind Peer niet tiranniek.'
'Houd je mond! Geen woord meer over die jongens! Ik verdraag dat niet! Alle heteromannen zijn hetzelfde! Een vrouw betekent niets voor ze! Ja! Ze mogen voor de thee zorgen! En voor het eten! Maar verder niets! Van der Land! Je vader! Je broers! Moet je zien hoe ze zich tegenover vrouwen gedragen! En moet je dat eens vergelijken met Petrus en Peer! Die luisteren naar me als ik iets vertel! Die hebben belangstelling voor wat ik zeg! Daar tel ik mee, gewoon, als mens! En niet als het vrouwtje! Als ik daar ben, dan wordt er aandacht aan me besteed! En als jij dat niet verdraagt, dan zegt dat iets over jou! Niet over hen!'

*

Ik keek op mijn horloge. Kwart over negen. Ik stond op van mijn bureau en ging op de divan zitten. Ze zat te lezen.
'Wat lees je?'
Ze tilde het boek even op. 'Dat boek over homosexuelen.'
'Hoe is het?'
'Het is goed.' Ze keek op. 'Ik moet er een beetje om huilen.'
Ik knikte.
'Ik schaamde me dat ik het gek vond om dat boek te kopen, want dat is ook discriminatie natuurlijk. Zoals die mannen vervolgd en gemarteld zijn, alleen omdat ze van een man houden. Het is gruwelijk. En daar heb ik aan meegedaan. Ik vind het ongelooflijk moedig om dan gewoon te durven zeggen dat je homosexueel bent. Zoals Peer. En ik kan me best voorstellen dat Petrus daar een wrok over heeft. Je kunt nog zo aardig zijn, zo iemand heeft toch argwaan natuurlijk. Net zoals ik argwaan heb tegen vrouwen die kinderen hebben. Dan kunnen ze wel zeggen dat ze je begrijpen, maar in hun hart vinden ze zichzelf toch beter. Alleen omdat ze met een man naar bed gaan. Omdat dat zo hoort. Waarom hoort dat zo? Omdat God dat gezegd heeft? Dan deugt hij toch niet? En ik, die het gek vond om dat boek te kopen! Een boek over joden en negers, dat koop je gewoon. Maar over homosexuelen? Want laat ze alsjeblieft niet denken dat ik ook homosexueel ben. Dat is het gruwelijke.'
Ik luisterde met een lichte irritatie. Dat doordraven over mensen die gediscrimineerd worden, kon ik slecht verdragen. Ik had dan de behoefte om tegen te spreken. 'Ik denk dat er nog wel iets anders achter zit,' zei ik. 'Als het met sexualiteit te maken heeft, ben je terughoudend. Je koopt ook geen boek over sexualiteit, of over standjes, of over geslachtsziekten.'
'Geslachtsziekten? Je vergelijkt homosexualiteit toch niet met een ziekte, hoop ik? Dat is nu juist zo erg! Dat mensen zo praten! En jij bent daar ook niet vies van! Dat heb je van je moeder! Daar ben je mee opgevoed! Jij doet er ook aan mee! En daarom staan die mensen zo alleen! Omdat iedereen zo praat als je moeder! Misschien dat er maar vijf procent

is die ze niet discrimineert! Dat is die afschuwelijke hetero-mentaliteit! Daar heb jij ook een handje van! Als ik er nog aan denk hoe je moeder over homo's praatte. Die griezelde ervan. En daar moeten die mensen tegen vechten! Ik kan me best voorstellen dat je je dan vrouwelijk gaat gedragen! Juist om te choqueren! Dat is in ieder geval beter dan je hele leven in een hoekje kruipen om maar niet op te vallen. Dáár griezel ik van!'

*

Er werd gebeld. Ik deed open. Peer, met een theemuts in handen. 'Ik kom de theemuts brengen,' hij stapte over de drempel, 'die ik aan Nicolien beloofd heb.'

Ik liep achter hem door de gang naar de voorkamer.

'Wat zit er eigenlijk achter dat gordijn?' vroeg hij nieuwsgierig, aan het eind van de gang.

'Van alles.' Ik schoof het gordijn opzij en knipte het licht aan. Hij keek naar het gereedschap tegen de achterwand. 'Tjoe!' zei hij verrukt. Hij zette de theemuts op de vliegenkast en ging het hok in, nam een stuk gereedschap op, bekeek het aandachtig, en daarna een tweede en een derde stuk. 'Mooi gereedschap,' zei hij bewonderend.

'Van een oom van Nicolien geërfd.'

Zijn blik dwaalde rond en bleef hangen aan de verzameling houtmonsters van Nicoliens vader, die in dozen op twee planken in de boekenkast tegen de zijwand waren opgeborgen. 'En wat is dat?'

'Dat is de houtverzameling van mijn vader,' zei Nicolien, die erbij was gekomen.

'Mag ik eens kijken?' Hij tilde een van de dozen van de plank, keek om zich heen, vond niets waarop hij haar kon neerzetten, ging er het hok mee uit, de kamer in, en zette haar op de tafel. Voorzichtig haalde hij er een plankje uit en las wat er op het etiket stond, waarbij hij zijn lippen bewoog, alsof hij het woord voor zichzelf spelde. 'Dat is verdulleme mooi, jon-

gens.' Hij nam een tweede plankje. 'Hoeveel van die blokjes zijn er wel niet?'
'Ongeveer tweehonderd,' schatte ik.
'Mijn vader had bouwkundige willen worden, maar omdat zijn vader vroeg stierf, kon dat niet,' zei Nicolien.
'Oei, oei.' Hij tilde het ene plankje na het andere op. 'Jongens wat mooi.'
'Vind je het mooi?' Zijn geestdrift ontroerde haar.
'Ik vind het fantastisch mooi.'
'Ja, het is een mooie verzameling,' zei ik.
'Maar ik kom je theemuts brengen.' Hij schoof het plankje dat hij in zijn hand had terug in de doos.
Ik bracht de doos weer naar het hok.
'Wat knap,' hoorde ik Nicolien zeggen. 'Kijk eens.' Ze toonde me de muts toen ik de kamer inkwam. Het was een gebloemde muts. De muts van hun koffiepot had hetzelfde bloemetje.
'Mooi.'
Ze schoof de muts over de theepot. 'En hij past precies.'
'Het is leuk werk, hoor,' zei hij. 'Ik heb er meteen ook maar een voor Freek gemaakt.'
'Wil je een kop thee?' vroeg ze.
'Dat sla ik natuurlijk niet af!' Hij ging in de stoel bij het raam zitten, keek naar de horren die tegen de muur geleund stonden en bewoog ze. Ze schaarden. 'Die horren mag je ook wel eens vernieuwen.' Hij tilde er een op en bekeek de verbindingen. 'Je moet ze ook eigenlijk zwaluwstaarten.'
'Ik weet het,' zei ik berustend, 'maar dat moet je ook kunnen.'
'Met dat gereedschap van jou is het een fluitje van een cent.'
Ik lachte.
'Ik wil ook wel een nieuwe hor voor je maken,' zei hij tegen Nicolien, die met de theepot de kamer inkwam. 'Ik geloof niet dat Maarten daar veel zin in heeft.'
'Ja?' Ze lachte. 'Nou, graag.'
Er werd gebeld.

'Ik doe wel open,' zei ik.
Petrus! Bril in zijn hand, tasje om. 'Is Peer hier?' vroeg hij verstoord.
'Peer is hier.' Het amuseerde me.
Zonder verder aandacht aan me te besteden liep hij door naar de kamer. 'Je had niet tegen me gezegd dat je hier thee bleef drinken,' zei hij kwaad.
'Dat wist ik ook niet. Nicolien vroeg het me.'
'Wil jij ook een kopje thee?' vroeg Nicolien.
'Ja, geef mij dan ook maar een kop thee.' Humeurig ging hij in haar stoel zitten.
'Ik krijg een fiets van Petrus,' vertelde Peer.
'Had je dan geen fiets?' vroeg ik.
'Nee.'
'Je had natuurlijk wel een fiets,' corrigeerde Petrus. 'Alleen geen goeie! Welke Nederlander heeft er nou geen fiets?'
'Ja, maar die is in Breda.'
'Maar je hebt er dus wel een.'
'Waarom is het geen goeie?' vroeg ik.
'Omdat hij geen versnellingen heeft,' antwoordde Peer.
'Een fiets hoort versnellingen te hebben,' zei Petrus categorisch, 'anders kun je er niet mee in de bergen fietsen.'
Nicolien gaf hun thee.
'Dank je,' zei Peer.
Petrus zei niets.
'Fiets je wel eens in de bergen?' vroeg ik.
'Ik fiets overal. Ik heb mijn hele leven gefietst.'
'Petrus fietst zelfs als hij om de hoek een boodschap moet doen,' zei Peer.
'Niet om de hoek,' verbeterde Petrus. 'Zo gek is het nou ook weer niet.'
'Maar wel vlakbij.'
'Ik heb een hekel aan lopen,' gaf Petrus toe.
Ik herinnerde me de keer dat ik hem de Nieuwezijds Voorburgwal zag afrijden. Onvoorstelbaar dat die man in de bergen fietste. 'Toen je hier pas woonde, heb ik je een keer zien fietsen,' zei ik geamuseerd.

Hij keek naar me. 'Waar was dat dan?' Ik had de indruk dat het hem onaangenaam trof.
'Bij het Athenaeum Nieuwscentrum. We haalden er tegelijk de krant.'
Hij schudde zijn hoofd. 'Ik heb je niet gezien.'
'Petrus ziet nooit iemand,' zei Peer.
'Ik zie iemand wel eens niet,' zei Petrus. 'Als ik op het verkeer moet letten bijvoorbeeld. Maar dat ik nooit iemand zie, is overdreven.'
'Jij ziet heel veel,' zei Nicolien tegen Peer.
'Peer ziet alles,' beaamde Petrus. 'Zoveel ziet niemand anders.'
'Ja, ik zie wel veel,' gaf Peer toe, alsof hij zich daarvoor moest verontschuldigen.
'Wij hebben overigens ook geen versnellingen,' zei ik.
'Dan kom je niet ver,' meende Petrus.
'Toch wel.'
'Maar niet in de bergen.'
'Nee, in de bergen hebben we nog nooit gefietst.'
'Petrus wil van de zomer samen naar Schotland. Nou, ik zie er niet veel in, moet ik bekennen,' zei Peer.
'Houd je dan niet van fietsen?' vroeg Nicolien.
'Ik vind het niks, nee.'
'Maar als het voor Petrus is?'
'Ja, ik doe het voor Petrus.'
'Je doet het niet voor mij, hoop ik!' kwam hij ertussen. 'We hebben het samen besloten!'
'Ja, ja, we hebben het samen besloten.'
'Waarom blijf je niet in Nederland?' vroeg ik.
'Er gaat niets boven Schotland,' zei Petrus. 'En Ierland. Maar in Nederland heb ik natuurlijk ook heel veel gefietst.'
'Waar bijvoorbeeld?'
'Overal. Behalve in het noorden. Daar houd ik niet van.'
'Daar hebben wij juist veel gefietst, hè?' zei Nicolien tegen mij.
'Ja, daar houd ik het meest van.'
'Er zijn daar geen bosschages,' oordeelde Petrus. 'Er moeten

bosschages in het landschap zijn. Een landschap zonder bosschages is niets voor mij.' De toon waarop hij dat zei, duldde geen tegenspraak.
We dronken onze thee.
'Lekker!' zei Peer.
'Wat zit er eigenlijk in dat tasje dat je altijd met je mee draagt?' vroeg ik.
'Daar heeft Petrus zijn geld en documenten in. Niet Petrus?'
'Dat hoeven anderen toch niet te weten?' zei Petrus ontstemd.
'Nee, natuurlijk niet,' zei Peer geschrokken. 'Ik zei het ook zomaar.'

*

'Weet je nog dat moeder altijd zes gembergebakjes van de bakker meebracht?' zei ze toen we op zondagochtend bij de koffie een gembergebakje zaten te eten.
'En dat jou dat irriteerde,' herinnerde ik me.
'Ja. Achteraf heb ik daar zo'n spijt van. Het was het enige wat ze kon verzinnen om te laten merken dat ze van ons hield, zoetigheid meebrengen. En ik begreep dat niet. En ik zou het zo fijn vinden als ze het nog kon doen.' Ze begon een beetje te huilen. 'Ik heb haar niet genoeg gewaardeerd. En nu kan ik het niet meer goedmaken. Ze begrijpt het niet meer. Terwijl ze toch zo veel aardige dingen had. Want ze was ook altijd bang dat de *underdogs* kwaad zou worden gedaan. Ik herinner me nog dat ze huilde toen de politie de slager had opgehaald, omdat hij wat met kleine jongetjes had gedaan. Ze was altijd bang dat de politie de mensen kwaad zou doen. Dat heb ik van haar natuurlijk. Want ik ben net zo. Ze kon het alleen niet onder woorden brengen. Ze was niet intellectueel genoeg. Dat kan ik wel. Maar ze weet het niet meer.'
'Ze was wel racistisch en antisemitisch.'
'Daar heb ik haar dan ook als kind al op aangevallen. Mijn vader niet. Die huilde toen de joden werden weggehaald.

Allebei mijn ouders waren bezig voor de *underdogs*. Dat heeft natuurlijk een enorme invloed op een kind. Dat heb ik van hen, dat ik nu zo vecht voor de *underdogs*. Dat is omdat mijn ouders zo waren. Al konden ze het niet goed uitdrukken.'
Ik luisterde. Mijn ouders waren zo niet. Mijn vader kwam wel op voor de *underdogs*, maar uit een abstract rechtvaardigheidsgevoel. Hoewel – hij huilde ook om de joden. En mijn moeder? Als zo vaak merkte ik dat het voor mij te abstract was om zo te denken. Ik dacht niet in *dogs* en *underdogs*.

*

Toen ik laat thuiskwam van een vergadering in Arnhem zat ze naar een documentaire over Raoul Wallenberg te kijken. Ik ging naast haar zitten. Ze pakte mijn hand en streelde die. Omdat dat ongewoon was, verontrustte me dat. 'Hoe was het?' vroeg ze.
'Als altijd.'
Ze luisterde niet. 'Ik heb met Peer en Petrus bij *Neptuno* gegeten!'
'Leuk.'
'Ik had een fotoboekje over Breda gekocht, want ik vond dat ik weer iets van me moest laten horen. En dat heb ik gebracht. Maar wil je het allemaal nog wel horen?'
'Natuurlijk.'
'Want je bent misschien moe?'
'Nee, ik wil het natuurlijk horen.'
'Ik heb gevraagd of het niet moeilijk voor ze was geweest om zich te manifesteren.' In haar stem was opwinding.
Ik keek haar aan en knikte.
'Met jou erbij zou ik dat nooit gedurfd hebben. Maar wil je het echt wel horen?'
'Natuurlijk wil ik het horen.'
'Ik wil het anders ook morgen wel vertellen.'
'Nee, nu.'

'Want misschien interesseert het je niet eens.'
Ik schudde mijn hoofd.
Ze keek me onzeker aan.
'En was het moeilijk?'
'Heel moeilijk! Toen ze elkaar pas kenden, liepen ze een keer hand in hand en toen hebben een paar jongens hen voor vuile flikkers uitgescholden. Dat vonden ze heel erg.'
Ik knikte.
'Nu durven ze dat natuurlijk niet meer.'
'En hun ouders? Hoe reageerden die erop?' Ik vroeg dat omdat ik geen reactie had. Ik vond het een drama van niks.
'De moeder van Peer reageerde heel aardig, maar Peer is al heel jong het huis uitgegaan, dus zijn ouders hebben het eigenlijk niet zo meegemaakt. Maar de vader van Petrus was niet aardig en daar wil Petrus dan ook niets meer mee te maken hebben.'
'Wist hij dan dat Petrus een homo is?'
'Nee, natuurlijk niet. Want voordat hij Peer leerde kennen was daar geen sprake van en toen was zijn vader allang dood. Maar hij heeft een keer gezegd dat hij niet alleen bij een man in een kamer zou willen zitten omdat die homosexueel was en dat hij daarvan griezelde. Dat heeft Petrus hem heel erg kwalijk genomen.'
Ik luisterde zonder te reageren. Ik vond het idioot om je vader om zoiets te verwerpen, maar ik hield dat voor me.

'Peer kent een jongen,' vertelde ze de volgende ochtend aan het ontbijt, 'die ontdekte dat hij homosexueel was toen hij vijftien was. Dat vertelde hij aan zijn ouders. En die hebben hem toen gewoon op straat gezet. Hij mocht er niet meer in. Toen is hij gaan zwerven en ten slotte is hij naar Amerika gegaan. Maar gelukkig heeft hij nu een vriend.'
'Is dat geen indianenverhaal?'
Dat verdroeg ze niet. 'Peer vertelt geen dingen die niet waar zijn!'
'Maar Peer is er toch niet bij geweest?'

'Als Peer dat vertelt, dan is het zo! Dan geloof ik dat!'
'Die jongen kan toch een fantast zijn? Er zijn wel meer fantasten die zulke verhalen vertellen.'
'Houd je mond! Je hebt er geen idee van hoe die mensen vervolgd worden! Zulke ouders héb je!'
'Ik kan het niet navoelen.'
'En die vader van Petrus dan? Wat zeg je daar dan van?'
'Daar zijn ook nog wel andere verklaringen voor.'
'Die wil ik niet horen! Ik wil niet dat zulke schoften in mijn huis verdedigd worden!'
'Ik verdedig hem niet. Ik weet niets van die man af. Maar er zijn andere verklaringen voor.'
'Houd je bek dan, als je er niets van af weet! Als Petrus dat vertelt, dan geloof ik hem!'
'Er zijn mensen die bang zijn als ze te dicht bij mensen komen van wie ze het gedrag niet kunnen voorspellen,' zei ik, het verbod koppig negerend. 'Ik kan me voorstellen dat je zo'n reactie hebt als je met een homo in aanraking komt.'
Ze onderbrak me woedend. 'En negers zijn luie varkens en joden zijn laf! Zo worden mensen gediscrimineerd. En dat verdedig jij! Op die manier zijn er mensen naar de gaskamers gestuurd!'
'Niet als er gewoon over gepraat was.'
'Hou je bek! Je hebt al te veel gepraat!'
'Als je mensen hun gewone reacties verbiedt, maak je gaskamers.'
'Hou je bek! Ik verdraag het niet dat je zo praat! Ik wil niet dat er in mijn huis gediscrimineerd wordt!'
Ik stond van tafel op en ging de slaapkamer in. Ik was kwaad, maar ik voelde me vooral bedreigd. Bovendien had ik een fel opkomende hoofdpijn. Ik poetste mijn tanden, trok mijn jas aan en pakte mijn tas.
'Ik vertel je nooit meer wat!' riep ze me achterna.
Om mijn hoofdpijn kwijt te raken, liep ik op weg naar het Bureau een eindje om. Toen ik daar binnenkwam, hoorde ik dat ze net had opgebeld. Ik belde terug.

'Ik verdraag het niet dat je alles altijd relativeert,' zei ze boos.
'En ik vind dat je overal over moet kunnen praten.'
'Niet als je mensen verdedigt die discrimineren!'
'Dat doe ik niet.'
'Dat doe je wel! Je verdedigt iemand die homo's griezels vindt! En ik weet waarom! Omdat je moeder dat zei! Omdat je nog altijd niet onder je opvoeding uit bent! Omdat je niet wil weten hoe afschuwelijk die mensen behandeld zijn! Dat wil je niet weten! Luister je?'
'Ik luister.'
'Waarom zeg je dan niks?'
Ad was de kamer binnengekomen. 'Omdat ik dit niet het geschikte ogenblik vind voor een discussie.'
'Dan zeg je maar niets!' Ze smeet de hoorn op de haak.

*

Het was zaterdag. Nicolien was naar een vergadering van *Amnesty International* in de Dominicuskerk. Ik haalde de krant en kocht bloemen bij Maas. Petrus stond daar ook, met een grote, groene baret op zijn hoofd. Hij zag me niet. Even later fietste hij me voorbij. We gingen achter elkaar het huis in. Pas toen ik het slot van onze voordeur opende, hoorde hij iets. Halverwege de trap draaide hij zich traag om. 'Hé, Maarten.' Waarop hij verder klauterde.

Aan tafel begon ze opnieuw over homosexuelen. 'De enigen aan wie ik de pest heb, zijn die smerige hetero's die er een vriendinnetje op na houden. Promiscuïteit! Daar heb ik de pest aan! Dát is pas smerig! Maar niet of je het met een man of met een vrouw doet.'
'En ik heb de pest aan exhibitionisme. Aan mensen die zich laten gelden, op de voorgrond dringen.'
'Omdat je niet deugt!' beet ze me toe. 'Omdat je eigenlijk de pest hebt aan homo's!'
'Ik zie niet wat dat ermee te maken heeft.'

'Omdat je net zo bent als je moeder!'
'Dat zijn homo's vaak ook.' Dat was een plaagstoot.
'Zie je wel!' zei ze triomfantelijk. 'Zie je wel dat je niet deugt! Je hebt de pest aan homo's, mannetje! En je durft er niet voor uit te komen.'

'Maak ik dan zo vaak ruzie?' vroeg ze toen we in bed lagen en ik vroeg wat er nu eigenlijk aan de hand was.
'Niet zo vaak, maar wel vaak.'
Ze was daar verlegen mee. 'Ik weet ook niet wat het is,' gaf ze toe. 'Ik ben zo labielerig. Misschien is het wel de overgang. Ik weet het niet. Ik vind het ook zo moeilijk om oud te worden. En we hebben zo vaak strubbelingen tegenwoordig. Vroeger hadden we dat nooit.'
'We hebben altijd strubbelingen gehad.'
'Maar niet zo vaak.'
'Misschien vaker sinds jij je met *underdogs* bent gaan bezighouden. Eerst met de joden, toen met de Palestijnen, toen met *Amnesty* en nu met homosexuelen. Je ergert je aan mijn lauwheid. *Underdogs* interesseren me alleen als het mijn vrienden zouden kunnen zijn. Voor jou zijn het per definitie vrienden.'
'Ja.'
'Ik vind dat best. Ik heb daar ook wel sympathie voor, al vind ik vaak dat je doorslaat, maar niet als je mij daarom verwerpt. Sympathie is voor jou niet genoeg. Ik moet je overtreffen in verontwaardiging. Dat heb jij weer nodig als legitimatie. En ik kan je daarin niet overtreffen, want zo verontwaardigd als jij ben ik niet.'
'Maar waarom ben je dat dan niet? Het is toch verschrikkelijk wat er gebeurt?'
'Ik vind het niet zo verschrikkelijk wat er met Peer en Petrus gebeurt.'
'Zie je wel dat je ze niet aardig vindt? Dat verlamt me nou juist. Als jij erbij bent, wordt het gesprek gefrustreerd. Dan gedraagt Petrus zich heel anders.'

'Maar ik ben heel vriendelijk.'
'Dat is niet genoeg! Ik voel dat je er niet veel aan vindt. En dat voelen zij ook!'
'Ik vind er ook niet veel aan.'
'Zie je wel!'
'Maar jij vindt mensen die ik aardig vind ook niet altijd aardig.'
'Wie dan?'
Ik dacht daarover na. Ik kon niemand vinden die ik op het scherp van de snede zou willen verdedigen. 'Ik weet het niet,' gaf ik toe, 'maar jij hebt mij vaak afgeremd in het bezoeken van mensen. Niet dat ik dat zo leuk zou hebben gevonden, maar ik was er gauwer naartoe gegaan. Ik heb er overigens geen spijt van.'
'Maar noem dan eens mensen bij wie je op bezoek had willen gaan?'
Er dienden zich wat mensen aan, maar ik besefte dat ze weggehoond zouden worden. Niemand zou in haar ogen met Peer en Petrus vergeleken kunnen worden. 'Ik kan niemand verzinnen,' bekende ik. 'Ik schrijf ze af voor ze bij me opkomen.'
'Huub Pastoors soms?'
'In ieder geval is het intellectuele peil van Huub Pastoors niet lager dan dat van Petrus. Ze zijn met elkaar te vergelijken.'
'Houd je mond alsjeblieft!' Ze was plotseling woedend. 'Ik wil dat niet horen! Ik wil niet dat je Petrus met zo'n zak vergelijkt!'
'We kunnen daar toch wel over praten? Jij vindt het een zak omdat het geen homo is. Wat je in Petrus aantrekt...'
'Houd je mond! Geen woord meer! Ik wil het niet horen!'
'Maar ík wil erover praten. Petrus heeft mij niets te zeggen.'
'Houd je mond! Ik verdraag het niet!'
'Maar daarom ben ik nog wel vriendelijk. Ik vind het geen ramp...'
'Houd je mond!'
'... als jij hem aardig vindt.'

Ze stompte me van zich af. 'Ik gebied je om je mond te houden!'
'Waarom kunnen we daar niet gewoon over praten?' vroeg ik verongelijkt.
'Omdat ik het niet wil!'
Er was een stilte. Ze lag boos met haar rug naar me toe.
'Waar het om gaat,' hernam ik, 'is dat je in je keuze van andere mensen natuurlijk van elkaar verschilt. Ik kies geen mensen op grond van hun situatie. Ik moet me met hen kunnen identificeren.'
'Ik moet me ook met hen kunnen identificeren.'
'Maar onze motieven zijn verschillend.'
'Ja! Ik identificeer me met *underdogs* en jij je met patsers als Huub Pastoors!'
'Ik heb Huub Pastoors niet genoemd. Die heb jij genoemd.'
'Je hebt hem wél genoemd!'
'Ik heb zelfs niet aan hem gedacht.'
'Jammer dat we geen bandrecorder hebben. Nu kan ik het niet bewijzen.'
Ik zweeg, machteloos. 'Waar het om gaat,' probeerde ik toen opnieuw, 'is dat ik mezelf niet in de situatie van Peer en Petrus herken, dat ze me niet boeien, maar dat ik best met ze wil omgaan.'
'Maar ík niet! Ik wil niet meer dat jij er nog eens bij bent!'
'Goed.' Ik kroop onder de dekens uit, mijn eigen bed in.
Ze begon te huilen. Ik liet haar huilen, maar na korte tijd kreeg ik medelijden. Ik stak mijn hand uit en streelde haar hoofd. 'Wat maak je er toch een zaak van. Ten slotte zijn we het natuurlijk met elkaar eens.'
'Ik ben zo verdrietig. Waarom is het niet meer zoals vroeger, toen we dezelfde mensen aardig vonden?'
'We hebben nooit dezelfde mensen aardig gevonden. Maar wat doet dat ertoe?'
Ze begon nog harder te huilen. 'En toch verdraag ik het niet! Toch wil ik dat het weer zoals vroeger is!'

*

Ze was er nog niet. Op het tafeltje voor mijn plaats op de divan stond een fles wijn, een waarschuwing dat ik geen borrel moest drinken. De radiogids lag opengeslagen op een artikel over twee lesbische vrouwen die een kind hadden genomen. Een documentaire. Elf uur. Ik verkleedde me en las het artikel. Het was een poging begrip te wekken voor het probleem waarvoor deze vrouwen zich met hun keuze gesteld zagen. Zelfs de keuze van de spermabank bleek haar bezwaren te hebben. Ik keek naar de hoofden van de vrouwen op de foto boven het artikel. Twee harde, duidelijke koppen, het kind ervoor. Bij de gedachte dat ik daarnaar zou moeten kijken, voelde ik al weerzin. Vrouwen die een kind wilden. Zoiets als homo's die hun verbintenis in de kerk lieten inzegenen. De cineast, van huis uit socioloog, verklaarde dat hij zich aangetrokken voelde door het lot van minderheden. Dat ze lesbisch waren, ging veel mensen te ver. Die laatsten werden in het programma vertegenwoordigd door een van de grootmoeders. De ouders hadden wel willen praten, maar buiten beeld. Ik legde het blad opzij en wachtte op Nicolien. Precies drie minuten over zes, op de minuut zo laat als anders, hoorde ik de sleutel in het slot. 'Hoei,' riep ze vrolijk. Ze kwam opgewekt binnen.

'Je bent laat,' grapte ik.

'Ik ben helemaal niet laat!' Ze liep de kamer weer uit om zich te verkleden en het eten op te zetten. 'Heb je het gezien?' vroeg ze toen ze opnieuw de kamer binnenkwam.

'Ik heb het gelezen.'

'Lijkt het je niet mieters?'

Ik aarzelde. 'Nee.'

Haar gezicht betrok meteen. 'Ik dacht nou juist dat je dit wel mieters zou vinden. Je interesseert je toch altijd zo voor mensen?'

'Toch niet voor alle mensen?'

'En als die klootzak van een Van Dis mensen interviewt, kijk je ook!'

Dat had ik één keer gedaan en ik vond het waardeloos. 'Dat was niet om elf uur. Dan zou ik niet gekeken hebben.'
'Maar dit zijn *underdogs*!'
'*Underdogs* die een kind willen. Die hoef je toch nict aardig te vinden?'
'Dat is alleen omdat jij iets tegen homo's hebt!'
Haar woorden maakten me boos. 'Nou moet je eens ophouden met die beledigende opmerkingen! Je weet heel goed dat ik het interview met Joop Admiraal over zijn homosexualiteit boeiend vond. Ik vond hem heel sympathiek. Daar ben ik wel voor opgebleven! Maar niet voor twee vrouwen die net als andere vrouwen een kind willen!'
'En er staat dat ze nooit met de pottenbeweging hebben meegedaan!'
'Dat is toch geen garantie? Het zijn heel beperkte vrouwen.'
'Dus mijn oordeel deugt weer niet! Ik ben te dom! Ik moet het nog leren! Jij weet het weer beter!'
'Ik weet het niet beter! Ik weet alleen dat het geen vrouwen voor mij zijn! Ik vind het best als jij ernaar kijkt. Ik vind het heel aardig van je. Maar het is niets voor mij. Ik herken mezelf daar niet in.'
'Omdat het homo's zijn.'
'Omdat ze beperkt zijn.'
'En dat zie ik niet.'
'Dat vind ík. Dat hoef jij niet te vinden. Jij mag gerust kijken.'
'Dat doe ik natuurlijk niet. Als jij niet kijkt, dan kijk ik ook niet.'
'Dat is toch idioot? Dan dwing je me om te kijken.'
'Nee, want ik wil niet eens meer kijken. Je hebt het verpest.'
Ik zweeg een tijdje. 'Je kunt toch wel met elkaar praten?' zei ik toen. 'Ik hoef toch niet hetzelfde mooi te vinden als jij?'
'Natuurlijk niet! Maar voor mij is het plezier eraf! Ik was zo blij toen ik thuiskwam. En nu ben ik dat niet meer.' Ze begon te huilen.
'Kom!' Ik stond op, streek over haar hoofd en pakte haar hand.

Ze weerde me af. 'Laat dat! Je hoeft niet aardig tegen me te doen!'
Ik ging weer zitten. 'Het is toch te gek dat je me zou dwingen om te zeggen dat ik zo'n uitzending interessant vind. Als ik die gezichten zie, weet ik dat diezelfde vrouwen jou verwerpen omdat je géén kinderen hebt gewild.'
'O, jij weet het weer beter,' snikte ze. 'Als ik lesbisch was geweest, had ik ook een kind willen hebben.'
'Uit verzet, ja. Maar dat is geen verzet, bij deze vrouwen.'
'Hoe weet jij dat? Je hebt ze niet eens gezien!'
'Dat zie ik. Dat lees ik in dat stukje. Is dat niet genoeg? Ik hoef toch niet alles te zien?'
'En ik zie dat dus niet! Ik ben te stom! Ik ben te stom om zulke dingen te zien!'
'Je bent niet stom. Je bent anders. En dat vind ik aardig. Dus jij moet kijken, maar ik niet. Ik herken mezelf daar niet in.'
'Nee, ik ben te stom! Houd je mond maar! Ik weet het allang.' Ze begon harder te huilen. 'Mijn sympathieën deugen niet! Het haalt jouw ontwikkelingspeil niet! Ik had het meteen moeten weten, dat het ver onder jouw niveau ligt waar ik naar kijken ging en waar ik mee om wil gaan. Mensen die niet eens intellectuele gesprekken kunnen voeren!'
Ik zweeg. Toen ik opstond en nog eens over haar hoofd streek, weerde ze me opnieuw af. Ze wilde niet getroost worden. Zo bleef het onder het eten en daarna tot ik om halftien naar bed ging. Ik was moe.
Toen ze om elf uur de televisie aanzette werd ik wakker. Geluid van stemmen die ik niet kon verstaan. Na enige tijd hoorde ik haar opstaan, naar de keuken lopen, tegen de katten praten. De stemmen praatten samen door. Ze kwam weer terug en schakelde de televisie uit.
'Hoe was het?' vroeg ik toen ze het washok inging.
'Er was niet veel aan,' antwoordde ze onwillig.
'Waren ze niet aardig?' Ik voelde me schijnheilig.
'Jawel, ze waren wel aardig, maar er was niet veel aan.'

Meer wilde ze er niet over zeggen. Ook de volgende ochtend niet, toen ik erop terugkwam.

*

Om tien voor halfelf, toen we naar het slot van een documentaire over de indoctrinatie van de Duitse jeugd in de Hitlertijd zaten te kijken, belde Peer op. Of ze nog even langs konden komen.

'Dat is ook verdomd laat,' zei ik, nadat ik de hoorn had neergelegd. 'Ik had net naar bed willen gaan.'

'Ze gaan altijd heel laat naar bed,' vergoelijkte ze. 'Volgens Peer pas om drie of vier uur. Omdat het dan zo stil is.'

Ik deed hun open.

Petrus had een colbert aan en zijn haar plat op zijn hoofd geplakt, alsof hij een belangrijke mededeling kwam doen. Zijn gezicht was opvallend vriendelijk. 'We dachten dat jullie nog wel op zouden zijn. Anders hadden we natuurlijk niet opgebeld.'

'We zaten naar een film over de oorlog te kijken,' zei Nicolien.

'O, over de oorlog,' begreep Petrus.

'Wij zijn op de fiets naar Spijkerboor geweest,' vertelde Peer geestdriftig. 'Dat was mooi, jongens!'

'Langs deze kant of langs de andere kant?' vroeg ik.

'Langs welke kant, Petrus?' vroeg Peer.

'Wat vroeg Maarten?' vroeg Petrus, die net de riem van zijn tasje over zijn hoofd had gehaald en daardoor mijn vraag gemist had.

'Of jullie langs deze of langs de andere kant gefietst zijn?' herhaalde ik.

Hij keek me niet-begrijpend aan. 'Hoe bedoel je?'

'Wat willen jullie drinken?' vroeg Nicolien.

Haar vraag leidde hem af. Hij keek haar aan. Hij had even nodig om om te schakelen.

'Geef mij maar thee,' zei Peer.

'Een cognacje graag,' zei Petrus. 'Als ik je niet ontrief.'
Nicolien lachte. 'Dat zei mijn moeder ook altijd.'
'Ja, dat zal wel een ouderwetse uitdrukking zijn,' gaf Petrus toe. 'Mijn moeder zei dat ook.'
'Je ontrieft ons niet,' verzekerde ik.
Peer moest daar hartelijk om lachen. Ik haalde drie glazen uit het buffet en de fles cognac.
'Langs deze kant natuurlijk,' zei Petrus, zich tot mij wendend, 'als je dat bedoelt tenminste.'
'Dus aan de buitenkant van de ringvaart,' begreep ik, de glazen inschenkend.
'O, bedoel je dat? Nee, dan aan de binnenkant. Dan heb je overzicht.'
'De fruitbomen waren in bloei,' vertelde Peer enthousiast, 'prachtig is dat.'
'Ja,' beaamde Petrus. 'Niet zo mooi als de Betuwe natuurlijk, maar het is wel het mooiste stuk van de Beemster.'
'Kijk, je theemuts,' zei Nicolien, die met de theepot de kamer was binnengekomen en hem onder de muts van Peer zette.
'Die muts is wel goed, hè?' zei Peer.
'Die is geweldig! Ik ben er ontzettend blij mee. Die oude, dat kon echt niet meer.'
'Eens zal de Betuwe weer in bloei staan,' zei ik tegen Petrus. Ik lachte.
'Ja,' antwoordde hij vaag.
'Herinner je je dat?'
'Nee, wat is dat dan?'
'Een lied. Uit de oorlog.'
'O nee, daar luisterde ik niet naar.' Zijn gezicht drukte afgrijzen uit.
'Luisterde je niet naar de radio?'
'Jawel, maar niet naar zulke liedjes.'
'Je was vijf jaar ouder natuurlijk.'
'Nee, ik heb daar nooit naar geluisterd. Ik had wel wat anders te doen.'

‘Petrus las altijd,’ zei Peer. ‘Hè, Petrus?’
‘Ik las veel,’ gaf Petrus toe.
Er viel een stilte. Petrus nam voorzichtig een teugje van zijn cognac.
‘Spijkerboor dus,’ zei ik, om het gesprek weer op de rails te brengen.
‘Waar is dat ook weer precies?’ vroeg Nicolien.
‘Waar de ringvaart naar het noorden gaat,’ hielp ik. ‘Er is daar een fort.’
‘Naar het noordoosten,’ corrigeerde Petrus. ‘De Beemster is van het zuidwesten naar het noordoosten georiënteerd.’
‘Petrus kan zich ontzettend goed oriënteren,’ zei Peer. ‘Hè Petrus?’
‘Ik kan me goed oriënteren,’ gaf Petrus toe. ‘Al zeg ik het zelf.’
‘Waar dat pontje is,’ begreep Nicolien.
‘Ja.’ Ik keek naar Petrus. ‘Die weg loopt alleen niet door. Dan wordt het een grasdijk. Je moet daar terug naar de Zuiderweg.’
‘Daar hebben we gelopen,’ bevestigde Petrus. ‘Ja, Peer wilde natuurlijk toch fietsen, hoewel ik het hem afraadde, maar hij moest het gauw opgeven.’
‘Een en al kluiten en pollen,’ zei Peer. ‘En glad!’
‘Ja, het was moeilijk lopen. En het is toch al niet gemakkelijk met zo’n fiets aan de hand.’
‘Hebben wij dat ook niet eens gedaan?’ herinnerde Nicolien zich.
‘Ja,’ zei ik. ‘Aan het eind is een café.’
‘Ja, aan het eind was een café,’ zei Petrus. ‘Maar nu is het geen café meer. Ik denk dat er andere mensen in zijn gekomen. Peer wilde nog naar binnen kijken, maar daar heb ik hem gelukkig van weten af te houden.’
‘Ik was nieuwsgierig hoe het daar binnen uitzag.’
‘Ja, daar houd ik niet van,’ zei Petrus. ‘Ik vind dat je anderen niet mag storen in hun privacy.’
‘Dat vind ik ook,’ zei Nicolien.
Ik lachte.

‘We zijn ook nog door een paar dorpjes gekomen,’ vertelde Peer. ‘Leuke dorpjes, hè Petrus?’
Petrus knikte traag. ‘De Rijp en Graft.’
‘Daar hebben we in een tuin nog een echtpaar gezien dat precies op jullie leek.’
‘Dat was in Graft.’
‘Ja, jullie zouden het waarschijnlijk niet vinden.’
‘Ze waren ook wel wat anders,’ vond Petrus.
‘Je bedoelt dat die man wat dikker was?’
‘Dat weet ik niet zo precies.’
‘Ja, die man was wat dikker. En die vrouw was wat groter. Maar verder leken ze precies.’
‘Volgens de vader van Nicolien heeft ieder mens een dubbelganger,’ zei ik ironisch, ‘dus waarom een echtpaar dan niet?’
‘Dat lijkt me nogal aanvechtbaar,’ zei Petrus. ‘Dat zou ik niet graag voor mijn rekening nemen.’
‘Nou, waarom niet?’ viel Peer me bij. ‘Dat lijkt me zo’n gek idee nog niet.’
Petrus glimlachte vergoelijkend. ‘Dat is gewoon volksgeloof. Dat zou toch tegen iedere logica zijn.’
Om halfeen stapten ze eindelijk op. Nicolien sliep meteen, zodra we in bed lagen. Ik lag nog lang wakker, niet omdat er iets te denken was, maar omdat ik te moe was, en ook wel omdat dit contact me de bodem van het leven deed zien.

‘Wil je nog niet opstaan?’ hoorde ik haar vragen.
‘Hoe laat is het dan?’ vroeg ik slaperig.
‘Tien over acht.’
‘Ben je dan al lang wakker?’
‘Al uren.’
‘Hoe komt dat?’
‘Dat weet ik niet.’
‘Wat heb je dan gedaan?’
‘Ik heb liggen denken.’
‘Waaraan dan?’

‘O, aan van alles.’
Ik zweeg.
‘Aan gisteravond.’
‘Wat is daar dan over te denken?’
‘Dat ik het zo ontroerend vond.’
Dat verraste me.
‘Ik geloof dat ze heel erg op ons gesteld zijn. En ook op jou. En daarom vind ik het een beetje triest dat jij niet op hen gesteld bent.’
‘Dat zeg ik toch niet?’
‘Maar het is zo. Jij gaat liever met hetero’s om.’
‘Dat is natuurlijk onzin! Ik vind de meeste hetero’s veel erger dan deze mensen.’
‘Zie je wel! De manier waarop je dat zegt alleen al! Je vindt het erg!’
‘Zo bedoel ik het niet. Ik vind het best aardige mensen, maar niet zo boeiend.’
‘Houd je mond! Ik wil niet dat je zo over ze praat! Terwijl zij het juist zo prettig vinden hier! Ik vind dat zo triest.’
‘Denk je dat ze het prettig vinden?’
‘Ja, natuurlijk! Waarom dacht je dan dat ze hier op bezoek komen? Dat doen ze toch nergens? Dat is alleen omdat ze geen hetero-echtpaar kennen dat hen accepteert. Dat is voor die mensen heel belangrijk! Het zijn *outcasts*! Daar heb jij geen begrip voor!’
Ik wachtte of er nog meer zou komen, maar ze was te boos.
‘Ik kan me dat niet voorstellen. Bij mij op het Bureau zijn er weinig mensen die hen niet zouden accepteren omdat ze homo zijn.’
‘Je moeder!’ zei ze woedend. ‘Denk maar eens aan je moeder! Hoe die over die mensen praatte. Ja, als het een man alleen is! Dan kan het, want die is alleen! Daar kunnen zo veel redenen voor zijn! Misschien heeft hij geen vrouw kunnen vinden, of misschien heeft hij niet zo veel belangstelling voor vrouwen! Maar twee mannen! Daar griezelen vrouwen zoals je moeder van! Daar willen ze niets mee te maken hebben!’

'Dat lijkt me overdreven.'
'O, jij weet het dus weer beter! Jij kunt het weer beter beoordelen dan ik! Ik lees er boeken over! Ik voel dat aan! Maar jij weet het weer beter! Alsof ik tegen jou zou zeggen: "Nee, Maarten, wat jij over dat boerenhuis beweert is onzin"!'
'Maar het zijn toch geen boerenhuizen?'
'Nee! Maar toevallig weet ik hiervan meer af dan jij! Toevallig heb ik hierover een boek gelezen!'
Ik wilde zeggen dat ik er ook wel eens wat over had gelezen, maar ik hield dat voor me. 'Het is toch onzin om zo te praten. Dat is toch geen kwestie van weten? Dat is toch subjectief?'
'O nee? Nou, ik verzeker je dat ik er heel wat meer van afweet dan jij! En heel wat meer ook! Die mensen zijn zielsgelukkig als er iemand is die hen accepteert! Daarom komen ze hier zo graag! En daarom vind ik het zo triest dat jij ze niet aardig vindt!'
'Maar er is geen sprake van dat ik ze niet aardig vind. Ze hebben me alleen niet zo veel te zeggen.'
'Houd je mond! Het is al erg genoeg! Ik wil niet dat je er nog meer over zegt!'
Ik zweeg. Ze stond op en ging naar de kamer. Ik schoor me, ging onder de douche en kleedde me aan.
Toen ik bezig was met de bedden opende ze de deur. 'De eieren zijn klaar!'
Twee eieren. Het was Pasen. We ontbeten in een gedrukte stemming. Bij het afruimen van de tafel ontdekte ik dat ze het paasbrood had vergeten.

'Wat gaan we vandaag doen?' vroeg ik.
'Ik had naar Edam gewild, maar het weer is weer net zo als vrijdag. Dus ik weet niet wat we doen moeten.'
'Ga dan maar eerst eens onder de douche. Daarna kijken we wat je het liefst doet.'
Maar toen ze onder de douche vandaan kwam, was ze nog uit haar doen. Ze was besluiteloos. Toen ze zich gekleed had om te gaan fietsen, vond ze dat het jack niet paste bij de nieu-

we fietsbroek, die ze gekocht had omdat de oude te strak was geworden.
'Dan trek je die oude aan.'
'Dat zou helemaal idioot zijn! Stel je voor dat ik met dat broekje Peer en Petrus zou tegenkomen!'
'Die zouden er geen aanstoot aan nemen.'
'Maar ík zou me niet prettig voelen!' Ze trok het jack weer uit en deed in plaats daarvan een roze vest aan. Toen we op de fiets zaten, vond ze dat te koud. Ze wilde weer terug. Toen ik aanstalten maakte om terug te keren, wilde ze toch verder: 'Ik weet niet wat ik doen moet. Zeg jij het maar.'
'Ik kan toch niet beslissen of jij het koud hebt?'
'Dan gaan we maar verder. Ik weet het ook niet meer.'

'Waarom ben je zo uit je doen?' We reden langs het kanaal.
'Dat weet je wel. Dat heb ik je gezegd.'
'Wat heb je dan gezegd?'
'Ik zeg het niet nog eens. Ik ben triest.'
Ik zweeg even. Ik vermoedde dat het was omdat ze dacht dat ik Peer en Petrus niet aardig vond. 'Ik zou het nou maar niet dramatiseren. Zo verschrikkelijk vind ik zo'n bezoek niet. Ik vind het best aardige mensen. Ik ben alleen liever met zijn tweeën.'
Maar ze wilde er niet meer over praten.

*

Ze zat verslagen in de kamer toen ik thuiskwam. 'Ze gaan verhuizen.' Ze begon te huilen. 'Eindelijk heb ik buren die ik aardig vind, en dan gaan ze weer weg.'
'Waarom gaan ze verhuizen?' Ik ging bij haar zitten.
'Omdat Petrus bang is dat Peer de huur niet kan betalen als hij doodgaat.' Ze snotterde. 'Peer heeft alleen maar WAO.'
Ik begreep het probleem.
'Vanmiddag hebben ze al een huis bekeken. In de Anjeliersstraat.'

'Willen ze een huis kopen?'
Ze knikte. 'Zo'n huis als hier krijgen ze natuurlijk nooit.' Haar stem was verstikt. 'Wie weet wat een rotzooi ze in de Jordaan krijgen.'
'Dat zal wel meevallen.'
'Dat valt helemaal niet mee!'
'Wat is het voor een huis?' vroeg ik na een stilte.
'Een groot huis. Volgens Peer heeft het vier verdiepingen, en nog een zolder en een souterrain.'
'Dan lost het toch niets op?'
'Waarom niet?'
'Omdat Peer de successierechten moet betalen.'
'Dat zal Petrus dan toch wel beter weten dan jij?' reageerde ze boos. 'Ik geloof dat je helemaal niet begrijpt dat Petrus bezorgd is. Als ik op straat zou komen als jij doodging, zou je ook bezorgd zijn!'
'Ik begrijp best dat hij bezorgd is,' zei ik, mijn stem verheffend, 'maar ik vind dat je nooit in paniek moet raken en zeker niet weg moet gaan om het lot te slim af te zijn.'
Dat maakte haar nog bozer. 'Petrus heeft alle reden om in paniek te raken! Want Petrus wordt gediscrimineerd! En jij niet! Jij bent toevallig op een vrouw verliefd geworden! En dan mag het! Een vrouw krijgt een pensioen! Een man niet! En ik vind het schandelijk dat je daar zo luchthartig over doet!'
'Ik doe er niet luchthartig over,' riep ik, nu ook op volle sterkte, 'maar het werkt niet! Als Petrus straks Peer een huis nalaat, komt hij om in de successierechten. En wat hij overhoudt, moet hij verkopen en opmaken voor hij weer bijstand krijgt. Als je dat niet overweegt, handel je in paniek. En Petrus lijkt me te schuw en te eigenwijs om daarnaar te informeren!'
'Petrus eigenwijs?' riep ze woedend. 'Dat zul je moeten intrekken! Jij bent eigenwijs! Je bent net je vader!'
'Daarin lijkt Petrus dan op mijn vader!'
'Petrus lijkt helemaal niet op je vader!'

Ik haalde mijn schouders op.
'Trek het in!'
Ik schudde mijn hoofd. 'Ik denk er niet over.'
'Ik wíl dat je het intrekt.'
Ik zweeg.
'Waarom trek je het niet in?'
'Waar hebben we het eigenlijk over?' vroeg ik.
'Dan trek je het maar niet in!' Ze stond met een ruk op en liep kwaad naar de keuken.

*

We brachten drie tassen met flessen naar de glasbak. Op de terugweg ging ze naar de slager, terwijl ik doorliep naar de wijnhandel. Daarna dronken we koffie. Na het middageten stapten we op de fiets. Peer en Petrus kwamen tegelijk met ons de deur uit.
'Wij gaan een eindje fietsen,' zei Nicolien.
'O,' zei Petrus. 'Ja.'
Peer keek van ons weg, de gracht af. Zijn blik was vaag.
'Gaan jullie nog fietsen?' vroeg ze.
'Ja, misschien wel.' Hij aarzelde. 'Peer gaat een paar dagen naar Breda. Ik breng hem naar het station.'
Ik keek naar zijn merkwaardige kaboutergezicht met dat dunne baardje en stelde vast dat ik toch geen bijzondere sympathie voor deze man kon opbrengen: een beperkt, betweterig gezicht.
'Leuk! Veel plezier dan maar,' zei ze.
Peer zei niets.
'Ze deden wat eigenaardig, vond je niet?' zei ze, toen we op de fiets zaten.
'Dat was mij ook opgevallen.'
'Er zal toch niets zijn?'
'Wat zou er zijn?'
'Nou, ze kunnen ruzie hebben bijvoorbeeld.'
'Dat kan natuurlijk altijd.'

‘Misschien wel over dat huis. Dat Petrus daar toch geen zin in heeft.’
Ik knikte. Alles kon. Er was niets over te zeggen.

*

In de krant stond een artikel van een feministe die erover klaagde dat het automatisme van de taakverdeling in de maatschappij de vrouwen veroordeelde tot het huishouden, terwijl mannen de leuke baantjes kregen. Dat ergerde Nicolien. Ze vroeg in een ingezonden brief over welke vrouwen het hier eigenlijk ging. Over de vrouwen van wie de mannen in de slachthuizen of bij de gemeentereiniging werkten misschien? En ze kwam tot de conclusie dat de schrijfster doelde op een zeer kleine groep bevoorrechte heterosexuele vrouwen uit de betere milieus, die in alles konden kiezen omdat het huwelijk hen beschermde, terwijl er voor de grote meerderheid van de mensen, onder wie de homosexuele mannen en vrouwen die die wettelijke bescherming niet genoten, niets te kiezen was. Toen ik thuiskwam, liet ze hem lezen. Ik vond het een goeie brief.
‘Denk je dat ze hem zullen plaatsen?’
‘Ze zullen hem zeker plaatsen.’
‘Denk je echt?’
‘Natuurlijk.’
‘Ik ben benieuwd wat Peer en Petrus ervan zullen zeggen, want het is toch ook bedoeld om hen te verdedigen.’

*

Beneden sloeg de buitendeur.
‘Daar gaan ze.’ Ze stond op en liep naar het raam. De klokken luidden.
‘Ze zijn laat,’ stelde ik vast.
‘Ze willen natuurlijk niet vooraan staan, maar een beetje achteraf.’ Ze keek in de richting van de brug. ‘Daar gaan ze.

Ze gaan nu de Blauwburgwal op. Ik vind dat zo ontroerend als ik ze daar zo met zijn tweeën zie lopen.'
Ik reageerde daar niet op. Ik kon dat met geen mogelijkheid navoelen.
De klokken zwegen. 'De lantaarns zijn aan,' waarschuwde ze. Ik stond op en voegde me bij haar. Aan de overkant van de gracht waren twee mensen stil blijven staan. Over de brug reed een fietser. Ik luisterde. Het was heel stil, alsof de stad de adem inhield. Meteen daarna, toen de lantaarns uitgingen, kwam Amsterdam weer tot leven: een luid brommen van overal optrekkende auto's.

*

Ik kwam laat thuis van een uitstapje met de Boerenhuisclub. Nog op het portaal hoorde ik uit de kamer muziek. Ze luisterde naar een pianotrio van Beethoven. Ze zag er een beetje zat uit.
'Wat heb je gedronken?' vroeg ik.
'Wijn. Ik heb met Peer en Petrus bij *Marrakech* gegeten.'
'Leuk.'
'Vind je het leuk?'
'Natuurlijk vind ik het leuk.'
'Ik was bang dat je het niet leuk zou vinden.'
'Waarom? Ik vind het heel aardig.'
'Gelukkig.'
'Hoe was het?'
'Het was wel leuk.'
'Zeiden ze nog iets over je brief?'
'Eerst niet. Ik moest ernaar vragen.'
Ik knikte.
'Petrus deed er wat eigenaardig over. Hij zei ook niet wat hij ervan vond, alleen dat het net was of er een stuk was uitgevallen.'
'Wat gek.'
'Of het hem eigenlijk niet interesseerde.'

'Gek.'
'En hij had hem niet eens aan Peer laten lezen. Peer wist nergens van.'
'Heel gek.'
'Als er een stuk van hem in de krant had gestaan, zouden wij elkaar daar toch dadelijk op gewezen hebben?'
'Dat denk ik wel. Dat weet ik wel zeker.'
'Ik vond het in ieder geval een hele teleurstelling. Omdat ik het toch ook voor hen geschreven had.'
Ik knikte weer. Eigenlijk verraste het me niet. Het paste in het beeld dat ik van hem had, maar ik begreep dat ze dat niet zou verdragen.
'Waarom zou dat nou zijn?'
'Ik heb geen idee.'
'Hij kan toch geen bezwaar tegen het standpunt hebben?'
'Dat zou wel heel gek zijn.' Hoewel – Petrus leek me niet iemand om het op te nemen voor mensen die in slachthuizen en bij de gemeentereiniging moeten werken.
'Of zou hij soms jaloers zijn?' opperde ze aarzelend.
'Dat kan natuurlijk.'
'Omdat ik wel in de krant sta en hij niet.'
'En omdat je een vrouw bent.'
'Ja, dat misschien ook.'
Dat ze deze verklaring accepteerde verraste me. Het gaf me een geluksgevoel, alsof het ons dichter bij elkaar bracht.

*

'Ik geloof dat ze ruzie hadden,' zei ze over een kort bezoek aan Peer en Petrus, aan wie ze een nummer van de *Bij* had gebracht. We zaten aan tafel. 'Peer zei helemaal niets. Die was met het eten bezig. En Petrus zat kwaad voor zich uit te kijken.'
'Waarom zou dat zijn?'
'Ik dacht eerst om mijn brief, maar ik geloof dat het was omdat ze eters krijgen, vier vrienden van Peer, met een kind.'

'Dat is wel verdomd veel. Daar zou ik geloof ik ook van uit mijn humeur zijn.'
'En het schijnt dat ze zichzelf nog hebben uitgenodigd ook.'
'Maar waarom gaan ze dan niet buiten de deur eten? Dan heb je wat te doen en je zit niet met ze in je eigen huis.'
Dat ergerde haar. 'Dat zou jij toch ook niet doen? Dat is niet te betalen! Zes mensen en een kind!'
'Dat lijkt me overkomelijk. Desnoods ga je een pannekoek eten. Dan ben je voor honderd gulden na twee uur van ze af.'
'Zou jij dat doen?'
'Dat weet ik niet.'
'Nou, zeg dan ook niet zulke idiote dingen!'
'Ik opper het alleen.'
Ze reageerde daar niet op. Toen ik naar haar keek, zag ik dat ze tranen in haar ogen had.
Ik pakte haar hand. 'Ben je triest?'
'Ja.' Ze slikte haar tranen weg.
'Waarom ben je triest?'
Ze begon te huilen. 'Ik weet het niet.'
'Maar je kunt het toch analyseren? Wanneer ben je triest geworden?'
'Daarnet.'
'Waarom dan?'
'Dat weet ik niet.'
'Omdat ik me afvroeg waarom ze niet met die mensen uit eten gaan?'
'Misschien ja.' Ze huilde onbedaarlijk.
Ik trok mijn stoel naast de hare en legde mijn arm om haar heen.
'Ik denk dat ik het niet kan verwerken dat jij die mensen niet aardig vindt, terwijl ik me bij hen zo op mijn gemak voel,' snikte ze.
Ik zweeg.
'Omdat het *underdogs* zijn,' voegde ze eraan toe.
Ik bracht mijn stoel terug naar zijn plaats. Het irriteerde me.
'Ik ben daar helemaal op mijn gemak,' herhaalde ze, huilend.

Ik kon moeilijk verdragen dat ik niet had mogen zeggen dat ze beter buiten de deur konden gaan eten. 'Maar dat is toch te gek,' zei ik na een stilte, 'om daar triest van te worden, als ik me afvraag of ze niet beter buiten de deur hadden kunnen gaan eten.' Ik bracht mijn handen vlak bij elkaar. 'Zó klein is de ruimte waarbinnen ik mag manœuvreren.' Terwijl ik dat zei, moest ik een plotseling opkomende woede met geweld onderdrukken.
Ze begon nog harder te huilen. 'Maar mij vinden ze aardig!'
Zo aardig vond Petrus haar nou ook weer niet, als hij zo op die brief reageerde. Ik hield dat voor me en pakte opnieuw haar hand.
'Ik ben zo triest.'
'Wees maar niet triest. Je bent ook maar een mens.'
'Ja,' ze snikte het uit, 'ik ben ook maar een mens.'
Ik gaf haar mijn zakdoek.
Ze snoot haar neus. 'Het is dat ik niet kan verdragen dat we niet dezelfde sympathieën hebben.'
'Ten slotte hebben we die wel.'
'Maar bij deze jongens niet. Jij vindt ze niet aardig.'
'Maar zo aardig is Petrus nou ook weer niet,' zei ik geïrriteerd, 'als hij zo reageert op je brief.'
'Houd je mond!' Ze was plotseling woedend. 'Zeg toch niet alles met zo'n harde stem: tak-tak-tak-tak-tak! Zó áárdig is Petrus ook weer niet! – Ik verdraag het niet dat je zo praat!'
Ze stond op, pakte de lege fonduepan en liep huilend naar de keuken. 'Alleen omdat het *underdogs* zijn!' riep ze uit de gang. 'Je verdraagt mijn begaan zijn met *underdogs* niet! Je hebt een hekel aan die jongens!' Ze riep het zo hard dat het tot in het trapportaal te horen moest zijn. Gelukkig hadden ze al die mensen op bezoek. Ze ging zo nog even door. Daarna hoorde ik haar huilend de afwas doen. Ik ruimde de tafel af en ging met de krant op de divan zitten. Het leek me niet tactisch om haar te helpen en ik had er ook geen zin in. Ik voelde me onrechtvaardig behandeld. Waarom mocht ik in mijn eigen huis niet zeggen wat ik van mensen dacht?

Ze kwam de kamer in en pakte de kopjes. 'Bedankt voor je hulp!' zei ze driftig.
'Het leek me beter om je niet te helpen.'
'Je wordt bedankt!' Ze ging ermee naar de keuken, kwam even later terug en zette mijn kop kwaad voor me neer.
Ik keek naar haar. Ik had met haar te doen. 'Je bent lief hoor. Ik houd van je.'
Ze gaf geen antwoord. Haar gezicht bleef kwaad.

Ik werd wakker toen ze het licht aanknipte om te zien hoe laat het was en daarna weer toen ze Jozefien buiten de deur zette. Ik dommelde weer in en schrok opnieuw wakker.
'Slaap je nog?' vroeg ze.
'Hoe laat is het?'
'Tien over halfacht.'
'Dat is vroeg.'
Ze reageerde daar niet op.
'Ben je al lang wakker?'
'O, al uren.'
Ik draaide me om en pakte haar hand. 'Wat is er dan toch?'
'Dat weet je heel goed.'
'Dat ik me afvroeg waarom ze niet met die mensen gingen eten?'
'Ach, praat er toch niet over. Je weet heel goed wat je gezegd hebt!'
'Daar begon het mee.'
'Je hebt me in de grond getrapt! Je hebt alles vernield wat ik heb opgebouwd!' Ze kwam abrupt overeind en ging haar bed uit. 'Het idee! Dat er mensen op mij gesteld zouden zijn! – Ze zijn helemaal niet op je gesteld. Hoe kom je erbij? Petrus heeft de pest aan je!'
'Dat heb ik niet gezegd.'
'Houd je mond! Laat me uitpraten! Het is al erg genoeg wat je gezegd hebt! Nooit ga ik er meer naartoe! Nooit! Dat heb je voorgoed verpest! Het idee dat die mensen op mij gesteld zouden zijn! Dat ik iets voor ze beteken! In één klap in de

grond geboord! – Petrus is helemaal niet op je gesteld! – Hoe krijg je het over je lippen!'
'Maar het een sluit het ander...'
'Houd je mond, zeg ik je! Ik ben aan het woord!' Haar stem was schor van woede. 'Terwijl jij het juist zou moeten begrijpen! Degeen die je het liefst zou moeten vinden! Niets begrijp je ervan! Niets! Dat niet alleen Peer, die spontane Peer, op me gesteld zou zijn, maar ook die schuwe Petrus! – Hij is helemaal niet op je gesteld! – Pats!' Ze schreeuwde het uit. Het moest in het hele huis te horen zijn. 'In één klap in de grond geboord! – Ben je gek. Dat is niet omdat hij op je gesteld is, dat hij je een sherry aanbiedt! Dat doet hij bij iedereen! Iedereen die daar aan de deur komt, wordt binnengevraagd! Verbeeld je maar niets! Jij dacht dat ze op je gesteld waren? Nou, vergeet het maar! Ze zijn helemaal niet op je gesteld! – En ik, die altijd zo bang ben om mensen achterna te lopen, die zo blij was met dit contact. Dood geneer ik me! Nooit ga ik daar meer naartoe! Ik heb spijt als haren op mijn hoofd dat ik met ze ben gaan eten! – Petrus is helemaal niet op je gesteld! – Hoe kun je zo grof zijn! Hoe kun je zo zonder enig begrip zijn voor wat voor mij belangrijk is! Jij die me zo lang kent!'
'Maar ik heb...'
'Houd je mond! Ik wil niets meer horen! Ik heb genoeg van je gladde praatjes! Je hebt het zo niet bedoeld! Zeg het dan ook niet! Denk eens na voor je het eruit flapt! Zeg het niet!' Ze sloeg de deur hard achter zich dicht.
Ik ging op de rand van mijn bed zitten, verbijsterd, gegriefd. Ze kwam woedend de slaapkamer weer in. 'Zou je dat ook van Roelie of van Saar of van Klaas zeggen, dat ze niet op me gesteld zijn? Nee! Dat zou je niet! Waarom dan wel van Petrus? Wat heb je tegen die man? Ben je soms jaloers?'
'Ik ben niet jaloers.'
'Het lijkt er anders wel op.'
'Ik zou van Roelie, Saar en Klaas ook kunnen zeggen dat ze je niet begrijpen.'

'Maar niet dat ze niet op me gesteld zijn!'
'Dat is hetzelfde.'
'Dat is niet hetzelfde!'
'Ik bedoel hetzelfde.'
'Ach, ga weg! Je bedoelt hetzelfde! Hoe durf je het te zeggen als je me zo gekwetst hebt! Maar je krijgt nu je zin! Ik zal er nooit meer naartoe gaan! Nooit!' Huilend sloeg ze de deur opnieuw achter zich dicht.
Onder het scheren en wassen vroeg ik me af waarom ik niet zou zeggen dat Roelie, Saar of Klaas niet op haar gesteld waren. Ik zou dat inderdaad niet zeggen. Jaloezie? Ik was niet jaloers op die man. Hij irriteerde me een beetje, dat autoritaire, pompeuze, zelfingenomen gepraat. Een egocentrische, beperkte man. En het irriteerde me als Nicolien geëxalteerd deed over wat ze voor die mensen kon betekenen. Ze vonden haar aardig. Maar dat betekende niets op het niveau van haar verwachtingen. Ik was daarvan overtuigd. Was dat jaloezie? Het was irritatie over hooggestemde gevoelens. Wantrouwen misschien. Maar mocht ik dat niet zeggen?
Ik ging aan tafel. Ze zat te huilen. Ik pakte haar hand. Ze trok hem terug.
'Ik heb toch gezegd dat ik het erg aardig vind dat je met ze bent gaan eten?'
'Daar probeer ik me aan vast te klampen! Maar ik kan het niet! Je hebt alles kapotgemaakt met je ruwe opmerking! Ik durf ze nooit meer onder ogen te komen!'
'Dat is toch overdreven?'
'Dat is niet overdreven! Van niemand zou je gezegd hebben dat hij niet op me gesteld is! Waarom uitgerekend van deze man dan wel?'
Ik zweeg. Terwijl ze woedend doorpraatte, zag ik plotseling in waarom ik dat niet van Klaas en wel van Petrus kon zeggen. Het was een kwestie van krediet. Petrus kenden we niet. Ik zag nog niets in die man. Ik geloofde best dat hij de belangstelling van Nicolien aardig vond en zich niet door haar

bedreigd voelde. Maar verder? Een bekrompen, egocentrische man die niet tot belangstelling in staat was. Kon ik dat zeggen? Het zou moeten kunnen, maar ik zag godzijdank kans het voor me te houden.

*

We kwamen terug uit Frankrijk met in mijn rugzak geitekaasjes voor Peer en Petrus die we in Langogne gekocht hadden.
'Ik wou eerst even bij Peer en Petrus langs, om te zeggen dat we terug zijn,' zei ze in de trein. 'Dan brengen we morgen die kaasjes wel.'
'Goed.'
'Je zegt het niet erg overtuigd.'
'Ik vind het goed.'
'Ben je het er niet mee eens soms?'
'Nee, ik vind het best.'
'Wat had jij dan gedacht?'
'Ik had er niet over gedacht.'
'Maar je vindt toch zeker ook dat we het even moeten gaan zeggen?'
'Dat is aardig, ja.'
'Maar je had er niet over gedacht.'
'Het lijkt me beter dat jij dat regelt.'
'Maar daarom kun jij er toch ook wel over denken?'
'Wat schiet ik daar nou mee op? Als ik iets anders zou denken, zouden we ruzie krijgen. Regel jij dat nou maar. Ik vind het allemaal best.'
'Dus je hebt iets anders gedacht?'
'Ik heb niets gedacht.'
'Dan gaan we niet!'
'Natuurlijk gaan we.'
'Nee, want ik wil het niet allemaal regelen! Ik wil dat jij het ermee eens bent!'
'Ik ben het ermee eens.'

'Dan zou je het wel gezegd hebben.'
'Ik heb het gezegd.'
'Je zei dat het goed was.'
'Dat is hetzelfde.'
'Nee, dat betekent dat je je erbij neerlegt. Dat is nou juist wat ik bedoel. Ik wil niet dat jij je er alleen maar bij neerlegt. We gaan niet!'
Ik zweeg.
'Waarom zeg je niets meer?'
'Het lijkt me zinloos.'
'Wat zou jij dan gedaan hebben? Zou je niet gegaan zijn?'
'Dat weet ik niet.'
'Maar daar heb je toch een oordeel over?'
'Er zijn zo veel mogelijkheden. Waarom moet ik daaruit kiezen? Eén is genoeg.'
'Wat zijn er dan nog meer voor mogelijkheden?'
'Dat doet er niet toe.'
'Ik wil het toch horen!'
'Ik kan me voorstellen dat jij alleen gaat en dat je me dan komt roepen als blijkt dat dat zinnig is.'
'Maar dat is toch idioot?'
'Daarom moeten we het dus niet zo doen.'
'Had je werkelijk gewild dat ik er weer in mijn eentje naartoe was gegaan? Wat moeten ze daarvan denken, als ik altijd in mijn eentje kom? Dus jij wilt ze niet zien?'
'Laten we dus maar met zijn tweeën gaan.'
'Maar je stelt voor dat ik alleen ga!'
'Dat stel ik niet voor.'
'Dat stelde je wél voor! Dat was je bedoeling!'
'Zie je nou wel dat je over zoiets niet kunt praten? Eén moet de verantwoordelijkheid nemen. Eén moet beslissen.'
'En ik wil de verantwoordelijkheid niet nemen!'
'En ik kan het niet, want ik heb er nog geen gevoel voor. Het is jouw contact.'
'Dat is juist wat ik niet wil! Als jij erbij bent, heb ik er ook geen gevoel voor!'

'Laten we er nou maar even langs gaan, dan zien we wel verder.'
'Ik ga er niet meer langs!'
Ik zweeg.
'Waarom zeg je niets meer?'
'Ik weet niet wat ik nog zeggen moet.'
'Dus jij wilt werkelijk dat ik weer alleen ga?'
'Dat wil ik dus niet! Je kunt me toch komen halen?'
'Dat doe ik niet! Ik ga niet meer!'
'Laten we nou maar zien. We zijn nog niet in Amsterdam.'
Zo ging het nog even door, maar ten slotte zweeg ze, ontstemd. Toen we een paar uur later de gracht opliepen, kwamen Freek en Petrus juist de deur uit. Freek zag ons aankomen. Hij bleef staan en zei iets tegen Petrus. Op het bordes wachtten ze op ons. Vrolijke gezichten. Schudden van handen. Zoals zo vaak had het probleem zichzelf opgelost.

'Zal ik opbellen om te vragen of we een kop thee kunnen komen drinken?' vroeg ze de volgende dag.
'Goed.'
Nog voor we hadden aangebeld, trok Peer de deur wijd open. 'De hor is klaar,' zei hij. 'Loop even mee.'
We gingen zijn kamer in. Op de plaats waar de piano had gestaan, stond nu een tweede werkbank.
'Waar is de piano?' vroeg ik.
'Die hebben we verkocht,' zei hij achteloos, de hor tevoorschijn halend.
'Vond Petrus dat niet vervelend?' vroeg Nicolien.
'Die speelde er nooit meer op. En hij stond maar in de weg. Kijk!' Hij reikte me de hor aan.
'Geen zwaluwstaarten,' stelde ik vast, 'maar halfhoutse overkepingen.'
Hij grijnsde. 'Dat vond ik wel genoeg.'
'Maar hij is prachtig. Niks op te zeggen. Uit de kunst.'
'Nou heb ik eindelijk een goeie hor,' zei Nicolien. 'Dank je wel.'

'Ik wil er nog wel een maken hoor.'
'Als die andere stuk is.'
Petrus zat achter zijn bureau te lezen toen we de kamer inkwamen. Hij legde zijn bril neer en kwam overeind om ons een hand te geven.
'We hebben wat voor jullie meegenomen,' zei Nicolien. 'We dachten dat jullie dit wel lekker zouden vinden.' Ze diepte het pak geitekaasjes op uit de plastic zak die ze bij zich had.
'Kaas,' begreep Peer.
'Franse kaas?' vroeg Petrus kritisch.
'Daar houden jullie toch wel van?' vroeg ze.
'Nou, ik houd meer van Engelse kaas.'
'Maar dit zijn geitekaasjes.' Ze maakte het papier los. 'Ontzettend lekker. Die kregen we elke dag, hè Maarten?'
'Wij vinden ze lekker,' zei ik.
Hij keek er argwanend naar.
'Geef maar,' zei Peer. Hij nam het pak van haar over en bracht het naar het aanrecht, achter in de kamer.
'Gaan jullie even zitten,' zei Petrus.
'Hebben jullie nog regen gehad?' vroeg Peer.
'Verschrikkelijk,' antwoordde ze. 'Bijna de hele tocht.'
'We hebben nog nooit zo veel regen gehad als in deze vacantie,' vulde ik aan.
'Wij hebben ook veel regen gehad, hè Petrus?'
'Ja.'
'De laatste dag hebben we uren geschuild in de ruïne van een kerk,' vertelde ze. 'En toen we eruit kwamen, zagen we dat het er levensgevaarlijk was, omdat ze op het punt stond in te storten.'
'Daar zou ik maar eerst naar gekeken hebben,' zei Petrus droog.
'*Danger de mort*,' zei ik glimlachend. 'Er wordt wel verondersteld dat je Frans leest.'
'Je moet eens vertellen over die vrouw met die geiten,' zei ze.
'Ja,' zei ik.
'Wij gaan volgende week naar Schotland,' vertelde Peer voor

ik de gelegenheid had mijn verhaal te doen. 'We wilden jullie vragen of je dan voor Pierewiet wilt zorgen.'
'Natuurlijk!' reageerde Nicolien. 'Leuk!'
De vogel zat op de vensterbank. Hij keek naar drie mussen die van het zaad zaten te eten dat op een plank voor het raam was gestrooid.
'Laatst zat daar een ekster,' vertelde Petrus, die mijn blik had gevolgd. 'Daar heeft hij verschrikkelijk tegen zitten schelden, dat wil zeggen, ik neem aan dat dat schelden was. Je weet dat natuurlijk nooit met zekerheid.'
'Je hoeft alleen maar af en toe het water te verversen en hier elke dag wat zaad in te doen.' Peer wees op een bakje dat aan een koord aan het plafond hing.
'Niet in zijn kooi?' vroeg Nicolien.
'Nee, want daar komen de muizen bij. Laatst liep er een over de gordijnrails. Hebben jullie geen muizen?'
'Zij hebben toch katten?' zei Petrus. 'Dan heb je geen muizen.'
'Op de Lijnbaansgracht hadden we een muis. Die kwam elke avond van het plaatsje zijn eten halen. Onze kat was bang voor hem,' vertelde ze lachend.
'Nou, zo'n kat zou ik niet willen hebben,' zei Petrus. 'Dat is nou het enige waar ze nog goed voor zijn.'
'Ik vind muizen aardige dieren,' merkte ik op.
'Nee, ik vind het afschuwelijke beesten,' zei Petrus.
'Jij ziet er geloof ik tegenop, hè?' zei Nicolien tegen Peer. 'Tegen die vacantie.'
'Ja, verschrikkelijk.' Zijn gezicht was betrokken.
'Ik zie er ook altijd tegenop, hoor,' troostte ze.
Het verraste me dat ze dat had opgemerkt.
'Ik zal blij zijn als we weer terug zijn,' zei hij benauwd. 'Ik vind het maar niks.'
'Nou, nou,' protesteerde Petrus, 'dan hoefden we niet te gaan.'
'Hoe gaan jullie?' vroeg ik. 'Met de fiets?'
'Nee, met het vliegtuig,' zei Petrus droog. 'Waterfietsen hebben we niet.'

Ik glimlachte flauw.
'Ik was liever met de boot gegaan,' zei Peer, 'maar Petrus geeft de voorkeur aan vliegen.'
'Vliegen is sneller en comfortabeler,' vond Petrus. 'Met een uur ben je er.'
'Nou, ik zal blij zijn als ik weer op de grond sta.'
'Wie moeten we waarschuwen als jullie naar beneden donderen?' vroeg ik.
'Zullen we ze het adres van jouw moeder maar geven?' zei Petrus tegen Peer.
'Schrijf jij het dan op?' vroeg Peer.
Petrus stond op, nam plaats achter zijn bureau, zette zijn bril op en pakte pen en papier.
'En het telefoonnummer graag,' waarschuwde ik.
'Hebben jullie dat huis nog gekocht?' vroeg Nicolien.
'Nee,' antwoordde Peer. 'Daar hebben we van afgezien.' Hij was ook opgestaan en zocht tussen een stapel papieren in de boekenkast.
'Dat is verstandig,' vond ik.
'Petrus zoekt nu uit hoe hij zijn geld op mijn naam kan zetten zonder dat ik successierechten moet betalen. De mazen in het net zogezegd.' Hij kwam met een kaart terug. 'Ik zal jullie eens laten zien hoe we fietsen.' Hij ging tussen ons in zitten en vouwde de kaart open op zijn knieën. Zo dichtbij stootte hij een weeë uielucht af die mijn weerzin wekte.
'Dit is het adres.' Petrus stond op en reikte me het papier aan.
Ik bekeek het. Peers moeder heette niet De Graaf, zoals hij, maar Greeve. 'Is je moeder hertrouwd?'
'Nee, hoezo?' Hij ademde in mijn richting.
Onwillekeurig verstarde ik. 'Omdat ze Greeve heet.'
'Nee, zo heette mijn vader.'
'En jij heet De Graaf?'
'Ik heb mijn naam veranderd.'
'Waarom?' vroeg ik verbaasd.
Hij glimlachte verlegen. 'Dat vertel ik je nog wel eens.'

*

Voor ze naar de trein gingen, belden ze aan om de sleutel te brengen. Ingesnoerd in jacks stonden ze op het portaal, twee uit de kluiten gewassen kabouters, Petrus met zijn tasje schuin over zijn schouder, Peer met een rugzakje, elk met fietstasjes in beide handen.

'Wij zijn reisvaardig,' zei Petrus opgeruimd.

'Het avontuur tegemoet,' vulde Peer aan.

'Ben je zenuwachtig?' vroeg Nicolien.

'Verschrikkelijk! Ik heb een hele hand vol valiumpillen genomen, maar het werkt niet.'

'Dat kan ook nog niet,' zei Petrus. 'Dat komt straks pas als je in het vliegtuig zit.'

'Goeie reis dan maar,' zei Nicolien.

'En wel thuis,' wenste ik.

Ze daalden de trap af. We gingen het huis weer in. Nicolien liep door naar het raam en stak haar hoofd naar buiten. Beneden sloeg de buitendeur. 'Moet jij niet kijken?' vroeg ze, haar hoofd weer even intrekkend. Ik kwam naast haar staan. Ze liepen langzaam de gracht af, naast elkaar, Peer in een geel jack en een roze broek, Petrus in een groen jack en een te korte, nauwsluitende zwarte broek, waarin zijn benen zo krom waren dat het leek of hij op de buitenkanten van zijn schoenen liep.

'Zou Petrus rachitis gehad hebben?' vroeg ik.

'Waarom?'

'Omdat hij zulke kromme benen heeft.'

'Zo krom vind ik ze niet.'

'Bijna een O.'

'Ach, dat zeg je alleen omdat hij je irriteert.'

Ik lachte. 'Het zou in ieder geval verklaren waarom hij zo op Engeland gesteld is.'

*

Ze belde me op op mijn werk. 'Hoor je niets?'
Ik luisterde.
'Luister dan!'
Heel in de verte meende ik een vogel te horen tsjielpen. 'Een vogel?'
'Pierewiet! Ik zit aan het bureau van Petrus.'
'Hé.'
'Het is hier heerlijk jô. Doodstil. En je kijkt op de tuinen. Je hoort alleen maar de vogels en verder niets.'
'Er is daar natuurlijk geen zon.'
'Nee, maar dat is juist prettig. En al die ouderwetse meubelen. Net of ik nog bij mijn ouders thuis ben.'
'Wat doet Pierewiet?'
'Die springt een beetje op die stokken heen en weer. Ik geloof dat hij het wel gezellig vindt dat ik hier zit. Hij begon meteen te zingen.'
'Wat doe je?'
'Russisch.'
'Je hebt alles meegenomen?'
'Ja, ik dacht: Laat ik daar maar eens gaan zitten. Dat is leuk voor Pierewiet.'
'Alleen niet voor de katten.'
'Nee, maar ik blijf hier niet de hele dag.'
'Nee.'
Het was even stil.
'Nou,' zei ik, 'ik ga maar weer aan mijn werk. Veel plezier.'
'Vergeet je niet om aardappelen en appelen te halen?'

'Er lag een boekje,' vertelde ze 's avonds onder het eten. '*Samen maar niet getrouwd*. Dat zijn natuurlijk die juridische adviezen waar Peer het over had. Ik vind het heel verstandig dat Petrus dat allemaal uitzoekt. Vind je niet?'
'Een beetje uitgerekend is het wel,' plaagde ik.
Daarover ontstak ze in grote woede. 'Dat moet je terugnemen!'
'Ik denk er niet over. Het was een grapje.'

Ze stond op. 'Ik eis dat je het terugneemt!'
Ik schudde mijn hoofd. 'Als ik niet eens meer grapjes mag maken.'
'Terugnemen!'
'Wat is dat voor onzin?'
'Als je het niet terugneemt, dan sla ik de hele boel in elkaar.'
Ik keek haar verbaasd aan. 'Wat mankeert je?'
Ze wendde zich af, pakte de meloen die op de theetafel lag te wachten en smeet die door de kamer. De katten stoven alle kanten op. 'Dat is die verdomde homohaat! Net als je moeder! Ik verdraag dat niet langer!'

'Soms zeg je dingen die ik heel moeilijk kan verdragen,' zei ze een paar dagen later.
'Geef eens een voorbeeld?'
'Tegen Henriette heb je een keer gezegd dat lesbische vrouwen harde gezichten hebben.'
'Sommigen.'
'En tegen Frans Veen heb je een paar jaar geleden gezegd dat homo's bang zijn.'
'Dat ze bang zijn voor vrouwen.'
'Dat heb je niet gezegd! Je hebt gezegd dat ze bang zijn! Jammer dat ik er geen bandje van heb.'
'Als ik dat gezegd heb, heb ik me slecht uitgedrukt. Ik bedoelde in ieder geval dat ze bang zijn voor vrouwen.'
'Dan nog mag je zoiets niet zeggen! Je kunt toch niet zeggen dat Peer bang is? Of die homo's die in de oorlog gefusilleerd werden?'
'Maar die angst bedoelde ik dus niet.'
'Je mag nooit alle mensen van één groep over één kam scheren. Net zomin als een neger er wat aan kan doen dat hij zwart is, kan een homo er iets aan doen dat hij op een man verliefd wordt.'
'Maar er is wel verschil.'
'Er is géén verschil!'
'Bij homo's is het een psychische kwestie.'

‘Bij homo’s is het erfelijk! Ze weten niet hoe het komt! Het is biologisch! Dat staat in dat boek!’
‘Er zijn ook psychiaters die zeggen dat het psychisch is – een binding aan hun moeder. Ik vind dat heel aannemelijk.’
‘Maar homo’s zeggen zelf dat dat niet zo is.’
‘Daar hebben ze belang bij.’
‘In ieder geval lijken ze niets op elkaar. Wat lijkt Freek nou op Peer?’
‘Als het psychisch is, zijn er overeenkomsten.’
‘En toch lijken ze niets op elkaar!’
‘In andere opzichten niet.’
‘In geen enkel opzicht!’
‘En Beerta dan? Beerta zegt dat hij homo’s kan herkennen.’
‘Met Anton heb ik niets te maken. Anton is een schuinsmarcheerder. Die herkent homo’s als hij met ze naar bed kan. Zoals een hetero een hoer herkent. Daar kun je mee naar bed! Maar al die anderen die niet met iedereen naar bed gaan, die herkent hij niet! Aan Petrus kun je niet zien dat hij een homo is!’
‘Niet met zekerheid.’
‘Alleen als je het weet!’
Ik zweeg een ogenblik. ‘Stel nu dat je gelijk hebt,’ zei ik toen, ‘dan blijft het toch een zaak waarover je van mening kunt verschillen. Wij verschillen daarover van mening. Ik zeg dat tegen jou en Frans en Henriette. Ik zou er toch niet over denken dat te zeggen tegen mensen die homo’s discrimineren?’
‘Maar zíj kunnen het denken! En daar geneer ik me voor!’
‘Als ik zoiets zeg, is dat om een gesprek uit te lokken.’
‘Ik was woedend als mijn moeder iets van de joden zei. Als klein kind al. En jij hebt je moeder laten praten. Als jij zoiets zegt, is dat omdat je je moeder nooit de waarheid hebt gezegd.’
Ik dacht daarover na. Het leek me niet waarschijnlijk. ‘Als ik zoiets zeg, is dat omdat ik me afvraag of er iets in zit. Ik wil daarover praten.’

'Je mag zo niet praten. Op die manier breng je de mensen in de gaskamer.'
'Maar het irriteert me niet. Mensen irriteren me alleen als ze zich provocerend gedragen.'
'Dat is het verschil tussen ons. Als twee homo's hand in hand lopen, vertedert me dat.'
'Niet als het is om te provoceren.'
'Dat kan me niet schelen. Daar hebben ze reden voor. En als jou dat irriteert is dat alleen omdat het je moeder irriteerde. Die vond alleen zichzelf goed: een vrouw met een man en drie kinderen. En zo denk jij ook!'
Ik zweeg. Zo dacht ik dus niet, maar ze gaf me niet de ruimte om erover na te denken. Misschien kwam irritatie over provocerend gedrag nog het dichtst bij wat ik voelde. En natuurlijk was irritatie normbevestigend, althans wanneer je ernaar handelde. Daarover was ik best bereid te praten. Het was alleen een soort van praten, analyserend praten over je eigen reacties, waar zij geen boodschap aan had.

*

Ze stonden met pakjes in hun handen op het portaal. Ze liepen voor me uit naar de kamer, Peer met een kijker over zijn schouder, Petrus met zijn tasje. Peer gaf Nicolien drie zoenen.
'Dan kan ik niet achterblijven,' vond Petrus, maar hij deed dat zo schutterig dat ze er allebei verlegen onder werden.
'En hier zijn de cadeautjes,' zei Peer. 'Geef eens Petrus.'
'O ja,' zei Petrus.
'Maak ze maar open,' zei Peer.
Terwijl Nicolien de pakjes openmaakte, keek Peer gespannen toe, alsof hij zelf benieuwd was. Er kwamen een theedoek en een doosje sigaartjes uit. 'Leuk,' zei ze. 'Lekker!'
'Van jongeheer Pierewiet, zoals je zult begrijpen,' zei Petrus.
'Voor de goeie zorgen,' voegde Peer eraan toe.

'Nou, ik vond het leuk om voor hem te zorgen hoor,' verzekerde ze.
'Gaan jullie zitten,' zei ik terwijl ze de kamer uitging om koffie te zetten.
'Ik heb mijn kijker meegenomen.' Peer haalde de riem van zijn schouder. 'Ik dacht dat je daar wel eens door zou willen kijken.'
Ik nam de kijker over, liep naar het raam, keek in de bomen en stelde hem scherp. 'Mooi helder!' Ik keek naar de kijker en gaf hem terug. 'Mooie lichtsterkte!'
'Goed hè? Ik dacht wel dat je hem mooi zou vinden. Die heb ik van Petrus gehad, omdat we anderhalf jaar samen zijn.'
'Omdat je er graag een hebben wou,' verbeterde Petrus.
'Ja, omdat ik er graag een hebben wou,' herhaalde Peer afwezig. 'En ik heb de kaart van Schotland meegenomen om te laten zien hoe we gereden hebben.' Hij vouwde de kaart open.
'Dat hebben we toch al gezien voor jullie weggingen,' zei ik.
'Ja, maar nu hoe we echt gereden hebben, want we hebben het hier en daar een beetje anders gedaan.'
'Wat hebben jullie voor weer gehad?' vroeg Nicolien, de kamer inkomend.
'Verschrikkelijk!' antwoordde Peer.
'Nou, verschrikkelijk...' corrigeerde Petrus.
'Verschrikkelijk!' herhaalde Peer. 'Regen, regen en nog eens regen!'
'Er was ook wel eens zon.'
'Nou, ik heb er niks van gemerkt.'
'In Inverglas bijvoorbeeld was er zon.'
'Misschien was daar zon, maar mij zie je er niet meer. Ik heb het wel gezien.'
Petrus verstrakte. 'Daar heb je me niks van gezegd.'
'Nou, dat zeg ik dan nou. Mij zie je niet meer op de fiets. Niet naar Schotland in ieder geval.'
Petrus zweeg geschokt.
'Hoe reageer je dan, als het regent?' vroeg ik aan Peer.
'Ik? Oei! Joei! Dat is niet zo mooi. Helemaal niet mooi!'

'Peer kan niet tegen regen,' beaamde Petrus.
'Ik word er verschrikkelijk driftig van,' bekende Peer. 'Aan het eind van de dag, toen we bij het hotel kwamen, heb ik het zeil van de fietsen finaal doormidden gescheurd. Hè Petrus?'
'Ja, Peer kan er slecht tegen,' herhaalde hij. 'Hij weigerde zelfs om de fietsen het hotel in te brengen.'
'En wat doe jij dan?' vroeg ik.
'Toen heb ik ze maar naar binnen gebracht. Ik denk dan: Als het zo erg is, dan moet ik niet kwaad worden.'
'Zo zou jij ook moeten reageren,' zei Nicolien tegen mij. 'Zie je nou wel?'
'Ik word bijna nooit kwaad,' protesteerde ik.
'Ja, dat zeg ik ook,' zei Peer, 'maar intussen.'
'Was het zwaar?' vroeg ik. 'Afgezien van de regen.'
Peer keek naar Petrus. 'Zwaar was het eigenlijk niet, hè Petrus? Dat viel wel mee.'
'Voor ons niet,' bevestigde Petrus. 'Maar ik denk dat er weinig mensen zijn van mijn leeftijd die me dit nadoen, al zeg ik het zelf.'
'Dat is de kracht van het Britse ontbijt,' zei ik. 'Daarop hebben de Engelsen hun koloniale rijk gebouwd. Als de anderen nog slap waren van de slaap timmerden zij er al lustig op los.'
'Er zijn ook weinig Britten die het me nadoen,' verzekerde hij ernstig. 'Er waren twee Engelse jongens van even in de dertig die tegelijk met ons de Black Mountains opfietsten. Maar toen het begon te regenen, keerden ze wel weer om, terwijl wij gewoon doorfietsten. Dus dan denk je: Zo slecht doe ik het nou ook weer niet. Ik fiets wel langzaam, dat moet ik toegeven, maar ik haal het wel.'
'Maar je houdt wel erg van het Engelse ontbijt,' merkte Peer op.
'Ja, het Engelse ontbijt vind ik verrukkelijk.'
'Omdat er eieren in zitten,' verduidelijkte Peer.
'Ja, voor een ei kun je me 's nachts wakker maken.'
'We zullen nog eens de proef op de som nemen,' beloofde ik.
Er viel een stilte.

‘Dat was mooi,’ herinnerde Peer zich, hij keek naar Petrus, ‘mag ik dat vertellen?’
‘Ik weet niet wat je vertellen wilt.’
‘Van die Engelsman die het hotel uitkwam toen ik buiten op je stond te wachten.’
‘Ja, lieve jongen, vertel dat maar.’
‘Die zei: “Uw vrouw komt er al aan”! Terwijl hij ons toch al had zien fietsen.’ Hij lachte.
‘En terwijl ik er toch niet direct als een vrouw uitzie,’ vond Petrus.
‘Uw oude wijfje,’ zei ik voor ik erbij had nagedacht. Want iemand met zoveel haren op zijn gezicht kon je toch onmogelijk voor een jonge vrouw aanzien.

‘Dat was wel wat cru,’ zei Nicolien toen ze weg waren. ‘Hoe kon je zoiets zeggen? Ik schrok ervan. Als hij het maar niet vervelend heeft gevonden.’

‘Het schokte me dat Peer zei dat hij niet meer wil fietsen,’ zei ze aan tafel. ‘Net als in een huwelijk, waar de vrouw niet meer mee wil. Ik had dat nooit verwacht. Ik vond het heel zielig voor Petrus. Want dat fietsen betekent heel veel voor hem. Dat moet toch haast een milieukwestie zijn. Peer is daarin niet opgevoed. Maar dat hij dat dan niet voor Petrus overheeft.’
Haar reactie verraste me. Ik had me dat niet zo gerealiseerd. Misschien omdat ik niets in die twee mannen belegd had.

De volgende dag belde ze me op. Peer was even langs geweest om ons te eten te vragen. ‘Petrus heeft het dus niet erg gevonden, die opmerking over dat oude wijfje,’ zei ze.

*

In de krant stond een interview met Hans Warren. Wat hij over het schrijven van zijn dagboek zei, sprak me aan, maar ik was niet nieuwsgierig naar de inhoud.

‘Waarom niet?’ vroeg ze. ‘Het lijkt me nou echt iets voor jou.’
‘Ik denk omdat die homosexualiteit me tegenstaat.’
Ze schrok, keek om naar de deur, alsof ze bang was dat Peer en Petrus op de gang stonden te luisteren. Ze werd triest. ‘Ik vind het verschrikkelijk dat je zoiets zegt. In mijn huis!’
‘Het kan me niet schelen dat hij homosexueel is, maar als dat het centrale thema is, dan verlies ik mijn belangstelling.’
‘Verschrikkelijk vind ik het om zoiets te horen!’
‘Maar je gaat me toch niet vertellen dat je geïnteresseerd bent in die verliefdheden op jongetjes en die sexuele avonturen in Parijs?’
‘Wel als het voor die man belangrijk is! Die man wil zich bewijzen!’
‘Als je je op zo’n punt wilt bewijzen, dan deug je niet.’
‘Als Peer en Petrus dat zouden horen, zou ik me doodschamen.’
‘Als ze intelligent waren, zouden ze het met me eens zijn. En anders zou ik het niet zeggen. Ik zeg het tegen jou, in mijn eigen huis.’
‘En ik wil ook niet dat je het tegen mij zegt! Het is net je moeder! Ik vind het verschrikkelijk! Het is puur racisme!’

*

We klommen met een pond abrikozen, een fles wijn en mijn verrekijker de trap op naar het achterhuis en belden aan.
Peer deed open. Hij gaf haar drie keiharde zoenen en leidde ons de voorkamer binnen. ‘Ze zijn er,’ zei hij opgeruimd.
De tafel was al gedekt: een smetteloos wit tafellaken, kristal, zilveren borden met een bloemetjesmotief. Petrus stond bij het fornuis, achter in de kamer, zwijgend in een pan te roeren. Ik vermoedde dat hij zo het zoenen wilde ontlopen.
‘Willen jullie een glas sherry?’ vroeg Peer.
‘Hebben jullie geen jenever?’ vroeg ik.
‘Daar houdt Petrus niet van.’

'Sherry is toch ook goed?' zei Nicolien.
We gingen op de bank zitten. Het was er warm.
Ze legde de abrikozen en zette de wijn op de kleine tafel. 'We hebben abrikozen en wijn voor jullie meegenomen,' zei ze toen Peer met de sherry en de glazen aankwam.
'Geef maar.' Hij zette de glazen en de sherry op het bureau van Petrus en bracht de geschenken naar de keuken.
'En ik heb mijn verrekijker meegenomen om met die van jou te vergelijken.'
Petrus kwam er zwijgend bij zitten.
'Houd jij niet van jenever?' vroeg ik.
'Ik vind dat een drank voor werklui,' antwoordde hij stug, 'net als reizen in de tweede klas.'
Peer schonk de glazen in. 'Petrus houdt alleen van whisky. Hè, Petrus?'
'En van cognac,' vulde Petrus aan.
'Whisky heeft iets lafs,' vond ik, 'vergeleken bij jenever.'
'Whisky is verrukkelijk!' Hij zei het op een toon die geen tegenspraak duldde. 'Het is de enige drank die je altijd kunt drinken! En cognac!'
'Eerst even klinken!' waarschuwde Peer.
We tikten beurt om beurt de glazen tegen elkaar, waarbij ik moeite had mijn lachen in te houden, zo potsierlijk vond ik het ritueel. Peer genoot er zichtbaar van, Petrus leek er met tegenzin aan deel te nemen.
'Haal jij eens je verrekijker,' zei ik tegen Peer.
'O ja, mijn verrekijker.' Hij stond op.
'Ik ben gisteren naar een reünie van mijn oude klas geweest,' vertelde Nicolien. 'Nou ja, oude klas, het zijn maar vier vrouwen hoor. Het was eigenlijk een dagopleiding.'
'Daar zou ik nooit naartoe gaan,' zei Petrus.
'Ja, het was ook wel gek. Maar een van die vrouwen is wel aardig. Die heeft kanker.'
'Nee, daar zou ik nooit naartoe gaan,' herhaalde hij.
'Dit is hem.' Peer gaf me de kijker.
Ik keek in de tuin, eerst door mijn kijker, toen door die van

hem. 'De jouwe is mooier, maar de mijne is lichter. Zullen we ruilen?'
'Nooit!'
'Waarom niet?'
'Ik denk er niet over!'
'Je krijgt er iets voor terug.'
'Nee! Vergeet het maar!'
'Je zou wel gek zijn,' merkte Petrus geïrriteerd op.
'Als hij hem niet ruilt, bedoel je,' plaagde ik.
'Koop er dan zelf een,' zei Peer.
'Nee, niet doen, hoor,' reageerde Nicolien. 'Niet een kopen als je er al een hebt.'
'Waarom niet?' vroeg Petrus.
'Je moet geen nieuwe dingen kopen als de oude nog niet op zijn.'
'Dat vind ik grote onzin,' zei hij humeurig. 'Dan zou je ten slotte alleen maar oude rommel overhouden.'
Intussen had ik de kijker van Peer opnieuw op de tuin gericht. 'De tulpenboom heeft bloemen.'
'O ja?' reageerde Peer verrast. 'Dat hebben we nog niet gezien, hè Petrus?'
'Dat kan niet!' zei Petrus. 'Geef eens.' Hij nam de kijker over en richtte hem op de tulpenboom, achter in de tuin, half verscholen achter een grote beuk. 'Je vergist je.' Hij gaf de kijker terug. 'Dat is de jasmijn in de tuin daarachter.'
Ik keek opnieuw. 'Het is de tulpenboom. Die jasmijn zie ik ook natuurlijk, maar dat is veel lager. Bovendien zijn het heel andere bloemen.'
Ongeduldig nam hij de kijker weer terug.
'Dit zijn nou de ogenblikken waarop je je bewust wordt van je fundamentele eenzaamheid,' zei ik, mijn lachen met moeite inhoudend, 'als je de enige bent die iets ziet. Net of je een beetje gek bent.'
'Ik heb nou alle foto's uit Schotland afgedrukt,' vertelde Peer, 'die gaan we straks bekijken.'
'Ja, leuk,' zei Nicolien.

'Hoeveel zijn het er?' vroeg ik.
'Tweehonderd!'
'Alsjeblieft!'
Intussen tuurde Petrus door de kijker.
'Petrus krijgt er geen genoeg van,' merkte ik op.
'Nee. Petrus is iemand die alles het eerste wil zien,' zei Peer argeloos.
'Ik zie twee bloemen,' zei Petrus, de kijker wegleggend, alsof hij daarmee mijn eerdere ontdekking corrigeerde.

We gingen aan tafel. Petrus aan de korte zijde, met zijn rug naar het licht, ik tegenover hem, Peer en Nicolien aan de lange zijden.
'Wat een prachtig servies hebben jullie,' zei Nicolien.
'Dat is Frans,' zei Peer. 'Dat is nog van Petrus' moeder.'
'Niet van je vader?' vroeg ik boosaardig, Petrus aankijkend.
'Ja, ook van mijn vader,' zei Petrus met tegenzin.
Ik knikte, keek naar het glaswerk en tikte met mijn nagel tegen mijn glas. 'En echt kristal.'
'Natuurlijk.'
'Chique!'
Peer haalde de schalen uit de keuken: tuinbonen met pekelvlees en nieuwe aardappelen. Petrus schonk de wijn in, een Bourgogne.
'Eerst klinken!' waarschuwde Peer.
'We hebben toch al geklonken,' protesteerde ik.
'Ja, maar dat was voor de sherry. Dit is voor de wijn.'
We klonken, reikend over de tafel.
'Eigenlijk hadden we eerst iets anders willen eten,' vertelde Peer, 'maar Petrus dacht dat dat niets voor jullie was, hè Petrus?'
'Nee.'
'Wat was dat dan?' vroeg ik.
'De ballen en de penis van een stier.'
'Nee, ik denk niet dat je ons daar een plezier mee had gedaan.'

‘Het is een recept van Petrus. Wij vinden het heerlijk.’
‘Maar je moet het wel van tevoren bij de slager bestellen, want in Nederland wordt dat weinig gegeten,’ merkte Petrus op.
‘Dat kan ik me voorstellen.’
‘Het lijkt mij ook nogal griezelig,’ zei Nicolien.
‘Waarom?’ vroeg Petrus. ‘Dat is maar een vooroordeel.’
‘Ja, misschien wel,’ zei ze aarzelend.
‘Ik denk dat het mij te concreet is,’ zei ik. ‘Dan liever pekelvlees. Daar hoef ik me niets bij voor te stellen.’
‘Maar je hoeft je er niets bij voor te stellen!’ zei Petrus. ‘Je moet het eten!’
Ik knikte. ‘Jawel, ik begrijp het.’
‘Het zal wel zijn omdat wij vlees eten een probleem vinden,’ meende Nicolien.
‘Ja, daar begrijp ik niets van,’ zei hij knorrig.
‘Ik begrijp het wel,’ zei Peer, ‘maar Petrus heeft me daar overheen geholpen.’
Terwijl we aten, keek Petrus stug op zijn bord. Hij vergat onze glazen bij te schenken. Ik keek tersluiks naar hem en stelde opnieuw vast dat deze argwanende kobold me niet lag: geen enkel gevoel voor humor, niet in staat om wat dan ook te relativeren, laat staan zichzelf.
De zon daalde naar de huizen van de Keizersgracht; het licht viel in een brede baan over de eettafel. De vogel maakte kleine geluiden en sprong op zijn stok voor het raam heen en weer. Ondanks de stugge aanwezigheid van Petrus kon ik van de boerensfeer in de kamer, tussen al dat goed gepoetste antieke meubilair, wel genieten.
‘Jij zit in de zon,’ merkte Peer op. ‘Zal ik het rolgordijn neerlaten?’ Hij stond op en haalde het naar beneden, een groen rolgordijn met kwastjes, waardoor het licht gezeefd binnenkwam.
‘Ik vind het heerlijk hoor,’ zei Nicolien.
‘Ik ook.’ Ik keek naar mijn lege glas. ‘De wijn is ook verdomd lekker.’

Maar Petrus reageerde daar niet op. De zon verdween achter de huizen. Het werd schemerig. Peer liet de rolgordijnen omhoogschieten. Ze bleven op driekwart hangen. Hij haalde ze weer naar beneden en probeerde het nog eens, met hetzelfde resultaat.
'Nee, zo gaat dat niet,' zei ik, toen hij het wilde opgeven. 'Ze moeten helemaal omhoog.'
Hij grijnsde, trok ze nog eens naar beneden en liet ze opnieuw omhoogschieten. Ze kwamen iets hoger.
Ik lachte. 'Nog niet genoeg!'
Hij had daar wel plezier om, maar Petrus irriteerde het. 'Zo is het wel goed,' zei hij humeurig. 'We hoeven toch niet de hele avond met dat gordijn bezig te zijn?'
'Laat maar,' zei Peer tegen mij. 'Petrus vindt dit niet leuk.'
'Willen jullie eigenlijk nog wijn?' vroeg Petrus.
'Graag,' zei ik.
Hij vulde de glazen en toen onze borden leeg waren nog eens. We kregen pudding met bessensap, waarna er ruimte werd gemaakt voor de foto's, voornamelijk landschappen, hekken, deuren, dode dieren en foto's van Peer: Peer naakt aan de rand van een meer, Peer op de rand van zijn bed met een erectie, Peer op de wc en als uitsmijter een foto waarop ze elkaar op een bankje zaten te zoenen. Ik keek ernaar en verbaasde me erover dat Nicolien dat aardig vond. Alleen omdat het homo's waren. Ik vond het net zo gênant als de intieme foto's van mannen en vrouwen en vooral oervervelend. Toen het na een uur of twee achter de rug was, stond ik met een gevoel van opluchting van tafel op. We dronken nog een glas cognac in de zit en gingen toen naar beneden. Bij het afscheid werd dit keer niet gezoend.

'Wat vond je ervan?' vroeg ze, zodra we in bed lagen en het licht uit was.
'Matig,' zei ik voorzichtig.
'Ik geloof dat Petrus erg gespannen was.'
'Die indruk had ik ook.'

‘En die foto’s vond ik ook niet zo bijzonder.’
Dat verraste me.
‘Of vond jij van wel?’
‘Foto’s van anderen zijn nooit wat.’
‘Nee.’
Er was een stilte.
‘Waaraan merkte je dat Petrus gespannen was?’ Mijn vraag emotioneerde me, alsof we gemene zaak maakten door over hen te praten – een ongewone vertrouwelijkheid.
‘Door de manier waarop hij ons ontving.’
‘Dat was waarschijnlijk omdat hij jou geen zoen wilde geven.’
‘Dat denk ik ook, maar daar had hij waarschijnlijk weer het land over en dat reageerde hij op mij af, eerst met die reünie en later met die verrekijker, toen ik zei dat ik liever geen nieuwe dingen kocht als de oude nog niet op waren. Dat irriteerde hem. En daar komt nog bij dat jij hem ook niet ligt. Met mij alleen is hij veel meer ontspannen.’
Voor haar doen klonk het zo ongewoon objectief dat het me ontroerde en roekeloos maakte. ‘Hij is ook wel erg conventioneel,’ ik bedwong mijn emotie met moeite, ‘om jenever en reizen in de tweede klas beneden zijn stand te vinden.’
Tot mijn verrassing werd ze niet boos. ‘Ja, dat is raar,’ zei ze alleen.
Even overwoog ik om te vragen wat ze nu eigenlijk van die naaktfoto’s vond, maar ik hield dat voor me.
We zwegen. Ik dacht over haar opmerkingen na. Tot de conclusie dat ik hem niet lag, evenmin als hij mij, was ik ook al gekomen. Waarschijnlijk zag hij in mij de gehate snelle prater, die hem heel zijn leven de baas was geweest. De schildpad en de haas: altijd te laat, altijd te langzaam en altijd het gevoel gelijk te hebben – een gelijk dat niemand interesseerde.

*

'Ik kwam Peer tegen,' vertelde ze toen ik thuiskwam. 'Ze hebben een neefje te logeren, een zoontje van zijn zusje. Vind je dat niet ontzettend aardig?'
'Hoe oud is die jongen?'
'Negen.'
Ik knikte.
'Zo moet je je kinderen natuurlijk opvoeden. Dan zullen ze later nooit meer discrimineren.'
'Het is loyaal,' gaf ik toe.
'Loyaal? Dat is wel heel zwak uitgedrukt! Van een fatsoenlijk mens kun je toch niet anders verwachten?'
'Nee, natuurlijk niet.' Ik vond het wel wat programmatisch, maar dat hield ik voor me.
'Ze hebben hem natuurlijk ook voorgelicht.'
'Waarom?'
'Omdat dat niet anders kan. Je moet zo'n jongen natuurlijk uitleggen wat er aan de hand is.'
'Hoe stel je je dat dat dan voor?'
'Hoe ik me dat voorstel? Gewoon! Ik zou zeggen dat je net zo goed van een man als van een vrouw kunt houden. En dat oom Peer en oom Petrus van een man houden. En dat ze heel gelukkig met elkaar zijn.'
'Zou je dat zeggen als hij niets vroeg?'
'Natuurlijk! Anders begrijpt zo'n jongen het niet.'
Ik wist niet of ik het dan zou doen, maar ik wist ook niet hoe het anders zou moeten. 'Het lijkt me een probleem. Het lijkt een beetje op reclame.'
'Nou? En? Beter dan die moeders die van homo's griezelen en bang zijn dat hun kinderen homo worden. Want dát zijn pas rotvrouwen. Dat zijn rotvrouwen die alle ellende in de wereld brengen.'
Ik begreep op wie ze doelde.
'Of wou je je moeder soms weer verdedigen?'
Dat wou ik niet, maar dat voortdurende gescheld op mijn moeder maakte me wel triest.

*

We zaten bij vrienden in de tuin. Het gesprek kwam op mannen met baarden en mannen met snorren. Mannen met baarden, daar konden we alle vier mee leven, hoewel het er nog wel van afhing wat voor baard. Aan mannen met snorren hadden we een hekel. Mannen met snorren deugen niet. Dat herinnerde me aan een jongen in de trein naar hen toe, duidelijk een homo, ook met een snor. Het was me al eerder opgevallen dat veel homo's tegenwoordig een snor hadden. Kort tevoren had ik dat bevestigd gezien in een artikel over de homobeweging: veel homo's droegen snorren, omdat ze niet meer de behoefte hadden zich vrouwelijk te gedragen – of woorden van gelijke strekking. Een interessant psychologisch verschijnsel, dat de zaak enigszins compliceerde. 'Die jongen in de trein had ook een snor en dat was een homo. Er zijn dus nog wel verschillen,' zei ik, voor ik erbij had nagedacht.
Nicolien verstarde en zei niets meer, terwijl het gesprek zijn weg ging. Toen we even alleen waren, siste ze me toe: 'Homo's hè? Wanneer houd je daar in godsnaam mee op?'
Ik had geen gelegenheid te antwoorden.

'Ik geneerde me dood!' zei ze in de trein terug. 'Wat zullen ze daar wel van gedacht hebben! Zo praat een fatsoenlijk mens niet! Net als mijn moeder: "Het is toch geen jood?" – Het maakt geen enkel verschil! Alleen zijn het nu homo's!'
'Het maakt een enorm verschil,' protesteerde ik. 'Ik bedoelde alleen dat de redenen om een snor te dragen ingewikkelder zijn.'
'Ach hou toch op! Het kan me niet schelen wat je bedoelt! Ik wil niet dat je zo praat! Ik wil niet eens horen wat je bedoelt!'
'Maar dat is toch te gek?'
'Hou je mond! Ik praat niet meer met je! Denk alsjeblieft om de mensen, met je harde stem! Wat moeten die er wel van denken. Dat we ruzie hebben soms?'

'Dan zouden ze er niet zo ver naast zitten.'
'Hou je mond, zeg ik je!'
Ik zweeg. Tot huis toe bleef ze kwaad.

*

Een boek van mij werd na 22 jaar herdrukt. De uitgever vroeg een foto voor op het omslag. Ik wilde het liefst een foto van indertijd.
'En als die er niet is?' zei Nicolien. 'Of als hij toch een recente foto wil hebben?'
'Ik heb geen zin om een fotograaf in mijn huis te krijgen. Dat wordt niks.'
'Dan vraag je of Peer een foto van je wil maken.'
'Ik denk niet dat ik me bij Peer meer op mijn gemak zou voelen,' zei ik voorzichtig.
'Waarom zou je je bij Peer niet op je gemak voelen?'
'Omdat ik hem niet lang genoeg ken.'
'Maar hij is toch aardig?'
'Dat is wel mogelijk, maar ik voel me niet op mijn gemak bij hem.'
'Voel je je niet op je gemak bij hem? Terwijl hij aardig is?'
Ik zweeg, in een hoek gedreven. Ik vond Peer niet zo aardig, maar dat was een taboe en ik zag onze kerstmaaltijd naar de bliksem gaan.
'Of vind je hem soms niet aardig?'
'Jawel.'
'Maar je voelt je toch niet op je gemak bij hem.'
'Nee.'
'Bij wie voel je je dan wel op je gemak?'
'Dat zou ik zo niet kunnen zeggen.'
'Maar als je zegt dat je je bij Peer niet op je gemak voelt, dan betekent dat dat je je bij een ander wel op je gemak voelt. Anders zou je zeggen dat je je bij niemand op je gemak voelt.'
'Ik voel me ook bij niemand op mijn gemak.'

'Waarom zeg je dat dan niet? Waarom zeg je dan dat je je bij Peer niet op je gemak voelt?'
'Ik weet het waarachtig niet,' zei ik ongelukkig. 'Ik vind het gewoon vervelend als iemand een foto van me maakt.'
'Zeg dat dan! Zeg dan: "Ik vind het vervelend als iemand een foto van me maakt!" En zeg niet dat je je bij Peer niet op je gemak voelt! Want dat zou ik heel erg vinden!'

Op tweede kerstdag hadden we Klaas te eten. Na afloop brachten we hem naar de trein. Toen we terugliepen kwamen we Peer en Petrus tegen, op weg naar het station, met een vrouw tussen hen in. Ze liepen allebei met grote passen, Petrus wat voorover, alsof ze haar opbrachten. Pas op het laatste ogenblik zagen ze ons, zo waren ze in beslag genomen door hun opdracht.
'Dat was een aardig meisje,' zei Nicolien. 'Ze had een aardig gezicht.'
Dat had ik zo gauw niet kunnen zien in het donker.

Een dag later, toen we aan de maaltijd zaten, werd er opgebeld. Ik nam op.
'Ja, Maarten, met Petrus, Petrus van hierachter.'
'Petrus!'
'Is dat Petrus?' vroeg Nicolien.
Ik draaide me naar haar om en knikte.
'We vroegen ons af,' zei hij aarzelend, 'of we jullie misschien een plezier konden doen met een pannetje erwtensoep?'
'Wat vraagt hij?' vroeg ze.
'Of we een pannetje erwtensoep willen.'
'Wat zeg je?' vroeg Petrus.
'Nee, ik zeg het tegen Nicolien.'
Ze was opgestaan. 'Geef mij maar.'
'Ik geef je aan Nicolien.' Ik reikte haar de hoorn aan.
'Ja, Petrus. ... Ja, dat hoor ik, maar we zitten al te eten. ... Ja. ... Ja, morgen zou wel kunnen. ... Goed. Graag. Tot straks!' Ze legde de hoorn neer.

'Maar we hebben morgen toch eters?' zei ik geïrriteerd. 'Wat moet je dan met een pannetje erwtensoep?'
'Laat nou maar aan mij over wat we eten,' zei ze, ook geïrriteerd.

Een uur later werd er gebeld. Ze was in de keuken met de koffie bezig. Peer. Ik hoorde hen praten en vervolgens de gang door komen.
'Hier is Peer,' zei ze. 'De erwtensoep gaat niet door.'
Hij had een glimmend zwart gaatjeshemd aan, dat even boven zijn navel ophield. Tussen hemd en broek was hij naakt.
'Gaat het niet door?' vroeg ik.
'Nee, want hij is zuur.'
Ik trok mijn wenkbrauwen op. 'Dat is niet zo mooi. Hebben jullie er al van gegeten?'
'Ja, maar we vonden het niet lekker. Zuur!'
'Dat kan wel eens heel vervelende gevolgen hebben.'
Hij moest daar hartelijk om lachen.
'Ga even zitten,' zei Nicolien.
'Maar niet lang,' reageerde hij.
'Wil je ook een kop koffie?' vroeg ze.
'Nee, want ik wil nog wat foto's afdrukken.'
'Maarten moet ook nog foto's laten afdrukken, hè Maarten?'
'Van oude negatieven,' zei ik.
'Maar dat kan ik toch wel voor je doen?'
'Ja?'
'Breng ze meteen!' Hij stond op. 'Ik ga nu de donkere kamer in!'

Petrus deed me open. 'O, Maarten,' zei hij, alsof het hem verbaasde me te zien.
'Ik heb hier de negatieven voor Peer.'
'Ja, maar Peer is in de donkere kamer.'
'Ik kom!' riep hij uit de douchecel. 'Laat hem maar even in de kamer!'
'Hij komt,' zei Petrus. 'Misschien wil je binnen even wach-

ten?' Hij ging me voor de kamer in. Op een tafeltje stond een elektrisch verlicht kerstboompje. De bureaulamp was aan. Op het bureau lag een opengeslagen boek.
'Ik was net aan het lezen,' verontschuldigde Petrus zich.
Ik knikte.
'Ga even zitten als je wilt.'
Ik ging op de bank zitten voor de kerstboom. Hij aarzelde en kwam toen naast me zitten.
'De erwtensoep was zuur, hè?' merkte ik op.
'Ja.'
'Jammer.'
'Ja, dat is wel jammer. Anders hadden jullie er ook nog van kunnen profiteren.'
We zwegen.
'Hoe reageert Pierewiet eigenlijk op die kerstboom?'
'Ik geloof niet dat hij het merkt. Het is me in ieder geval niet opgevallen.'
'Hij moet het toch wel gek vinden.'
'Ach waarom? Ik denk niet dat zo'n vogel daar belangstelling voor heeft.'
'Zouden ze in Mozambique geen kerstbomen hebben?'
'Ik denk van niet. In zo'n warm land.'
Op de gang werd een deur geopend. Peer kwam de kamer in.
'Heb je ze daar?' vroeg hij. Hij kwam op een stoel naast me zitten, trok de bureaulamp naar zich toe en bekeek ze tegen het licht. 'Waar is het eigenlijk voor?'
'Voor het omslag van een boek.'
Hij bekeek ze nog wat aandachtiger. 'Dat zal wel gaan. Over een uur zijn ze klaar. Ik bel wel.'

Hij belde tegen tienen op. We klommen met zijn tweeën de trap op. De deur zwaaide open nog voor we hadden aangebeld. De afdrukken hingen te drogen tegen de muur van de keuken.
'Het is een beetje dom, misschien,' zei Petrus neuzig, 'maar wat is dat eigenlijk voor een boek? Ik zeg tegen Peer: "Ik

wist niet dat hij een boek geschreven had".'
We dronken een glaasje wijn, en nog een glaasje, waarna we eindelijk ons bed opzochten.

Thuiskomend van de boodschappen vonden we de foto's op de deurmat in een grijs mapje met een gouden randje. 'Ik zal meteen gaan bedanken,' zei ik, met mijn jas nog aan.
'Zal ik meegaan?'
'Dat weet ik niet.' Ik had de pal van de deur al vast.
'Nee, wacht nou even, we moeten eerst overleggen. Blijf daar niet zo staan.'
Ik liet de pal los en draaide me om.
'Wat moet ik nou doen?'
Ik wachtte af.
'Zeg jij nou wat ik doen moet!'
'Dat kan ik toch niet beslissen?'
'Je hoeft niet zo onvriendelijk te reageren.'
'Ik reageer niet onvriendelijk.' Ik probeerde het zo vriendelijk mogelijk te zeggen.
'Je doet ongeduldig.'
'Zo belangrijk is het toch niet? Ga dan mee.'
'Is dat niet gek?'
'Gek? Waarom zou dat gek zijn? Als je denkt dat het gek is, ga je niet.'
'Zie je wel, je vindt het gek.'
'Ik vind het niet gek, maar ik wil ook niet te lang wachten, want ze hebben me thuis horen komen natuurlijk. Als ik lang wacht dan kan ik niet zo binnenlopen.'
'Nou, ga jij dan maar.'
'Goed.' Ik draaide me weer om.
'Zal ik nou meegaan?' vroeg ze wanhopig. 'Zeg jij het dan!'
'Dat weet ik natuurlijk niet. Dat moet je zelf beslissen.'
'Maar ik weet het niet!'
Ik werd er kregelig van, maar ik onderdrukte dat. 'Laat mij nou maar even alleen gaan. Als ik alleen ga, dan ben ik zo terug. En als ze me vasthouden, dan kom ik je wel halen.'

*

'Wat ben je aan het lezen?' vroeg ik.
Ze tilde het boek even op. 'Warren.'
'Hoe vind je het?'
'Het wordt op den duur wel wat saai.'
'Waarom?'
Ze aarzelde. 'Ik denk omdat hij me toch niet ligt. Het is geen puritein. Net als Léautaud. Maar hij schrijft wel alles heel precies op. Hij zal ook wel behoefte hebben om het een beetje te etaleren dat hij homosexueel is.'
'Dat kan, maar ik lees dat niet met plezier.'
'En Léautaud wel?'
'Bij Léautaud is het een fractie.'
'Maar het is geen puritein,' zei ze.
'Nee.'
'Dus wat hij verder schrijft, zou je ook niet moeten liggen. Want het kan natuurlijk niet dat je dat dan wel met plezier leest.'

*

Ik ontkoppelde het gasstel, zette het met de koelkast op de gang, verwijderde het linoleum, maakte de vloer schoon en belegde hem met de vinyltegels die ik gekocht had. Omdat er een richel van cement schuin door de keuken liep, lagen ze in het midden ongelijk. Zittend op de vuilnisbak bekeek ik het resultaat met gemengde gevoelens. Ik zag geen andere oplossing dan ze op die plaats vast te spijkeren, maar ik betwijfelde of dat houden zou. Toen ik daarmee bezig was, kwamen Peer en Petrus de trap op, terug uit Breda. 'Even kijken wat hij aan het doen is,' hoorde ik Peer zeggen. Zonder te antwoorden klom Petrus langzaam door. Er werd op de ruit getikt. Ik stond op en opende de voordeur. 'Ik kom eens kijken wat je aan het doen bent,' zei hij.
'De vloer van de keuken.' Ik maakte plaats.

Hij keek ernaar vanaf de drempel. 'Heel mooi, jongen, maar je had het toch beter kunnen lijmen, want nou komt er water onder.'
'Is dat erg?'
'Ja zeker is dat erg, want dat gaat allemaal rotten en schimmelen. Dat wordt heel smerig.'
Nicolien was uit de kamer gekomen. 'Zou je het dan toch niet lijmen?' opperde ze.
'Op die ongelijke vloer? Dat houdt nooit.'
'Je moet hem eerst egaliseren natuurlijk,' zei hij.
'Hoe wou je dat doen? Er loopt een hele baan cement over.'
'Met een schuurmachine. Ja, ik zeg niet dat het een lolletje is. Ik benijd je niet.' Hij lachte.
Moedeloos gemaakt keek ik naar mijn werk. Daar stond ik. Alles moest over.
'En je moet eigenlijk meteen dat plastic zeiltje vervangen.' Hij trok aan het plastic dat Nicolien over het klaptafeltje tegen de wand geplakt had, scheurde een stuk los, pakte een paar tegels en legde die erop. 'Zo bijvoorbeeld.'
Er werd gebeld. Petrus. 'Kom je nog?'
'We bekijken de vloer,' zei Peer.
Petrus kwam erbij staan. Hij keek ook naar de vloer. 'Ja.'
'Hebben jullie geen zin in een glaasje wijn?' vroeg Nicolien.
'Wil jij een glaasje wijn, Petrus?' vroeg Peer.
'Als ik je niet ontrief,' zei Petrus tegen haar.
Ze lachte. 'Nee hoor.'
We liepen door naar de voorkamer. Ik haalde de wijn en de glazen.
'We hebben naar Freek de Jonge gekeken,' vertelde Nicolien. 'En toen het twaalf uur was hebben we een boterham met garnalen gegeten en een paar glazen witte wijn gedronken.'
'Wij hebben ook naar Freek de Jonge gekeken,' vertelde Peer, 'maar we vonden er niks aan. Ik begrijp niet wat ze daar nou aan vinden. We zijn weggelopen en op mijn kamer plaatjes gaan draaien. En tegen twaalven zijn we weer teruggegaan voor bitterballen en een boterham met paling.'

'Maar het was wel laat,' vond Petrus. 'Vijf voor twaalf is te laat. Ik moet me daarop toch voorbereiden.'
'Wie waren er?' vroeg ik.
'Iedereen,' zei Peer. 'Mijn moeder en mijn zusters en mijn zwagers. De hele familie.'
'Ja, het was een kamer vol,' beaamde Petrus.
Er viel een stilte.
'Maarten wordt volgende week geïnterviewd,' vertelde Nicolien.
'Is dat nog voor dat boek?' vroeg Petrus.
'Petrus is een stuk aan het schrijven over filosofie, voor een prijsvraag,' kwam Peer ertussen. 'Hè, Petrus?'
'Daar moet je toch niet over praten,' zei hij geschokt.
'Waarom niet? Dat hindert toch niet?'
'En nou vroegen we ons af of jij het misschien leuk zou vinden om daar foto's voor te maken,' zei Nicolien.
Peer reageerde verrast. 'Nou of ik dat leuk zou vinden! Dat vind ik ontzettend leuk!'
'Omdat je zo graag fotografeert.'
'Ja, waarachtig vind ik dat leuk! Zo kom ik er misschien in!'
'Ja, dat dachten wij ook, hè Maarten?' Ze keek naar mij.
'Ik weet natuurlijk niet of ze dat wel willen,' zei ik voorzichtig. 'Of ze niet liever hun eigen fotograaf hebben.'
'Dat hindert toch niks?' zei hij enthousiast. 'Het is toch altijd een geweldige ervaring!'
Ik keek naar Petrus. 'Waar gaat dat stuk over?'
'Over filosofie,' zei hij terughoudend.
'Ik bedoel, wat over filosofie?'
'Daar kan ik nog niets over zeggen.'

*

Na het middageten begon ik met het leggen van de tegels in de voorgang. Ik werkte van binnenuit. Toen ik bij de voordeur was, werd er op de ruit geklopt: Peer en Petrus, Peer met een rode ijsmuts op, Petrus met een bontmuts. Ze bleven

op het portaal staan. Ik keek van de grond naar hen omhoog.
'Als jullie dat schikt, dan komen we morgenmiddag fotograferen,' zei Peer. 'Ja, als het jullie schikt hoor.'
'Dat schikt ons,' verzekerde ik.
'En als er iets tussenkomt, dan schuiven we wel een briefje onder de deur door.'
'Afgesproken.'
'Moet je niet vragen hoe laat we kunnen komen?' vroeg Petrus.
'O ja. Hoe laat kunnen we komen?'
Ik antwoordde dat ons dat niet uitmaakte. Het was zondag. We waren thuis.

Om twee uur stond hij voor de deur met twee statieven, een paar grote kartonnen, een tas en twee fototoestellen. Petrus kwam met een heel klein toestelletje achter hem aan.
Peer zette de kartonnen boven mijn hoofd tegen de wand en stelde de statieven op. Van tijd tot tijd snoot hij zijn neus in een stuk van een keukenrol die hij had meegenomen. Het gebruikte papier stopte hij vervolgens in een plastic tas. 'Als jij nu eens op de divan gaat zitten,' zei hij. Daarna op de bureaustoel, op een gewone stoel, met en zonder trui, en ten slotte nog eens op de divan, maar nu tegen het licht. Af en toe nam Petrus ook een foto met zijn toestelletje.
Ter afsluiting begaven we ons naar de buitendeur. Er werden foto's genomen terwijl ik het pand verliet. Petrus nam er een van Peer, Nicolien en mij samen met Freek, die net kwam aanlopen met een grote, witte ijsmuts op. Jos kwam ook naar buiten. We keken toe hoe hij zout op de straat strooide en gingen ten slotte het huis in om sherry en thee te drinken.

Om halftien belde Petrus om te zeggen dat de films ontwikkeld waren. We liepen achter hem aan naar boven. Peer stond in de douchecel. De films hingen aan de waslijn te drogen. We bleven nog een kop thee drinken.

Thuiskomend uit Arnhem trof ik Nicolien met de foto's voor zich op de kleine tafel.
'Hoe zijn ze?'
'Ik vind ze goed natuurlijk,' zei ze.
Ik bekeek ze. Ze waren redelijk, wat te zacht misschien, maar zo was ik nou eenmaal. 'Ik zal hem even gaan bedanken.'
'Nu nog?'
'Ja, wanneer dan?'
'Maar het is al halfelf!'
'Dat hindert toch niet? Ze gaan toch pas om drie uur naar bed.'
'Maar dan ga ik toch zeker mee?'
'Natuurlijk.'
'Omdat je zei: "Ik zal hem even gaan bedanken".'
'Jij hoeft hem toch niet te bedanken?'
'Maar ik moet wel mee?'
'Je hóeft niet mee,' zei ik ongeduldig. 'Je gáát mee! Omdat je dat leuk vindt!'
Tot mijn verrassing reageerde ze daar niet op.
Petrus deed ons open.
Peer zat gespannen voor de tv. 'Nog even!' zei hij. 'Hij is bijna uit.'
We keken mee. Een Japanse film over zwaardvechters die een dorp tegen rovers verdedigden. Eén van de zwaardvechters werd van achteren door een rover aangevallen. De rover hief zijn zwaard op en stond op het punt zijn hoofd te doorklieven. 'Let op! Achter je!' waarschuwde Peer. De zwaardvechter draaide zich bliksemsnel om en doorstak de rover, waarop deze achterover in het water tuimelde. 'Goed zo! Daar hoort hij! De schoft!' riep Peer tevreden. De muziek zwol aan, het beeld verdween onder de aftiteling.
Petrus deed de tv uit.
'Dit is de mooiste film die ik ken,' zei Peer.
'En de films van Hitchcock dan toch,' merkte Petrus op.
'Ja, maar deze is nog mooier.'
'Had je hem al eerder gezien?' vroeg ik.

'Dit is de derde keer, maar ik kan hem nog wel tien keer zien,' zei hij opgewonden.
Ik lachte. 'We komen voor je foto's.'
'En?' vroeg hij gespannen.
'Ik vind ze heel goed.'
Even was hij sprakeloos, alsof het hem verraste. Hij kreeg tranen in zijn ogen, zocht naar een reactie en gaf me een stomp tegen mijn schouder. 'Verdulleme!'
Petrus zat er stijf bij.
'Hoe vond jij ze?' vroeg ik Petrus.
'Ja, ik vond ze natuurlijk ook goed,' zei hij met een toonloze neusstem. 'Ik werk zelf liever met kleur, daar ben ik beter in, maar Peer is beter met zwartwit.'
'Zwartwit is moeilijker,' vond ik. 'Dat maskeert niets.'
'Nee, dat ben ik niet met je eens.'
'Petrus is erg goed in kleur,' viel Peer hem bij.
Ik keek van de een naar de ander en vroeg me af hoe een spontaan mens als Peer het uithield met iemand die zo gefrustreerd en zelfzuchtig was. Het was een van de raadselen die Onze Lieve Heer voor ons had neergelegd om het leven draaglijker te maken, maar het intrigeerde me in dit geval te weinig om het te willen oplossen.

Ze belde me op op mijn werk. 'Dag. Ik heb Peer en Petrus voor vanavond op de erwtensoep gevraagd. Is dat goed?'
'Natuurlijk.'
'Ik vond dat we iets terug moesten doen voor die foto's.'
'Heel goed.'
'Zou jij nog een fles wijn voor Peer willen halen om cadeau te doen? Iets wat hij lekker vindt?'

Op weg naar huis kocht ik op de hoek van de Herenstraat een fles *Moulin à Vent* en een tweede fles voor onszelf, ook een cadeau. Ze liepen een meter of twintig voor me, evenals ik op weg naar huis. Van achteren gezien leek Petrus nog het meest op een kever: kromme, dunne benen in een te korte,

te nauwe zwarte broek, waardoor zijn knieën opvallend uitsloegen, daarboven een onbeweeglijke rechthoekige massa in een te groot jack, met daar weer boven dat eigenaardige hoofd met sprieten die stijf vooruitstaken boven de ogen en rond de mond. Aan Peer daarentegen zat alles los: zijn bewegingen waren ongecoördineerd. Hij droeg een rood jack en een versleten spijkerbroek. Petrus had een pakje in zijn hand, naar ik aannam voor Nicolien. Op het bordes was hij zo lang bezig met de sleutel dat ik hen inhaalde.
'Ha, Maarten!' zei Peer verheugd.
Petrus had juist het slot gevonden. Hij zei niets, alsof de ontmoeting buiten de orde was. Achter elkaar liepen we door de gang, Petrus met zijn pakje in zijn hand, ik met het pakje voor Peer in mijn hand.
'Nou, tot zo,' zei ik, toen ik bij mijn voordeur was.
'We komen zo!' beloofde Peer.
Nicolien zat in de kamer. De borrelnootjes, flessen en glazen stonden klaar. 'Heb je de wijn?'
'Een *Moulin à Vent*!' Ik haalde hem uit mijn tas.
'En heb je ook aan whisky voor Petrus gedacht?'
'Nee, daar heb ik niet aan gedacht.'
Dat ontstelde haar. 'Hoe moet dat nou? Want hij drinkt alleen maar whisky.'
'Dan drinkt hij maar een keer jenever. Voor erwtensoep!'
'En als hij dat nou niet lust?'
'Dan drinkt hij bier.'
'Dat lust hij misschien ook niet.'
'Bier lust iedereen.'
Ze was er niet gerust op, maar ze legde zich erbij neer.
Ze kwamen een halfuur later. Het pakje bleek een doos met Haagse hopjes te bevatten, een geschenk waar Nicolien geen raad mee wist, maar dat Petrus waarschijnlijk als een gepast compromis beschouwde tussen een geschenk voor een dame en een geschenk voor een vrouw.
Peer kreeg zijn fles wijn. 'Ha, wijn! Dank je wel.' Hij zette de fles naast zich op de grond zonder op het etiket te kijken.

'Voor de foto's,' verduidelijkte ik.
'Hoe gaat het daar nou verder mee?'
'Maarten wordt morgen geïnterviewd en dan zal hij ze aan die man laten zien, hè Maarten?'
'Ik zal vragen of hij ze tegelijk met zijn interview inlevert.'
'Oei! Dat wordt spannend, jongens!'
'Dat wordt heel spannend. Willen jullie een borrel?'
'Voor mij liever een biertje,' zei Peer.
Ik keek naar Petrus. 'En jij?'
'Hebben jullie geen whisky?'
'Alleen jenever en bier.'
'Ook geen brandewijn?'
Ik schudde mijn hoofd. 'Dat hebben we zelfs nooit gehad.'
Het bracht hem in tweestrijd. 'Nou laat ik het dan maar een keer proberen,' zei hij ten slotte.
'Jenever of bier?'
'Nee, bier daar houd ik helemaal niet van.'
Ik schonk ze in.
Petrus nam een slokje. Hij zou de rest laten staan.

We gingen aan tafel, Petrus en ik aan de korte kant, Nicolien en Peer aan de lange kant.
'Die mag je wel eens laten matten,' zei Peer, toen hij zijn stoel onder de tafel uittrok. 'Moet je eens zien. Er is geen heel meer aan.' Hij kantelde de stoel en bekeek hem aan de onderkant. 'Nog even en je zakt erdoorheen.'
'Zo zijn ze allemaal,' zei ik. 'Er is niets aan te doen.'
'Waarom doe je er dan niks aan?'
'Waar wou je zo'n man vandaan halen? Die zijn niet meer te vinden.'
'Dan doe je het zelf.'
'Ja, zelf...'
'Ik zal mijn zusje wel eens vragen hoe je dat doen moet. Die heeft net zelf haar stoelen gemat.'
Nicolien roerde in de pan. 'Zal ik jullie opscheppen?'
'Graag,' antwoordde Peer.

‘Allemaal bier?’ vroeg ik.
‘Petrus drinkt liever wijn,’ zei Peer. ‘Hè Petrus?’
‘Wijn?’ vroeg ik. ‘Bij erwtensoep?’
‘Ja, ik drink liever wijn,’ bevestigde Petrus.
‘En jij?’ vroeg ik aan Peer.
‘Ik eigenlijk ook maar.’
‘Dan voor jullie wijn.’ Ik haalde een fles uit de hoek van de kamer, ontkurkte haar en schonk hen in, terwijl Nicolien de soep opschepte. Wijn bij erwtensoep, ik kon me niets idioters voorstellen, maar ik hield dat voor me.
‘Ik heb hem maar goed dik gemaakt,’ zei ze.
‘Ja, lekker,’ zei Peer. ‘Daar houden we van.’
‘Erwtensoep moet dik zijn,’ meende Petrus. ‘Anders is het geen erwtensoep.’
‘Wat is het dan?’ vroeg ik. ‘Als ze dun is, bedoel ik.’
‘Geen erwtensoep,’ zei hij droog.
‘Wij eten altijd erwtensoep met Kerstmis,’ vertelde Peer.
‘Ja, voor jullie is het een feestmaal.’
‘Geen feestmaal,’ verbeterde Petrus. ‘Wij vinden dat gemakkelijker. Tweede kerstdag gaan we altijd buiten de deur eten.’
‘Maar het is ook een feestmaal,’ zei Peer.
‘Een feestmaal zou ik het niet noemen,’ zei Petrus. ‘Een goed maal. Dat wel.’
‘Wat is dan voor jullie een feestmaal?’ vroeg ik.
‘Voor mij bruine bonen,’ zei Peer. ‘En capucijners! Capucijners vind ik geloof ik het lekkerste. En uien!’
‘Nee, voor mij moet er vlees bij zijn,’ vond Petrus.
‘Ja, Petrus is een vleeseter,’ onderstreepte Peer.
‘Ja, ik ben een vleeseter,’ bevestigde hij.
‘De ballen en penis van een stier,’ begreep ik.
‘Dat is natuurlijk heel lekker, maar een goeie biefstuk van de haas is aan mij ook wel besteed, mits hij blauw is, niet die tegenwoordige gewoonte om een biefstuk medium op te dienen. Dan is het geen biefstuk meer.’
‘Blauw is *à point*?’
‘Nee, blauw is blauw. Ik was laatst in een restaurant, in Mid-

delburg, het doet er nu niet toe welk restaurant. Ik bestelde daar een biefstuk. "Maar ik wil hem wel blauw," zei ik erbij. "O, meneer is een kenner!" zei die man.' Hij drukte een lachje van voldoening weg. 'Dat was nog een man die wist hoe het hoort.'

'Maar je houdt toch ook wel van eieren?' zei ik.

'Ja, op eieren ben ik bijzonder gesteld,' antwoordde hij argeloos. 'Voor een ei kun je me 's nachts wakker maken.'

'Verdulleme! Nou hebben we vergeten om te klinken!' merkte Peer teleurgesteld op.

'Daar is het nu te laat voor,' weerde ik af. 'Volgende keer.'

Na tafel werd het gesprek steeds moeizamer.

'Je moet ze dat artikel van Frits Abrahams eens laten lezen,' zei Nicolien, met de koffie de kamer inkomend.

'Zou ze dat interesseren?'

'Waar gaat dat over?' vroeg Petrus.

'Over Maartens boek.'

'Is dat dan al verschenen?'

'Nee, maar hij schrijft erover.'

Ik zocht het op en gaf het aan Peer. Peer nam het op schoot, zonder ernaar te kijken. Na enige tijd gaf hij het aan Petrus, die het naast zich op het krukje legde.

'Hoe vond je die jenever nou?' vroeg ik. Zijn glaasje stond nog bijna vol naast zijn kopje.

'Het lijkt net of er water bij is gedaan,' antwoordde hij.

'Water? Dat zou ik dan hebben moeten doen.'

'Dat wil ik natuurlijk niet suggereren, maar het gebeurt wel. Zo ken ik een caféhouder die regelmatig water bij zijn jenever deed – en zijn klanten merkten dat niet. Die dachten dat het onversneden jenever was. Dat zou met whisky nooit kunnen. Daarbij zou je het meteen merken.'

'Wie was dat? Was dat in Amsterdam?'

'Ik noem geen namen. Het café is trouwens toch al weg.'

'Waarom kun je het dan niet zeggen?'

'Het was mijn vader toch?' merkte Peer op. 'Het café is er nog.'

Petrus keek hem verstoord aan. 'Nee! Het was iemand anders!'
Er viel een stilte.
'Je moet eens vertellen van die dokter van je hospita,' zei Peer. 'Dat is een mooi verhaal.'
'Ja, dat is wel een mooi verhaal,' bevestigde Petrus. 'Dat was in de tijd dat ik nog op kamers woonde. Die man dacht dat hij mij de les kon lezen toen ik opbelde over mijn hospita, omdat ik geen familie was. Nou, ik heb hem toen de waarheid gezegd.'
'Lag je hospita in het ziekenhuis?' vroeg ik.
'Dat is in dit geval niet van belang,' antwoordde hij. 'Het gaat om die dokter.'
De telefoon ging. Petrus zweeg verstoord.
Nicolien nam op en legde de hoorn meteen weer neer. 'Een grapjas. Iemand die een buitenlandse taal spreekt of zoiets.'
De telefoon ging opnieuw over.
'Zal ik gaan?' stelde Peer voor. Hij stond al op. 'Ik poeier hem wel af.' Hij nam de hoorn op en luisterde. 'Is dit twee-zes-vijf-acht-drie-vier?' vroeg hij aan Nicolien.
'Ja.'
'Dan is Zweden voor jullie aan de telefoon.'
Het was mijn broer. Hij had zojuist van mijn andere broer gehoord dat mijn boek zou worden herdrukt en impulsief als hij was, belde hij meteen op, via een telefoniste.
'Dat was mijn broer.' Ik legde de hoorn neer. 'Hij is op een congres in Zweden.'
'Ik heb ook eens naar het buitenland gebeld,' herinnerde Petrus zich. 'Niet naar Zweden, maar naar Rome in dit geval, maar dat doet er nu niet toe.'
'Ja, dat is een mooi verhaal,' zei Peer, zich verkneukelend.
'Ik belde vroeg in de avond,' vervolgde Petrus onverstoorbaar, met monotone, neuzige stem, 'want er was enige haast bij, zoals je straks wel zult begrijpen. Ik belde om halfacht. Maar ik kreeg geen gehoor. Dat vond ik wel vreemd, want de mensen naar wie ik belde, waren bijna altijd thuis. Ik bel-

de dus nog eens. Maar ik kreeg ook de tweede keer geen gehoor. Omdat ik rekening hield met de mogelijkheid dat er geen verbinding was, belde ik de telefoondienst om te vragen of dat nummer misschien niet bereikbaar was. Dat was nog niet zo eenvoudig, want mijn Italiaans was toen nog niet zo goed als nu, maar gelukkig wist ik me aardig te redden en die telefoniste raadde me aan om nog eens te bellen, maar dan wat later op de avond. Dat heb ik toen gedaan, om halftien. En laten ze nou net zijn thuisgekomen! Dus als ik ze eerder gebeld had, dan had ik ze weer niet aan de telefoon gekregen en dan had ik misschien gedacht dat er iets aan de hand was. Dat was dus toeval.' Hij pauzeerde even om ons de gelegenheid te geven een en ander te verwerken. 'Maar het mooiste komt nog,' vervolgde hij toen op dezelfde onbewogen toon. 'Want ik belde om te zeggen dat ik de volgende dag in Rome zou zijn. "Nou, dan mag je wel opschieten," zei die man – ik noem maar geen naam, "want jij neemt toch altijd de trein?" Terwijl ik juist van plan was die keer het vliegtuig te nemen! Dus de volgende dag was ik om vier uur bij ze!' Hij keek ons triomfantelijk aan. Om halftien belde hij en zestien uur later was hij er! Alsof we een voorwereldlijk dier in ons midden hadden dat zojuist met de moderne beschaving was geconfronteerd.

'Dat is verdomd sterk,' zei ik.

'Ja.' Hij voelde de ironie niet. 'Dat vind ik ook.'

'Je moet ook dat verhaal over die luchtvaartmaatschappij eens vertellen,' moedigde Peer hem aan, 'die hetzelfde telefoonnummer had.'

'Bijna hetzelfde,' corrigeerde Petrus. 'Gelukkig niet hetzelfde, want dan was het helemaal niet om uit te houden geweest.'

'Ja, bijna hetzelfde.'

'Vertel!' zei ik.

Hij dacht na. 'Dat was een luchtvaartmaatschappij die vloog op Zuidoost-Azië,' begon hij langzaam.

'De *South Eastern Airlines*,' veronderstelde ik.

Dat stoorde hem. 'Dat doet er niet toe,' zei hij geprikkeld, 'het was een luchtvaartmaatschappij. Voor het verhaal is dat voldoende.' Hij pauzeerde, zijn ontstemming onderdrukkend. 'Die had een telefoonnummer dat erg leek op dat van mij. Het verschilde maar één cijfer, nogal een groot verschil vind ik zelf, een negen in plaats van een vier, maar je hebt mensen die niet eens in staat zijn om een gewoon telefoonnummer te draaien zonder daarin een fout te maken.'

'Heel veel zelfs,' verzekerde ik. 'Ons telefoonnummer zit vlak bij dat van *Vlieger*. Daarvoor hebben we bijna elke dag iemand aan de telefoon.'

'Niet elke dag,' zei Nicolien.

'Vaak dan.'

'Gelukkig is dat veranderd,' vervolgde Petrus onverstoorbaar, 'maar toen was dat zeer onaangenaam. Ik werd steeds opgebeld door mensen die die bewuste luchtvaartmaatschappij moesten hebben en die kregen dan mij aan de telefoon. Ik zei dan natuurlijk mijn naam, want ik vind het onbeleefd om niet te zeggen met wie iemand spreekt als hij opbelt, maar dat hadden ze niet dadelijk door. Misschien dachten ze wel dat ze met een employé te maken hadden.' Hij glimlachte sarcastisch.

'Of met de directeur,' zei ik, om het verhaal wat levendiger te maken.

'Dat is minder waarschijnlijk,' meende hij, 'althans bij zo'n grote luchtvaartmaatschappij, maar wat ze dachten doet ook eigenlijk niet ter zake. Ze dachten in ieder geval dat ze met die bewuste maatschappij spraken, dus ze staken hun verhaal af. Daar moest ik dus naar luisteren, want zulke mensen laten zich ook niet onderbreken. En aan het slot moest ik dan zeggen dat ze verkeerd verbonden waren. Dat irriteerde me natuurlijk, vooral als dat een paar keer achter elkaar gebeurde, ja, niet op dezelfde dag. Dat gelukkig niet, maar in de loop van een paar weken bijvoorbeeld. Eén keer,' er kwam een triomfantelijk lachje op zijn gezicht, 'heb ik toen gezegd: "Me-

neer, als u nog geen telefoonnummer goed kunt draaien, dan zou ik zeker niet gaan vliegen".'
'Die man zal wel gedacht hebben,' zei Peer genietend. 'Tsjeumiemijne!'
'En een andere keer,' herinnerde Petrus zich, 'was er een mevrouw die haar geld terug wilde hebben, ik weet nu niet meer waarom, ik geloof dat er een sterfgeval was en dat ze nu van de reis wilde afzien. Ze wilde in ieder geval haar geld terug. Ik was zo geïrriteerd dat ik zei: "Nee mevrouw, dat kan niet. Het spijt me, maar daar kunnen we niet aan beginnen". "Maar ik wilde mijn kaartje teruggeven," zei dat mens. Ik zeg: "Het spijt me, mevrouw, maar alle vluchten zijn tot december volgeboekt." "Maar..." "Nee mevrouw, ik kan tot mijn spijt niets voor u doen." En toen heb ik de hoorn neergelegd.' Hij onderdrukte een glimlach.
De ingehouden boosaardigheid waarmee hij dit verhaal vertelde verraste me. Hier was een man aan het woord die de geringste inbreuk op zijn privacy genadeloos afstrafte.

'Het was wat saai, hè?' zei Nicolien, toen ze eindelijk verdwenen waren.
Ik vond dat het aardigste wat je ervan kon zeggen.

Twee dagen later, de ochtend na het interview, kwamen ze juist de deur uit toen ik met twee volle tassen het bordes opkwam.
'Heb je gewandeld?' vroeg Peer vrolijk.
Petrus stond er stram bij, de bontmuts boven zijn rood-versteende, bepluisde hoofd.
'Ik heb bier gehaald,' antwoordde ik, 'want dat is gisteren opgegaan. Gaan jullie boodschappen doen?'
'Ja, wij gaan boodschappen doen,' zei Petrus neuzig.
'Op de markt,' vulde Peer aan.
'Laat je niet belazeren,' waarschuwde ik.
Peer lachte daar hartelijk om, Petrus daalde voorzichtig het bordes af, zijn hand aan de leuning.

'Ik kwam Peer en Petrus tegen,' meldde ik. 'Ze gingen net boodschappen doen.'
'Vroegen ze nog naar het interview?'
'Geen woord.'
'Gek, hè?'
'Ja, gek.'

Een halfuur later ging de telefoon. Peer: 'Ja, met mij. Hebben jullie de krant al?'
'Nog niet.'
'Want wij hebben er twee. Zal ik er een voor de deur leggen?'
'Graag.' Ik legde de hoorn verbaasd neer. 'Ze hebben de krant voor ons gekocht.'
'Hij wilde natuurlijk horen of er nog iets over zijn foto's gezegd is. Daar is hij natuurlijk benieuwd naar.'
'Waarom vraagt hij dat dan niet?'
'Dat durft hij niet. Je had dat moeten vertellen.'
Ik had even nodig om aan dat gezichtspunt te wennen. 'Maar dat is toch te gek,' zei ik toen. 'Het had toch voor de hand gelegen als ze naar dat interview gevraagd hadden?'
'Dat vindt Petrus waarschijnlijk te intiem.'
'Maar Peer!'
'Peer is daar niet intellectueel genoeg voor.'
'Daar hoef je toch geen intellectueel voor te zijn?'
'En met Petrus erbij durft hij het niet.'
Ik vond dat geen excuus.
Ze pakte de telefoon. 'Ik bel hem wel even op.' Ze draaide hun nummer. Er werd meteen opgenomen, alsof hij bij het toestel had zitten wachten. 'Ja Peer, met Nicolien. Maarten vergat nog te vertellen dat die journalist zal vragen of ze jouw foto's bij dat artikel willen afdrukken. Hij vond ze erg goed. Leuk hè? ... Ja, dat vinden wij ook. ... Ja, dat zullen we natuurlijk laten weten. ... Dag. ... Dag.' Ze legde de hoorn neer. 'Hij was ontzettend blij. Zie je nou wel?'

*

'Heb jij vanochtend die werklui binnengelaten?' vroeg ze.
'Ja. Ze kwamen net het bordes op toen ik de deur uitging. Ze moesten op het dak zijn. Hoezo?'
'Omdat Peer een geweldige ruzie met ze heeft gemaakt. Ik hoorde hem tot in de voorkamer schreeuwen.' Ze was er een beetje verlegen om.
'Waarover?'
'Dat weet ik natuurlijk niet. Misschien vond hij dat ze te veel lawaai maakten. Ze sliepen natuurlijk nog.'
'Wat is dat toch een driftkop.'
'Dat vind ik wel aardig.'
'Aardig?'
'En jij zou het zeker aardig moeten vinden.'
'Waarom?'
'Omdat ik ook een driftkop ben.'

'Ik geloof dat Petrus alleen is,' zei ze een dag later. 'Ik dacht dat ik hem vanmiddag alleen de deur uit hoorde gaan. Peer is zeker weer naar Breda.'
'Wat is die jongen toch vaak bij zijn moeder.'
'Dat is niet om zijn moeder! Hij heeft daar nog een kamer. En daar wil hij van tijd tot tijd naartoe.'
'Het is natuurlijk ook om zijn moeder.'
'Het is helemaal niet om zijn moeder! Als hij en Petrus in Breda zijn, gaan ze ook eten zonder Peers moeder. En ze zitten vaak ook gewoon op zijn kamer.'
'Maar daarom kan het toch wel om zijn moeder zijn?'
'En met oudejaar dan? Toen zijn ze gewoon op zijn kamer plaatjes gaan draaien! Dat zouden wij nooit gedaan hebben toen we nog met mijn moeder oudejaar vierden!'
'Dat bewijst toch niets? Dat ligt ook aan Petrus.' Ik herinnerde me dat wij ook naar haar kamertje gingen toen we elkaar pas kenden. Plaatjes draaien! Ik moest erom glimlachen, maar ik hield die gedachte voor me.
'Dat ligt niet aan Petrus. Dat ligt aan Peer!' zei ze boos. 'Petrus vond het vervelend.'

'Maar toch bewijst dat niet dat Peer het niet om zijn moeder doet.'

'Dat bewijst het wel! Weet je het weer beter? Wie gaat er altijd met die jongens om? Jij of ik? Waarom denk je dan dat jij het weer beter weet? Wie heeft er meer recht van spreken?'

Ze stond op en pakte driftig de pan. 'Altijd moet je me tegenspreken! Nooit zul je eens zeggen dat ik gelijk heb! Altijd weet jij het beter! Ook als ik er alles van afweet!' Kwaad liep ze de kamer uit.

Ik ruimde de tafel af en liep met het blad achter haar aan.

Ze huilde van woede. 'Nooit zul je eens toegeven dat ik iets weet!'

'Het is toch geen kwestie van weten? Het gaat er toch om...'

'Houd je mond! Dit is míjn gebied! Ik heb het ook niet over de mensen op je Bureau! Hoe die in elkaar zitten! Peer en Petrus, dat is míjn terrein! Daar weet ik alles van af!'

'Ze horen je!'

'Ze zijn niet thuis! En dan heb jíj te luisteren! Dan moet je zeggen: "O, zit dat zo? Dat wist ik niet. Dat is interessant. Want zo heb ik het nooit gezien." Dát moet je zeggen.' Ze begon opnieuw te huilen.

Ik had geen zin om haar te troosten. Ik ging terug naar de kamer en nam de krant. In de verte hoorde ik haar snikken. Ik ging weer terug. Ze stond af te wassen. Ik klopte op haar hoofd.

'Nooit zul je eens naar mij luisteren!' zei ze kwaad.

Ik haalde de schaatsen onder de kapstok vandaan en ging ermee naar het hok om een nieuwe hakband te bevestigen. Toen ik daarmee klaar was, kwam ze huilend de kamer in. We dronken koffie. Daarna viel ik in slaap. Een uur later werd ik wakker. Ze was nog uit haar doen.

'Ik ga naar bed,' zei ze.

Ik volgde een uur later. Ze lag met haar rug naar me toe.

'Slaap je al?' vroeg ik.

Ze gaf geen antwoord.

*

Er werd gebeld. Nicolien deed open. Tot in de woonkamer hoorde ik de klapzoenen en de stem van Peer.

'Hier is Peer,' zei ze, de kamer inkomend. 'Hij wil weten of we al iets over die foto's gehoord hebben.'

Hij kwam meteen achter haar aan.

'Nog niets,' zei ik.

'Hindert niet, hoor,' zei hij, zijn teleurstelling met moeite verwerkend. 'Dat komt wel. Ik kom eigenlijk ook voor iets anders. Ik heb van mijn zusje een handleiding voor het stoelen-matten te leen.' Hij gaf die aan mij.

'Ga even zitten,' zei Nicolien.

'Ja, maar niet te lang, want daar kan Petrus niet goed tegen.' Hij ging zitten.

Ik bekeek de handleiding. Het zag er overzichtelijk uit, met duidelijke plaatjes. 'Mooi.'

'Ik wil je wel helpen.'

'Dat is helemaal mooi.'

'Maar ga dan eerst wat biezen kopen. Dan kunnen we beginnen.'

'Hebben jullie nog last van die werklui?' vroeg Nicolien.

Hij lachte een beetje.

'Je was kwaad, hè?'

'Ja, omdat ze ons al om acht uur wakker maakten. Maar ik ben later mijn excuses gaan aanbieden.'

'Hoe reageerden ze daar op?' vroeg ik.

'Ze vonden het allang best, geloof ik. Ik denk dat ze het wel gewend zijn. Maar nou gaan we een weekje naar Londen en nou kom ik vragen of jullie misschien weer voor Pierewiet willen zorgen.'

'Natuurlijk,' zei Nicolien.

'Zelfde recept, hè? Je kent het wel.' Hij haalde een sleutel uit zijn zak. 'En we vinden het het beste dat je de sleutel maar houdt. Dat is het gemakkelijkste als er eens wat is.'

'Wat zou er kunnen zijn?' vroeg ik.

'Ja, dat weet ik niet.' Zijn ogen werden vaag. Hij keek van me weg.
'Brand, inbraak, een neerstortend vliegtuig.'
Daar moest hij hartelijk om lachen. 'Laten we dat nou maar vergeten,' zei hij.

De volgende morgen lag er een briefje op de mat. Ik vond het toen ik naar mijn werk ging.
Beste MAARTEN, *Even nog een aanvulling op het boekje de Biezen kun je overal kopen, ten minste bij een beetje behoorlijke Rotanzaak. Het werk is eenvoudig mits men de Biezen goed nat maakt voor men aan Het werk begint. Droge Biezen zijn niet gemakkelijk te verwerken, ze Breken gemakkelijk af. Ook zonder gereedschap gaat het goed. let erop dat je de biezen* NAAST *elkaar legt en niet op of over elkaar. Mijn zus zei nog dat het echt heel geMakkelijk te doen was. Heel veel sterkte toegewenst, en zijn er nog dingen die je wil weten dan Hoor ik dat wel, en hoop je te kunnen helpen daarmee. Groetjes* PEER
Ze namen de nachtboot van Hoek van Holland naar Harwich. Op weg naar de trein belden ze aan om afscheid te nemen. Ze stonden in het portaal, rugzakjes op, Peer in een lange, smalle visgraatjas uit een tweedehandswinkel, Petrus in een windjack, baardje vooruit.
'De paden op, de lanen in,' grapte ik.
'Ja,' zei Petrus droog.

Ze kwamen terug uit Londen met een bus thee voor Nicolien.
'Ik weet wel dat het een wat conventioneel cadeau is,' verontschuldigde Petrus zich, 'maar we konden niets anders verzinnen.'
'Helemaal niet,' zei ze. 'Dit vinden we juist leuk.'
'Als je uit Engeland komt, breng je thee mee,' zei ik.
Ze gingen zitten.
'Hoe hebben jullie het gehad?' vroeg ik.
'Koud!' zei Peer. 'Verschrikkelijk! Hè Petrus?'

'Het was heel koud,' bevestigde Petrus.
'Jullie waren ook wel heel dun gekleed,' vond Nicolien.
'Veel te dun!' beaamde Peer. 'We hadden er helemaal niet op gerekend.'
'Nee, het was koud,' herhaalde Petrus.
'Wat vinden jullie van Petrus' trui? Laat je trui eens zien, Petrus.'
Petrus trok zijn trui een eindje van zijn lijf, een zeegroene, dikke trui.
'Een mooie trui,' zei Nicolien.
'Uit *Covent Garden*,' zei Peer. 'Tweedehands! Spotprijsje.'
'Ja, ik zag hem hangen en ik dacht dat is net iets voor mij,' vulde Petrus aan, 'want ik had het koud.'
'Als je die trui niet had gekocht, had jij het nog kouder gehad,' meende Peer.
'Dan had ik het nog kouder gehad,' bevestigde Petrus.
'En ik heb een paar schoenen gekocht,' vertelde Peer. Hij stak zijn voet vooruit. 'Mooie schoenen! Ook tweedehands. Of nee, niet tweedehands, maar in de ramsj.'
'Ja, zulke schoenen had ik ook wel willen hebben,' zei Petrus.
'Waarom heb je ze dan niet gekocht?' vroeg Nicolien.
'Nee,' zei hij met zijn toonloze stem die alleen waarheden verkondigde en geen tegenspraak duldde, 'Peer gaat voor. In deze dingen tenminste.'
'Maar jij had ze ook wel kunnen kopen,' vond Peer.
'Nee, want ik had die trui al.'
'Je kunt toch ook wel twee dingen kopen?'
'Nee, één ding is genoeg.'
'Waarom gaat Peer op dat punt voor?' vroeg ik.
'Omdat Peer last van zijn voeten heeft. Hij heeft wel geen zweetvoeten, dat gelukkig niet. Hij heeft klamme voeten.' In zijn woorden klonk een *rücksichtslos* egoïsme door. Bovendien vond ik de opmerking onaangenaam. Ze was me te lichamelijk.
'Heb je nog iets van de muizen gemerkt?' vroeg Peer aan Nicolien.

'Nee.'
'Ook niet dat ze het zaad hadden opgegeten?'
'Nee, niks van gemerkt.'
'Volgens mij zijn ze weg,' zei Petrus. 'Ze zijn zeker al een maand weg. Sinds ze boven die katten te logeren hebben gehad.'
'Nee, sinds die muis in de val zat,' meende Peer met grote stelligheid. 'Daar zijn ze van geschrokken.'
'Hadden jullie een val gezet?' vroeg ik, mijn ontstemming met moeite verbergend.
'Hij staat er nog,' zei Peer onbevangen.
Ik vermeed het naar Nicolien te kijken. Ik herinnerde me hoe ze reageerde toen Paul en Rosalie een val gezet hadden. Voor haar was dat het definitieve bewijs dat Rosalie niet deugde.
'We werden wakker van het lawaai dat die muis maakte,' vertelde Petrus.
'Hij was er met zijn staart ingekomen,' vulde Peer aan. 'En toen hij probeerde zich eruit te werken, had hij zich met zijn achterpoten vastgedraaid in het kleed. Ik heb hem eruit moeten knippen en toen heb ik hem met val en al het raam uitgegooid.'
'En wat denk je dat er toen met die muis gebeurd is?' vroeg ik vervuld van mededogen en afschuw.
'Dat weet ik niet hoor,' zei hij onverschillig.
'Die zullen de katten wel gevonden hebben,' meende Petrus.
Nicolien zei niets.

Toen ze weg waren, was ze stil.
'Wat is er?'
'Ik ben triest.'
'Waarom?'
'Ik weet het niet. Gewoon triest.'
Ik vermoedde dat het om die muis was, maar ik durfde er niet naar te vragen. Ze zou het uitgelegd hebben als kritiek, wat het natuurlijk ook was.

*

Ze belde me op op mijn werk. '*Vrij Nederland* heeft opgebeld.' Aan haar stem hoorde ik dat ze in paniek was. 'En nou willen ze toch een fotograaf sturen. Wat moeten we nou?'
'Wat heb je gezegd?'
'Ik heb gezegd dat we het Peer al beloofd hadden, maar daar had hij niets mee te maken, zei hij. Ze willen een foto van hun eigen fotograaf hebben.'
'Dat was te voorzien.'
'Wat doe je nou?'
'Ik moet er even over denken.'
'Dat weiger je toch zeker? Je laat Peer toch niet in de steek? Dat zou ik verschrikkelijk vinden!'
'Ik moet er even over denken.'
'Als je het maar niet doet! Dat zou ik niet accepteren!'
'Ik moet er echt even over denken,' herhaalde ik. 'Als ik een beslissing heb genomen, bel ik je wel op.'

Ik had daar een halfuur voor nodig. Het vooruitzicht een vreemde man over de vloer te krijgen maakte me diep ellendig. Ik belde *Vrij Nederland* en kreeg de redacteur Letteren aan de telefoon.
'Ik hoor van mijn vrouw dat u een fotograaf wilt sturen,' zei ik, 'maar ik wil dat niet, ik moet er niet aan denken om een vreemde man over de vloer te krijgen die door zo'n toestel naar me loert.'
'Ook Bert Nienhuis niet?' vroeg hij verbaasd.
'Het maakt me niet uit wie het is.'
'Er zijn anders weinig mensen die niet graag door Bert Nienhuis gefotografeerd zouden willen worden.'
'Dat kan wel zijn, het is misschien gek, maar ik wil dat niet. Zet u er dan maar een foto van het omslag bij, of vraagt u de foto die achterop staat aan de uitgever.'
Het was even stil. 'Uw vrouw had het nog over een buurman, een vriend van u.'

‘Die heeft inderdaad een aantal foto’s van me gemaakt.’
‘Dan stuur ik een koerier om ze te halen,’ besliste hij. ‘Is er iemand thuis?’

Diezelfde avond werd ik geïnterviewd voor de radio. Ik werd aangekondigd als de publiciteitsschuwe schrijver. Het duurde een uur en het eindigde met begrafenismuziek. Heel goed.
Meteen daarna belde Petrus. ‘Ik heb je interview gehoord, en ik vond het goed.’
‘Dank je. Zeg maar tegen Peer dat het met die foto’s in orde is. Ze worden geplaatst.’
‘Daar bel ik niet voor,’ zei hij droog. ‘Ik wilde alleen zeggen dat ik het goed vond.’ En hij legde de hoorn neer.
‘Was dat Petrus?’ vroeg ze.
‘Ja.’
‘Wat zei hij?’
‘Dat hij het interview goed vond.’
‘Zie je nou wel dat hij aardig is?’
Ik knikte.
‘En jij denkt altijd maar dat hij je niet mag.’
‘Dat dacht jij ook.’
‘Maar nou zie je dan dat je je daarin vergist hebt.’
Ik was daar niet zeker van, maar ik hield dat voor me.

*

Om halftien belde Peer of we de dia’s van hun vacanties in 1980 en 1981 kwamen bekijken, toen ze elkaar net kenden. Nicolien stond op het punt naar bed te gaan, omdat ze verkouden was, maar ze wilde hem niet teleurstellen.
‘Je moet me maar geen zoen geven,’ zei ze bij het binnenkomen, ‘want ik ben snipverkouden.’
‘Weet je wat Petrus en ik dan altijd doen? Een schijfje citroen onder beide voeten, met een verband erom, zodat het goed blijft zitten.’

'Helpt dat?' vroeg ze ongelovig.
'Gegarandeerd! Binnen drie dagen!'
Hij had een wit laken opgehangen tegen de ombouw voor de keuken en de bank een halve slag gedraaid. Wij zaten op de bank, Peer stond achter de projector.
Petrus zat er op zijn bureaustoel naast. 'Niet die dia waar jij een plas staat te doen, hoor,' waarschuwde hij.
'Waarom nou niet?' vroeg Peer.
'Dat vind ik gênant.'
'Maar je hebt hem toch zelf genomen?'
'Jawel, maar niet met de bedoeling hem aan anderen te laten zien.'
'Dan schuif ik hem wel gauw door.'
Maar toen hij kwam, vond hij hem veel te leuk om door te schuiven.
Verder foto's van Peer alleen, van Petrus alleen, van hen samen, lachend tegen elkaar, soms in bed, soms op de rand. En dat alles tegen een blauwe of groene achtergrond.

'Zal ik nou een schijfje citroen onder mijn voeten binden?' vroeg ze onzeker toen we ons een paar uur later klaar maakten om in bed te stappen.
'Ben je nou gek!'
'Maar als het nou helpt?'
'Het helpt natuurlijk niet.'
'Bij hen helpt het!'
'Die dingen helpen alleen als je ze begrijpt,' zei ik beslist, 'en anders is het onzin.'

*

De herdruk van mijn boek verscheen en we brachten een exemplaar naar Peer en Petrus met als opdracht: *Voor de fotograaf en zijn makker*. Peer keek met een verlegen lachje naar de foto op de achterkant en gaf het toen aan Petrus. 'Dank je,' zei deze, het naast zich neerleggend.

'Je moet kijken wat erin staat,' zei Nicolien.
Petrus zocht zenuwachtig naar zijn bril en sloeg het schutblad open. Er sprongen tranen van ontroering in zijn ogen. Hij stond op en schudde me de hand. 'Dank je,' zei hij met omfloerste stem.
'Laat mij ook eens zien,' zei Peer. Hij nam het boek mee naar de tafel en las de opdracht aandachtig, de letters met zijn lippen spellend. Terwijl hij las, begon zijn gezicht te stralen. Hij stond op, bedacht bijtijds dat hij me geen zoen kon geven en gaf me een stomp tegen mijn schouder.
We gingen zitten en kregen een glas wijn.
'Ik ben bij *De Ridder* geweest,' vertelde ik. 'Getwijnd zeegras is het beste.'
'Geen biezen?' vroeg Peer.
'Dat is minder sterk.'
'Heb je dat gekocht?' Hij stond op.
We gingen naar beneden, naar ons huis. Petrus kwam achter ons aan, Nicolien volgde hem op haar beurt.
Ik haalde een bundel uit het hok. Peer nam hem mee naar de kamer, bekeek het touw aandachtig en trok het een paar keer krachtig uit elkaar. Petrus en Nicolien keken van een afstand toe.
'Mooi spul,' stelde hij vast. 'Wanneer ga je beginnen?'
'Als ik tijd heb, misschien het weekend.'
'Je moet nog vertellen van dat interview,' zei ze toen we weer bij hen in de kamer zaten.
'Vertel jij het maar.'
'Maarten wordt geïnterviewd voor *De Volkskrant* en nou dachten we dat ze daar misschien de foto's van Peer bij kunnen plaatsen.'
'Tjoei!' reageerde hij enthousiast.
'Als ze het doen,' temperde ik.
'Nee, natuurlijk. Dat spreekt vanzelf.'
'Natuurlijk doen ze dat,' zei Nicolien. 'Als jij dat vraagt, dan doen ze dat toch zeker? Ze mogen blij zijn dat je je laat interviewen.'

*

De interviewster kwam om twee uur. Ze had mijn boek niet uit gekregen, maar ze had er wel een indruk van. Wat haar in wat ze gelezen had vooral intrigeerde, was het ontbreken van sex. Een groot deel van het gesprek gebruikte ze om daar meer over te weten te komen. Ik reageerde daar stug op, ging me steeds ongelukkiger voelen en betreurde het eraan te zijn begonnen. Toen ze eindelijk uitgevraagd was, kwam ik met de foto's van Peer.

Ze bekeek ze nauwelijks. 'Vacantiekiekjes,' zei ze geringschattend. 'Daar is geen sprake van. Er komt gewoon een fotograaf van de krant.'

Ik had daar geen reactie op. Het interview had me volledig uit mijn evenwicht gebracht.

'Maar dat kan toch niet,' zei Nicolien toen de journaliste weg was. 'Daar heeft dat mens toch niet over te beslissen?'

'Maar ze heeft wel een stem,' veronderstelde ik. 'Het is haar interview.'

'Dan zeg je dat je het niet geplaatst wilt hebben.'

'Dat had ik dan eerder moeten zeggen, als voorwaarde.'

'Waarom heb je dat dan niet gedaan?'

'Omdat ik er niet aan gedacht heb.'

'En daar is Peer nu de dupe van zeker?'

Ik gaf daar geen antwoord op. Ik voelde me diep ongelukkig.

'Daar is Peer nu de dupe van,' herhaalde ze, 'omdat jij daar niet aan gedacht hebt!'

Ik stond op.

'Wat ga je doen?'

'Ik ga beginnen met Peer op de hoogte te stellen.'

'Maar toch niet dat het niet doorgaat! Je laat je toch niet door dat mens de wet voorschrijven!'

'Zo ver is het nog niet.'

'Als je maar weet dat ík daar geen genoegen mee neem!'

Peer was thuis. Hij nam het laconiek op. 'Dan maak ik gewoon een nieuwe serie,' zei hij, toen hij hoorde dat ze ze vacantiekiekjes had genoemd. 'Misschien dat we die fotograaf dan nog voor kunnen zijn. Wanneer zullen we dat doen?'
We spraken af voor de volgende dag. Dat het dan Goede Vrijdag was, leek ons een voorsprong te geven.

Na de boterham trok ik de oude zitting van de stoel en begon met het boekje ernaast te matten. Nicolien ging boodschappen doen. Ze ontmoette Petrus in de gang.
Peer hoorde hen praten en kwam ook hun deur uit. Toen hij hoorde dat ik aan het matten was, kwam hij kijken. 'Hoe gaat het, chef?' Hij ging zitten.
Meteen daarna belde Petrus. Hij nam ook een stoel en keek toe, terwijl Peer tegenover me zittend mee ging doen.
'Zo gaat het goed, jongen.'
'Nou neem jij het weer over.'
'Zo gaat het meesterlijk,' zei ik.
Op die toon tegen elkaar pratend stuurden we het koord heen en weer, tot we ongeveer een derde van de zitting gemat hadden.
We dronken thee en Peer haalde zijn apparatuur. We daalden met zijn vieren af naar de tuin van Freek, waar hij op een vijftal plaatsen ongeveer dertig foto's nam. Het licht was grijs, maar dat vond hij juist mooi.
Peer vond alles mooi. 'Verdulleme, jongens, dat worden hele mooie foto's!'
We gingen weer naar boven, matten verder tot het tijd was voor de borrel. We aten met zijn vieren bij *Marrakech*. Weer terug in de kamer matten we de stoel af: een goed stuk vakwerk.
Liggend in bed stelde ik vast dat het gezelschap van deze twee mannen nog het best te verdragen was als we iets te doen hadden.

Er was een kaart onder de deur door geschoven: 'Als je dit briefje vindt liggen wij nog in droomeland maar de film hangt te drogen en zo op het eerste gezicht ziet het er aardig uit de kontakten zullen meer inzicht geven over de resultaten maar het begin is dus goed gegaan. Peer en Petrus.' Daaronder was een man met een bril en een fototoestel getekend, onder een waslijn met drie filmpjes.
Toen Nicolien dat las, was ze ontroerd.

Terwijl ze boodschappen deed, liep ik naar *De Ridder* om nog drie strengen zeegras te halen. We kwamen tegelijk thuis. Op hetzelfde ogenblik ging de telefoon: een fotograaf van *De Volkskrant*, die opdracht had een afspraak met mij te maken.
Het overviel me. 'Een vriend van mij heeft al foto's gemaakt.'
'Je moet het weigeren!' riep Nicolien op de achtergrond.
De man zweeg.
'Maar daar kunt u natuurlijk verder niets aan doen,' zei ik.
'Je doet het niet!' riep ze woedend.
'Nee, daar kan ik niets aan doen. Ik heb die opdracht gekregen.'
'Dan moeten we maar een afspraak maken.'
'Ik wíl het niet! Ik wíl het niet!' riep ze erdoorheen.
Dat maakte me zo radeloos dat ik geen tijdstip kon bedenken. 'Zegt u het maar.'
'Woensdag twee uur?' stelde hij voor.
'Lafaard! Verrader!' riep ze, terwijl ik de hoorn neerlegde. Ze gooide een stoel om. 'Om Peer zo in de steek te laten!'
'Ik kan die man...'
'Ach, die man! Ik heb gehoord hoe slap je dat gezegd hebt! Weigeren moet je! Je moet het verdommen! Het gaat om Peer! Je hebt gezien hoe blij hij was! En dat kaartje! Heb je dat kaartje niet gelezen?'
Ik nam de hoorn van de haak.
'Wat ga je doen?'
'Ik ga Peer opbellen.'

Ze vloog op me af en sloeg de hoorn uit mijn hand. 'Je gaat Peer níet opbellen! Je belt die man op! En je maakt het ongedaan! Ik wíl niet dat je Peer opbelt!'
'Die man kan er niets aan doen. Die heeft een opdracht.'
'Ik wíl het niet! Ik wíl het niet!' Ze sloeg op de telefoon.
Ik probeerde het toestel vrij te maken. Ze rukte het uit mijn handen. Omdat ik bang was dat ze het uit de muur zou rukken, gaf ik het op. Ik liep het huis uit en belde aan bij Peer en Petrus. Achter me hoorde ik haar woedend roepen. Petrus deed open. Peer kwam de kamer uit. Ik liep achter hen aan de woonkamer in.
'Kijk, daar hangen ze,' zei Peer. Ze hingen tegen de muur te drogen.
'Maar het vervelende is dat die fotograaf me net heeft opgebeld voor een afspraak.'
Peers gezicht betrok.
'En die man kan er natuurlijk niets aan doen.'
'Nee, die man kan er niets aan doen,' beaamde Petrus.
Peer had zichtbaar moeite zijn teleurstelling te verwerken, maar hij vermande zich. 'Ik maak ze evengoed af. Het is in ieder geval een goeie oefening geweest.'
Intussen leek Nicolien wat bedaard. 'Ik meen het zo niet,' zei ze toen ik terugkwam, 'maar ik vind het zo verschrikkelijk voor Peer. Hij was er zo blij mee.'

In de loop van de middag gingen we naar boven om de negatieven te bekijken. Zo op het oog waren ze beter dan de vorige. We dronken met zijn vieren thee. Het had er de schijn van dat Peer de teleurstelling had verwerkt. 'Het zat erin,' zei hij. 'We wisten dat het zo kon gaan. We wilden ze voor zijn, maar dat is niet gelukt.'
Ik wist ook niet wat ik er nog aan kon doen. 'Ik had het voor het interview duidelijk als voorwaarde moeten stellen. Ik zal dat een volgende keer doen.' Maar gelukkig was ik er niet mee.

Henriette kwam eten. We brachten haar aan het eind van de avond naar de tram.
'Ik ben zo verschrikkelijk triest,' zei Nicolien op de terugweg. 'Ik vind het zo verschrikkelijk voor Peer. Ik wist niet hoe ik de avond moest doorkomen.' Thuis begon ze te huilen. Ze liep met haar jas nog aan snikkend naar de kamer en ging in een stoel zitten.
'Kom nou.' Ik legde mijn hand op haar hoofd.
'Ik wíl dat je die man opbelt! Ik verdraag dit niet. Dat dat boek gebruikt wordt om een *underdog* te trappen, dat mag niet! Dat is het niet waard. Het is ook míjn boek! Het is aan mij opgedragen! Je mag dat niet toestaan!'
Ik reageerde daar niet op. Ik maakte mijn müesli voor de volgende ochtend en sloeg de bedden open.
Ze kwam de slaapkamer in. 'Voor de fotograaf en zijn makker!' hoonde ze. 'Maar de schrijver laat ze wel in de steek! Maar als dat gebeurt, wil ik niets meer met je te maken hebben! Dan donder je maar op! Ik laat geen *underdogs* trappen! Daarmee maak je alles ongedaan waar het boek voor staat! Als je dat doet, dan verscheur ik het! Dan wil ik er niets meer mee te maken hebben! Dan is het uit!'
Ik kroop in bed. Ik voelde me vernederd.
Ze kwam telkens de slaapkamer in en schreeuwde, steeds dezelfde woorden, met kleine wijzigingen: 'En Peer die zo blij was dat hij ook in de krant kwam! Iemand die zo erkenning nodig heeft! Je hebt hem in een hoek getrapt! Net zoals ze mijn vader in een hoek hebben getrapt!' Ze sloeg de deur hard dicht om haar meteen weer te openen: 'Maar zolang ik er ben, zal dat niet gebeuren! Of jij gaat eruit! Met je boek! Zo iemand wil ik niet in huis hebben! Zo'n *underdog*-trapper!'
De deur sloeg weer dicht. Ik hoorde haar huilen. Ik had met haar te doen, maar de afstand was te groot om te overbruggen. De deur ging weer open. 'Waarom kun je niet weigeren? Leg me dat eens uit! Dan komt dat interview van dat rotmens er toch gewoon niet in? Het enige waar het nog

goed voor was, was de foto van Peer!' De deur sloeg weer dicht, maar ging meteen weer open. 'En als ze dan zegt dat ze onkosten heeft, dan betaal je die maar! Geld genoeg! Meer dan Peer! "Het geld stroomt binnen," zei hij nog. Nou, daar heb jij dan mooi een eind aan gemaakt!' Ze begon hard te huilen en sloeg de deur weer dicht. Daarna hoorde ik haar huilend de katten eten geven. Ze ging de douchecel in. Vandaar kwam haar woedende stem. Ik probeerde er niet naar te luisteren. Ik wilde me verdedigen, maar ik was te triest om daaraan toe te geven. 'Dat rotboek!' zei ze toen ze in bed kroop. 'Als je maar niet denkt dat ik het nog lees! Niets wil ik er meer mee te maken hebben! En als je maar niet denkt dat die man hier over de vloer komt! Ik trap hem er gewoon uit! Ik maak een enorme scène! Dat beloof ik je!'
Zo ging het uren door, tot diep in de nacht. Eén keer viel ik uit. Ik riep dat het chantage zou zijn om publicatie te verbieden als ze Peers foto niet plaatsten, dat ik dat van tevoren had moeten bedingen, dat het nu een stilzwijgende afspraak was, dat het een gunst zou zijn en dat ik geen gunst kon vragen. Ze luisterde niet. Ze schreeuwde eroverheen dat ze eiste dat ik die man opbelde. Want dat het ook haar boek was!

Ze maakte me wakker: 'Ik heb een plan! Die foto van Peer komt erin! Ik weet hoe het moet! Peer komt vanmiddag hier en dan maakt hij nieuwe foto's. Want hij heeft die opdracht gehad! Die mag je niet verbreken!'
Ik reageerde niet. Toen ze doorging en opnieuw verwijten deed, ging ik mijn bed uit. Ik schoor me en ging onder de douche. Toen ik eronderuit kwam, lag ze nog in bed. 'Ik heb een plan! En als je niet luisteren wilt, dan zeg ik het wel tegen Peer! Want ik wíl het niet! Ik wil niet dat hij voor zo'n patser in een hoek getrapt wordt! Dat zal ík verhinderen! Stel je voor dat ík daar de hand in zou hebben! Ik zou ze niet meer onder ogen durven komen! Ik schaamde me dood gisteren! Het moet ongedaan gemaakt worden! Zo wil ik niet dat mijn vrienden behandeld worden!'

Ik ging de slaapkamer uit en dekte de tafel.
'Denk je erom dat je om twee uur een afspraak met Peer hebt?' riep ze. 'Hij komt foto's maken! Ik word knettergek! Knettergek word ik! Ik accepteer dit niet!'
Omdat het Pasen was, kookte ik vier eieren. Ik zette thee.
'Om twee uur heb je een afspraak!' riep ze.
Toen ik met de eieren en de thee de kamer in kwam, lag de kaart van Peer op mijn bord. Ik legde hem terug op de kleine tafel. 'Het ontbijt is klaar,' zei ik om de deur van de slaapkamer.
'Ik kom niet! Je ontbijt maar alleen! Zolang je die man niet hebt opgebeld, wil ik niets met je te maken hebben! En denk erom dat je om twee uur een afspraak met Peer hebt!'
Ik ontbeet alleen, bracht mijn rommel naar de keuken en pompte mijn band op.
'Wat ga je doen?' riep ze.
'Ik ga weg.'
'Waarnaartoe?'
'Dat weet ik nog niet.'
'Als je er maar om denkt dat je om twee uur een afspraak hebt!'
Ik fietste naar het Bureau, klom omhoog en ging weer naar beneden om een geruststellend briefje voor de waker op de mat te leggen. Toen ik daar was, ging de telefoon. Ik veronderstelde dat het Nicolien was, liet hem rinkelen, klom weer omhoog en ging achter mijn bureau zitten. Daar zat ik een uur, zonder iets te doen. Kwaad was ik niet, wel vernederd. Die man opbellen, weigeren, de aandacht trekken, een gunst vragen – ik kon dat niet, al probeerde ik mezelf er rijp voor te maken.

Ze zat in de kamer. Toen ik na me verkleed te hebben binnenkwam, toonde ze geen blijdschap. 'Daar liggen de foto's,' zei ze alleen.
Ik keek ze door. Goeie foto's. Beter dan de vorige. 'Ik zal even naar hen toegaan.'
'Wat wil je dan zeggen?' vroeg ze vijandig.

'Dat ik ze bij *De Volkskrant* in de bus zal stoppen en vragen of ze ze gebruiken kunnen.'
Dat verraste haar. 'Waarom heb je dat niet eerder gezegd? Dan had je me die opwinding bespaard.'
'Omdat jij het eiste. En dan kan ik niet denken.'
'Je zei dat het chantage was.'
'Zoals jij het wilde, was het chantage. Je wilde dat ik dreigde met het intrekken van het interview.'
'Je kent me toch? Zulke dingen zeg ik toch altijd? Dat moet je toch niet serieus nemen?'
'Het probleem is dat ik alles van jou serieus neem.'
'Doe dat nou maar niet meer,' zei ze.

Ze waren thuis. We dronken thee en kozen de foto's uit die ik in de bus zou stoppen. Daarna ging Peer de donkere kamer in.
Toen we in ons huis terug waren, pakte ze mijn hand. 'Ik vind je lief. Dat weet je toch wel?'
Ik keek haar aan, me afvragend of ik dat inderdaad wist. 'Ja en nee,' zei ik ten slotte.

Ik schreef een brief aan de redacteur van de Kunstbijlage en deed de foto's erbij. Het regende. We reden met de metro naar de Wibautstraat. Voor de uitgang van de metro hing een gordijn van regen. De auto's hadden hun lichten op en stoven het water opzij.

'Ik ben triest en eenzaam,' zei ze 's middags.
Ik nam haar hand. 'Hoe komt dat dan?'
Ze trok haar hand terug. 'Ik denk omdat jij je moeder niet op haar nummer hebt gezet toen ze zei dat ze van homo's griezelde en om wat ze zei over kinderen krijgen.'
'Dat is dertig jaar geleden.'
'Maar ik heb het gevoel dat je haar nog altijd niet verwerpt. Je begrijpt het, zeg je. Je verwerpt het niet. Terwijl het mij vernietigd heeft.'

Op dinsdagochtend belde de redacteur van de Kunstbijlage me op mijn werk. 'Ik vind ze wel aardig, maar voor zo'n belangrijk interview in de Kunstbijlage zijn ze niet goed genoeg. Daar is een heel grote jongen voor nodig.'

De fotograaf was een opmerkelijk lange jongen, nog heel jong, een clownsgezicht, niet onaardig. Hij werkte sinds drie weken freelance voor *De Volkskrant*. Ik was zijn eerste belangrijke opdracht. Voor hij begon zat hij een uur thee te drinken en te praten. Ik zei dat ik me bedreigd voelde als ik en face gefotografeerd werd, tenzij er iets tussen zat. Zoiets had hij nog nooit gehoord, maar hij zou er rekening mee houden. Toen hij begon, moest Nicolien de kamer uit. Ik was zo gespannen als een kraai. Hij maakte honderd foto's in vier standen.

'Kunt u niet lachen?' vroeg hij toen hij er een stuk of zestig gemaakt had.

Ik lachte.

'Nee, kijkt u dan maar liever somber.'

Daarna mocht ze weer binnenkomen.

Hij bleef nog even zitten. Ik ontspande een beetje. Daarvan maakte hij gebruik voor nog eens twintig foto's.

'Ik zag meteen dat het niks was,' zei ze toen de jongen weg was. 'Toen ik binnenkwam, zag je er zo gespannen uit. En die jongen had rode vlekken op zijn gezicht van de zenuwen. Hij had mij natuurlijk nooit de kamer moeten uitsturen.'

*

Ik stopte een briefje met de tekening van een stoel bij hen onder de deur door. Een kwartier later belde Peer om te zeggen dat hij niet kon komen. Hij moest boodschappen doen en daarna gingen ze naar de Dam voor de Dodenherdenking. Dat speet me, omdat ik gehoopt had dat Nicolien van de aanwezigheid van Peer weer wat zou opknappen. Na het

middagmaal begon ik na enige aarzeling alleen. Ik haalde de oude zitting eraf, maakte het houtwerk schoon en sloeg twee spijkers in de zijkanten voor de bevestiging van het touw.
Toen de eerste wikkels erom zaten, belde Peer. 'Ben je al begonnen?' vroeg hij bezorgd. Hij had zich het feestje toch niet willen laten ontgaan en in een razend tempo zijn boodschappen gedaan. De rest van de middag waren we bezig, terwijl Nicolien in mijn boek las. Petrus, die met het eten bezig was, kwam af en toe om Peer een zoen te geven. Ik deed of ik dat gewoon vond, maar aangenaam vond ik het niet. Vertoon van gevoelens vond ik nooit aangenaam. Het matten ging niet zo gesmeerd als de vorige keer. Het begon ons allebei te vervelen. Maar de stemming was goed en toen we klaar waren dronken we met zijn vieren een glas, Petrus whisky, Peer wijn, wij jenever. Peer vond de wijn zuur en wilde dat ik uit zijn glas proefde om dat ook te constateren. Drinken van zijn glas was voor hem blijkbaar een bewijs, want hij bood dat elk ogenblik aan. Ook dat was niets voor mij, maar ik speelde het spel mee en stelde nog eens voor mezelf vast dat het geen mensen voor mij waren. De spontaniteit van Peer was me te simpel, de waanwijsheden van Petrus waren me te parmantig en humorloos. Maar het was opvallend zo opgewekt als Nicolien in hun aanwezigheid was. Dat verzoende me weer met hun gezelschap.

*

'Peer is eigenlijk een van de weinige mensen van wie ik het niet onaangenaam vind als hij me een zoen geeft,' zei ze aan tafel. 'Ik denk dat dat is omdat hij zo zindelijk is.'
'Ik heb juist een lichte fysieke afkeer van hem,' zei ik zonder erbij na te denken.
Dat irriteerde haar. 'Dat is alleen omdat het een homo is.'
'Nee, want ik heb het bij Frans Veen ook. En jij hebt wel eens gezegd dat je dat bij hem ook hebt.'

'Dat is heel wat anders! Je begrijpt er weer niets van! Bij Peer heb ik het gevoel dat ik zijn moeder ben!'
'Ik heb het nu eenmaal,' verontschuldigde ik me. 'Ik vind het ook niet prettig als hij en Petrus elkaar zoenen.'
'Daar krijg ik nou juist een kick van! Als mannen en vrouwen elkaar zoenen, dát is smerig! Maar twee mannen! Twee verschoppelingen! Die zo door de maatschappij in een hoek getrapt worden!'
'Ik heb het ook bij mannen en vrouwen. Bij de meesten tenminste.'
Ze luisterde niet. 'Peer moest eens weten dat je zo over hem denkt!' zei ze geëmotioneerd. 'Hij is zo op je gesteld! Zoals hij je geholpen heeft en zoals hij je uit zijn glas liet drinken! En jij die dan zoiets over hem zegt!'
'Ik vind het dan ook niet prettig om uit zijn glas te drinken.'
'Hoe kun je zo grof tegen me zijn? Terwijl je weet hoe ik op hem gesteld ben! Het is verschrikkelijk om je eigen man zoiets te horen zeggen! Het is of ik uit elkaar klap van ellende! Alles maakt het kapot! Niets kan ik meer tegen je zeggen! Waarom houd je het dan niet voor je als je zulke verschrikkelijke dingen denkt? Waarom kan ik nooit eens gewoon met je praten?' Ze begon te huilen.
'Maar dit is toch gewoon praten? Ik zeg toch niet dat ik Peer niet aardig vind?'
'Van een ander zou je dat nooit zeggen! Van geen van je vrienden zou je dat zeggen!'
Ik dacht daarover na. 'Ik geloof dat ik het van alle mannen zou zeggen.'
'Maar van Peer! Terwijl je weet hoeveel hij voor me betekent!'
'Maar daarom kun je toch wel over je reacties praten?'
'Ik wíl het niet! Ik verdraag het niet!' Ze ging harder huilen. 'Houd je mond alsjeblieft! Alsjeblieft!' Ze liep de kamer uit, maar kwam meteen weer terug. 'Ik verdraag niet dat we zo verschillend zijn!' Ze liep weer weg. Ik hoorde haar in de keuken huilen. 'Ik ben zo alleen!' riep ze toen ik door de gang

naar haar toe liep. 'Ik ben zo verschrikkelijk alleen!'
Ik wilde haar waarschuwen dat Peer en Petrus haar konden horen, maar toen ik haar woedende gezicht zag, hield ik dat voor me.
'Wat kom je doen?'
'Ik kom met de afwas helpen.'
'Ga weg alsjeblieft! Ik wil niet geholpen worden! Ga weg! Ik wil niet!' Ze duwde me met beide handen de keuken uit.
Ik liep terug naar de kamer en ging op de divan zitten.
Toen ze binnenkwam, huilde ze nog. 'Die afkeer van homo's. Ik zal daar nooit aan wennen.'
'Ik heb het bij alle mannen.'
'Ach wat! Het is natuurlijk omdat het homo's zijn! En Peer, die zo spontaan is! Die zo op je gesteld is! Hij moest het weten! Nooit zou hij hier meer een stap over de drempel zetten! Hoe kan ik nou met zo'n man samenwonen? Dat is toch verschrikkelijk?'

'Vrouwen die de pest aan homo's hebben, zoals je moeder, daar heb ik een fysieke afkeer van,' zei ze de volgende dag aan tafel. 'Omdat ze er niet onder kunnen liggen. Dát vind ik smerig! Erotiek tussen mannen en vrouwen! Maar niet tussen twee mannen! Geen wonder als je zo'n moeder hebt dat je dan zo over homo's denkt. Je hoeft niet te vragen hoe de kinderen van zulke vrouwen er later over zullen praten. Alleen omdat ze zelf geil zijn! Ik zou ze wel kunnen vermoorden, zo haat ik ze! Vieze, geile wijven!' Zo raasde ze door tot ze naar de keuken ging voor de afwas. Ik probeerde haar woorden niet te horen, maar dat was moeilijk, daarvoor waren ze te duidelijk en te doordringend. Bovendien irriteerde het schelden op mijn moeder me, maar ik wist ook dat iedere tegenwerping haar woede alleen maar groter zou maken.
Na de afwas keken we naar het nieuws. Het bezoek van de paus, een man over wie we in ieder geval niet van mening verschilden.

*

'Ik dacht vannacht, zou het niet aardig zijn als we die verzameling houtmonsters van mijn vader aan Peer gaven, na alles wat hij voor ons gedaan heeft?' zei ze 's ochtends aan het ontbijt.

'Dan ben je ze kwijt.'

'Maar mijn vader zou het prachtig vinden! Als er iemand is aan wie ze goed besteed zijn, dan is het Peer!'

Ik aarzelde. Het was van haar een ongelooflijk gebaar, in aanmerking genomen hoe ze op die herinnering aan haar vader gesteld was. 'Als jij denkt dat ze bij hem in goede handen zijn...'

'Natuurlijk zijn ze dat! Je hebt toch wel gemerkt hoeveel belangstelling hij ervoor had?'

'Doe dat dan maar.'

'Wanneer zal ik dat dan doen?'

'Zo gauw mogelijk?'

'Vandaag?'

'Goed. Vandaag.'

'Of wil je er eerst nog over denken?'

'Nee, ik hoef er niet over te denken.'

'Dan doe ik het vanmiddag maar,' besliste ze, 'dan kan ik ze meteen uitnodigen bij ons te komen eten.'

'Nou dan ga ik maar,' zei ze nadat ze had afgewassen. 'Ga jij nog iets doen?'

Ik zat achter mijn bureau. 'Ik ga nog wat werken.'

Ik hoorde haar de voordeur uitgaan, aanbellen, haar stem en die van Peer, het sluiten van hun voordeur. Tien minuten later werd het slot van onze voordeur opengedraaid.

Ze kwam de kamer binnen. 'Hij is er ontzettend blij mee,' zei ze opgewonden.

Achter haar schoof Peer het gordijn van het hok weg. Hij knipte het licht aan. Ik stond op en voegde me bij hen. Hij had twee tassen bij zich. Hij was geconcentreerd bezig de

plankjes in te laden. In de manier waarop hij dat deed was iets gretigs.
'Je bent er blij mee,' stelde ik vast.
Hij keek opzij, me nu pas opmerkend. 'Ja, wis en warempel. Het is een prachtige verzameling.'
'Mijn vader is er zijn hele leven mee bezig geweest,' zei ze, 'het was zijn hobby.'
'Ja, dat kun je wel zien,' zei hij gespannen. Hij tilde de plankjes gehaast over, alsof hij bang was dat ze zich zou bedenken. Toen hij alles had ingepakt, keek hij nog eens de beide planken over of hij niets vergeten had, waarna hij de tassen opnam. 'Nou, dan ga ik maar.'
'Is het niet te zwaar?' vroeg ze bezorgd. 'Anders doe je het in twee keer.'
'Nee, het gaat best zo,' weerde hij af. Hij liep de gang in. 'En bedankt.' Hij opende de deur. 'Ajuus,' zei hij nog, voor hij de deur achter zich dichttrok.
'Fijn hè, dat hij er zo blij mee is.'
'Ja,' zei ik. Het ging me meer aan mijn hart dan ik verwacht had. Alsof hij een stuk van haar vader had meegenomen.
We gingen de kamer in.
'Zal ik maar thee zetten?' stelde ze voor. Ik had de indruk dat ook zij gedesoriënteerd was.
'Goed.'
'Het is anders nog wel vroeg.'
Er werd gebeld. Ze liep de gang in naar de voordeur. Ik hoorde de stem van Peer. De deur werd weer gesloten.
'Moet je nou eens zien.' Ze kwam de kamer in met een schilderij. 'Van Peer. Om te bedanken.'
Ik bekeek het. Het toonde een étagèretafeltje van drie verdiepingen, naar boven toe smaller wordend, met bovenop een onbeholpen geschilderde kat. Het tafeltje was oranje, de kat zwart, de achtergrond okerkleurig. Monsterachtig.
'Wat moeten we hier nou mee?' vroeg ze, alsof ze mijn gedachten raadde. Ze keek de kamer rond.
'In ieder geval niet in de kamer.'

'Maar dan ziet hij het niet als ze hier morgen komen eten.'
'Dat kan wel zijn, maar ik wil het echt niet in de kamer hebben.'
'En als we het nou eens hier hingen?' Ze haalde een primitieve prent van een kat, naast mijn bureau, van de muur en hing het schilderij van Peer ervoor in de plaats. Onmogelijk. Ze zag dat zelf ook in. 'Nee, dat kan niet.' Ze keek de kamer rond. 'Maar waar dan wel?'
'Hang het dan in de achterkamer.'
'En als hij dan vraagt waar het is?'
'Dan laat je het hem zien.'
Aarzelend liep ze ermee naar de achterkamer. Ik volgde haar. We bleven midden in de kamer staan en keken rond.
'Bij mijn bed dan maar?' stelde ze voor. Ze liep naar de muur en hield het daartegen omhoog.
Het was geen gezicht, maar ik begreep dat het daar nog de beste oplossing was. Peer kon daar ook nauwelijks een veroordeling in zien. 'Hang het daar maar,' besliste ik.
Ze probeerde er zelf naar te kijken door haar arm recht te houden. 'Sla jij dan een spijker in de muur?'

*

De avond voor mijn verjaardag kwamen we terug uit Wales. Vanaf Schiphol namen we de bus naar het Centraal Station. Tien uur thuis. Nicolien bekommerde zich om de katten, ik pakte de rugzakken uit en legde de bedden open. Er werd gebeld. Nicolien ging naar de deur. Ik meende de stem van Petrus te herkennen. 'Ja, dat is goed,' hoorde ik haar zeggen. 'Leuk! Tot zo.' Meteen daarop kwam ze de slaapkamer in. 'Ze willen nog op bezoek komen,' zei ze ontsteld, 'maar daar zijn we toch veel te moe voor?'
'Had je dat dan niet kunnen zeggen?'
'Ik kan toch niet onvriendelijk zijn? Wat moeten we nou?' vroeg ze wanhopig.
'Hen laten komen. Er zit niets anders op.'

'En als ze nou weer zo lang blijven?'
Voor ik antwoord kon geven, werd er opnieuw gebeld. Ik deed de deur open.
Ze stonden, allebei met een brede grijns, in het portaal, Petrus met een grote fles Marokkaanse wijn in de hand.
'Heren!' zei ik, ruimte voor hen makend.
Ze repten zich voor me uit naar de voorkamer. Nicolien werd gezoend. Ze namen plaats in de stoelen waarin ze altijd zaten, Petrus in de gemakkelijkste, Peer in de kleinste.
'We waren benieuwd naar jullie ervaringen,' zei Petrus.
'Nu ze nog vers zijn,' begreep ik.
Peer moest daar hartelijk om lachen.
Ik haalde de glazen uit het buffet en schonk ze in uit hun fles, die al open was.
'We hebben er alleen nog niets bij,' zei Nicolien.
Peer sprong op. 'Zal ik even wat halen? Wij hebben nog wel wat kaas.'
'Nou, dat hoeft toch niet?' zei ze.
'Ik haal het!' Hij was al onderweg. 'Ik neem de sleutel mee,' riep hij uit de gang, 'dan hoef je niet nog eens open te doen!'
'Hoe hebben jullie gevaren?' vroeg Petrus.
'We hebben gevlogen,' antwoordde ik, glimlachend, mijn irritatie verbergend.
Hij glimlachte zuinig. 'Dat weet ik.'
'Het was een aardige vacantie,' vatte ik samen. 'Maar het is geen Frankrijk.'
'Van Frankrijk weet ik niets af,' zei hij zuur. 'Ik houd niet van de Fransen.'
Peer kwam terug met een stuk kaas. 'Eerst klinken, hè,' waarschuwde hij, zijn glas opnemend. 'Op jullie thuiskomst!'
'Je hebt ons gemist,' begreep ik.
'Ja, nou en of. Hè Petrus?'
'Zo sterk zou ik het niet willen uitdrukken, maar het verheugt ons dat jullie weer terug zijn.'

Om middernacht waren ze er nog.
'Het is twaalf uur!' zei Peer. 'Gefeliciteerd met je verjaardag.'
'Ja, ook mijn gelukwensen,' voegde Petrus eraan toe.
'Ik ben pas om acht uur geboren,' weerde ik af. 'Jullie zijn te vroeg.'
'Zal ik de cadeautjes halen?' vroeg Peer, zonder acht te slaan op mijn relativering.
'Ja, doe dat maar,' zei Petrus.
Hij ging opnieuw de gang op en kwam even later terug met een mapje en een tweede fles wijn. Het mapje bevatte de foto's die Petrus van ons genomen had toen Peer mij fotografeerde.
'Prachtig!' zei ik. 'Dank je.'
'Ze zijn natuurlijk anders dan die van Peer,' zei Petrus. 'Het zijn kleurenfoto's en die van Peer zijn zwart-wit. Maar in hun soort zijn ze niet minder, al zeg ik het zelf.'
'Nee, zeker niet,' verzekerde ik.
Intussen had Peer onze glazen ingeschonken uit de nieuwe fles. 'We moeten nog klinken op je gezondheid!'
We klonken opnieuw.
'En nog vele jaren,' zei Petrus. 'Al moet je dat natuurlijk maar afwachten.'
Ze bleven tot halftwee. Toen was ook de tweede fles op.

De volgende dag hadden we allebei barstende hoofdpijn. Met de gordijnen dicht lagen we op bed in plaats van volgens plan mijn laatste vacantiedag in de Waterleidingduinen door te brengen.
'Ik kan wel huilen,' zei Nicolien. 'Je hele verjaardag is verpest. En we hadden nog wel een pannekoek bij *De Oase* willen gaan eten.'
Voor dergelijke gedachten was ik te misselijk.

*

Freek was met vacantie. Nicolien ging naar beneden om zijn

katten te verzorgen. Toen ze tegen theetijd nog niet terug was, volgde ik haar. Ze zat in de tuin.
Peer zette zijn tas met boodschappen in de gang en voegde zich bij ons. 'Is er al thee?' vroeg hij.
'Ik wou net thee gaan zetten,' antwoordde Nicolien.
'Zal ik dat even doen?'
Boven ons, op de tweede verdieping, kwam het hoofd van Petrus uit het raam. 'Ben je daar al?' klonk het humeurig.
Peer keek omhoog. 'Ik kom net binnen.'
'Dan kun je toch wel eerst even naar boven komen?'
'En dan weer naar beneden zeker. Zo blijf ik wel aan de gang.'
Het hoofd van Petrus verdween weer.
'Hij is uit zijn humeur,' stelde Peer vast. 'Maar ik trek me er niets van aan. Ik blijf gewoon hier thee drinken.' Hij ging het huis in, naar Freeks keuken.
Door het openstaande raam hoorde ik hem de ketel vullen en het gas aansteken.
De voordeur ging open. 'Ik dacht dat je boven thee zou komen drinken?' De wat neuzige stem van Petrus.
'Maar nou drink ik hier thee, in de tuin.'
'Dat had je dan toch wel kunnen komen zeggen?'
'Ach, wat.'
'Ik had een briefje op de deur gehangen: *Hier zet men thee.*'
'Nou, dan drink jij nu hier thee. Dat kan toch ook?' zei Peer.
Daar kwam geen antwoord op.
Peer kwam de tuin in met de thee onder net zo'n gebloemde theemuts als hij voor ons gemaakt had. 'De thee!'
Petrus kwam achter hem aan.
Peer schoof een stoel bij en ging zitten. Petrus bleef staan.
'Ik heb gisteren de foto's van onze vacantie in Ierland afgedrukt,' vertelde Peer.
'Hoeveel heb je er?' vroeg ik.
'Tweehonderd. Zal ik ze even halen?'
'Straks,' weerde ik af. 'Eerst thee.'
'Krijg ik eigenlijk geen stoel?' vroeg Petrus ongemakkelijk.

Peer keek naar hem, verbaasd. 'Maar die kun je toch zelf wel pakken?'

*

Van half october tot half november waren ze in Spanje. *Als je een Dikke snee witbrood neemt,* schreef Peer op een prentbriefkaart van Alt Bergueda, *en daarover een uitgeperste tomaat zodat het goed nat is, en dan begieten met olijfolie en een beetje zout en peper wat ham – worst en salamie. een kop koffie met veel melk. Dan heb je een katalaans ontbijt Het eten is goed lekker en niet duur. Alles is trouwens niet duur. De tijd is hier terug gezet zodat we midden in de zomer zitten. We voelen uitstekent het is zo merkbaar veel beter als met Ireland. ik vraag me af waarom we dit niet veel eerder gedaan hebben. over 2 of 3 dagen zijn we in Andorra ik mag van Petrus niet zeggen dat we midden in de pyreneeen zitten Maar zeg nou zelf 3 luien Dagen Fietsen naar Andorra waar zitten we dan midden in de pyreneeen. Groetjes Peer en Petrus.*

Het is nog een week eer we weer terug komen maar het benauwt me wel wat, schreef hij twee weken later. *geef me een trui en een paar weken meer dat zou ik wensen. na wat regendagen is de zon weer terug wel wat kouder. maar nog steeds prachtig en een gebied om terug te komen. eergisteren in een Logement geslapen voor ± 16 gulden samen wel een beetje vies en denk dat er al eens eerder iemand in mijn bed geslapen had met dezelfde lakens maar ach waarom ook eigenlijk niet. veel vogeltjes in heel kleine kooitjes gezien en dat waren niet alleen kanaries. Groetjes Peer en Petrus.*

*

De dag na hun terugkomst aten we met zijn vieren in een Portugees restaurant op de Haarlemmerdijk. Het zat er stampvol. Peer bleek op vertrouwelijke voet met de jongen die ons bediende. We werden met een glas wijn en een schaaltje olijven aan de bar gezet en we kregen even later een tafel aan het raam.

Petrus hoefde de kaart niet te zien. 'Ik neem geitevlees.'
'Nee, dat vind ik zielig,' zei Nicolien.
'Waarom is dat zielig?'
'Ik vind geiten aardige dieren.'
'Daar heb ik niets mee te maken. Als je Portugees eet, eet je geitevlees.'
'Je kunt ook stokvis nemen,' merkte Peer op.
'Is dat lekker?' vroeg ik.
'Heel lekker. Dat aten we vroeger thuis altijd.'
'Dan neem ik stokvis.'
'Ik dan ook maar stokvis,' zei Nicolien.
'Wie kookte er vroeger bij jullie thuis?' vroeg ik aan Peer.
'Mijn moeder natuurlijk. Mijn vader stond achter de bar.'
'Hoe vond je dat eigenlijk?'
'Ik vond het niks. Al dat gezuip en gemiauw.'
'Dus je hebt er nooit over gedacht om je vader op te volgen?'
'Dat wou hij wel, maar daar was hij gauw van af.'
Ik keek hem nieuwsgierig aan. 'Hoezo?'
Hij lachte een beetje. 'Omdat ik altijd ruzie met de klanten maakte.'
'Nou, altijd...' zei Petrus.
'Nou heel vaak dan.'
'Wat deed je dan?'
'Dan ging ik naar zo'n man toe en dan zei ik dat hij moest opsodemieteren.' Hij lachte verlegen.
'Waarom?'
'Tja, omdat hij daar te lang bleef zitten, denk ik, en omdat zijn gezicht me niet aanstond.'
Ik lachte. 'Leuk.'
'Nou zo leuk vonden ze dat niet.'
'Wat deed je vader dan?'
'Die deed niks. Die wist er niet goed raad mee.' Hij keek naar de jongen die bij ons tafeltje was gekomen om de bestelling op te nemen. 'Moet je horen.' Hij pakte hem bij zijn arm. 'Petrus wil die schotel met geitevlees, maar een beetje rauw, je weet wel, en wij drieën stokvis. Vraag of ze er wat extra knof-

look in doen. En een fles van die rooie wijn die jullie laatst hadden.'
'En wat sla?' vroeg de jongen.
'Natuurlijk! Sla!'
'Was je eigenlijk gesteld op je vader?' vroeg ik, toen de jongen wegliep.
'Meer op mijn moeder.'
'Natuurlijk was je gesteld op je vader,' zei Petrus.
'Jawel, ook wel,' zei Peer vaag.
'Wanneer is hij eigenlijk overleden?' vroeg ik.
Hij keek me afwezig aan. 'Een jaar of acht geleden misschien? Hij had kanker. Dus hij was al een poosje ziek.'
'En toen hij doodging? Was dat een opluchting?'
Hij glimlachte. 'Die uitvaart, dat vond ik ontzettend gezellig. Ja, dat herinner ik me nog goed.'
'Dat kun je toch niet zeggen van een begrafenis,' vond Petrus.
Nicolien en ik lachten.
'Nou ja gezellig,' zei Peer. 'Ja, ik vond het gezellig. Al die familieleden die je anders niet zag en na afloop met zijn allen in het café. Ja, gezellig, anders kan ik het niet benoemen.'

*

In het voorjaar werd bij Nicolien de galblaas weggenomen. Omdat we nu niet naar Frankrijk konden, huurden we voor twee weken een boerderijtje in Wapse. Een probleem was dat we niemand konden vinden voor de katten.
'Ik vroeg me af of we het niet aan Peer en Petrus kunnen vragen,' zei Nicolien. 'Wat vind je?'
Ik aarzelde. 'Zouden die dat willen?'
'Natuurlijk willen ze dat! Als ik het hen vraag.'
'Omdat ze niet zo van dieren houden.'
'Ze houden wél van dieren! Hoe kom je erbij dat ze niet van dieren houden!'
'Nou, die muis.'

'Dat heeft er niets mee te maken! Daar zat hij ontzettend over in! Dat heb je toch wel gemerkt?'
'En Petrus heeft wel eens gezegd dat hij niet van katten houdt.'
'Maar wel van ónze katten!'
'Nou, vraag het dan maar.'
'Nee, nou vraag ik het natuurlijk niet meer. Als jij denkt dat ze het niet leuk vinden.'
'Ik mag me dat toch wel afvragen?'
'Ja, maar dan doe ik het niet meer. Gek hè?'
Ik zweeg even. 'Denk er nou nog maar eens over na,' zei ik toen.
'Nee, ik hoef er niet meer over na te denken. Je hebt het weer eens verpest! Ik zal wel iets anders verzinnen.'

Maar een andere oplossing was er zo midden in de zomer niet en toen we kort voor we vertrokken nog niemand hadden, vroeg ze het hen toch. We gingen ervoor bij hen op bezoek.
'Natuurlijk doen we dat, hè Petrus? Nicolien zorgt toch ook altijd voor onze vogel?'
'Maar dan moeten we toch wel eerst uitvoerige instructies hebben,' zei Petrus zuinig.
'Ik zal alles op een briefje schrijven,' beloofde ze.
'En zet daar dan ook het adres van je dierenarts op,' merkte Petrus op. 'Niet dat ik denk dat dat nodig zal zijn, maar je kunt natuurlijk nooit weten. In geval van nood, bedoel ik.'
'Waar is dat boerderijtje?' vroeg Peer.
'In Wapse,' antwoordde ik. 'Bij Diever.'
'Dan kunnen we jullie misschien een keer opzoeken. Dan huren we ergens een fiets.'
'Nee, niet als we voor hun katten moeten zorgen,' corrigeerde Petrus.
'Maar die kunnen toch wel een dag alleen zijn?'
'Ja, één dag kunnen ze wel alleen zijn,' zei Nicolien.
'Nou, dan gaan we bij wijze van spreken op maandag weg.

En dan zijn we dinsdag bij hun. En dan komen we woensdag weer terug.'
'En waar wou je dan slapen?' vroeg Petrus.
'We kunnen daar toch wel een tent opzetten?'
'Er zijn vier kamers,' zei ik.
'Nou, dan kunnen we daar makkelijk slapen.'
'Dan zullen ze ons toch eerst moeten uitnodigen,' vond Petrus.
'Ze kunnen wel bij ons slapen, hè?' zei Nicolien.
Ik knikte. 'Jullie zouden in Zwolle een fiets kunnen huren.'
'Doen we!' zei Peer.
'Zouden we er niet eerst nog even over denken?' zei Petrus voorzichtig.
'Ja natuurlijk, maar dan doen we het!' Hij wreef zich in de handen. 'Jongens, dat lijkt me geweldig!'
'Moeten we jullie katten ook gezelschap houden of is het genoeg als we ze eten geven?' vroeg Petrus aan Nicolien.
'Eten geven is genoeg,' antwoordde ze. 'En de bak! Je moet ook de bak verschonen.'
Hij keek bedenkelijk. 'Hoe vaak moet dat?'
'Elke dag.'
'Anders nemen we ze gewoon bij ons in huis,' zei Peer. 'Dat is meteen goed voor de muizen.'
'Nee, dat wil ik niet!' zei Nicolien beslist. 'Daar zijn ze niet voor!'
'En Pierewiet dan?' vroeg Petrus. 'Die wou je zeker ook laten opeten?'
'Pierewiet kijkt wel uit,' zei Peer luchtig, met een blik op de vogel, die hoog op zijn stok voor het raam zat. 'Daar kunnen ze nooit bij. Die zit boven op zijn stok!'
'Nee, maar ik wil dat niet,' herhaalde ze.
'Of in de tuin van Freek.'
'Nee, ook niet in de tuin van Freek. Dan lopen ze weg. Ze moeten in ons huis blijven!'
'Ik zal daar wel voor zorgen,' beloofde Petrus.

*

De boerderij lag aan het eind van een zandweg, tussen bomen, met rondom akkers en weilanden. Ze kondigden hun komst aan op de ochtend zelf met een foto van een oude schuur. *Ons plan is nu Definitief*, had Peer op de achterkant geschreven, *we komen Dinsdag tegen de Avond volgen Het plan van Maarten. Zwolle Haasselt enz. hopen dat jullie een prettige en rustige dag mogen hebben en nogmaals gefeliciteerd met je verjaardag Maarten Groetjes en tot ziens Peer en Petrus.*

Die dinsdag was het heel warm. We zaten op het gras onder de bomen met uitzicht over de weiden waarboven de lucht trilde. In de stilte was alleen het zoemen van insecten te horen. Tegen halfzes hoorden we in de verte hun stemmen op de zandweg. Ik liep naar de hoek van het huis. Petrus was afgestapt. Hij duwde ver naar voren gebogen zijn fiets met beide handen voor zich uit.
Peer reed slippend door het mulle zand tot vlak bij het hek. Hij keek naar het huisnummer. 'Hier is het, Petrus!'

Zodra ze bij ons zaten, vroeg Nicolien naar de katten.
'Toen wij ze verlieten, maakten ze het goed,' zei Petrus bedachtzaam. 'En aangezien we ze goed verzorgd hebben achtergelaten, zal daar wel geen verandering in zijn gekomen.'
'We hebben Jozefien ons huis laten zien,' vertelde Peer.
Petrus schrok en keek naar hem.
'Dat zou je toch niet doen?' zei Nicolien.
'Even maar,' stelde Peer haar gerust. 'Ze heeft even rondgekeken en toen wilde ze weer terug.'
'Ik zou het toch maar liever niet nog eens doen,' zei ze.
'Nee,' zei Peer vaag, 'maar zo'n keertje vond ik het wel geinig.'

We aten op het grasveld onder de bomen. Nicolien had een ratatouille gemaakt en ik had bij een slijterij in Diever een paar flessen Rhônewijn gekocht. Het was een stille avond. Toen het donker werd, kwamen er vleermuizen rond het huis en om de bomen, er was geritsel in de greppel langs het weiland en van tijd tot tijd riep in de verte een bosuil. Dat gaf mij het gevoel dat er ook wat mij betreft een begin van vriendschap tussen ons was.

*

Het bleef warm. Zodra Freek met vacantie was, namen ze bezit van zijn tuin. Peer bevestigde een katrol aan zijn raam waarlangs ze een mandje met benodigdheden heen en weer trokken. Ze zaten er de hele dag tot laat in de avond, kookten in Freeks keuken en aten aan de tafel in de tuin. 's Middags zat Nicolien vaak bij hen thee te drinken. Ik was op het Bureau. Een enkele keer zat ik er ook, in het weekend, maar meestal had ik het te druk.

Toen onze najaarsvacantie in zicht kwam, hadden we weer geen oplossing voor de katten. Op de avond voor Petrus' verjaardag bracht Nicolien dat ter sprake. Ze vroeg of zij nog vacantieplannen hadden.

'Hoezo?' vroeg Petrus. Vragen wekten zijn achterdocht.

'Omdat wij twee weken naar de Franse Alpen wilden en we hebben nog niemand voor de katten.'

Ze reageerden daar niet op.

'Hoe moet dat nou?' vroeg ze zodra we weer thuis waren. 'Ik geloof dat ze er niet zo'n zin in hadden.'

Die indruk had ik ook gehad.

De volgende dag ging de telefoon. Ik nam op.

'Ja, met mij.' Peer. 'Kan ik Nicolien even spreken?'

'Peer.' Ik gaf haar de hoorn aan.

'Ja, met Nicolien. ... Hallo. ... Waarom niet? ... Maar dat hoef ik toch niet speciaal te vragen? Ik zorg toch ook altijd voor jullie vogel? ... Ja, maar als jullie katten hadden zou ik daar ook voor zorgen. ... Nee, dat weet ik ook wel. ... Nee, nou,

als je het niet wilt, dan hoeft het natuurlijk niet. ... Dag Peer.' Ze legde de hoorn neer. 'Peer wil niet voor de katten zorgen,' zei ze verbluft. 'Hij vindt dat ik het had moeten vragen en er niet vanuit had mogen gaan dat zij het wel deden.'
'Maar zo ver was het toch nog niet?'
'Nee, dat dacht ik ook.' Ze zweeg even. 'Ik denk dat hij bang is dat er over hem gelopen wordt,' zei ze ten slotte. 'Omdat het een *underdog* is natuurlijk. *Underdogs* worden altijd uitgebuit.'

Drie dagen later belde Petrus om te vragen of ze even op bezoek konden komen. Ze waren allebei wat timide. Petrus keek naar Peer, Peer lachte schuldig.
'Jij zou toch wat zeggen?' zei Petrus tegen Peer.
'Ja.' Hij keek vluchtig naar Nicolien. 'Ik wou mijn excuses aanbieden voor dat telefoongesprek.'
'Ik vond het al zo raar,' zei ze. 'Ik zorg toch ook altijd voor jullie vogel?'
'Ja,' zei Peer vaag.
'Als er geen andere oplossing is, dan willen wij natuurlijk ook wel voor jullie katten zorgen,' voegde Petrus eraan toe.

*

Half februari stelde Nicolien voor om dat jaar niet naar Frankrijk, maar naar Ierland te gaan, in het spoor van Peer en Petrus. De dag erop haalde ik folders bij het Iers Verkeersbureau. Ik opperde hen om advies te gaan vragen.
'Dat was ik ook van plan,' zei ze.
We belden hen op en gingen er die middag op de thee.
'We dachten erover om dit jaar naar Ierland te gaan,' zei ik.
'Dat is heel verstandig,' vond Petrus. 'Ik begreep al niet dat jullie dat niet eerder gedaan hebben. Het is het mooiste land dat er is.'
'En Spanje toch ook,' zei Peer.
'Spanje is ook mooi,' zei Petrus grootmoedig, 'maar er gaat niets boven Ierland.'

‘Hoe hebben jullie toen gefietst?’ vroeg ik.
Peer sprong op. ‘Ik haal de kaart!’
We spreidden de kaart uit over de tafel en bogen ons er met zijn vieren overheen, Nicolien en ik op de bank, Peer en Petrus aan weerszijden.
‘Jullie begint in Dublin,’ zei Petrus, zijn vinger op de kaart zettend.
‘Of in Galway,’ zei Peer. ‘Galway kan ook.’
‘Laten ze de eerste keer nou maar in Dublin beginnen.’
‘Als je in Galway begint, dan ben je meteen in Connemara. Dat is het mooiste.’
‘Laat ze nou niet meteen met het mooiste beginnen, dan heb je straks niets meer over.’
‘Moet je eens kijken.’ Peer maakte een brede zwaai over de kaart. ‘Niets meer over noemt hij dat.’
‘Wie van ons kent Ierland nou eigenlijk het beste?’ zei Petrus geprikkeld.
‘Jij!’
‘Daarom!’
‘Als je ons nou gewoon aanwijst hoe jullie gereden hebt, dan kunnen we altijd nog zien,’ suste ik.
Ze waren daar een klein halfuur mee bezig, verdrinkend in de details, waar ze het dan weer niet altijd over eens waren.
‘En kan dat op onze eigen fietsen?’ vroeg ik.
‘Nee!’ zei Petrus beslist, ‘want jullie hebt niet eens versnellingen.’
‘Ik raad jullie aan om fietsen te huren,’ zei Peer.
‘Maar als we nou toch op onze eigen fietsen willen?’ zei Nicolien.
‘Het kan niet zonder versnellingen!’ merkte Petrus apodictisch op. ‘Die hellingen, dat kan niet zonder versnellingen. En je kunt je fietsen ook niet meenemen. Althans niet in het vliegtuig.’
‘Nee, je kunt ze ook nog niet eens meenemen!’ onderstreepte Peer. ‘Je moet fietsen huren. Goeie fietsen!’
‘En wat voor tassen moeten daar dan op?’ vroeg ik.

‘Ik haal ze!’ zei Peer. Hij stond op.
‘Maar we hebben toch tassen?’ protesteerde Nicolien.
‘Voor Hollandse fietsen!’ wierp ik tegen.
‘En als ik nou op Hollandse fietsen wil?’
‘Dat kan niet,’ zei Petrus. ‘Op Hollandse fietsen kun je daar niet fietsen.’
‘Dit zijn de tassen!’ Peer kwam de kamer in, in beide handen een fietstas.
Ik bekeek ze. Kleine, stevige tassen.
‘Wanneer gaan jullie?’ vroeg Peer.
‘Ik denk in mei.’
‘Dat weten we toch nog niet?’ zei Nicolien.
‘Laten we zeggen in mei.’
‘Dan kunnen ze onze tassen wel lenen, hè Petrus?’
‘Als ze er voorzichtig mee zijn,’ zei Petrus zuinig.
‘En regenkleding! Jullie moeten ook regenkleding hebben,’ zei Peer, ‘want het regent daar altijd!’
‘Nou, altijd...’ zei Petrus. ‘Het kan er ook heel mooi zijn.’
‘Maar meestal regen!’
‘We hebben poncho’s,’ zei ik.
‘Poncho’s dat is niks,’ vond Peer. ‘Daar regent het onderdoor en dan zit je met een kletsnatte broek.’
‘En regenbroeken natuurlijk.’
Hij schudde zijn hoofd. ‘Nee, jullie moeten regenpakken kopen.’
‘Maar ze moeten wel kunnen ademen,’ waarschuwde Petrus.
‘Natuurlijk! Anders ben je nog nergens. Dan word je kletsnat van je eigen zweet!’ zei Peer.
‘Niet van de transpiratie, maar van de condens,’ verbeterde Petrus.
‘In ieder geval kletsnat. En wat je ook moet doen is zeemleer in je onderbroek naaien tegen de zadelpijn, want je krijgt geheid zadelpijn, oei-joei, wat ik een zadelpijn gehad heb! Zeemleer! Ik zal je het laten zien.’ Hij liep de kamer weer uit.
‘Maar wij hebben toch nooit zadelpijn?’ zei Nicolien tegen mij.

'Nee.'
'Ik ook niet,' zei Petrus, 'maar je moet er natuurlijk wel rekening mee houden dat het niet je eigen fietsen zijn.'
'Kijk!' Peer kwam de kamer in met een regenpak over zijn arm, een onderbroek in zijn hand en een blik. 'Dit is het regenpak.' Hij legde het over de kaart. 'Ja, als het hard regent dan helpt niks, maar zo'n beetje regen daar is het heel goed voor.'
Met duim en wijsvinger bevoelde ik het nylon. 'Lijkt me verdomd warm.'
'Beter warm dan nat,' vond Peer. 'Wacht maar af. In Ierland leer je wel anders!'
'Je maakt het ze wel tegen,' zei Petrus.
'Ik maak ze het niet tegen! Ik waarschuw ze alleen, want zonder regenpak ben je nergens! En zeemleer! Kijk!' Hij keerde de onderbroek binnenstebuiten en toonde een stuk zeemleer. 'Dat naai je in het kruis, met een fijn steekje, en als je er zelf geen zin in hebt, dan vraag je het aan Nicolien, en daar smeer je dan wat niervet op.' Hij maakte het blik open en liet zien wat dat was. 'Goed opsmeren. Je krijgt er wel vette billen van, maar alles is beter dan zadelpijn, want dat is verschrikkelijk.'
Ik keek er sceptisch naar. 'En hoe maak je dat schoon?'
'In de wasmachine! Als je weer thuis bent. Anders neem je een paar van die onderbroeken mee.'
'Heb jij die ook?' vroeg ik aan Petrus.
'Nee, dat heeft Peer alleen. Ik heb nooit zadelpijn.'
'En petten!' viel hij hem in de rede. 'Jullie moeten ook petten hebben, want het kan er ontzettend koud zijn. Vooral als je een berg afgaat. Daar moet je rekening mee houden.'
'Hebben jullie eigenlijk een boterdoos?' vroeg ik aan Petrus. Het niervet had me op een idee gebracht.
De vraag verbaasde hem. 'Nee, waar is dat voor nodig?'
'Hoe doe je het dan tussen de middag?'
'We fietsen net zo lang tot we een *pub* vinden.'
'En anders eten we niet!' vulde Peer aan.

Toen we de deur achter ons hadden dichtgetrokken, bleek Nicolien overstuur. 'Hoe haal je het in je hoofd om zo veel details te vragen!' zei ze kwaad. 'Alsof we al besloten hebben! Je kent me toch? Je weet toch dat ik dat niet verdraag? Dat anderen zich met onze vacantie bemoeien? Nou kúnnen we niet meer naar Ierland.'
'Maar we hebben het er toch van tevoren over gehad?'
'Niet dat je zelfs naar de regenkleding zou vragen! En de tassen!'
'Maar dat verplicht je toch niet om dat ook te doen?'
'Natuurlijk verplicht je dat! Anders ben je onvriendelijk! Ik had gedacht dat we er terloops even over zouden praten! Als iets grappigs! Dat wij nu misschien ook naar Ierland zouden gaan! Maar niet dat je zelfs de kaarten erbij haalt! Nu moeten wij zeker hetzelfde doen als zij gedaan hebben!'
'We moeten helemaal niet hetzelfde doen.'
'Natuurlijk moeten we hetzelfde doen! Waarom vraag je het anders? Toch niet om het weer naast je neer te leggen? Nee hoor, we vinden het erg aardig wat jullie gedaan hebben, maar wij doen het anders! Hoe kun je zo gevoelloos zijn! Zo weinig rekening houden met mijn eigenaardigheden!'
'Ik heb geen ogenblik de bedoeling gehad precies te doen wat zij gedaan hebben.'
'Waarom vraag je het dan?'
'Om te kunnen kiezen. Ik moet toch een plan maken? En om een plan te maken moet ik toch alle mogelijkheden kennen?'
'En daarom vraag je zeker naar die regenjassen! Je hebt zelfs gevraagd of ze een boterdoos bij zich hadden!'
'Waarom niet?'
'Daarom niet! Omdat ík dat niet verdraag! En dat kon je weten! Als je me ook maar een beetje kende! We hebben toch regenkleding? En we hebben toch tassen? Ik wil met onze eigen tassen!'
'Die kunnen niet op die fietsen.'
'En op onze eigen fietsen! Waarom hebben we anders fiet-

sen? Toch zeker om op te fietsen? Toch niet om in het hok te laten staan? Ik wil op onze eigen fietsen! Met onze eigen tassen! En ik wil gewoon in Nederland fietsen en niet in Ierland!'

'Dan gaan we in Nederland fietsen.'

'En wat moeten we dan tegen Peer en Petrus zeggen? Dat we hun advies niet goed hebben gevonden? Dat we niet meer naar Ierland gaan nadat zij ons advies hebben gegeven? Wou je dat soms zeggen?'

'Waarom niet?'

'Omdat dat niet kan! Omdat je dan de verhouding verpest! Ik wou dat we er nooit over begonnen waren!' Ze begon te huilen. 'Ik ben totaal overstuur. Ik ben over mijn zenuwen! Ik verdraag het niet dat anderen zich met onze vacantie bemoeien!'

'We hebben het zelf gevraagd.'

'Jij hebt dat gevraagd! Hoe kon ik nou weten dat je zo veel zou vragen? Hoe kon ik dat nou weten? Ik vond het verschrikkelijk! Ik zat op hete kolen! Dát heb je toch wel gemerkt, hoop ik?'

'Dat heb ik niet gemerkt. Ik dacht dat je het altijd gezellig vond bij hen.'

'Maar niet als ze ons voorschrijven hoe we met vacantie moeten gaan! Peer wil zelfs dat we een pet opzetten! Dat doe je zeker ook! Een pet opzetten!'

'Natuurlijk zet ik geen pet op.'

'Waarom vraag je het dan?'

'Dat heb ik niet gevraagd.'

'Maar je hebt niet gezegd dat je het niet doet!'

'Natuurlijk heb ik dat niet gezegd. Waarom zou ik dat zeggen?'

'Omdat ik het niet verdraag! Hoor je me? Ik verdraag het niet! Ik wíl niet! Ik wil niet naar Ierland. Ik wil naar Bretagne!'

'Dan gaan we naar Bretagne.'

'Ik wil ook niet naar Bretagne. Want hoe moet ik dat zeggen?

Nee, we gaan toch maar naar Bretagne nu we jullie gehoord hebben?'
Ik zweeg. Ze ging nog lang door. De maaltijd was verpest. Daarna zat ze overstuur in haar stoel. Omdat ik me al een paar dagen ziek voelde, ging ik vroeg naar bed.
Een halfuur later kwam ze ook. 'Als ik geweten had dat je zo veel zou vragen! Dan had ik me wel twee keer bedacht! Geen ogenblik heb je om mij gedacht! Ik besta niet voor je! Geen ogenblik houd je rekening met mijn eigenaardigheden!'
'Hoe kon ik dat nou weten? Bij Peer en Petrus?'
'En toch had je het moeten begrijpen!' Zo ging het nog een poos door. Toen werd ze stil, tot ze zei: 'Ik heb barstende hoofdpijn.'
Ik pakte haar hand. 'Wat maak je je ook druk.'
Ze trok haar hand terug. 'Natuurlijk maak ik me druk! Hoe kon ik weten dat je zelfs naar Peer zijn onderbroeken zou vragen! Nou moet ik zeker ook zemen lappen kopen!'
'Daar heb ik niet naar gevraagd. Daar kwam hij zelf mee aan. En waarom niet? Dat vindt hij leuk.'
'Maar ik verdraag het niet! Het liefst zou hij alles voor je regelen!'
'Dat laat je hem dus niet doen. Alleen wat je zelf wilt.'
'Dat kan al niet meer! Bij alles moet je nu uitleggen waarom je het niet doet.'
'Dat hoef je natuurlijk niet. En bovendien gaan we niet meer.'
'Hoe wou je dat dan brengen?'
'Gewoon zeggen dat we toch liever gaan wandelen.'
'Dat kan niet meer!'
'Dat zie ik niet in.'
'Maar ík zie het in! En het zijn míjn vrienden!'
Ik zweeg.
In het donker kwam ze haar bed uit.
'Wat ga je doen?'
'Een asperientje nemen.'
'Dat is verstandig.'
Ze stommelde rond en stootte zich tegen de kast. 'Doe het licht eens aan.'

Ik deed het licht aan.

Ze nam een asperientje. Toen ze in het donker haar bed weer opzocht, stootte ze zich aan mijn bed. 'Au! Au! Au!' Plotseling begon ze hard te lachen. 'Hahaha! Ik word gek! Ik word gek! Ik ben helemaal overstuur! Ik weet niet meer wat ik doen moet! Moeder, help me toch!'

'Dit is een geval voor de GGD.'

'Ja, ja! Hahahaha! Dit is een geval voor de GGD! Ja, ik ben gek!'

Ik pakte haar hand opnieuw. 'Word nu rustig. We doen wat jij het prettigst vindt.'

'Niks vind ik prettig! Ik wil niet naar Ierland! Maar ik móet naar Ierland! Hahahaha! Want Peer en Petrus zeggen het! Verpest!'

'Hoe gaat het nu met je hoofdpijn?' vroeg ik zodra we door de wekker gewekt waren.

'Die is over,' zei ze onvriendelijk.

'En met je gedeprimeerdheid?'

'Ik ben nog uit mijn doen.'

Ik ging op de rand van mijn bed zitten. Goofie sprong erop.

'Ik weet niet wat ik tegen ze zeggen moet als ik ze tegenkom.'

'Gewoon. Dat je liever wandelt.'

'Dat kan ik niet zeggen. Dat is niet aardig.'

Ik ging het washok in.

Ze zat triest aan de ontbijttafel.

Ik pakte haar hand.

'Alles is verpest. Waarom ben ik toch zo eigenaardig?'

'Zo ben je nu eenmaal.'

'Maar nu kunnen we niet naar Ierland.'

Ik zweeg.

'En het leek me zo leuk.'

'Het leek mij ook leuk.'

'Dus jij wilt wel naar Ierland?'

'Niet als jij het niet wilt.'

Ze trok haar hand terug. 'Dus jij doet het om mij! Het is niet zo dat we samen liever gaan wandelen!'
'Ik vind wandelen ook leuk.'
'Ook! Niet liever! Je gaat niet naar Ierland, omdat ík niet naar Ierland wil!'
Ik zweeg.
'Is dat zo? Ga je niet omdat ík niet wil?'
'Ik weet het niet meer. Ik word er gek van zo. Ik vind alles goed.'
'Dus ook naar Ierland gaan?'
Ik aarzelde. 'Ja.'
'Terwijl ik niet meer naar Ierland kán!'
Ik haalde mijn schouders op.
'Dus ik moet tegen hen zeggen als ik ze tegenkom dat ik de schuldige ben! We gaan niet omdat ík het niet wil!'
'We gaan niet omdat wíj liever wandelen,' zei ik met tegenzin.

Ik belde haar om één uur op van mijn werk. 'Hoe gaat het?'
'Ik ben nog uit mijn doen.' Haar stem was toonloos.
'Probeer dan maar weer in je doen te komen. Dat is toch veel prettiger?'
Een van mijn medewerkers kwam de kamer in.
'Waarom wil je niet met onze eigen poncho's en onze eigen regenbroeken met vacantie?' vroeg ze. 'Die zijn toch goed?'
'Dat vind ik ook best,' antwoordde ik opgewekt, rekening houdend met mijn gehoor.
'Waarom geef je zo'n raar antwoord?'
'Ik hang nu maar weer op.'
'Ben je soms boos?'
'Nee, natuurlijk niet.'
'Waarom hang je dan op?'
'Omdat ik nog iets te bespreken heb.'
'En kun je dan niet met mij praten?'

Toen ik thuiskwam, zat ze als iedere dag met de fles jenever naast haar stoel.
'Ben je nog uit je doen?' vroeg ik.
'Ik ben verschrikkelijk uit mijn doen.'
'Maar waarom dan? Zet het dan van je af.'
'Begrijp jij het soms niet?'
Ik aarzelde. 'Nee. Begrijpen doe ik het niet. Ik begrijp niet dat je jezelf niet in de hand kunt nemen.'
'Begrijp je het niet? Wat doe je dan hier? Donder dan op alsjeblieft! Ga het huis uit! Gauw! En kom niet meer terug! Dan heb ik de verkeerde man getrouwd!'
'Ik begrijp het natuurlijk niet, maar ik respecteer het.'
'Je hoort het te begrijpen! Versta je me? Anders hoor je hier niet! Anders moet je opdonderen!'
'Maar dat is toch ontzettend dictatoriaal?'
'Ik dictatoriaal? Jíj bent dictatoriaal! Omdat je me niet wilt begrijpen!'
'We doen toch wat jij wilt?'
'Natuurlijk doen we wat ik wil! Of wou je me soms dwingen? Wou je soms zo ver gaan dat ik naar Ierland móet, omdat jij naar Ierland wilt?'
'Maar ik wil helemaal niet naar Ierland. Het was jouw voorstel.'
'En daar heb ik verdomd spijt van! Omdat jij Peer en Petrus erbij hebt betrokken! Terwijl je kon weten dat ik daar niet tegen kan!'
'Ik heb het je eerst voorgesteld.'
'Maar ik kon toch niet weten dat je zo veel zou vragen? Ik kon toch niet weten dat je het zelfs over die regenkleding en die tassen zou hebben? Of wou je die soms weggooien? Of wou je het hele huis volhangen met regenkleding?'
'Ik wou helemaal niks. Ik heb gewoon geluisterd. Peer vond het leuk.'
'Daarom juist! Natuurlijk vond Peer het leuk! En daarmee heb jij alles verpest! En dan zeg je dat ík dictatoriaal ben! Hoe durf je? Ik dictatoriaal! Alsof ik niet alleen mensenschuw

ben, zoals mijn tante en mijn moeder! Petrus zou het misschien begrijpen. Petrus is ook zo.'
'Dan zeg je het gewoon.'
'Waar heb je je hoofd? Alsof je zoiets zeggen kunt! Begrijp je dan helemaal niets van me? Met wie ben ik eigenlijk getrouwd?'
Ik zweeg.

*

Terug uit Ierland, liepen we van het station naar huis.
'Wat doen we nu?' vroeg ze, zodra de buitendeur achter ons was dichtgevallen. – Op de dag van ons vertrek had ze dat al geregeld: eerst, voor we naar binnen gingen, Peer en Petrus begroeten en zeggen dat we de volgende dag met hen zouden gaan eten. Een aantal dagen voor onze thuiskomst had ik voorzichtig gezegd dat me dat een onhaalbaar plan leek. Ik voorspelde dat ze achter de deur op ons zouden staan wachten, belust op onze ervaringen. Die zouden zich niet dan ten koste van geweldige schuldgevoelens laten afschepen. Twee dagen later had ze me gelijk gegeven. – 'Gaan we nu eerst naar hen toe of wou je eerst naar binnen?'
'God, dat weet ik niet.' Ik klom achter haar de trap op. 'Daar kan ik geen antwoord op geven.'
'Waarom kan je daar geen antwoord op geven?'
'Omdat ik zo niet leef. Ik kom thuis, ik zie wel wat er gebeurt.'
Ze bleef staan en draaide zich om. 'Dus je wilt niet eerst naar hen toe?'
'Als jij eerst naar hen toe wilt, vind ik dat best.'
'Nee, jij moet het ook willen.'
We klommen door en bereikten het portaal.
'En, wat heb je nou beslist?' vroeg ze.
'Laten we dan maar eerst naar binnen gaan.'
'En ik dacht dat we nu juist hadden afgesproken dat we eerst naar hen toe zouden gaan.'

'Dat vind ik ook goed.'
'Wat is het nou? Gaan we nou eerst naar hen toe of gaan we naar binnen?'
We stonden voor onze deur. Ik was me bewust dat onze drie katten achter de deur zaten te wachten en dat Peer en Petrus, negen treden hoger, achter hun deur stonden te luisteren. 'Beslis jij nou maar. Ik vind alles goed.'
'Dan doen we niets! Dan blijven we hier maar staan!' Ze keek me woedend aan.
'Laten we dan in ieder geval eerst de tassen binnenzetten.' Ik stak de sleutel in het slot.
De katten drongen zich naar voren, verheugd ons weer te zien. We aaiden ze vluchtig, zetten de tassen neer en gingen de deur weer uit, de trap op. Zodra ik had aangebeld, ging de deur open. Ze stonden naast elkaar in hun portaal, een beetje onzeker.
'O, zijn jullie daar,' zei Petrus, alsof het hem verraste.
Ik maakte daaruit op dat ze het gesprek gehoord hadden. 'We zijn terug,' bevestigde ik.
'Willen jullie niet even binnenkomen?'
We volgden hen naar de huiskamer. Op tafel stonden twee borden.
'Stonden jullie op het punt te gaan eten?' vroeg ik.
'Nou dat niet,' zei Petrus vaag.
'We hebben op jullie gewacht om te zien wat jullie van plan waren,' voegde Peer eraan toe.
'We dachten dat we misschien met zijn vieren konden gaan eten, hè Maarten?' zei Nicolien.
'Ja, dat is misschien wel een idee,' zei Petrus, alsof hij aan die mogelijkheid nog niet gedacht had.
'Pannekoeken!' verduidelijkte ik.
'Nee, geen pannekoeken,' zei Peer. 'Daar heb ik helemaal geen zin in.'
'Of iets anders.'
'Ja, iets anders! Portugees bijvoorbeeld.'
'Maar we moeten ons eerst verkleden,' zei ik.

We gingen de trap weer af. We droegen de tassen de slaapkamer in.
'We gaan toch niet bij de Portugees eten, hè?' zei ze. 'Ik heb alleen maar trek in pannekoek.'
'Dan gaan we pannekoek eten,' besliste ik.
Terwijl we ons verkleedden, werd er op het raam van de voordeur getikt. Ik deed open, in mijn hemd, de riem van mijn broek nog los. Ze stonden in hun jacks, Petrus met zijn tasje over de schouder, op het portaal.
'Wij zijn klaar,' zei Peer.
'Dat siert jullie,' antwoordde ik. 'Wij nog niet.'

'We gaan een pannekoek eten,' deelde ik mee toen we met zijn vieren het bordes afgingen. 'Iets anders hebben we geen zin in na al dat eten in het vliegtuig.'
'Ik vind dat eten bij de *Air Lingus* anders altijd verrukkelijk,' merkte Petrus op.
'Daarom.'
Peer zei niets. Aan zijn gezicht te zien, zat die pannekoek hem niet lekker.
We liepen door de Heren- en de Prinsenstraat naar het pannekoekenrestaurant op de Prinsengracht. Het was stil op straat. De zon lag over de gevels van de huizen. Het licht was helder, als altijd wanneer we terugkwamen van vacantie.
In het restaurant was alleen de tafel bij de deur nog vrij.
'Hoe is Ierland jullie bevallen?' vroeg Petrus, zodra we zaten en onze pannekoeken besteld hadden.
'Druk,' antwoordde ik.
'Druk?' Het verbaasde hem zichtbaar.
'Voortdurend auto's en vrachtauto's, vooral op de wegen langs de kust,' verduidelijkte ik. 'In het binnenland ging het wat beter.'
'Nee, daar hebben wij nooit iets van gemerkt.'
'En al die doodgereden beesten,' vulde Nicolien aan.
'Bij iedere hoop mest of plastic zak die je in de verte zag liggen hield je je hart vast,' voegde ik eraan toe.

'Nee, dat is me nooit zo opgevallen.'
'Het zal wel zijn omdat wij eigenlijk wandelaars zijn,' veronderstelde ik.
'Je moet vertellen van onze aankomst,' zei ze lachend. 'Van die fietsen.'
Ik begon te vertellen, maar bij ieder woord groeide de zekerheid dat ik onze ervaringen met geen mogelijkheid op hen kon overbrengen. Peer zat afwezig, een beetje debiel voor zich uit te kijken. Petrus kon niet goed verdragen dat wij het eten en de koffie in Ierland zo slecht vonden, want dat alles vond hij niet. Hij vertelde, voor de vierde of vijfde keer, dat je hem voor een ei 's nachts wakker mocht maken en toonde geen enkele belangstelling voor de manier waarop wij zo'n vacantie beleefden. Bovendien had hij het koud, zo dicht bij de deur, waarvoor we ons met onze pannekoeken naar een andere tafel moesten verplaatsen en een kwartier later nog eens. Dat zo'n vacantie op de fiets als los zand door je vingers gleed, alsof je in een fotoalbum bladerde, hield ik maar voor me. Toen we ten slotte weer buiten stonden en terugliepen, overvielen de stilte en de helderheid van Amsterdam me opnieuw. 'Wat een land,' zei ik. 'Waar vind je dat? Waarom ga je daar in godsnaam uit weg?'
'Hé, hé,' waarschuwde Petrus, 'wacht even, wij moeten ook nog met vacantie.'
Dat was de enige aardige opmerking die hij die avond maakte.

*

Veertien dagen later vertrokken zij ook naar Ierland. Omdat wij slechte ervaringen hadden gehad met het huren van fietsen was Petrus nog eens gaan informeren. Toen bleek dat je je fietsen wel kon meenemen, verpakte Peer ze met touwtjes in grote kartonnen, waar alleen de trappers en sturen uitstaken. Daarmee gingen ze naar de trein. We zagen ze aan de overkant langskomen, worstelend met een harde wind.

'Ik zie er erg tegenop,' zei Nicolien, de dag dat ze terugkwamen.
Dat verbaasde me.
'Ik wil rust,' voegde ze eraan toe.
Ze belde Schiphol om te vragen hoe laat hun toestel aankwam. Acht uur. 'Dan zijn ze dus niet eerder dan kwart voor negen hier,' rekende ze uit. 'Dan zullen ze toch niet meer komen?'
'Dat weet ik niet.'
Dat bracht haar in paniek. 'Dus jij denkt dat ze nog wel komen?'
'Ik weet het niet.'
'Maar zoiets weet je toch? Je denkt toch iets?'
'Ik denk dat ze wel zullen komen.'
'Hoe kan dat nou? Als ze nog moeten eten?'
'Ik weet niet of ze nog gaan eten.'
'Petrus wil zeker nog eten! Ze gaan wel meer zo laat eten!'
Dat was waar. Daaraan had ik niet gedacht.
'Dus jij denkt dat we met eten moeten wachten?' vroeg ze.
'Dat denk ik natuurlijk niet.'
'Maar als jij denkt dat ze nog komen en ze moeten nog eten, dan verwachten ze misschien dat wij met ze gaan eten.'
Ik gaf geen antwoord. Dergelijke gesprekken maakten me radeloos.
'Want de vorige keer zijn we met ze gaan eten!'
'Dat was om zeven uur.'
'Maar ze hadden wel gewacht!'
'In ieder geval kunnen wij niet tot negen uur wachten.'
'Waarom niet?'
'Omdat ik dan hoofdpijn krijg.'
'Het gaat er toch niet om of jij hoofdpijn krijgt? Het gaat erom wat zij denken.'
'Ik weet niet wat zij denken.'
'Maar hoe weten we dan of we wachten moeten?'
'Dat moeten we niet. We moeten gewoon gaan eten.'
'En als zij dan verwachten dat wij mee gaan eten?'
'Dan hebben we al gegeten.'

'Dus jij denkt dat ze dat niet verwachten?'
'Dat weet ik niet en het kan me niet schelen. Als ik daar rekening mee wil houden, word ik gek.'
'En als ik er nou rekening mee wil houden?'
Ik zweeg. Ik wist niet wat ik nog zeggen moest.
'Want ik wil van hen uit denken.'
'Dat kan ik niet en dat wil ik niet. Ik wil gewoon doen wat ik zelf wil. Anders wordt het toch geforceerd?'
Ze zweeg.
'Het is anders gek,' zei ik na een tijdje. 'Ik heb in de dienstregeling gekeken. Volgens mij zijn er veel meer toestellen dan om acht uur.'
'Dus heb ik het weer niet goed gedaan.'
'Heb je Schiphol gebeld?'
'Natuurlijk heb ik Schiphol gebeld!'
'Ik bedoel: niet de KLM?'
'Nee, Schiphol natuurlijk.' Ze haalde de telefoongids erbij. 'Kijk maar!'
Ik bekeek het telefoonnummer. 'Dan begrijp ik het boekje niet.'
'Bel jij dan als je vindt dat ik het niet goed gedaan heb.'
'Ik zeg niet dat je het niet goed gedaan hebt, maar ik wil het begrijpen.'
'Waarom bel je dan niet?'
'Ik kijk straks nog wel in het boekje.'

'Heb je nou gekeken?' vroeg ze een paar uur later.
Ik was het vergeten. Ik ging naar boven, naar het huis van Peer en Petrus. Zodra ik de kamer binnenkwam, begon Pierewiet te zingen. Ik ging op mijn gemak bij het raam zitten en stelde vast dat ik behoefte had alleen te zijn. Rustig aan dus maar. Ik verdiepte me in de ingewikkelde codering en kwam tot de slotsom dat het toestel van acht uur niet van *British Airways* was en dat er om zeven uur wel een toestel van die maatschappij aankwam. Ik nam het boekje mee naar beneden.

Ze stond in de keuken. 'Lees maar voor, want ik heb mijn bril niet op.'
Ik las het voor.
'Dus ze komen veel eerder!'
'Je zou het zeggen.'
'Wat moeten we nu?'
'Ik zal eerst opbellen.' Ik liep naar de kamer.
Ze kwam achter me aan en stond toe te kijken, terwijl ik het nummer draaide. Er werd niet aangenomen.
'Hoe laat is het?' vroeg ik.
'Kwart voor zes.'
'Ze nemen niet aan.'
'Zie je wel dat je eerder had moeten bellen? Ik heb het je nog gevraagd! Waarom doe je dat dan niet? Als ik het je vraag!'
'Omdat ik ervan overtuigd was dat je gelijk had.'
'Maar je wilde het wel nakijken?'
'Omdat ik het boekje wilde begrijpen.'
'En nu is het te laat.'
Op dat ogenblik werd de hoorn opgenomen.
'Er komt geen toestel meer aan van *British Airways*,' zei de telefoniste. 'Dat is om twaalf uur aangekomen. Er is alleen nog een toestel van de UK om acht uur.'
'En dat toestel van zeven uur dan?'
Ze keek het na. 'Dat komt uit Birmingham. Dat is een overstaptoestel.'
De zaak was opgelost. Dat hadden ze natuurlijk genomen.
'Wat moeten we nou?' vroeg ze verontrust.
'Nou gaan we eten.'
'Maar moeten we dan niet wachten?'
'Natuurlijk moeten we niet wachten.'
Na enig heen-en-weergepraat was ze dat met me eens, maar dat ze nu misschien toch langskwamen bleef haar verontrusten.

Uit het raam zagen we ze thuiskomen. Petrus scharrelde onhandig met zijn fiets.

Peer maakte de deur van het souterrain open. 'Geef mij die fiets nou maar,' hoorde ik hem zeggen.
'Ja, hij is wel zwaar.'
Peer verdween met de fiets in het souterrain.

Een halfuur later belden ze aan, allebei verkouden, wel bruin, maar ze hadden ontzettend veel regen gehad. Ze bleven tot tien uur zitten en gingen toen samen eten.

Het eigenlijke bezoek, om te bedanken voor de verzorging van Pierewiet, kwam pas de volgende avond. Ze hadden een grijze shawl voor Nicolien en een boekje met foto's van *cottages* voor mij bij zich.
'Ik dacht dat jullie het wel aardig zouden vinden om te zien hoe wij gereden hebben,' zei Petrus zodra ze zaten en van koffie voorzien waren. Hij spreidde de kaart van Ierland uit op zijn knieën. Wij bogen ons naar hem toe.
'Ga dan liever op de divan zitten,' zei Peer, 'dan kunnen ze naast je zitten.'
'Ja,' zei Petrus aarzelend. Hij keek naar Nicolien. Misschien zag hij ertegenop tussen ons in te zitten.
'Ja, dat is gemakkelijker,' zei Nicolien. Ze stond op.
De kopjes werden verplaatst, Petrus zette zich tussen ons in. Omdat de divan in het midden een kuil had, was het niet zo gemakkelijk als men zich had voorgesteld. Bovendien was de kaart te groot en lukte het Petrus niet om haar zo te vouwen dat het stuk met hun fietstocht boven lag.
'Geef maar,' zei Peer, toen hij het gemodder even had aangezien. Hij trok de kaart naar zich toe en vouwde haar in vieren.
'Ja, maar zo staat Dublin er niet op,' zei Petrus.
'Dat doet er niet toe,' vond Peer. 'Daar zijn we van het vliegtuig op de trein gestapt. Dat geloven ze wel.'
'Maar ik wou nou juist bij het begin beginnen.'
'Ja, bij het begin beginnen!' viel ik hem bij. 'Anders begrijpen we er niets van.' Ik had moeite mijn ironie in te houden.

'Dan draai je hem om,' zei Peer, de kaart terugnemend, 'en dan sla je hem terug. En daar is Dublin.' Hij legde de kaart weer op Petrus' schoot.
Petrus keek bijziende naar de kaart.
'Daar!' zei Peer, zijn vinger op Dublin zettend.
'Ja, ik zie het wel,' zei Petrus geprikkeld. 'Ik ben niet blind.'
'Eigenlijk zou je eerst de kaart van Noord-Holland met Amsterdam en Schiphol voor je moeten nemen,' zei ik pesterig.
Petrus negeerde die opmerking. 'We kwamen dus aan in Dublin.' Hij zette zijn vinger op zijn beurt op Dublin. Hij had kleine, smalle handen, met bruine, benige vingers. 'Hier! Hier is het vliegveld. Een beetje ten noorden van Dublin. Het staat op de kaart.'
'Ja, daar zijn wij toen ook begonnen, hè Maarten?' zei Nicolien.
'Daar begint iedereen,' zei ik.
'Nee, niet iedereen,' merkte Peer op. 'Je kunt ook naar Cork en Galway.'
'En daar begonnen al meteen de moeilijkheden,' zei Petrus onverstoorbaar, 'of liever, de moeilijkheden begonnen in het station, waar we van het vliegveld naartoe moesten, want we bleken niet genoeg geld te hebben voor de treinkaartjes. We hadden wel dat geld van jullie. En dat bleek niet genoeg te zijn.'
'We hadden wel geld,' zei Peer, 'maar dat waren chèques.'
'We moesten dus eerst die chèques omwisselen,' zei Petrus, 'en dat lukte ons pas op het postkantoor in Westport.'
'Je moet nu niet alles door elkaar halen,' onderbrak Peer hem, 'we hadden het erover dat we bijna geen geld voor de trein hadden en dat was in Dublin. We móesten naar Westport.'
Petrus keek hem verbluft aan. Even leek het of hij boos zou worden, maar hij beheerste zich. 'Jawel, lieve jongen. Vertel jij het dan maar.'
'Nee, jij moet het vertellen, maar je moet het goed doen.'
'We hebben toen in het station één chèque omgewisseld,' vervolgde Petrus. 'Meer kon om een of andere reden niet. En

de rest in Westport, toen we daar met de trein waren aangekomen.'

'Wij nemen altijd gewoon geld mee, hè?' zei Nicolien.

'Dat is heel onvoordelig!' zei Peer. 'Chèques is veel voordeliger! Dat scheelt guldens!'

'Gelukkig was daar het postkantoor nog open,' zei Petrus, 'anders hadden we daar ook weer moeilijkheden gehad.'

'Nu zijn we dus in Westport,' zei Peer, de kaart van Petrus' knieën nemend. Hij vouwde de kaart terug en legde haar weer voor hem.

'En de treinreis?' vroeg ik.

'Daar is niets over te vertellen,' zei Peer. 'Stomvervelend.'

'De treinreis was net als iedere treinreis,' vond Petrus.

'Waar ben je gaan zitten?' preciseerde ik. 'Voorin, achterin, links, rechts?'

'Ik ga altijd achterin zitten, aan de linkerkant,' antwoordde Petrus geduldig.

'Voorin vallen de meeste slachtoffers,' verduidelijkte Peer, 'als er een botsing is tenminste.'

'Waarom links?' vroeg ik. Dat verhaal over die slachtoffers kende ik.

'Omdat je ogen van links naar rechts gaan,' zei Petrus. 'Dus als je links zit, dan bewegen ze met de richting van de trein mee. Dat is minder vermoeiend.'

'Hoe kom je daarbij?' vroeg ik verbaasd.

'Als je leest gaan je ogen ook van links naar rechts.'

Ik schudde mijn hoofd. Nooit van gehoord.

'Je was in Westport!' maande Peer.

'Ja, Westport.' Hij nam de draad weer op. 'Daar hebben we geslapen in een goed hotel, *The Duke of Westport*. Redelijk gegeten ook, *roasted beef* met appeltjes, heel lekker.'

'Ja bief!' bevestigde Peer. 'Petrus houdt daarvan.'

'Ja, daar houd ik van.' Hij keek afwezig naar de kaart, zocht Westport, zette er zijn vinger op en zonk weg. 'We begonnen dus in Westport,' hervatte hij. 'Vandaar zijn we eerst naar het noorden gereden, een klein eindje langs de T71 en toen

na een kilometer of twee linksaf, langs dit wegje naar Carraholly. Toen was er zon. Heerlijk weer.'
'Toen nog wel ja,' zei Peer. 'Maar niet lang.'
'De eerste dagen was er zon,' hield Petrus vol.
'Oeioei! Nou daar heb ik andere herinneringen aan.'
'Wat voor herinneringen dan?' vroeg ik.
'Regen! Alsmaar regen!'
'Nou overdrijf je toch heus,' vond Petrus.
'Maarten overdrijft ook altijd,' hielp Nicolien.
'Nee, ga maar door,' zei Peer. 'Ik zeg niks meer.'
'Carraholly dus,' zei ik in een poging het verhaal te bespoedigen.
Petrus keek weer op de kaart. 'En van Carraholly langs de kust naar Kilmeena.' Hij wees. 'Dat was een prachtige tocht, vooral hier, vlak bij Kilmeena, waar je uitzicht hebt over Clew Bay.'
'Daar hebben we de eerste zeehonden gezien,' herinnerde zich Peer.
'Ja,' zei Petrus, 'dat was een heel aardig gezicht.' Hij boog zich weer over de kaart, zijn gezicht er dicht boven. 'En toen Kilmeena.' Langzaam en bedachtzaam volgde hij van dag tot dag het spoor van hun tocht, dat met een blauwe potloodlijn op de kaart was ingetekend. 'Ja, misschien vinden jullie het wel heel vervelend,' zei hij na ongeveer anderhalf uur, toen ze bijna terug waren in Westport, 'maar als je hem zelf gereden hebt, is het wel leuk.' Hij deed een poging de kaart op te vouwen, zag daar van af, gaf haar aan Peer en ging weer op de stoel van Nicolien zitten.
Ik kwam uit mijn verkrampte houding overeind.
Nicolien stond ook op. 'Willen jullie wat drinken?'
'Dat sla ik niet af,' zei Petrus. 'Ik heb er tenminste een droge keel van gekregen.'
'Voor mij een biertje,' zei Peer.
'En jij whisky zeker?' vroeg ze aan Petrus.
'Natuurlijk,' antwoordde hij. 'Ik zou niet anders lusten.'
Ik bracht de kopjes naar de keuken, blij dat ik me even kon ontspannen.

'Breng jij het bier mee?' vroeg ze achter me. 'En voor mij maar jenever.'
Om nog wat langer alleen te zijn bezocht ik de wc, haalde traag het bier en de jenever uit de koelkast en liep op mijn gemak terug naar de kamer. Ze zaten zwijgend bij elkaar.
'Je moet nog vertellen over je afscheid,' zei Nicolien.
'Afscheid?' vroeg Petrus.
'Ik ben sinds eergisteren met pensioen.'
'O ja.' Hij herinnerde zich zoiets. 'En nu heb je afscheid genomen?'
'Heb je nog wat gekregen?' vroeg Peer.
'Alleen van de afdeling. Een paar cassettebandjes met hun favoriete muziek, een stapel fietskaarten, een paar schaatsen...'
'En we hebben met zijn allen Mexicaans gegeten,' onderbrak Nicolien me. 'Dat was heel aardig, hè Maarten?'
'Daar houd ik nou helemaal niet van, van Mexicaans eten,' zei Petrus.
'Nou wij vonden het wel lekker,' zei ze.
'Nee, lekker is het zeker niet.'
Ik stond op en haalde het doosje met de bandjes van mijn schrijftafel. 'Bij die muziek hadden ze allemaal commentaar geschreven. Dat is wel leuk.' Ik haalde het stukje van Eef ertussenuit. 'Ik zal er een voorlezen.' Het was een aardig, heel persoonlijk stukje, eindigend met de woorden *vader is moegestreden, ik sta er nu voortaan alleen voor*. Maar terwijl ik het voorlas, voelde ik dat het hen niet interesseerde.
Peer begon in een boek te bladeren, Petrus verstarde. Ik veronderstelde dat hij het te persoonlijk en te psychologiserend vond. Alleen filosofische wijsheden alstublieft.

'Petrus vond het geloof ik niet zo leuk dat jij zo veel cadeaus hebt gekregen,' zei ze toen ze eindelijk waren opgestapt. 'Ik vond het een beetje zielig eigenlijk. Omdat hij alleen maar een boek heeft gehad. Ik dacht nog: Moet je ze nou wel allemaal opnoemen? Elke keer dacht ik: Nou is het wel genoeg. Daarom ben ik toen maar over dat eten begonnen.'

‘Maar dat zou toch te gek zijn?’
‘Natuurlijk. Dat kan natuurlijk niet. Maar ik vond het zielig. Daarom zei hij ook dat hij Mexicaans eten niet lekker vond. Hij kon het niet goed hebben.’
Die opmerking verraste me. Ik had ook even die indruk gehad, maar ik zou hem niet hebben durven uitspreken, uit gêne of uit onzekerheid. Zoiets denk je, maar je denkt meteen ook dat het je eigen slechte gedachten zijn, al zou ik zelf een dergelijke jaloezie niet hebben.

*

Op weg naar de sigarenwinkel, voor de krant, haalde ik bij de groenteboer een pot piccalilly. Terwijl ik op mijn beurt wachtte kwam Petrus binnen. Hij keek schuw opzij, naar de grond, en zag me pas toen ik hem langdurig lachend in zijn gezicht keek.
‘Hé, Maarten,’ zei hij verrast. ‘Weet jij of ze hier ook koffiebonen verkopen? Anders ga ik weer weg.’
‘Ja, we verkopen koffiebonen,’ antwoordde de groenteboer.
Omdat we verder niets tegen elkaar wisten te zeggen, wachtten we zwijgend op onze beurt.

*

Een week na hun terugkomst uit Ierland gingen ze naar Breda om op het huis van Peers zusje te passen. Omdat ze het vorige jaar bij ons in Wapse waren geweest, nodigden ze ons uit om op onze beurt drie dagen naar Breda te komen. De middag voor hun vertrek belde Petrus of ze ’s avonds afscheid konden komen nemen.
‘Doe dat,’ zei ik.
‘Wanneer schikt het jullie?’
‘Altijd.’
Met zo’n antwoord wist hij geen raad. ‘Hoe laat kunnen we dan komen? Na zevenen?’

'Goed. Na zevenen dus.' Ik legde de hoorn neer. 'Ze komen vanavond afscheid nemen.'
'Alweer?' zei Nicolien. 'We hebben ze net gezien.'
'Ja, zo'n treinreis. Je kunt nooit weten.'
'Maar we moeten natuurlijk ook nog afspreken.'
'Ook dat,' gaf ik toe.
Beneden sloeg de buitendeur. Ze liep naar het raam. 'Moet je eens gauw kijken,' zei ze gedempt.
We bogen ons naast elkaar uit het raam. Petrus stond op het bordes met de bovenbuurman te praten. Meteen na het telefoongesprek was hij de krant gaan halen en door de bovenbuurman onderschept. Onze bovenbuurman werd kaal. Hij droeg een beige trui met een koket wit en zwart patroontje. Petrus had een ruime gele blouse en een strakke, blauwe broek aan. Hij hield zich vast aan de balustrade en keek onder het gesprek schuin naar beneden. Toen ze waren uitgepraat, ging hij voorzichtig, zijn hand aan de leuning, het bordes af en liep met kromme, stijve benen weg, zijn bovenlijf wat naar voren gebogen, met een wat onzekere tred, waardoor het leek of hij aangeschoten was. Was hij waarschijnlijk ook.

Ze kwamen om kwart over zeven. Hun eerste vraag, toen ze gezeten waren en van koffie voorzien, was of we al besloten hadden hoe we naar Breda zouden gaan.
'Ja hè, Maarten?' zei Nicolien.
'Ik ga op de fiets naar Culemborg of Zaltbommel,' vertelde ik, 'en Nicolien vergezelt me de tweede dag.'
'O ja,' zei Petrus. Het maakte de indruk dat hij zoiets niet had verwacht en dat het hem teleurstelde.
'We hadden jullie namelijk op de terugweg een eindje willen vergezellen,' zei Peer.
'Dat kan dus.'
'Ja, jou alleen.'
'Nee, want Nicolien gaat dat eerste stuk ook mee.'
'Dus Nicolien gaat van Breda terug?'

'Juist.'
'Hoe dan?'
'Tot Dordrecht. Vandaar gaan we met haar fiets naar huis en de volgende dag haal ik mijn fiets en fiets ik terug.'
'Dus jij gaat ook met de trein?'
'Ja.'
'En waar gaan jullie dan naartoe?' Peer begreep het nog altijd niet.
'Heen komen we uit Culemborg of Zaltbommel, terug gaan we naar Dordrecht.'
Hij begreep het opeens. 'Dat moet je niet doen! Je moet niet naar Dordrecht gaan! Ga dan naar Zaltbommel!'
'Daar komen we vandaan.'
'Dordrecht is niets aan.'
'Maar ik vind er wel wat aan.'
Hij lachte ongelovig, zijn hoofd schuddend.
'Ik meen het.'
'Ik zou er nog maar eens over denken. Dordrecht is echt niks.'
'Ik hoef er niet over te denken.'
'Nou, ik zou het anders regelen.' Het was duidelijk dat het hem niet zinde.
'Ik ben het met Peer eens,' kwam Petrus ertussen. 'Als ik jullie was, zou ik ook terug via Zaltbommel gaan. Ik vind het idioot om via Dordrecht te fietsen.'
'Idioot!' herhaalde Peer. 'Laat mij nou maar eens de terugweg voor jullie uitstippelen.'
Ik lachte. 'Nee! Dordrecht!'
'Als ze dat niet willen, dan moet je hun privacy respecteren,' vond Petrus, 'ook al blijf ik het idioot vinden natuurlijk.'
Er viel een stilte.
'En op de heenweg komen jullie dus wel uit Zaltbommel?' begreep Peer.
'Of uit Culemborg.'
'Omdat we jullie ook nog tegemoet hadden willen komen.'
'Dat is best natuurlijk.'

'Dat vinden we natuurlijk heel leuk,' voegde Nicolien eraan toe.
'Zullen we dat dan doen?' vroeg Peer aan Petrus.
'Dat hadden we toch al afgesproken?' antwoordde Petrus.
Er viel opnieuw een stilte.
'Zal ik thee zetten?' stelde Nicolien voor. Ze vond het kennelijk nog te vroeg voor een borrel.
'Graag,' zei Peer.
'Voor mij liever een glaasje whisky of cognac,' zei Petrus. 'Als je dat hebt natuurlijk.'
'Anders haal ik het wel even.' Peer stond al op.
'Nee, we hebben het,' voorkwam ik. 'Cognac tenminste.'

'Ik hoop niet dat het woensdag regent,' zei ze aan tafel. 'Dat zou ik zielig vinden. Ze verheugden zich zo op onze komst.'
Dat irriteerde me. 'Ik weet niet of je dat niet overdrijft.'
'Dat overdrijf ik zeker niet! Ze zijn erg op mij gesteld! Peer is erg op mij gesteld! En Petrus ook! Dat kan ik aan alles merken!'
'Maar hij maakte wel ruzie toen je gevraagd had om op de katten te passen.'
'Juist omdat hij op me gesteld is! Met Petrus maakt hij ook ruzie! En daar is hij ook op gesteld!'
'Dat is geen bewijs.'
'Houd je mond! Ik wil niet dat je zo praat! Ik wil niet dat je probeert ze van me los te weken!'
Ik zweeg. Ik vond haar geëxalteerd. Peer noch Petrus was naar mijn mening bijzonder op anderen gesteld. Peer was dat bij bevliegingen, als gril – een infantiele man. En Petrus was zo egocentrisch dat hij een ander niet eens zag zitten, laat staan dat hij de moeite nam zich in een ander te verdiepen. Het ergerde me dat ze dat niet zag. Ik vond het dwaas om op mensen gesteld te zijn omdat ze homosexueel en dus *underdog* zijn, waarbij je *underdog* gerust nog tussen aanhalingstekens mocht zetten ook. Maar ik zweeg.
Ze begon te huilen.

‘Wat is er?’ Ik strekte mijn hand uit.
‘Niets!’ Ze duwde mijn hand terug.
We waren klaar met eten. Ik stond op om af te ruimen.
‘Wat ga je doen?’ vroeg ze.
‘Afruimen.’
‘Ik wil eerst het nieuws zien.’ Ze haalde de sigaartjes en stak er een op zonder mij er een aan te bieden. Terwijl we naar het nieuws keken, zat ze te snikken.
Na het nieuws ruimde ik af.
‘Ik wil alleen afwassen,’ zei ze toen ik de keuken inkwam.
‘Waarom?’
‘Daarom! Ik wil alleen zijn.’
Ik ging terug naar de kamer en pakte de krant. ‘Ik wil wel een stuk taart,’ zei ik toen ze de kopjes kwam halen.
‘Dan zul je die zelf moeten afsnijden!’
We dronken koffie. Na het tweede kopje stond ze op. ‘Dus geen taart!’ Ze nam de taart weg van de tafel.
Toen pas zag ik dat ze hem daar had neergezet. ‘Ik moet hem toch zelf afsnijden?’
‘Ja! Daarvoor had ik hem neergezet!’ Ze bracht de taart naar de keuken en kwam terug. ‘Ik ga naar bed.’
‘Waarom?’
‘Daarom! Omdat ik triest ben.’
‘Dan ga ik ook naar bed.’
‘Als ik naar bed ga, hoef jij toch niet naar bed?’
‘Wel als je triest bent.’
‘Ik wil liever alleen naar bed.’ Ze ging de kamer uit en sloeg even later met een harde klap de deur van de slaapkamer dicht.

Toen ik wakker werd, was ze al wakker.
‘Hoe laat is het?’ vroeg ik.
‘Halfnegen.’ Het klonk niet vriendelijk.
Ik deed de deur open voor de katten, kroop weer in bed, herinnerde me dat ze midden in de nacht een asperine genomen had en pakte na een aarzeling haar hand.

Ze trok haar hand terug. 'Ik ben ontzettend triest.'
'Waarom ben je dan triest?'
'Dat weet je wel.'
'Ik begrijp het niet.'
'Omdat je gezegd hebt dat Peer en Petrus niet op me gesteld zijn. Daarmee heb je me een enorme klap op mijn kop gegeven.'
'Dat heb ik niet gezegd.'
'Dat heb je wél gezegd! Ik vind het verschrikkelijk. De enige mensen van wie ik houd. Waarom zég je zoiets? Ben je soms jaloers? Het lijkt wel of je jaloers bent! Dat je niet kunt verdragen dat mensen op mij gesteld zijn!'
'Je hebt gezegd dat ze enorm op je gesteld zijn. Dat heb ik gerelativeerd.'
'Ja! Ze zijn enorm op me gesteld! Daar ben ik van overtuigd! Dat weet ik zeker! En dat probeer jij de grond in te trappen!'
'Ik schrik van zulke woorden.'
'En ik begrijp waarom dat is! Mogen ze niet op me gesteld zijn? Net als met Frans. Dat kon je ook niet verdragen.'
'Ze mogen natuurlijk wel op je gesteld zijn. Maar ik geloof niet dat mensen enorm op een ander gesteld zijn.'
'Erg dan!'
'Of erg op een ander gesteld zijn. Ik schrik van superlatieven. Ik verweer me daar instinctief tegen. Ik wil me bij voorbaat wapenen tegen teleurstelling.'
'Maar daar hoef je mij toch niet tegen te wapenen? Daarom hoef je het toch niet voor mij te verpesten? Dat jij nou zo idioot bent, daar hoef ik toch geen slachtoffer van te worden? Ze zijn enorm op me gesteld! Dat weet ik en dat laat ik me niet afnemen!'
'En als ik zoiets hoor dan huiver ik.'
'Houd je mond! Ik wil het niet meer horen! Ik laat mijn vriendschappen niet door jou verpesten! Ik weet zelf wel wat ik vind.'
'Het is niet mijn bedoeling ze te verpesten.'
'Houd je mond! Je verpest ze! Je verpest alles voor me! Ik

heb gezegd dat het net mijn kinderen zijn! Respecteer dat dan! Kom er niet altijd met je jaloezie tussen! Je bent jaloers! Je verdraagt het niet dat anderen ook nog op me gesteld zijn!'
'Ik verdraag geen superlatieven. Ik relativeer.'
'En dat wil ik niet!'
'Je kunt het toch begrijpen?'
'Ik begrijp het niet en ik wil het niet begrijpen! Ik ben triest en ik wil dat je je mond houdt! Ik wil er niets meer over horen!'
Ik zweeg, met moeite. Ik kon moeilijk verdragen dat ze niet wilde zien hoe het in elkaar zat.
Zij hield haar mond niet. 'Precies zoals met Frans! Die was ook erg op me gesteld! Dat wist ik zeker! Dat kon je ook niet verdragen! Precies zo!'
Het was geen kwestie van verdragen, dacht ik. Ook Frans was in zijn hart op niemand echt gesteld.
'En nou Frans dood is, zijn het Peer en Petrus. De enigen die zijn overgebleven. De enige mensen die erg op me gesteld zijn. En dan kom jij zeggen dat dat niet zo is, dat dat gelogen is. Dat ze niet op me gesteld zijn.'
'Dat ze niet erg op je gesteld zijn.'
'Waarom houd je je bek dan niet? Houd dat dan voor je als je dat denkt!'
'Als je gewoon zit te praten, houd je niet alles voor je. Ik houd al zo veel voor me. Ik denk al zo vaak: Laat ik dat maar niet zeggen. Het is een instinctieve afkeer van grote woorden.'
'O ja! Ik ben nog de schuld ook! We zijn weer thuis! We zijn weer waar we wezen moeten! Ik ben de schuld, want jij moet alles voor je houden! Het eindigt ermee dat ik in het stof moet buigen!'
'Je hoeft alleen te begrijpen waarin we verschillen. Het is geen kwestie van schuld.'
'En ik begrijp het niet! En ik accepteer het niet! En ik wil dat je nu eindelijk je bek houdt! Ik ben triest. Ik ben ontzettend triest! En ik wil níet praten! Hoor je me? Ik wíl het niet!'

Ik ging mijn bed uit, de douchecel in. Toen ik een halfuur later de kamer inkwam, zat ze aan tafel. Ik wond de klokken op.
'Je hebt de eieren vergeten,' stelde ik vast toen ik ging zitten.
Ze liep naar de keuken en kwam met de eieren terug. 'Die zullen nu wel keihard zijn.'
Onder het ontbijt zwegen we.
'Jij gaat zeker op de fiets naar Den Haag?' zei ze toen we klaar waren.
'Dat was ik niet van plan. We hebben gisteren gefietst. En ik fiets de hele volgende week.'
'Dan ga ik bij Pierewiet zitten.' Ze ging onder de douche.
Ik deed de afwas. Toen ze zich had aangekleed, pakte ze haar boeken bij elkaar en ging de deur uit, naar het huis van Peer en Petrus.

De afspraak was dat ze ons tot Heusden tegemoet zouden komen, maar omdat we in Culemborg begonnen waren, waren we daar pas om drie uur, later dan ik voorzien had. We schuilden voor een regenbui op een klein terras aan de haven, wachtend tot het droog werd.
'Zouden ze ons nog tegemoet zijn gekomen,' vroeg ze, 'met dit weer?'
'Natuurlijk. Ze zijn wel wat regen gewend.'
'Omdat ze er niet zijn.'
'Ze zullen gedacht hebben dat ze ons gemist hebben en alweer op de terugweg zijn.'
En zo bleek het te zijn gegaan. Toen we na een lange, drukke tocht door de Langstraat en door de bossen tussen Dongen en Breda vermoeid hun laan binnenreden, kwam Peer ons tegemoet, in een geel shirt, zwaaiend met beide armen, alsof hij een vliegtuig binnenloodste.
We dronken pils in de tuin onder een groot scherm dat over de gehele breedte van het huis was aangebracht. Daarna aten we. Het was een warme avond. In de tuin naast ons werd ook gegeten. Ik hoorde het tikken van messen en vorken, stemmen, gelach. Achter ons, in de woonkamer, tikte een klok.

Af en toe rommelde het in de verte, maar er kwam geen regen.
We sliepen in een zolderkamer, in een benauwende warmte, tussen tikkende en fluitende klokken, levensgrote speelgoedbeesten en bierattributen.

De volgende dag was het heiig, met opkomende en wegtrekkende wolken. We gingen om tien uur op weg. Eerst naar Princenhage, waar Peer een paar schoenen afhaalde, toen langs de Henriette Roland Holstroute naar *De Pannenhoef* en de Moeren. Peer en ik reden voorop, Petrus en Nicolien achter. In een veld langs de weg waren een tiental jongens met ontbloot bovenlijf aan het werk.
'Zie je die jongens, Petrus!' riep Peer. 'Leuke jongens!'
Petrus reageerde niet.
We fietsten door, in wandeltempo.
'Gaat het wel, Petrus?' riep Peer. 'Ik hoor je zo weinig!'
'Waar ga je nou heen?' riep Petrus.
'Hij weet het niet. Hij weet niet waar we zijn,' zei Peer vergenoegd. 'En daar kan hij niet tegen. Ik zal het hem even laten zien.' Hij stopte en vouwde de kaart uit over zijn stuur.
Petrus en Nicolien kwamen om ons heen staan. Petrus keek op de kaart.
'Daar!' wees Peer. 'Weet je het nou weer?'
'Ja, nou zie ik het.'
'Zie je wel.'
'Ja, kaartlezen dat kan ik,' bevestigde Petrus. 'Ik hoef een kaart maar één keer te zien en dan weet ik het.'
'Als een televisiescherm,' viel Peer hem bij.
'Ja, je hebt mensen die geen kaart kunnen lezen. Daar hoor ik niet bij.'
'Dat is een gave,' vond ik.
'Dat is zeker een gave,' zei Peer. 'Hè, Petrus!' Hij gaf hem een stomp.
'Hé, je moet niet zo hard stompen,' protesteerde Petrus.
Peer lachte. 'Maar hij vindt het wat leuk,' zei hij tegen mij.

We zetten ons af en reden voort over een rijwielpad, Petrus voorop, ik daarachter, dan Nicolien en ten slotte Peer. Bij *De Pannenhoef*, een café uit 1653 met twee tafeltjes aan de weg naar Rucphen, stapten we af. Peer nam koffie, Nicolien ook, ik chocomel, Petrus twee glaasjes brandewijn.
Peer wilde de kapel van het nabijgelegen Trappistenklooster bezoeken, maar de portier, een houten T om zijn nek, kon ons gelukkig niet binnenlaten omdat de monniken siesta hielden.
Later op de middag, in Etten, wilden Nicolien en ik wel wat eten. Het was toen drie uur. We stopten voor een terras, juist toen de baas met een bestelling naar buiten kwam.
'Nee, hier niet,' zei ik. 'Daar!'
We namen plaats op het aangewezen terras even verderop en bestelden alle vier een broodje kroket, Peer en Petrus met een glas wijn, Nicolien bier, ik melk.
'Waarom wou je nou niet op dat andere terras?' vroeg Nicolien.
'Omdat die baas op mij een zeer onbetrouwbare indruk maakte,' antwoordde ik.
'Vond je dat? Dat vond ik helemaal niet.'
'Nee, ik ook niet,' viel Peer haar bij.
'Ik ook niet,' zei Petrus. 'Maar ik geef eerlijk toe dat ik een misantroop ben. Ik houd niet van mensen en daarom irriteren ze me niet.'
Peer moest daar hartelijk om lachen. 'Hij houdt niet van mensen! Hoor je het? Hè, Petrus!' Hij gaf hem een klap op zijn schouder.
Ik vond dat tekenend voor hun verhouding: een dementerende oude man, begeleid door een enigszins debiele jongen.
'Het museum zal toch nog niet dicht zijn?' zei Peer toen we de kroketten ophadden. Hij keek op zijn horloge.
'Musea gaan niet voor vijven dicht,' zei Petrus met grote stelligheid.
'Gaan we naar een museum?' vroeg ik. Het vooruitzicht trok me niet.

‘Het streekmuseum,’ zei Peer. ‘Jullie houden toch wel van musea?’
‘Niet zo erg,’ zei Nicolien lachend. ‘We zijn liever buiten.’
‘Nou dan gaan we niet.’
‘Natuurlijk gaan we,’ zei ik. ‘Als het op het programma staat, dan gaan we!’
Enigszins ontstemd fietsten ze voor ons uit. Bij het museum, gevestigd in een historisch pand, zetten ze hun fietsen tegen de muur, terwijl wij aan de stoeprand stilhielden. Peer liep naar de deur, duwde ertegen, duwde nog eens, wat harder, zonder resultaat. Toen pas viel zijn oog op een papier dat op de deur was aangebracht. Hij las het aandachtig. ‘Wegens ziekte gesloten,’ zei hij teleurgesteld, zich omdraaiend. ‘Kom maar, Petrus.’
Over de dijk langs de Mark, tussen hoge populieren met verre uitzichten over een lieflijk groen land, reden we terug naar Breda, naar Peers moeder, boven het café dat nu door zijn zusje en zwager gedreven werd.

We zaten met zijn vijven op een plat dak achter het voorhuis en dronken pils. Op het plat, links en aan de achterzijde, dat door de resten van de muur van het vroegere achterhuis was omgeven, stonden planten. Over de muur groeide een Gouden Regen. Rechts was de deur naar de kamer van Peer, die ook vanuit een steeg om de hoek bereikbaar was. Zijn moeder bleek een intelligent, levendig mens met veel karakter, maar ook interessanter dan Peer. Toen ze op een vraag van mij over het leven in het café begon te vertellen, stond Peer op. Hij ging naar zijn kamer. Petrus volgde hem even later.
‘Hij maakt toch geen ruzie met jullie?’ vroeg zijn moeder bezorgd.
‘Nee hoor,’ zei Nicolien. Ze lachte. ‘Met ons maakt hij geen ruzie.’
‘Maakte hij vroeger vaak ruzie?’ vroeg ik. Ik herinnerde me wat hij daar zelf over verteld had.
‘Hij maakt met iedereen ruzie. We hebben hem ten slotte in

een inrichting moeten doen. Vooral mijn man heeft zich dat erg aangetrokken.'
'Wij vinden hem heel aardig,' zei Nicolien.
'Het is een lieve jongen. Maar als hij kwaad is, berg je dan maar. Het is dat hij nu die Petrus heeft, maar als dat menneke straks dood is, dan breekt de hel los.'
Nicolien lachte. 'Zou het zo erg zijn?'
'Wacht maar af.'
Op dat ogenblik kwam Peer zijn deur uit. 'Moeten jullie mijn kamer niet zien?' Ik had de indruk dat hij uit zijn humeur was geraakt.
Zijn kamer was een jungle, vol merkwaardige voorwerpen die hij in de loop van zijn leven van de straat verzameld had en waartussen in een aparte hoek nu ook de houtcollectie van de vader van Nicolien een plaats had gekregen. Er hingen visnetten, die de ruimte onoverzichtelijk maakten. Door de belichting waren er overal schaduwplekken, waarin behalve een geraamte en een doodshoofd veel heiligenbeelden, poppen en monsters stonden en hingen, die mij door hun fantastische verschijning aan de marionetten van Harry van Tussenbroek deden denken. Daartussen zat Petrus in een diepe fauteuil, naast een tiffany-schemerlamp, een glas whisky in zijn hand, alsof hij deel uitmaakte van de verzameling.
Het werd acht uur voor we naar het huis van zijn zusje teruggingen. Terwijl Petrus en Nicolien zich verkleedden en Peer de keuken inging, zette ik me onder het scherm in de tuin. Achter de schutting praatten mensen en klonken stemmen van spelende kinderen.
'Het is een aardig huis,' zei ik toen Peer de keuken uitkwam met een mand tuinbonen, 'maar ik zou er toch niet willen wonen. Daarvoor wonen de mensen te dicht op elkaar.'
'Nee, misschien niet,' antwoordde hij afwezig. Hij spreidde vier kranten uit op de tafel en verdeelde daarover de tuinbonen, drie grote hopen voor ons en een kleintje voor Petrus.
'Je moet hem juist meer geven,' zei ik. 'Nu hebben wij de macht.'

'Nee, Petrus kan dat niet zo goed,' antwoordde hij, de opmerking serieus nemend.
Petrus en Nicolien kwamen tevoorschijn. We begonnen tegelijk te doppen. Toen Peer halverwege was, tilde hij de rest van zijn bonen bij Nicolien en mij en begon hij de aardappels te schrappen. Daardoor was Petrus ons nog net voor. 'Ik ben het eerste klaar,' zei hij tevreden terwijl wij onze laatste bonen pakten.
We aten. We dronken wijn. Het gesprek kwam op Maarten 't Hart.
'Dat vind ik een verschrikkelijke man!' zei Petrus onverwacht heftig.
'Waarom?' vroeg ik verbaasd.
'Een verschrikkelijke man!'
'Maar waarom dan?'
'Ik vind het een eigenwijze betweter!'
'Heb je dan wel eens wat van hem gelezen?'
Hij moest daarover nadenken. 'Ik heb dat boek over die ratten gelezen. Ratten zijn geen beesten die mijn sympathie hebben, maar ik vond dat hij het goed beschreef. Maar wat ik daarna las! Verschrikkelijk! Iemand die zegt dat Mahler niet deugt! Nu kan ik zo al niet begrijpen dat iemand niet van Mahler houdt. Dat is de mooiste muziek die er is! Maar dan te zeggen dat die muziek niet deugt! Ik vind dat verschrikkelijk pedant! Schoolmeesterachtig vind ik het!'
Even later, toen Peer opmerkte dat de voorkeur voor heiligenbeelden misschien samenhing met iemands psyche, werd Petrus kwaad: 'Alsjeblieft geen psychologie! Daar gaan we toch niet aan doen?'
Niettemin bleef de stemming goed, omdat Peer hem meteen gelijk gaf, omdat Nicolien sowieso niet de behoefte had hem tegen te spreken en omdat ik me inhield. We waren moe. We gingen slapen.

De derde dag was het zwaar bewolkt. Toen we een halfuur onderweg waren, begon het te regenen, een slordige, lichte regen.

Peer reed voorop. 'Petrus, moet jij je jas niet aan?' riep hij over zijn schouder.
'Ja!'
We stopten. Nicolien en ik trokken onze capes over ons hoofd. Peer nam de fiets van Petrus over, zette die op de standaard, haalde zijn jack uit de tas en hielp hem erin. Hij sloot de rits, trok die omhoog en gaf Petrus een tikje tegen zijn wang. 'Moet je je broek ook aan?'
'Ja, natuurlijk! Als het regent!'
Peer maakte de ritsen van de pijpen voor hem open en ging op zijn hurken zitten. 'Voet omhoog, Petrus!'
De voet ging omhoog.
'Nee, niet zo gauw. Nog even omhoog!'
De voet ging opnieuw omhoog. Daarna de tweede voet. De ritsen werden opgetrokken, de pijpen nog even gladgestreken en we konden weer op de fiets.
De regen hield weer op. Petrus kreeg het te warm. We stopten. Peer kleedde hem uit, maar vond het niet goed dat Petrus in zijn blouse reed, trok zijn eigen jack uit en deed het Petrus aan. Petrus' gedrag deed me aan dat van Beerta denken: een verregaand vertoon van hulpeloosheid om geholpen te worden. Nicolien werd daardoor ontroerd, mij irriteerde het. Maar ik hield mijn sarcasme voor me.
Het weer bleef wisselen, dreigende regen, soms een paar druppels, maar het zette niet door. In Hooge Zwaluwe aten we wat in een cafetaria, Nicolien en ik een uitsmijter, Peer en Petrus een loempia. Petrus wilde droge witte wijn: 'Beslist geen zoete!' De baas ontkurkte een fles en liet hem proeven. Ook dat vond ik irritant, maar ook toen hield ik mijn sarcasme voor me. Gelukkig. Met deze man zou dat een onmogelijke situatie hebben geschapen.
We fietsten onderlangs de dijk naar de brug over het Hollands Diep. Daar namen we afscheid. Terwijl wij de brug opklommen, reden zij eronderdoor in de richting van Moerdijk. Toen we over de brug fietsten, stonden ze aan de andere kant van de weg, op het talud, achter de vangrails, wuivend

en fotograferend. Een ontroerend ogenblik. Omkijkend zag ik nog net Peer Petrus voorzichtig bij de arm het talud afhelpen.
Diezelfde avond laat belde Petrus op, of we goed waren aangekomen, en de avond daarna, toen ik uit Dordrecht was komen fietsen, opnieuw. Nicolien vond dat een bewijs dat ze ons bezoek heel erg gewaardeerd hadden.

*

'Ik haat vrouwen die door mannen op de grond gelegd en verkracht willen worden,' zei ze. 'Die zeggen: "Jij bent mijn heer en meester! Neem me!" Daarom ben ik zo gesteld op Peer en Petrus. Omdat ik weet dat die niet zo zijn. En ik zal hen dan ook tot mijn laatste druppel bloed blijven verdedigen!'
Ik luisterde, mijn irritatie onderdrukkend. Ik was ervan overtuigd dat Peer en Petrus daar niets van zouden begrijpen.

*

In de gang stond achter de buitendeur dagenlang een vuilniszak waaruit een dikke rode vloeistof sijpelde, die geleidelijk op het marmer een plas vormde. Toen niemand zich erom scheen te bekommeren, hing ik ten slotte een brief aan onze medebewoners aan de binnenkant van de deur. Ik schreef dat het tot daaraan toe was dat iemand in zijn huis een ander van het leven beroofde, maar dat het niet aanging de stoffelijke resten dagenlang in de gang te laten staan in de veronderstelling dat een ander zich er dan wel over zou ontfermen.
De volgende ochtend trof ik onze bovenbuurman op zijn knieën in de gang bezig met het schrobben van de vloer. 'Dat was een goeie brief,' zei hij, opkijkend. 'Een heel goeie brief. U hebt mij terecht op mijn plichten gewezen.'
'Gaat het er nog uit?' vroeg ik om ook wat te zeggen.
'Moeilijk, maar we doen ons best.'

'Ja, bloed is verdomd hardnekkig.'
Hij moest daar hartelijk om lachen.

*

Petrus had een kaartje onder de deur doorgeschoven dat ze weer terug waren. De volgende dag belde hij op.
'Dag, eh, Maarten, met Petrus.' Zijn stem had de wetenschappelijke klankloosheid die de stemmen van artsen en priesters ook hebben, alsof hij zich daarmee wapende tegen intimiteit.
'Jullie zijn dus terug?'
'Ja, eh, wij zijn terug. Je hebt onze kaart toch gevonden?' Er was argwaan in zijn stem: Waarom vraagt hij dat, terwijl we toch een kaart onder de deur door hebben geschoven?
'Ja, die hebben we gevonden.'
'O.' Het was even stil. Misschien verwachtte hij dat ik nu vroeg hoe hun fietstocht verlopen was, maar ik vond dat niet nodig. Dat hoorden we nog wel. 'Schikt het jullie als we vanmiddag een kopje thee komen drinken?'
'Natuurlijk. Doe dat.'
Het was weer even stil. Ook dat antwoord bevredigde hem niet. 'Eh, hoe laat schikt het jullie dan?'
'Wat had je gedacht?'
Weer een antwoord dat hem niet beviel. Ik wist het. Het amuseerde me.
'Zou halfvier een goede tijd zijn?'
'Een heel goeie tijd.'
Weer een aarzeling. 'Is dat niet te vroeg?'
'Nee. Lijkt me een heel geschikte tijd om thee te drinken.'
Hij lachte, een kort, droog lachje. 'Juist. Zullen we dat dan maar doen?'
'Afgesproken.' Ik legde de hoorn neer.
'Waarom heb je niet gevraagd hoe hun fietstocht verlopen is?' vroeg Nicolien ontstemd.
Ik herinnerde me dat dit gesprek bijna woordelijk een doublure was van vorige gesprekken.

Ze hadden een doosje bonbons van *Beune* bij zich omdat Nicolien voor Pierewiet gezorgd had, een geschenk dat ze al vaker hadden meegebracht.
'Lekker!' zei ze. 'Dank je wel.'
Peer zag meteen dat er rode vlekken op de kokosmat zaten: 'Hebben jullie de kat gekamd?'
'Nee.' Ik vond dat een merkwaardige associatie.
'O nee, ik dacht dat het haren waren of zo.'
'Ze komen op als de mat nat is,' verduidelijkte ik. 'We hebben nu pas begrepen dat dat van de verf van de planken komt. Die zijn vroeger met waterverf behandeld.'
'Dat had ik je meteen kunnen vertellen,' kwam Petrus ertussen. 'Dat is de werking van de capillaire vaten.'
'Maar dan moet het toch wel waterverf zijn.'
'Als je de mat nat maakt, dan wordt het vocht door de capillaire vaten opgezogen.'
'En als er nu geen waterverf onder had gezeten?'
'Dan niet natuurlijk.'
We gingen zitten.
'Willen jullie thee?' vroeg Nicolien.
'Als het jullie niet ontrieft, dan liever whisky,' antwoordde Petrus.
'Geef mij dan maar een glaasje wijn,' zei Peer.
Ze stond op. 'Haal jij het even? Dan zet ik voor ons eerst een kop thee.'
'O, maar ik wil ook wel een kop thee,' zei Peer.
'Ik niet,' waarschuwde Petrus.
Ze ging naar de keuken.
Ik haalde de glazen, een fles whisky en een fles wijn. De whisky zette ik bij Petrus, de wijn bij Peer. 'Jullie bedienen jezelf wel.'
Petrus schonk zichzelf in, Peer wachtte op de thee.
'We zullen er maar eentje nemen, hè?' zei Nicolien, zodra ze weer zat. Ze opende het doosje bonbons.
'Ik niet,' zei Peer.
'Nou, ik wil er wel eentje,' zei Petrus.

'Nee, jij ook niet! Ze zijn voor Nicolien!'
Petrus trok aarzelend zijn hand terug.
'En je wordt er bovendien dik van!'
Ze hield Petrus het doosje voor. 'Neem er maar een, hoor. Trek je maar niets van Peer aan.'
'Ik moet wel.' Hij nam er een. 'Ik ben tenslotte met hem getrouwd.'
Peer keek misprijzend toe. Nicolien schonk de thee in.
Er viel een stilte.
'Hoe was jullie fietstocht?' vroeg ze.
'Heel mooi, hè Petrus?'
'Ja.'
'We zijn over Zaltbommel gereden.'
Ik glimlachte. 'Niet over Dordrecht.'
'Natuurlijk niet. Daar vind ik nou niks aan.'
'Nee, we begrepen niet wat jullie daar nou aan vinden,' viel Petrus hem bij.
'Gelukkig dat niet iedereen hetzelfde is,' zei ik, mijn schoonmoeder nasprekend.
Ze reageerden daar niet op.
'Jij vond toch dat de huizen waar mijn zusje woont te dicht bij elkaar staan?' zei Peer tegen mij. 'Daar heb je wel gelijk in. Ik zou daar ook niet willen wonen.'
'Ik vind het anders een heel goed huis,' merkte Petrus op.
'Het huis is wel goed, maar de buren die je hebt! Die man die daarnaast woont!'
'Daar heb ik niks mee te maken.'
'Maar hij kwam wel de eerste middag op het dak staan kijken wat voor snuiters dat waren.'
'Dat vind ik nou heel begrijpelijk.'
'Hij wist toch wie ik was? Hij wist toch dat ik de broer was?'
'Toch vind ik het wel begrijpelijk. Ik zou het zelf niet doen, op het dak gaan staan, maar dat zo'n man wil weten wie er naast hem in de tuin zijn, dat kan ik me heel goed voorstellen. Ja, hoor eens, hij moet natuurlijk niet de hele tijd blijven staan kijken, maar dat heeft hij ook niet gedaan.'

Peer luisterde niet. 'En zoals hij voor het huis langsliep! En met zijn handen op zijn rug bleef staan!'
Petrus lachte geamuseerd. 'Jij hebt dus ook staan kijken.'
'Natuurlijk! Omdat het een verschrikkelijke man is! De loodgieter, hè, die moest bij ons zijn, en toen had die met zijn auto een heel klein schrammetje op de auto van die buurman gemaakt. Zó klein!' Hij hield zijn duim en wijsvinger een klein stukje uit elkaar. 'En die loodgieter was zo netjes. Die is dat gaan zeggen! Toen is die buurman naar de garage gegaan. Twaalfhonderd gulden was dat! Twaafhonderd gulden! Dat vond die loodgieter wat veel. Die wist een garage die deed dat voor vijfhonderd gulden!'
'Vijfhonderd gulden voor zo'n schrammetje?' vroeg ik ongelovig. 'Krankzinnig!'
'Zie je wel, je moet geen auto hebben,' voegde Nicolien eraan toe.
'Nee, wacht nou even! Het komt nog! Toen zijn ze samen naar de garage gereden, in die auto van die buurman dan, en weet je wat die man, die buurman dus, toen zei? "Dat is dan vijfhonderd gulden plús de benzine!" Voor dat stukje dat hij gereden had! En zo'n man woon je dan naast!'
'Het zou mij niet kunnen schelen, hoor,' hield Petrus vol. 'Je hebt toch niks met die man te maken? Zolang hij niet vijandig wordt tenminste. Hij groette heel beleefd.'
'Hij heeft één keer gegroet. Niet meer!'
'Nou, dat vind ik wel goed. Ik hoef niet almaar gegroet te worden.'
'Daar ben ik het mee eens,' merkte Nicolien op. 'Ik vind het verschrikkelijk om dat mens van hierboven te moeten groeten.'
'Nee, dat vind ik geen probleem,' zei Petrus bedachtzaam.
'Ik wel. Als het even kan probeer ik haar te ontwijken,' zei ze.
Hij schudde zijn hoofd. 'Nee, dat heb ik niet.'
Ik dacht aan de keren dat ik zijn deur meteen weer dicht hoorde gaan als we toevallig tegelijk de gang op kwamen.
'Maar stel nu dat je de deur wilt uitgaan,' zei ik met ingehou-

den boosaardigheid, 'en je hoort iemand op de gang. Doe je dan gewoon je deur open – kan je niets schelen – of wacht je tot hij voorbij is?'

Hij lachte. Even leek het of hij zich betrapt voelde, want hij aarzelde. 'Ik geloof dat ik dan gewoon de deur uitga. Als ik zo iemand aardig vind tenminste.'

'Maar daar gaat het nu juist om.'

'Ja, als ik een hekel heb aan iemand...'

'Maar dat heb ik dus aan dat mens,' zei Nicolien.

'Nee, dat heb ik dus niet.'

'Weet je wat het is,' zei ik. 'Jij houdt van mensen en Peer niet.'

Hij lachte een beetje. 'Nee, ik houd niet van mensen. Ik ben een misantroop. Daar kom ik gewoon voor uit.'

Ik keek hem ironisch aan, maar hij gaf geen krimp. Hij zocht met zijn hand naast zijn stoel, pakte zijn fles en schonk zichzelf nog eens in.

'Hé, hé, niet zo'n bel!' waarschuwde Peer. 'Je bent niet thuis!'

'Ik denk niet dat Maarten en Nicolien daar bezwaar tegen hebben. Ik heb toch mijn eigen fles? Jij hebt ook een eigen fles.'

'Maar ik drink maar één glas.'

'Ik dus twee.' Hij bracht het glas naar zijn mond en nipte van de whisky, terwijl Peer kritisch toekeek.

'Je moet eens vertellen van die brief over die zak,' zei Nicolien. 'Heb je die nog?'

'Nee, die heb ik niet meer.'

'Wat was dat?' vroeg Peer.

'Een brief die ik op de deur heb gehangen.'

Zijn gezicht betrok. 'Op de deur van het souterrain hing ook een brief.' Hij wond zich plotseling op. 'Van Freek. Dat de deur open had gestaan en dat degenen die erdoor gaan hem moeten sluiten. Ik heb hem meteen verscheurd!' Er kwam speeksel in de hoeken van zijn mond.

'Waarom?' vroeg ik verbaasd.

'Omdat dat tegen ons gericht was natuurlijk!'

‘Kom,’ suste Petrus, ‘dat weet je niet.’
‘Natuurlijk! Wie gebruikt er anders die deur? Wij toch zeker? Jos is met vacantie.’
‘Maar dan hoeft hij toch niet tegen ons gericht te zijn?’
‘Tegen wie dan? Nee hoor, die was tegen ons gericht!’
‘En was die deur dan niet open?’ vroeg ik.
‘Natuurlijk niet! Dan zouden wij dat hebben moeten doen! En wij hebben dat niet gedaan!’
‘Maar als hij niet open was, waarom heeft Freek die brief dan geschreven?’
‘Dat interesseert me niet. Daar heb ik niks mee te maken!’
Zijn woede verraste me.
‘Maar die brief van Maarten was omdat er een zak in de gang stond waar een rooie vloeistof uitkwam,’ zei Nicolien.
‘Ja,’ zei ik. ‘Ik heb geschreven dat het tot daaraan toe was dat iemand in zijn huis een ander om het leven bracht, maar dat het niet aanging om de stoffelijke resten dagenlang op de gang te laten staan.’
‘Nou, nou,’ zei Petrus gechoqueerd. ‘Dat was wel een brief op poten.’
Peer had niet geluisterd. Die was nog bezig met het verstouwen van zijn woede.
Ik maakte de fles wijn voor Peer open en haalde de jenever voor Nicolien en mij. Nicolien ging naar de keuken om kaas te halen.
‘Hebben we al verteld dat Petrus en ik mountainbikes gaan kopen?’ vroeg Peer, toen we weer bij elkaar zaten. Hij keek naar Petrus. ‘Dat mag ik toch wel vertellen?’
‘Nou heb je het al verteld,’ zei Petrus.
‘Waarom?’ vroeg ik. ‘Jullie hebben toch fietsen?’
‘Jawel, maar dat is niks. Daar zitten maar drie versnellingen op.’
‘Wij hebben helemaal geen versnellingen,’ zei Nicolien.
‘Maar jullie rijden niet in de bergen.’
‘En wat doe je nu met je oude fietsen?’ vroeg ik.
‘Die gebruiken we als stadsfietsen.’

Ik knikte. 'Hoeveel versnellingen hebben die mountainbikes?'
'Twaalf.' Hij keek naar Petrus.
'Ja, twaalf,' bevestigde Petrus. 'Maar ik weet niet of ik ze allemaal zal gebruiken.'
'Dat leer ik je wel,' verzekerde Peer. 'Je zult zien, als je er eenmaal een hebt, dan gaat het vanzelf.'
'Wat ben je toch een lieve jongen,' zei Petrus ontroerd. Hij kwam wat onzeker uit zijn stoel, wilde Peer een zoen geven, bedacht zich en volstond met een kopstoot.

*

Bij de hoek, op weg naar huis, kwam ik hen tegen. Peer stopte, zijn voet op de trottoirband zettend, Petrus stapte omslachtig af, met zijn fiets half op de rijweg, waardoor een passerende auto een bocht moest maken. We zwegen enkele ogenblikken.
'Waar kom je vandaan?' vroeg Peer toen.
'Van *Vlieger*. Mijn dictaatcahiers zijn op. Maar zulke kan ik nergens meer krijgen.'
'Ook niet bij *Vlieger*?' vroeg Petrus. 'Dat is anders toch een gerenommeerd adres.'
Ik schudde mijn hoofd. 'Ze zijn er niet meer.'
'Weet je waar je dan naartoe moet gaan?' zei Peer. 'Naar België. Daar hebben ze ze vast nog wel.'
'België!'
'En koop dan meteen een doos van tweehonderdveertig, dan heb je voorlopig genoeg.'
'Nou, nou,' zei Petrus. 'Is dat niet wat ver?'
'Lijkt mij ook,' zei ik.
'Waarom? Je fietst eerst naar Breda. Daar slaap je in mijn huis, en de volgende dag zit je in België!'
Ik lachte. 'Ik zal het in overweging nemen.'

*

Terug van een uitstapje op de fiets hakte ik eindelijk de knoop door. Ik tilde mijn fiets het souterrain in, in plaats van hem de trap op te dragen. Achterin, waar de smalle gang zich verbreedde en waar achter een houten schot met ruiten van matglas een ruimte met drie wc's was, stonden de fietsen van Jos en die van Peer en Petrus. De plaats tegen het schot was vrij. Ik zette mijn fiets daar neer en ging de trappen op.
Nicolien stond in de keuken. 'Waar is je fiets?'
'In het souterrain.'
'In het souterrain? Waarom?'
'Omdat ik al een paar keer bijna met dat ding op mijn schouder de trap ben afgelazerd.'
'Maar zo heb je er toch geen toezicht op?'
'De fietsen van Peer en Petrus staan er toch ook?'
'En mijn fiets dan? Moet die dan ook naar het souterrain?'
Ik aarzelde. 'Liever wel.'
'En als ik dat nou niet wil?'
'Dan niet natuurlijk.'
'Dus als ik het niet wil, dan kun je hem wel omhoog dragen?'
'Ik kan het wel, maar ik doe het liever niet meer.'
'Nou, daar moet ik dan wel eerst over nadenken, want ik geloof niet dat ik dat zo leuk vind.'
'Denk er maar over na.'
'En ik vind het ook niet leuk dat jouw fiets daar staat.'

Een paar dagen later, toen ik het souterrain inging, trof ik mijn fiets half onderuit tegen het fonteintje, met een wiel in de doorloop naar de wc's. Op de plaats waar ik hem had neergezet, stonden de nieuwe mountainbikes van Peer en Petrus.

*

We kregen bezoek van Roosje. Sinds een paar jaar was ze gescheiden van Tom, nadat deze ontdekt had dat hij eigenlijk homosexueel was. We hadden het daarover. Ik zei dat ik bij

Tom altijd het gevoel had gehad dat hij een aanvechting die door de maatschappij veroordeeld werd uit dwarsheid verabsoluteerde, zoals die puritein uit het verhaal van Mencken, die een hoerenloper werd toen hij een keer was vreemd gegaan.
Roosje was dat absoluut niet met me eens en ze liet me niet eens uitpraten. 'Tom is geen homosexueel, hij is bisexueel. Hij verdraagt alleen niet, en daar heb je gelijk in, dat er stiekem over wordt gedaan. Daarom heeft hij indertijd openlijk stelling genomen en dat is hem door veel homo's enorm kwalijk genomen, onder anderen door Beerta, die in de oorlog zo fout was als de pest, alleen uit angst dat hij zou worden weggevoerd. Homo's zijn nu eenmaal niet de moedigste mensen!'
'Net als de joden,' hielp ik boosaardig.
Even was Roosje verbluft. 'Ja, allebei minderheidsgroepen,' zei ze aarzelend, zoekend naar een reactie. 'Maar er is toch wel verschil! Eerst verwijten ze de joden dat ze laf zijn, en nu, met Israël, is het verwijt weer dat ze te moedig zijn. Maar je hebt gelijk. Het zijn wel minderheidsgroepen. Alleen om verschillende redenen.'
'Niet zo verschillend.'
'Niet zo verschillend? Bij de joden is het erfelijk bepaald. Bij homosexuelen is het misschien ook wel erfelijk.'
Ik luisterde vriendelijk naar deze warboel en volgde haar maar in haar spoor. 'Ik geloof niet zo in die erfelijkheid. Het lijkt me meer sociaal bepaald. Net als bij de joden trouwens.'
Dat was ze tot mijn verrassing met me eens. Ze kletste door over Freud en Jung. Ik liet haar begaan, porde van tijd tot tijd in het vuurtje als de vlammen dreigden te doven en ergerde me een beetje aan die apepraat.
Toen we haar naar huis hadden gebracht, was Nicolien uit haar doen. 'Wat een afschuwelijk mens! Ze heeft nog een onbetrouwbaar gezicht ook. En dan die opmerking over de homo's. Ik was razend. Dat mijn vrienden beledigd werden in

mijn huis! Ik had haar wel de deur willen uitsmijten! Dat had ik natuurlijk ook moeten doen. Daarom heeft Petrus natuurlijk ook zo de pest aan Van het Reve. Want die zegt ook dat homo's laf zijn.'
Die opmerking irriteerde me. 'Het lijkt me waarschijnlijker dat Petrus de pest heeft aan Van het Reve's exhibitionisme.'
Maar daar wilde ze niet van horen. 'Het is omdat hij zegt dat homo's laf zijn!'
Om geen ruzie te krijgen liet ik het zo. 'Maar ik heb haar van repliek gediend.'
'Ja, en ik begrijp niet hoe je dat kunt. Daar was ik veel te kwaad voor om zo'n grapje te kunnen maken.'

Ik werd wakker toen ze naar de wc ging. Toen ze terugkwam liet ze de deur openstaan.
'Is de wekker al gegaan?'
'Nee, maar ik ben wakker. Ik voel me bedreigd.'
'Ja.' Ik was te slaperig om te reageren.
'Ik verdraag het niet wat zo'n rotwijf over homo's zegt. Ik ben de kamer uitgelopen! Zulke aardige mensen als Peer en Petrus, die zo trouw zijn en zo op elkaar gesteld! Ze zou er een voorbeeld aan kunnen nemen! Zo zijn hetero's niet! En van zulke aardige mensen zegt ze dat ze laf zijn! Zé zijn laf! Zé deugen niet! Zé. Zé. Ik had haar wel kunnen vermoorden! Zo komt de ellende in de wereld! Dat is de oorzaak van alle discriminatie! Dat geklets van zulke rotwijven! Alsof alle homo's hetzelfde zijn! Als je ziet aan Peer en Petrus hoe aardig ze tegen elkaar zijn! Wat een liefde er tussen die mensen is! En dan er zo over praten! En dan die arme Anton, die nog een trap na krijgt in zijn graf!'
'Anton?' Haar woorden irriteerden me. De heiligverklaring van Peer en Petrus, en in hun kielzog van alle homo's, was in mijn ogen het spiegelbeeld van wat Roosje deed.
'Daarom ben ik de kamer uitgelopen. Daar begon het mee!'
'Ze zei dat Anton fout was,' herinnerde ik me.

'Omdat hij laf was, ja!'
Terwijl ze doorpraatte, dacht ik erover na.
'En de samenzweerderige manier waarop ze dat zegt. Zo'n beetje naar voren, fluisterend, wij onder elkaar, wéwéwéwéwé, ze zeggen, wéwéwéwéwé. Walgelijk vind ik het. Dat soort mensen is er de oorzaak van dat die arme stakkers op een achterkamertje moeten kruipen! Razend maakt het me! En je bent machteloos! Alsof zij zo moedig is! Ik zou wel eens willen weten wat zij gedaan had in de oorlog als ze niet toevallig een jodin was geweest.'
'Ze zal de eerste zijn om toe te geven dat ze laf geweest zou zijn.'
'Daarom juist! Niets zou ze hebben gedaan! Ze zou geen poot hebben uitgestoken! En waarom verwijt ze anderen dat dan wel? Ik moet er niet aan denken hoe ze zich gedragen zal hebben toen ze dat van Tom hoorde. Uitschelden voor vuile flikker zal nog het minste zijn geweest. En dat is dan nog een mens met hersens! Je hoeft niet te vragen hoe de rest erover denkt.'
'Ik denk niet dat het een kwestie van hersens is.'
'Nou dan weet ik niet wat het wel is. Maar ik vind het schandelijk! Schandelijk vind ik het! Ik ben de kamer uitgelopen! Omdat ik geen ruzie wilde maken. Misschien had ik dat moeten doen. Ruzie maken! Ik had haar de kamer uit moeten trappen! Gemene roddelaarster!'
Zo ging het door, tot lang na het ontbijt, en later nog eens. Ik luisterde ernaar met een mengeling van irritatie en sympathie. Ik vond dat ze enorm overdreef, verabsoluteerde, in het andere uiterste terechtkwam. We hadden daar zo vaak ruzie over gehad dat ik die kritiek voor me hield. Opmerkingen als van Roosje waren voor mij normale uitingen van normale angsten. Het werd pas gevaarlijk als je erover praatte zoals Nicolien, mensen verbood er uiting aan te geven en gevoelens terugdrong in de achterkamer. Maar ik wist dat de ellende niet te overzien zou zijn als ik dat zei.

Aan tafel begon ze opnieuw over Roosje. 'Zulke opmerkingen zijn de eerste stap op weg naar de gaskamers. Mensen als Roosje hebben de gaskamers gebouwd.'
Ik vond dat te sterk. 'Als het zo ver komt, schrikken mensen als Roosje terug. Gaskamers zijn een exces.'
Ze verdroeg niet dat ik relativeerde. 'Als zulke mensen er niet geweest waren, dan waren er geen gaskamers geweest!'
'Dat is juist. Tachtig of negentig procent van de mensen is zo. Toch zijn er niet altijd gaskamers.'
'Ik vind het verschrikkelijk dat je er zo over praat! En dat Roosje er zo over praat, die nota bene zelf tot een minderheidsgroep behoort. Ik verdraag niet dat zo iemand zich beter voelt. Ze is niet beter. Ze is de mindere van Peer en Petrus!'
'Ze voelt zich niet beter.'
'Houd je mond! Ik verdraag niet dat je haar verdedigt!'
'Ze voelt zich bedreigd.'
'Houd je mond, zeg ik je! Ik wil er niet over horen! Iemand die nota bene zelf met een homo getrouwd is geweest.'
'Daarom juist. Dat is onverwerkte wrok.'
'Dat is stomheid!'
'Dat ben ik met je eens.'
'Gevaarlijke stomheid! En in míjn huis worden daar geen vergoelijkende woorden voor gebruikt!'
Ik zweeg.
Ze begon te huilen. Snikkend liep ze met de theepot naar de keuken. Ik ruimde af en bracht haar het blad. Terwijl ze spoelde, nog steeds huilend, stond ik in de deuropening.
'Dat smerige rotwijf!' Ze veegde driftig met de vaatdoek het aanrecht af en sloeg met de kwast het schuim open. 'Als je zoiets meemaakt, dan begrijp je de homo's die in hun schulp kruipen. Het is niet moedig misschien, maar je kunt het begrijpen! En dat is de schuld van zulke rotwijven!'
Ik nam een bord op en droogde het af.
'En dan begrijp je ook nog eens wat een moed Peer en Petrus hebben! Dat ze zich er niets van aantrekken! Helden zijn het!'

'Nou, helden... Het zijn heel gewone mensen.'
Ze draaide zich woedend om. 'Ga weg! Ik wil het niet horen!'
Ze duwde met beide handen tegen mijn borst. 'Weg! Ik wil je niet meer zien! Donder op!'
Ik hield het bord omhoog en deed een stap terug, verlegen lachend.
'Weg!' Ze gaf me nog een duw. 'Geef hier dat bord!' Ze greep naar het bord.
Plotseling werd ik woedend. 'Ik denk er niet over! Ik laat me niet wegjagen!'
Ze deinsde geschrokken terug. 'Ben je helemaal gek geworden?' Vervolgens kwam ze woedend op me toe. 'Ben je nou helemaal gek geworden om zo te schreeuwen? Kun je niet om de buren denken?' We stonden in de gang. 'Ben je gek geworden?' Opnieuw greep ze naar het bord. 'Geef hier dat bord van mijn moeder!'
'Laat me los!' riep ik razend. 'Ik verdraag niet dat je me zo behandelt! Ik wil zo niet behandeld worden!' Ik sloeg met het bord op haar hoofd – een zachte klap. 'Ik wil zo niet behandeld worden!' Ik duwde mijn vuist tegen haar wang. Ik was door het dolle heen.
Ze schrok en deed een stap terug, in de hoek tegen de voordeur.
'Hoor je?' schreeuwde ik. 'Hoor je? Ik wil in mijn huis niet zo behandeld worden!' Ik had haar kunnen vermoorden. Ik zette het bord neer, griste mijn jack van de kapstok en liep naar de slaapkamer. 'Ik verdraag het niet langer!'
'Denk om de buren!' riep ze terug.
'Ik verdraag het niet langer! Het is genoeg geweest! De maat is vol! Er kan niet meer bij!' Ik pakte mijn portemonnaie en mijn bril en ging de gang weer op.
'Schoft! Schoft! Niet om de buren denken, hè?'
Ik duwde haar driftig opzij en opende de deur.
'Donder maar op! Verdwijn maar! Ik heb je niet meer nodig!' riep ze.
Ik trok de deur met een klap dicht. Op straat was ik uitge-

put. Ik liep weg, eerst snel, toen langzamer. Ik was over mijn toeren. Ik ging op een bank zitten. Het duurde lang voor ik tot mezelf kwam. Ik had geen gedachten, alleen weerzin. Ten slotte liep ik met een omweg naar huis terug. Toen ik bijna thuis was, keerde ik om. Ik liep naar het station om bloemen te kopen, maar de kiosken waren al dicht.

Ze lag in bed te huilen. 'Ik begrijp niet dat je zo kunt reageren.'
'Ik heb er spijt van. Ik was ineens door het dolle heen.'
'Terwijl ik alleen maar even alleen wilde zijn.'
'Je duwde me weg. Ik werd het huis uitgezet.'
'Ik duwde je niet weg.'
'Met allebei je handen.'
'Maar dat moet je toch niet zo serieus nemen?'
'Ik verdraag dat niet. Het is mijn huis. Ik wil in mijn huis kunnen zeggen wat ik denk. Anders word ik gek.'
Ze kwam haar bed uit. 'Kom nu maar mee. Wil je een kop koffie? Ik heb de koffie voor je bewaard.'
Ze kwam naast me op de divan zitten. 'Of mag ik er niet bij?'
'Ik werd zo ontzettend kwaad. Daar heb ik spijt van. Je laat me ook zo weinig ruimte.'
'Dus het is mijn schuld weer! Ik ben weer de schuldige!'
Ik zweeg. 'Het is jouw schuld niet,' zei ik toen, 'maar ik word soms wanhopig als je zo bent.'
'Ik schaam me zo voor de buren. Die hebben vast alles gehoord. Je hebt zo geschreeuwd.'
Daar schaamde ik me niet voor. Als ik me schaamde was dat omdat ik mijn zelfbeheersing verloren had en natuurlijk gaf ik haar daar de schuld wel van, al wist ik ook dat ze zo was en dat ze daar niets aan kon veranderen.

'Hoe gaat het?' vroeg ik toen ze wakker werd. Ik pakte haar hand.
'Ik ben triest. Ik kan het niet verwerken. Het wordt geloof ik steeds erger, die angst.'

‘Maar je moet het toch kunnen relativeren?’
‘Dat kan ik niet. Ik word razend als ik aan de woorden van dat rotwijf denk. Razend en bang. Ik ben bang. En ik krijg van jou geen steun.’
Ik liet haar hand los.
‘Je begrijpt er niets van. Je begrijpt absoluut niets van mijn angst. Ik ben helemaal alleen.’
‘Ik kan drie dingen doen. Ik kan mee gaan schelden, maar dat kan ik niet en daar zou ook geen eind aan zijn want het is nooit genoeg. Ik kan zwijgen. En ik kan relativeren. Wat moet ik anders?’
‘Zwijg dan alsjeblieft. Spreek me niet altijd tegen.’
Ik ging op de rand van mijn bed zitten.
‘Het idee dat zulke rotwijven mijn vrienden beledigen, in mijn huis! Dat is onverdraaglijk! Ik kom daar niet overheen! Homo’s zijn laf!’ Ze ging steeds harder praten.
Goofie, die als iedere ochtend de kamer was binnengekomen en voor mijn bed zat te wachten tot ik opstond, liep de deur weer uit. Ik ging het washok in, spoelde mijn mond omdat de tandpasta op was en begon me te scheren. Ze kwam ook uit haar bed en ging naar de keuken. Ik kleedde me aan. Ze zat zwijgend te wachten terwijl ik de klokken opwond.
‘Het is natuurlijk allemaal je moeder. Ik hoor in alles je moeder. En daarvan zeg jij tegen Peer dat je haar aardig vond. Een vrouw die van mijn vader zei dat het een lulletje rozewater was. Omdat het een beschaafde man was. Omdat hij niet met haar flirtte, haar niet op de grond gooide en verkrachtte. Want dat wou ze eigenlijk.’
‘Daarom zei ze dat natuurlijk niet.’
‘Spreek me niet tegen! Trek niet altijd partij voor dat rotwijf!’
‘Ze zei het omdat je vader onder de plak zat. Omdat je moeder de baas was.’
‘Alsof dat niet net zo erg is! Alsof dat ook niet die rotmaatschappij is! De man is de baas! De vrouw is de slavin! En als een vrouw dat een keer verdomde, was je moeder klaar met haar oordeel! Zoals ze tegen mij was omdat ik geen kin-

deren wilde hebben! Geen vrouw, hè? Niet vrouwelijk! Zo praatte ze daarover. Tegen een kind van achttien dat zich niet kon verweren! Tot in de kleinste dingen! Ik herinner me dat ze een keer vond dat ik het aanrecht niet goed afnam. En de volgende dag zei ze: "Je leert het al aardig!" Razend was ik! Alsof zij mij iets had te leren! Alsof ik het niet van mijn moeder geleerd had! Maar mijn ouders telden niet voor haar! Die waren niets! Die waren waardeloos! Toen ik staatsexamen had gedaan, moest ik het bij jou komen vieren! Geen ogenblik kwam het in haar op dat ik natuurlijk bij mijn ouders moest zijn! En als Peer dan vraagt of je je moeder aardig vond, dan zeg je: "Nicolien vond haar niet aardig!" Je zegt niet: "Wij vonden haar niet aardig, want ze heeft iets onaardigs over Nicoliens vader gezegd en ze was niet aardig tegen Nicolien!" Nee! "Nicolien vond haar niet aardig!" En jij vond haar wel aardig!'
'Je kunt wel inzien dat iemand stomme dingen zegt.'
'Stomme dingen? Misdadig was het! Het was gewoon een rotwijf! Een maatschappelijk rotwijf! Precies zo'n rotwijf als Roosje! Denk maar niet dat je moeder enig begrip voor je zou hebben gehad als je homo was geweest! Het was een egocentrisch rotkreng! En zolang ik dat niet van jou hoor, kun je opdonderen! Dan begrijp je niets van me! Absoluut niets! Dan ben ik eenzaam!'
'Je kunt toch niet van me verwachten dat ik ga schelden als ik die behoefte niet voel?'
'Daar gaat het nu juist om! Dat je die behoefte niet voelt!'
Ten slotte maakte ik een eind aan het gesprek door op te staan en naar het Bureau te gaan. Een paar uur later belde ik haar vanaf het Bureau op. 'Hoe gaat het nu?'
'Het gaat wel,' zei ze lusteloos.
'Kop ophouden maar!'
'Ja, ik zal wel zien.'

Weer op straat, op weg naar huis, was ik nog steeds gedeprimeerd.

Ze zat Russisch te doen in de achterkamer. Ik ging naar de voorkamer en zette me op de divan.
Ze kwam achter me aan. 'Wat ben je stil! Ik dacht dat je weer opgewekt was!'
'Ik ben in de put.'
'In de put? Waarom ben je in de put? En je stem klonk zo opgewekt door de telefoon!'
'Maar ik ben niet opgewekt.'
'Dus je bent kwaad!'
'Ik ben niet kwaad. Ik ben in de put.'
'Als je in de put bent, betekent dat dat je me iets verwijt.'
'Ik verwijt je niets. Het gaat alleen niet zo snel.'
Ze ging zitten. 'Dan ben ik ook in de put. Als jij in de put bent, dan ben ik ook in de put. Ik was weer opgewekt, maar nu ben ik weer in de put.'
'Dat is jammer. Dat was niet de bedoeling. Als je me aan mezelf overlaat, gaat het vanzelf weer over.'
'Hoe kan ik je nu aan jezelf overlaten als je me verwijten doet?'
'Ik doe je geen verwijten.'
'Waarom ben je anders in de put?'
'Om die ruzie.'
'Maar dat neem je toch niet serieus wat ik er in zo'n ruzie allemaal uitflap?'
'Natuurlijk neem ik dat serieus.'
'Dat bedoel ik nou! Je doet me verwijten! Je verpest de goeie stemming weer!'
'Als je me nou gewoon een poos met rust laat.'
Dat kon ze niet. Het ging een tijdlang zo door. Ik deed mijn ogen dicht en viel in slaap. Toen ik wakker werd, had ze thee gezet.

*

Ik ging de krant halen. Beneden bij de buitendeur stonden Freek en Petrus te praten.

‘Ik ga de krant halen,’ zei ik in het voorbijgaan.
‘O ja, ja, ik ga ook de krant halen,’ zei Petrus aarzelend.
‘Zal ik er een voor je meebrengen?’
‘Nou, als je dat wilt doen.’
Tot mijn verrassing kwam hij achter me het bordes af, in plaats van weer het huis in te gaan. Ik keek om.
‘Ja, ik moet ook nog een andere boodschap doen.’ Hij wendde zich af, alsof hij de tegengestelde richting zou opgaan, bedacht zich, stak over naar de andere kant van de rijweg en liep daar gelijk met me op, aarzelend, enigszins onzeker op zijn benen. Toen ik de sigarenwinkel binnenging, liep hij aan de overkant door naar de bakker.
Met twee kranten keerde ik terug. Ik belde bij hen aan.
Peer deed open.
‘De krant!’
Hij nam haar verbaasd aan. ‘Petrus is ook de krant halen.’
‘Dat weet ik.’
‘Ja, maar ik bedoel: Weet hij daarvan?’
‘Ja, hij weet daarvan.’ Ik was de trap al af.
‘Wacht eens!’ Hij kwam zijn deur uit.
Ik bleef staan.
‘Hoe gaat het met je werk?’
‘Ik ben met pensioen.’
Hij lachte. ‘Ja.’ Hij ging op de bovenste tree zitten, kennelijk verlegen om een praatje. ‘Maar je werkt toch zeker?’ Want Petrus zei ook altijd dat hij werkte als hij uittreksels uit boeken over filosofie zat te maken.
‘Ik heb twee lappen stof gekocht.’
Achter me deed Nicolien de deur open. ‘En een fonduepan van ijzer,’ zei ze. ‘Dag Peer.’
Hij stond meteen op en kwam de trap af. ‘Mag ik die eens zien?’ Hij liep mee het huis in. Terwijl hij de pan bekeek, hoorde ik Petrus de trap op komen. ‘Daar heb je Petrus,’ zei hij, naar de voordeur lopend.
Petrus stond al achter het matglas van onze deur. ‘Waarom laat jij de deur openstaan?’ zei hij ontstemd. ‘Wil je dat ze alles bij ons weghalen?’

Peer volgde hem schuldbewust terug hun huis in.
'Ik heb de krant voor Petrus gehaald,' legde ik uit.
'Ik zag jullie staan. Maar hij ging toch ook weg?' vroeg ze.
'Hij moest nog meer boodschappen doen. Waarom hij mij dan de krant liet halen, begrijp ik niet.'
'Het zal hem overrompeld hebben,' veronderstelde ze, 'en toen heeft hij maar ja gezegd.'
Mijn eerste reactie zou nee geweest zijn.

*

Met de krant in mijn hand maakte ik nog een ommetje. Op de stoep voor een souterrain op de Keizersgracht zat een jongen met een snor *Het Parool* te lezen. Even verder zat een andere jongen, ook met een snor, met een potje thee naast zich en het *Handelsblad*.
'Merkwaardig zo veel homo's als hier in de buurt wonen,' zei ik tegen Nicolien toen ik weer thuis was. 'Op de Keizersgracht zaten er een heleboel voor hun souterrain hun krantje te lezen, net als Jos.'
Dat irriteerde haar. 'Dat kan ik niet zien en ik begrijp niet hoe jij dat kunt zien.'
Ik begreep dat ik een fout had gemaakt. 'Het irriteert me niet, maar ik zie het.'
'Ik dus niet. Ik zou ook niet weten waaraan.'
'Aan hun snor.'
'Petrus en Peer hebben geen snor en Freek en Jos ook niet.'
'Ik zeg niet dat elke homo een snor heeft.'
'En ik ken hetero's genoeg die ook een snor hebben.'
'En ik zeg ook niet dat hetero's nooit een snor hebben.'
'Dus het is onzin.'
'Het gaat erom dat moderne homo's een snor laten staan om zich te exponeren.'
'Ik houd er niet van dat je zo praat,' zei ze kwaad. 'En ik denk dat Petrus het ook niet leuk zou vinden.'

*

Ik kwam terug van een bezoek aan de huisarts.
'Petrus is er net om het geld terug te brengen dat hij mee naar Ierland heeft genomen,' zei Nicolien.
'Ja,' zei Petrus. Hij zat met zijn rug naar me toe in de stoel van Nicolien.
'Wat zei hij?' vroeg ze.
'Ik moet meteen het Prinsengrachtziekenhuis opbellen om foto's te laten maken.' Ik liep door naar de telefoon en draaide het nummer. Ik kon om drie uur komen. Het was kwart over twee. Verstrooid ging ik zitten. Ik keek hem aan.
'Ja.' Hij had een papiertje in zijn hand. 'Het heeft misschien wat lang geduurd, maar het probleem was dat ik de koers moest opzoeken voor de dag dat jij het mij gegeven hebt. Daarvoor moest ik naar de Openbare Bibliotheek en daar was die krant toen nog niet te krijgen. Maar gisteren heb ik hem dan eindelijk kunnen inzien.'
'Maar zo veel zal dat toch niet verschillen?'
'Die koersen willen nog wel eens schommelen, vooral in de vacantietijd.'
Ik knikte. Het interesseerde me geen bal.
'En nu heb ik het gisteravond uitgerekend en vanochtend nog eens nagerekend en volgens mij zijn wij je dit schuldig.' Hij gaf me het papiertje.
Ik keek naar het eindbedrag: *f* 212,27.
'Als je wilt kun je het nog wel eens narekenen.'
Ik schudde mijn hoofd. 'Dat hoeft niet.'
'Als je je daarmee kunt verenigen, dan wilde ik dat afronden op tweehonderdtwaalf gulden vijfentwintig.'
'Uitstekend.' Ik keek op mijn horloge. 'Geef dan maar aan Nicolien, want nu moet ik weer weg.'
In de gang bedacht ik dat ik mijn verzekeringspasje vergeten had. Ik keerde weer terug.
'Ben je daar weer?' vroeg ze.
'Ik heb mijn pasje vergeten.' Ik zocht in de doos, in mijn zak-

ken, maar kon het niet vinden. Ik werd zenuwachtig en verliet het huis ten slotte zonder pasje. Buiten verbaasde ik me er over dat hij niet gevraagd had wat ik had. Ik kwam tot de conclusie dat hij die vraag waarschijnlijk te intiem had gevonden, als het hem überhaupt interesseerde.

*

Nicolien zat in de tuin bij de kat van Freek. Ik voegde me bij haar om thee te drinken. Toen we daar enige tijd zaten, begon boven ons iemand hard te schreeuwen, een ongearticuleerd zingen.
'Wat is dat?' vroeg ze.
'Peer.'
Hij zong of schreeuwde zo hard als hij kon. Even meende ik ook Petrus te horen, een tweede stem, wat lager dan de zijne. Een en ander was zo in strijd met het beeld dat ik van hen had dat ik me er niets bij kon voorstellen.

*

Een zondagmiddag. We zaten in de tuin, op het stoepje, in de zon. Zwartje lag bij ons. Nicolien las. Ik keek in het groen. De wind ruiste bij vlagen door de bladeren en zakte dan weer weg. Een merel sloeg alarm. Hij bleef roepen en vloog in de bomen heen en weer. Ik liep de tuin in om te zien of daar een kat was, maar ik zag niets. Ik ging weer zitten en keek door mijn verrekijker tussen de bladeren. Boven ons hoofd begon Peer voor het open raam te timmeren. Hij vloekte luid: 'Verdomme! Nondeju!' In de tuin aan de andere kant klonken ook stemmen.
'Zie je, dat bedoel ik nou,' zei ze. 'Dat je geen ogenblik vrij bent in zo'n tuin.'

*

De moeder en het zusje van Peer reden om halftwaalf voor. Om halftwee vertrokken ze weer. Peer en Petrus brachten hen naar de auto, Petrus met zijn tasje om. De auto reed weg. Ze liepen terug naar de buitendeur, bleven staan om met een voorbijlopend echtpaar te praten en gingen het huis weer in. Het geldtasje bleef me intrigeren.

*

Toen ik om halfzes de krant ging halen, kwam ik Peer tegen. Hij had een knalgele broek aan met een wit T-shirt en hij droeg een pak met twintig wc-rollen. We bleven staan.
'Waar ga je naartoe?' vroeg hij.
'De krant halen.'
Het maakte niet de indruk dat dat antwoord tot hem doordrong. Zijn fletse ogen keken schuw weg, zijn mond stond halfopen, zijn onderkaak bewoog langzaam heen en weer.
'Jullie zijn wat van plan,' zei ik, op de wc-rollen wijzend.
Hij keek ernaar. 'Nee, dit zijn gewoon wc-rollen.' Hij keek me even aan. 'Weet je, jij moet eigenlijk ook zo'n mountainbike voor Nicolien kopen. Daar rijdt ze veel gemakkelijker op.' Er kwam een beetje speeksel in de hoek van zijn mond.
'Dat is toch niks voor Nicolien?'
'Als ze hem eenmaal heeft, zul je zien hoe leuk ze het vindt.'
'En haar eigen fiets dan?'
Hij wendde zijn ogen weer weg en bewoog zijn kaak. 'Ja,' zei hij vaag.
'Moet ze die dan wegdoen? Ze doet mij toch ook niet weg?'
Hij lachte afwezig. 'Nou, ik ga maar weer.' En hij wendde zich af.
Die is toch stapelgek, dacht ik terwijl ik doorliep, maar hij amuseerde me ook.
Toen ik terugkwam met de krant kwam ik hem opnieuw tegen.

'Ha, Maarten!' zei hij, alsof hij me die dag voor het eerst zag, 'ik moet nog even een boodschap doen!'
Hetgeen wilde zeggen dat ook hij de krant ging halen.

*

Peer en Petrus kwamen om kwart voor zes de tuin in, met een fles wijn van de HEMA.
'Zie je wel dat je de flessen nog niet had moeten ontkurken,' zei Nicolien.
'Daar is nu niets meer aan te doen,' antwoordde ik.
'De gastheer beslist wat er met de wijn gebeurt,' zei Petrus diplomatiek.
We dronken een glas uit de fles die ik zojuist ontkurkt had, naast elkaar, op de stoep, tegen het huis. Het was winderig, de hemel bewolkt. Petrus had een wollen shawl omgedaan. Zijn linkervoet stak in een pantoffel.
'Heb je weer last van je voet?' vroeg ik.
'Ja.' Hij bewoog zijn voet een beetje heen en weer, alsof die op die manier ook bij het gesprek betrokken werd. 'Hetzelfde als vorig jaar.'
'En het gaat niet over,' vulde Peer aan.
'Het is een ontsteking van een ader,' verduidelijkte Petrus, 'en die is opengegaan en die wond wil niet genezen.'
'We hebben er al zalf opgesmeerd,' zei Peer. 'Tijgerzalf, maar dat helpt niet.'
'Ik ben er vorig jaar mee naar jullie dokter geweest,' vertelde Petrus, 'en die zei dat ik geen drukkende schoenen mocht dragen. En toen hij dat gezegd had, zei hij: "En daar houd ik ook helemaal niet van".' Hij glimlachte. 'Ik vond dat wel geestig.'
'Ja, dat heb je toen verteld.'
'Het is ten slotte wel overgegaan, maar nu is het weer teruggekomen.'
'We denken er nu over om weer naar jullie dokter te gaan,' zei Peer.

'Dat zou ik maar doen,' zei Nicolien. 'Het is een aardige man.'
'Ja, maar je gaat niet naar een dokter omdat hij aardig is. Je gaat naar een dokter om te genezen,' corrigeerde Petrus.
'Hij zei toen dat Petrus te weinig liep. Hij moet meer lopen,' vertelde Peer.
Ook dat wisten we al.
'Ja, maar ik houd niet van lopen. Ik fiets liever.'
'Ik zou dat dan toch maar doen,' vond Nicolien.
'Met fietsen heb je geen last?' vroeg ik.
'Nee, met fietsen heb ik geen last, behalve als ik met die plaats de trapper raak, dan wil dat nog wel eens pijnlijk zijn.'
'Hij schreeuwt het soms uit,' verklapte Peer.
'Nou, schreeuwt het uit, dat is wel wat overdreven,' zei Petrus gechoqueerd, 'maar ik moet toegeven dat het soms wel pijn doet.'

We gingen aan tafel, die midden in de tuin gedekt was. Terwijl we zaten te eten, werd het langzaam donker. Peer vertelde dat zijn moeder en zusje op bezoek waren geweest. Dat hadden we gezien. We praatten over zijn vader. Hij dacht dat zijn vader een beetje homosexueel was geweest. Ik vroeg of zijn moeder wel eens een ander had gehad. Zover hij wist niet.
'We hebben *Shoa* van Claude Lanzmann gezien,' vertelde Nicolien.
'Wij ook,' zei Peer. 'Prachtig!'
'Een van de mooiste films die ik ooit gezien heb,' vond Petrus. 'Nou ja, mooi, mooi is eigenlijk het woord niet.'
'Vond je dat echt?' vroeg ik.
'Jullie niet?'
'Wij hadden er nogal wat bezwaren tegen, hè Maarten?'
'Ik vond het een rotfilm,' zei ik.
'Nee, een rotfilm vond ik het zeker niet.'
'Waarom vond je het dan een rotfilm?' vroeg Peer.
'Omdat hij met twee maten meet. Alle joden zijn goed en alle niet-joden zijn slecht.'

‘Ik zou zeggen dat hij daar ook wel het recht toe heeft,’ merkte Petrus op, ‘na wat de joden is aangedaan.’
‘Daar heb je natuurlijk nooit het recht toe.’
‘Maar je wilt degenen die de joden dat hebben aangedaan toch niet verdedigen?’ zei hij geëmotioneerd.
‘Ik wil ze niet verdedigen, maar ik wil ze ook niet op voorhand veroordelen. Je zult altijd moeten beginnen met je af te vragen hoe je jezelf in die omstandigheden gedragen zou hebben.’
‘Dat begrijp ik niet. Je vraagt jezelf toch niet af of je kampbewaker had kunnen zijn?’
‘Maar je vraagt je wel af wat die man bewogen heeft. Je moet wel proberen te begrijpen hoe zo’n man in elkaar zit. Anders ben je nergens.’
‘Dat is psychologie,’ weerde hij af.
‘Neem die kampbewaker in die film.’ Ik was nu ook geëmotioneerd geraakt. ‘Een kleine man. Het blijft onduidelijk wat hij echt gedaan heeft, maar Lanzmann geeft zichzelf wel het recht om hem te belazeren, om hem stiekem van de straat af te filmen terwijl hij hem beloofd heeft dat hij dat niet zal doen! Dat moet jij toch ook veroordelen!’
‘Ik vind dat hij daar na wat er gebeurd is het volste recht toe heeft.’
‘Dat meen je niet.’
‘Ik vind dat je met zo’n man geen rekening meer hoeft te houden.’
‘Maar wie is Lanzmann?’
‘Lanzmann is een jood en als jood komt hij op voor de joden. Daar heeft hij alle recht toe.’
Dat standpunt ergerde me geweldig. Ik had moeite om mezelf onder controle te houden. ‘Heb je Presser gelezen?’ Ik was me bewust dat het dreigend klonk.
‘Natuurlijk heb ik Presser gelezen.’
‘Presser had honderdmaal, duizendmaal, ontelbare malen meer recht dan Lanzmann om verhaal te halen. Dat doet hij ook. Zijn boek trilt van emotie. Dat mag. Maar als hij in de

gevangenis met Aus der Fünten praat, of met Nederlandse nazi's, dan is hij fair. Hij probeert te begrijpen hoe het mogelijk is dat deze mensen dat gedaan hebben. En hij probeert dat eerlijk. In tegenstelling tot Lanzmann is hij volstrekt correct. Dat impliceert ook, al maakt hij daar verder geen punt van, dat hij bereid is zichzelf in deze mensen te herkennen.'

'Ik wil geen oordeel uitspreken over Presser, maar ik vind dat een gevaarlijk standpunt, want de volgende stap is dat je zo iemand gaat verdedigen.'

'Dat is het niet! Iemand die op grond van zijn karakter een ander leed heeft toegebracht, dient in principe datzelfde leed te ondergaan. Dat zal iedereen begrijpen als hij geen psychopaat is. Maar op de manier van Presser is dat een volstrekt zuivere conclusie! Je neemt de man serieus. Je stelt hem verantwoordelijk voor zijn daden. Voor die daden dient hij ter verantwoording te worden geroepen, maar zonder dat je zelf buiten schot blijft!'

'Je moet me niet kwalijk nemen, maar ik begrijp daar niets van,' zei hij stijf. 'Ik vind dat je gevaarlijk psychologiseert.'

'Zouden jullie nou niet eens ophouden?' zei Nicolien.

'Nee, ik houd niet op.' Ik keek haar even aan. 'Ik vind dit veel te belangrijk.' Ik schonk mijn glas bij, keek de tafel over, schonk het hare en dat van Petrus bij – dat van Peer was nog vol. De wind was gaan liggen. Op de tafel brandden kaarsen.

'Waar was ik?' Ik had te veel gedronken om meteen de draad weer op te vatten.

Er viel een ongemakkelijke stilte. Lanzmann, Presser – ik probeerde mijn gedachten weer op orde te krijgen.

'Gaan jullie nog met vacantie dit najaar?' vroeg Peer aan Nicolien.

'Nee, we hebben geen plannen,' antwoordde ze, 'omdat we al naar Ierland zijn geweest.'

Hun stemmen kwamen van ver. Ik keek naar Petrus. Zijn gezicht was verstoord. Plotseling klaarde mijn hoofd op. 'Heb je je ook niet geërgerd aan de manier waarop hij die Poolse boeren behandelt die vlak bij Auschwitz woonden?'

‘Nee, waarom?’ vroeg hij geprikkeld.
‘Omdat ze niets gedaan hebben.’
‘Ja, dat verwijt hij hen dan ook.’
‘Maar dat is toch te gek voor woorden! Wat hadden ze kunnen doen?’
‘De joden helpen?’
‘Heb jij de joden geholpen?’
Hij verstarde. ‘Daar hebben we het niet over.’
‘Daar hebben we het wel over, want dat is precies het verwijt dat wij Nederlanders ook krijgen. Dat is best, maar alleen als je zelf wel wat gedaan hebt. Wat heeft Lanzmann gedaan? Wat heeft die kapper gedaan die hij interviewt alsof het een held is, alleen omdat hij in dat kamp zat, maar die op de keper beschouwd gewoon gecollaboreerd heeft? Hoeveel joden die die boeren en ons nu veroordelen, zouden zelf wel wat gedaan hebben?’
‘Je moet me niet kwalijk nemen, het is dat ik je ken, maar anders zou ik je verdenken van antisemitisme.’
Het verwijt maakte me woedend. ‘Als het antisemitisme is wanneer je kritiek hebt op die mentaliteit, dan wil ik dat best voor mijn rekening nemen!’
‘Dat meen je natuurlijk niet, hoop ik.’
‘Wel waarachtig meen ik dat!’
‘Zou je nou niet eens ophouden?’ herhaalde Nicolien.
Haar tussenkomst irriteerde me. Ik vond het onbegrijpelijk dat ze zich in deze discussie afzijdig hield, terwijl ze het met me eens zou moeten zijn.
‘Ik vind dat je psychologiseert,’ zei Petrus, ‘terwijl het gaat om goed en kwaad.’
‘Goed en kwaad liggen psychologisch verankerd,’ antwoordde ik. ‘Dat is voor ieder mens anders. Het gaat erom dat je vaststelt bij wie je hoort en die verdedigt.’
‘Dat vind ik gevaarlijke kletspraat. Dan kun je iedereen wel verdedigen. Dan kun je ook Eichmann wel verdedigen als je vindt dat je op hem lijkt.’
‘Je hoeft hem niet te verdedigen. Dat moet hij zelf maar

doen. Maar je kunt wel proberen vast te stellen hoe je jezelf in die omstandigheden gedragen zou hebben. Misschien niet zo, misschien een kleine Eichmann, misschien had ik de moed gehad nee te zeggen, ik hoop het, maar ik mag er niet op voorhand van uitgaan, zoals Lanzmann.'
'Als je het zo stelt, dan maak je ruim baan voor groepsverdwazing,' meende hij. 'En dat standpunt is er verantwoordelijk voor dat er zes millioen joden vermoord zijn.'
Ik vond dat zo dom dat ik zweeg.
'En ik vind dat je Lanzmann onrecht doet door hem erop aan te vallen dat hij voor de joden opkomt,' vervolgde hij.
'Presser komt ook voor de joden op. Ik heb daar geen woord van kritiek op, integendeel.'
'Iedereen die zich tegen deze misdaden keert en de beulen ter verantwoording roept, verdient onze steun.'
'Iemand ter verantwoording roepen zonder begrip en de bereidheid tot zelfonderzoek is moord.'
Hij zweeg.
Ik schonk mijn glas opnieuw bij.
'Zou je dat nou nog wel doen?' zei Nicolien.
'Ja!' Ik keek naar Petrus. 'Jij nog?' Het klonk niet vriendelijk.
'Nee,' zei hij kwaad.

'Dat is toch te gek dat hij me voor antisemiet uitmaakt,' zei ik zodra we alleen waren. Ik was woedend.
'Ik begrijp niet waarom je altijd moet discussiëren. Je kunt toch ook wel over gewone dingen praten?'
'Maar ík ben toch niet over die film begonnen?'
'Nee, maar je had er beter niet over door kunnen gaan toen je merkte dat Petrus het niet met je eens was.'
Haar opmerking verbijsterde me. Uit haar mond was het onbegrijpelijk. 'Maar ik mag toch zeker mijn mening wel geven?'
'En ik begrijp ook niet hoe je kunt zeggen dat je Eichmann wel begrijpt. Ik begrijp niemand. Ik heb aan iedereen de pest.'
'Ik heb niet gezegd dat ik Eichmann wel begrijp. Ik vind dat

je je moet afvragen wat je zelf zou hebben gedaan in zijn situatie.'
'En het zijn mijn vrienden,' vervolgde ze zonder naar me te luisteren. 'Ik wil niet dat je daar ruzie mee maakt.'
Ik zweeg. Ik voelde me in de steek gelaten.

*

Ik hoorde haar binnenkomen.
'Kom eens kijken!' riep ze zodra ze de deur achter zich gesloten had. Ze stond in de keuken en vulde een emmer met water. Op het aanrecht lag een grote bos zonnebloemen.
'Mooi!'
'Denk je dat hij dat mooi zal vinden?'
'Natuurlijk!'
Ze draaide de kraan dicht en zette de zonnebloemen in de emmer. 'Zal ik dan even opbellen hoe laat we kunnen komen?'
Ik liep voor haar uit naar de kamer en ging op de divan zitten.
Ze draaide hun nummer en wachtte. 'Dag Petrus, met Nicolien. ... Gefeliciteerd met je verjaardag, ook namens Maarten natuurlijk. ... Wat zeg je? ... Ja, zevenenzestig, een hele leeftijd.' Ze lachte. 'Maar wat ik vragen wou: wanneer kunnen wij je komen feliciteren? ... Goed. ... Hoe laat? ... Goed, dan komen we even een kopje thee drinken. ... Tot zo. Groeten aan Peer. ... Ja, tot zo. ... Geen dank.' Ze legde de hoorn neer. 'Halfvier kunnen we een kop thee komen drinken.'

Om halfvier belden we aan. Meteen ging de pottekijker boven hun deur aan en hoorden we Peer roepen: 'De deur is open!' Hij deed hem achter ons op slot, gaf Nicolien drie klapzoenen en mij een hand – gelukkig. Ik was daar elke keer weer enigszins ongerust over. Petrus stond stijfjes in de kamer tussen zijn antiek. Hij nam onze felicitaties in ontvangst. Sinds Nicolien had gezegd dat hij haar heus niet hoefde te

zoenen als hij dat vervelend vond, deed hij dat ook niet meer. Tegen mij leek hij afgemeten.
'En dit is voor je verjaardag,' zei ze.
'Dank je,' zei hij droog.
'Zet jij ze even in een vaas?' Hij gaf de bloemen door aan Peer.
Peer ging ermee naar de keukenafdeling.
'Hoe gaat het nu met je voet?' vroeg ik, naar zijn voeten kijkend. Hij droeg zwarte muilen.
'Hij is naar jullie dokter geweest,' zei Peer uit de keuken, 'vertel eens, Petrus.'
'Ja, ik heb iets aan mijn voet. Het vorig jaar heb ik dat ook gehad. Het schijnt een ontsteking aan de aderen te zijn.'
'Ja, dat weten we,' onderbrak ik hem.
'En daar is nu een wond ontstaan,' hij liet zich niet onderbreken, 'net als vorig jaar, die niet wil genezen. Daarom ben ik nu maar weer naar jullie dokter gegaan.'
'Wat zei hij?' vroeg Nicolien.
'Hij zei dat ik geen drukkende schoenen mag dragen.'
'Nee, dat zei hij vorig jaar,' verbeterde Peer uit de verte.
'Ja, dat zei hij vorig jaar,' zei Petrus kregelig, 'dat zeg ik toch. "En daar houd ik ook helemaal niet van," zei hij toen ook nog.'
'Geestig,' zei ik met ingehouden ironie.
'Ja, ik vond dat ook wel geestig.'
'En wat zei hij nu?' vroeg Nicolien.
Hij dacht even na. 'Nu zei hij weer dat ik geen drukkende schoenen mag dragen, maar ik draag helemaal geen drukkende schoenen.'
'Daarom heb ik die muilen voor hem gemaakt,' zei Peer. 'Laat je hakken eens zien, Petrus.'
'Hoe kan ik die nou laten zien?' zei hij geïrriteerd. 'Moet ik ze dan soms uittrekken?'
'Nee.' Peer kwam uit de keuken. 'Eén is genoeg.' Hij pakte hem bij zijn arm. 'Til je voet maar op.'
Hij tilde zijn voet op.
'Nee, eerst even omdraaien, anders zien ze nog niets.'

Hij zette zijn voet neer, draaide zich om en tilde zijn voet opnieuw op.
'Kijk, ik heb de hak naar binnen geslagen,' zei Peer, 'en van die andere muil ook. Dan hoeft hij zijn voeten niet zo hoog op te tillen. Zet maar weer neer, Petrus.'
'En zei hij nog dat je meer moet lopen?' vroeg ik, terwijl Peer zich afwendde en terugliep naar de keuken.
'Ja, dat zei hij wel, maar ik houd niet van lopen. Ik fiets liever.'
Ik knikte.
'Het is een aardige man, hè?' merkte Nicolien op.
'Ja, het is wel een aardige man.' Het klonk gereserveerd. Waarschijnlijk vond hij zo'n opmerking te persoonlijk.
'Het lijkt me een heel goeie dokter!' riep Peer uit de keuken.
'Nou, dat weet ik niet,' zei Petrus zuinig. 'Dat kan ik niet beoordelen.'
Peer bracht een grote koperen bak op drie poten de kamer in en plaatste daarin een weckfles met de zonnebloemen, vlak onder Pierewiet. Pierewiet kwetterde.
We keken ernaar.
'Ik dacht dat jij wel van zonnebloemen zou houden,' zei Nicolien.
'Ja, ik houd wel van zonnebloemen. Een paar jaar geleden heb ik ook eens zonnebloemen op mijn verjaardag gehad.'
'Omdat het de tijd is natuurlijk,' meende Peer.
'Het is natuurlijk de tijd,' gaf Petrus toe. 'In Spanje heb ik om deze tijd eens een heel veld met zonnebloemen gezien. Dat vond ik prachtig.'
Ja, een heel veld met zonnebloemen cadeau doen ging natuurlijk niet, wilde ik zeggen, maar ik wist dat voor me te houden.
'Ja, dat dacht ik wel,' zei ze. 'Het leek me echt een bloem voor jou.' Ze keek naar mij. 'Niet? Dat heb ik nog tegen je gezegd.'
'Ja, dat heb je gezegd.' Ik keek naar Petrus. 'Misschien zijn de pitten wat voor Pierewiet? Dan is die ook een beetje jarig.'
'Nee,' hij schudde zijn hoofd, 'die pitten zijn te groot en voor

het zo ver is, gaan ze schimmelen. Ik weet trouwens niet wanneer Pierewiet jarig is.'
'Ze beginnen volgens mij al een beetje te schimmelen,' meende Peer. Hij stond op en bekeek de achterkant van de bloemen. 'En de stelen gaan rotten,' voegde hij er nog aan toe terwijl hij weer ging zitten.
'Misschien kun je ze drogen?' opperde ik.
'Drogen...' zei hij vaag.
Petrus zei niets.
Er viel een stilte.
'Jullie hebben nog niet eens gezien wat Petrus van mij heeft gehad,' zei Peer toen. Hij stond opnieuw op, ging de kamer uit en kwam terug met een tas van blank varkensleer, zoals brievenbestellers ze ook wel droegen.
Ik nam haar van hem over. Ze rook sterk en ik verbaasde me erover dat Petrus daar wel tegen kon terwijl hij tegen varkensvlees emotionele bezwaren had. Mij herinnerde de tas tenminste aan een varken. Maar ik hield dat voor me. Het zou slecht zijn gevallen. Ik gaf de tas aan Nicolien.
'Petrus verslijt enorm veel tassen,' vertelde Peer. 'Omdat hij altijd een tas draagt natuurlijk.'
'Ja, ik draag altijd een tas,' bevestigde Petrus.
'Gek eigenlijk dat zo'n gat dan in de tas komt en niet in Petrus.' Het ontsnapte me.
Petrus glimlachte toegeeflijk. 'Ja,' zei hij neuzig.
'Eigenlijk is het toch heel goed geregeld in de natuur,' voegde ik er overmoedig aan toe. Het scheelde weinig of ik was in lachen uitgebarsten, maar ik hield mezelf onder contrôle.
'Ja,' zei Petrus.
'Waar heb je die tas gekocht?' vroeg ik aan Peer.
'Om de hoek. In die leerwinkel. Een aardige man.'
Peer vond iedereen aardig tot hij onverwacht, om niets ruzie maakte. Hij had dat met Jos gedaan, met de fotograaf die beneden ons woonde en met alle vroegere vrienden van Petrus. De man van die leerzaak vond ik niet aardig. Hij had een geniepig, onbetrouwbaar gezicht. Ik verdacht hem ervan dat

hij iets smerigs met zijn vrouw deed, want die zag er afgejakkerd uit. Maar ik begreep dat ik dit beter niet kon zeggen.
'Ik moest hem invetten,' vertelde Peer.
'Die tas,' begreep ik.
'Met leervet, of nee, met leerwas. Maar Petrus vond hem te groot, hè Petrus?'
'Ja, ik vond hem te groot,' zei Petrus.
'Want hij moest in zijn fietstas kunnen.'
'Ja, hij moest in mijn fietstas kunnen.'
'En toen hebben we hem geruild. Dat kon. Terwijl hij al ingevet was.' Peer liet de binnenkant zien. Twee met ritssluitingen afgesloten vakken voor het geld.
'Eén voor Iers en één voor Nederlands geld,' zei ik.
'En zijn naam erin!' Peer wees. 'Voor als hij gestolen wordt.' Naam en adres stonden met onbeholpen blokletters in inkt op de binnenkant van de flap.
'Dan kan de dief hem terugbrengen,' zei ik.
'Het gebeurt wel eens dat mensen hem dan terugbrengen,' zei Peer.
'Behalve die tas toen in de trein,' herinnerde Petrus zich.
'Wat was er met die tas?' Ik kende het verhaal, maar het kon geen kwaad om het nog eens te horen.
'Dat was toen ik in de trein zat,' zei hij langzaam met een neuzige stem. 'Ik zat alleen in de coupé, want ik reis altijd eerste klas. En toen tikte er iemand aan het raampje.'
'Van de coupé?'
'Nee, op het perron. We stonden juist stil.'
'Ga door.'
'Iemand tikte aan het raampje en vroeg iets, maar ik verstond hem niet, en toen beduidde hij dat ik het raampje moest opendraaien. Dat was afgesproken werk, want toen ik dat deed, nam een andere man die op de gang had gestaan mijn tas weg.'
'Hoorde je de deur dan niet opengaan?'
'De deur stond open. Ik merkte het pas toen ik weer ging zitten.'

'En je paspoort en je verzekeringspapieren zaten er ook in,' vulde Peer aan.
'Ja, heel vervelend.'
'Wat waren het voor mannen?' vroeg ik.
'Donkere mannen. Ja, die op het perron dan. Die andere heb ik niet gezien. Niet dat ik daarmee iets van donkere mensen wil zeggen.'
'Nee, buitenlanders dus,' begreep ik.
'Ja, buitenlanders. Die man sprak ook geen Nederlands.'
'Dan waren het buitenlanders.'
'Ja. Het waren buitenlanders.'
Er viel een stilte.
'Maar hij nam die tas dus gewoon terug,' zei ik tegen Peer, de draad van het gesprek weer opvattend.
'Ja, hij nam hem gewoon weer terug.'
'Aardig.'
'Ja, dat is aardig. Het is natuurlijk ook niet slecht voor zo'n tas. Het is alleen een enorm werk. Daarom doet hij het niet.'
Er viel opnieuw een stilte. 'Hoe lang zou die man daar nou alweer zitten?' vroeg ik.
Ze dachten daarover na.
'Zes jaar?'
'Ik dacht korter,' zei Nicolien.
'Dat dacht ik ook,' viel Petrus haar bij.
'Het was in ieder geval in de tijd dat er overal leerwinkeltjes verschenen, aan het einde van de hippieperiode,' zei ik.
'Ja,' zei Peer. 'Toen was het.'
'Maar hoe lang dat nou geleden was...?'
Niemand wist het. Opnieuw een stilte.
'Heeft die man eigenlijk veel te doen?' vroeg ik toen. 'Je ziet er nooit iemand.'
'Nooit!' beaamde Peer. 'Nee, je ziet er nooit iemand.'
'Zeg, zou jij niet eens thee gaan zetten voor onze gasten?' merkte Petrus op.
'Ja, verdulleme.' Hij stond op.

'Jullie kopen je vlees toch altijd bij Reinhart?' zei Nicolien tegen Petrus.
Zijn gezicht verstrakte. 'Nee, daar koop ik niet meer.'
'Nee? Waarom niet?'
'Omdat ik het een onbeschofte kerel vind. Hij bemoeit zich met zaken waar hij niets mee te maken heeft.'
'Discriminerend?' vroeg ik. Reinhart leek me niet te beroerd om een laatdunkende opmerking over homo's te maken.
'Nee, niet discriminerend.'
We keken naar hem, in de verwachting dat er meer zou komen.
'Nou, ik kan het ook wel vertellen,' besliste Petrus. 'Ik kwam er om een pakje boter te kopen, van een bepaald merk, welk merk doet er nu niet toe, en dat had hij niet. Toen kwam hij, zonder dat ik daarom gevraagd had, met een ander merk aan, met de opmerking dat dat even goed was. Ik ben toen de winkel uitgelopen. Hij heeft niet te bepalen of het even goed is, dat zal ik wel beslissen.' Aan zijn gezicht te zien was hij nog verontwaardigd.
'Ja, zo is Reinhart,' zei ik, mijn ironie onderdrukkend.
'Voor mij is dat een reden om niet meer bij die man te kopen,' zei hij grimmig.
'En waar gaan jullie nu?' vroeg Nicolien.
'Bij Hesp.'
Volgens mij was dat van de regen in de drup, maar die opmerking hield ik voor me.
'Leg je tas eens weg, Petrus,' zei Peer.
Petrus haalde zijn tas van het tafeltje. Peer zette er een appeltaart op.
'Tjonge,' zei ik.
'Dat ziet er lekker uit,' vond Nicolien.
'Heb je die zelf gemaakt?' vroeg ik.
'Nee, die is van Nico.' Peer noemde al zijn leveranciers bij de voornaam.
'Wie is Nico?' vroeg ik.
'Is dat de kruidenier in de Oude Leliestraat?' vroeg Nicolien.

'Ja, ik geloof het wel,' zei Peer vaag. 'Die eerste straat, of eigenlijk de tweede.'
'Ja, dat is de Oude Leliestraat.'
'Heb jij de taart gekocht?' vroeg ik.
'Nee, we hebben hem samen gekocht,' zei Petrus, alsof hij die veronderstelling beledigend vond.
Ik keek naar hem, me afvragend of ik iets miszegd had. Bij die man wist ik dat nooit. Op dat ogenblik herinnerde ik me dat ik hem de afgelopen zondagmiddag driemaal had proberen op te bellen om hem erop opmerkzaam te maken dat Mahler op de radio was. 'Heb jij zondag de achtste van Mahler nog gehoord?'
Hij keek me misnoegd aan. 'Waar was dat dan?'
'Bij *Discotabel*.'
Hij schudde zijn hoofd. 'Ik heb niet naar *Discotabel* geluisterd.'
'Ik heb je drie keer proberen op te bellen.'
Opnieuw schudde hij zijn hoofd. 'Wanneer was dat dan?'
'Halfdrie, drie uur, halfvijf.'
Hij keek naar Peer. 'Toen stond de telefoon in jouw kamer.'
'Niks gehoord!'
'Misschien lagen jullie nog in bed?' zei Nicolien. Ze lachte nerveus.
'Zeg!' reageerde Peer. 'Om halfdrie liggen we niet meer in bed, hoor.'
'Nou, dat kan toch wel?' Ze lachte opnieuw.
Ik vond de opmerking op het randje, maar Petrus vertrok geen spier.
Er viel een stilte.
'En nog gefeliciteerd met de verjaardag van onze burgemeester,' zei ik.
Petrus keek me niet-begrijpend aan.
Nicolien lachte. 'Ja, Van Thijn is ook jarig.'
Zijn gezicht betrok. 'Dat vind ik zo'n akelige man! Een verschrikkelijke man vind ik dat.'
Dat wist ik. Ook een maagd, wilde ik zeggen, want ze ge-

loofden daarin, maar ik hield dat voor me. Waarom hij het zo'n verschrikkelijke man vond, had hij me nooit duidelijk kunnen maken. Ik had hem daar verschillende keren naar gevraagd. Of hij had het niet duidelijk willen maken, omdat hij mijn vraag ongepast vond. 'Ik denk dat hij hem te autoritair vindt,' had Nicolien 's ochtends nog gezegd. De ene autoritaire man over de andere, die overigens helemaal niet autoritair was, al speelde hij het. Maar het was waar: in de onhandige, ongenuanceerde manier waarop ze hun mening gaven, leken ze allebei op mijn vader. Ik kon me voorstellen dat dat irriteerde.
'Wij zijn gisteren naar Leiden gefietst,' vertelde Nicolien.
'Hoe hebben jullie dan gereden?' vroeg Petrus.
'Langs de Meije, hè Maarten.'
'Van Uithoorn langs de Kromme Mijdrecht en dan door de Noordsche Buurt naar de Meije.'
Hij schudde zijn hoofd. 'Ik ken Zuid-Holland toch als mijn broekzak, al zeg ik het zelf, maar van de Noordsche Buurt heb ik nog nooit gehoord.'
'Je rijdt langs de Kromme Mijdrecht,' verduidelijkte ik, 'de eerste brug over en aan de andere kant verder en dan kom je vanzelf in de Noordsche Buurt.'
Hij keek me glazig aan. Blijkbaar kende hij dat fietspad niet.
'In ieder geval staat mijn fiets nu in Leiden,' zei ik, 'en daar maak ik me behoorlijk ongerust over.'
'Dat kan ik me voorstellen,' zei Peer. 'Je moet daar tweehonderd gulden borg betalen als je een fiets huurt. Dat bewijst dat er veel gestolen wordt.'
'Studenten hè?' voegde ik eraan toe. 'De Prins van Oranje zit er nu ook.'
Daar reageerde niemand op. Terecht niet. Waarom ik zoiets zei, wist ik zelf ook niet. Het was een ongericht leuteren, wanneer ik, zoals in deze situatie, gedwongen werd tot een sociaal gedrag dat me niet lag.
'Wij moeten ook nog naar Leiden,' herinnerde Petrus zich, naar Peer kijkend. 'Dat moet eigenlijk deze week nog.'

'Dan mag je wel opschieten,' zei ik, 'want de week is bijna om. Of beschouw je zondag ook nog bij deze week?'
'Zondag is de eerste dag van de week!' zei Petrus apodictisch.
'Gek eigenlijk,' zei ik. 'Je begint toch niet met een rustdag?'
'Dat dacht ik ook,' viel Peer me bij. 'Petrus en ik hebben daar ook nog eens ruzie over gehad.'
'Zaterdag is de sabbat,' lichtte Petrus toe.
Ik vond dat van een zo stompzinnig formalisme, dat ik aanvechting had om er enorm over door te zeiken, maar ik wist me te beheersen. Het zou niet goed zijn gevallen.
Peer stond op.
'De foto's,' zei Nicolien. 'Maarten moet de foto's nog zien.'
'Die ga ik juist halen.'
Hij kwam met een dik pak terug en begon het op zijn knieën te sorteren.
'Krijgen we niet alles te zien?' vroeg ze.
'Die andere zijn Ierland.'
'Die zien we wel in het album,' hielp ik. Ik moest er niet aan denken dat we dat enorme pak zouden moeten doorwerken.
'Willen jullie nog iets anders drinken?' vroeg Petrus.
'Iets substantiëlers,' begreep ik.
'Er is van alles.'
'Zoals daar is?'
Hij dacht na. 'Cognac, maar die raad ik je niet aan, het is een nogal goedkope cognac, whisky, marc.'
Jenever of bier was me liever geweest, maar die hadden ze nooit in huis. Petrus vond dat te ordinair en Peer hield niet van drank. Naar wijn durfde ik niet te vragen.
'Marc dan maar,' zei ik. Ook een cadeau van Peer.
Peer kwam op zijn knieën achter ons zitten, met zijn hoofd tussen ons in om toelichting bij de foto's te geven. Ik maakte wat ruimte voor zijn hoofd, waarna Nicolien mijn hand met de foto's weer naar zich toetrok, zodat ik in een ongemakkelijke houding terechtkwam. Uit de mond van Peer kwam, zoals zo vaak, een penetrante uielucht. De foto's waren donker uitgevallen, levenloos, en ze bevatten te veel massa en te

weinig contouren. Bovendien sloeg de marc me na de eerste slok al dood. Bij elke volgende slok groeide de neiging ruzie te maken, maar omdat ik me daarvan bewust was, wist ik me ertegen te wapenen. Je moest ook geen marc op nuchtere maag drinken. Er had wat te eten bij moeten zijn, maar dat gaven zij nooit.

Terwijl we de foto's doorkeken, legde Petrus de rest op volgorde. Tersluiks keek ik naar hem. Hij was geconcentreerd bezig. Zo'n werkje was hem op het lijf geschreven: dingen op volgorde leggen volgens een vast, onwrikbaar systeem. Er was een foto bij waarop hij, bij tegenlicht, vanaf de rand van een ravijn naar een kasteel keek. 'De oude Noorse bard,' merkte ik op. 'Noordse bard,' verbeterde ik me met een glimlach.

Ze reageerden niet. Waarschijnlijk had ik niet mogen zeggen dat hij oud was, en niet dat hij Noords was, en misschien ook niet dat hij me aan een bard deed denken.

Het stapeltje ging naar Petrus. Hij voegde het in.

'Wij gaan met Freek in die nieuwe Ierse pub in de Herenstraat eten,' vertelde Nicolien, 'omdat ik voor Zwartje gezorgd heb.'

'Dat lijkt me niets,' zei Peer.

'Maarten heeft er ook geen vertrouwen in, hè Maarten?'

'Nee.'

'Iers eten! Wat kan dat nou zijn? Als het nou Frans of Spaans was,' zei Peer.

'Iers kan verrukkelijk zijn!' corrigeerde Petrus.

'O ja, natuurlijk,' zei Peer onmiddellijk. 'In ieder geval beter dan Engels.'

'Wat is het verschil?' vroeg ik.

'Nou,' zei Petrus, 'als ik aan het eten in Schotland denk. Dát vond ik verschrikkelijk.'

'Ja, in Schotland is het niet best,' gaf ik toe om wat olie op de golven te gooien. 'Maar tussen Wales, Cornwall en Ierland zie ik niet zo veel verschil.' Een diplomatiek bedoelde opmerking, want in Wales en Cornwall waren ze nooit geweest.

‘Dat weet ik niet,’ zei Petrus, ‘maar in Ierland hebben we verschillende keren verrukkelijk gegeten.’ Hij keek naar Peer: ‘Die keer in Galway bijvoorbeeld.’ Hij wendde zich weer tot ons. ‘Peer houdt anders helemaal niet zo van vis, maar die vis vond hij verrukkelijk. Ik zeg: “Geen wonder, het is zalm!”’

Ik herinnerde me dat wij in Ierland drie keer zalm hadden gegeten, elke keer een tranige mislukking, maar ik hield dat voor me. ‘Eén keer hebben wij ook goed gegeten,’ zei ik tegen Nicolien. ‘Toen aan de oceaan.’

‘En in dat plaatsje bij dat kasteel,’ herinnerde ze zich. ‘Hoe heet dat ook weer? Cashell!’

‘Maar dat was een curryschotel.’

‘Wat is dat, curry?’ wilde Peer weten.

‘Kerrie.’

‘Maar als ik jullie zo hoor dan moet je altijd hetzelfde hebben gegeten,’ merkte Petrus op. ‘Wat vond je er dan niet lekker in?’

Ik dacht na. ‘De groente,’ besliste ik. ‘Alsof je een emmer zeepsop door je keel kreeg. Maar ik ben natuurlijk geen vleeseter.’

‘Ik ben wel een vleeseter.’

‘Ja, Petrus is een vleeseter,’ bevestigde Peer.

‘Een goeie biefstuk van de haas bijvoorbeeld, dat vind ik verrukkelijk. Ja, als hij niet doorbakken is, zoals ze tegenwoordig zo vaak doen. Ik was laatst in een restaurant...’

‘In Middelburg,’ vulde ik aan.

Hij keek me bevreemd aan. ‘Ja, in Middelburg. Ik zeg tegen die kelner: “Ik wil de biefstuk wel blauw hebben”. “O, meneer is een kenner,” zei hij toen.’ Er kwam een tevreden lachje om zijn mond.

‘Een sterk verhaal,’ zei ik.

‘Maar het is waargebeurd,’ verzekerde hij enigszins geraakt.

‘Natuurlijk.’

‘We hebben van de week in de *De geparkeerde mossel* gegeten,’ vertelde Peer. ‘Op de Nieuwezijds Voorburgwal. Duur en niet best. Petrus heeft lamszadel genomen, hè Petrus?’

'Dat kan verrukkelijk zijn, lamszadel,' beaamde Petrus. 'Maar hier zat een vetrand aan die niet lekker was. Terwijl het vet van een lam heel lekker kan zijn.'
Het verhaal wekte tegenzin. Ik moest te veel aan dat lam denken, maar ik was me bewust dat ik niet veel recht had op die afkeer.
'En de soep was ook niet best,' vervolgde Petrus. 'En het nagerecht.' Hij probeerde het zich te herinneren. 'Ik weet niet eens meer wat het was. Veel zaaks was het in ieder geval niet.'
'Het is dus geen visrestaurant?' merkte Nicolien op.
'Nee,' zei Peer, 'want ik houd niet van vis.'
'Omdat het *De geparkeerde mossel* heet.'
'Ja,' zei Petrus. 'Het heet *De geparkeerde mossel.*' Er ging hem een licht op. 'Hé, ja.'
'Misschien heet die man Mossel?' opperde ik. Ik had daar zelf een stil plezier om.
Ze reageerden niet.
'En vanavond gaan we bij *Tout Court* eten,' vertelde Peer. 'We zijn uitgenodigd voor Petrus' verjaardag, hè Petrus?'
'Ja,' zei Petrus.
'Dat is ook een groot cadeau,' vond Nicolien.
'Ja, dat is een groot cadeau,' gaf Petrus toe. Van wie het was, zei hij niet. Wie niets zegt, heeft ook niets te verantwoorden.
'Heb je gezien dat ze op de hoek van de Prinsengracht en de Haarlemmerstraat donkere kamers verhuren?' vroeg ik aan Peer.
Hij keek me aan, langzaam zijn hoofd schuddend.
'Waar die zuiltjes staan.'
'Dat is niet de Haarlemmerstraat, maar de Haarlemmerdijk,' corrigeerde Petrus.
'Is dat zo?' Ik vergiste me daar altijd in.
'En niet de Prinsengracht, maar de Korte Prinsengracht.'
'Ja, natuurlijk.'
'Dus even voorbij die groenteboer?' begreep Peer.
'Ja, daar.'
'En wou jij dat doen?'

'Nee, ik niet. Ik dacht dat het misschien iets voor jou was.'
'Maar ik heb toch al een donkere kamer?'
'Weet je nog die koe die ik in Ierland gefotografeerd heb?' vroeg Nicolien. 'Dat zul je je wel niet meer herinneren. Maar die heb ik nu laten vergroten en die hangt nu boven mijn bureautje. Hij is prachtig geworden, hè Maarten?'
'Ja, het is een aardige foto.'
'Zo desolaat en zo romantisch, daar houd ik van.'
'Ja, daar houdt Nicolien van,' zei ik.
Er viel een stilte.
'Zullen we maar eens gaan?' stelde ze voor. 'Het is al vijf uur en zij moeten nog gaan eten.'
'O, wij worden pas om halfacht opgehaald,' zei Peer.
Ik stond op. 'Maar wij moeten ook eten.'
Ze liepen mee om de koe en om de stoelen te bekijken die ik bekleed had. Terwijl ze voor de koe stonden, haalde ik de stoel van mijn grootmoeder onder de tafel vandaan.
Peer keek ernaar, Petrus van een afstandje. Hij vingerde aan het touw waarmee ik een breuk in de leuning had dichtgebonden. 'Dat zou je nog moeten repareren.'
'Maar de bekleding...'
Hij knikte. 'Je had dat niet met spijkertjes moeten doen, maar met lijm.'
'Ja, maar daar had ik geen zin in.'
We liepen door naar de voorkamer, naar mijn bureaustoel, Petrus als laatste. Peer bekeek hem kritisch. Hij haalde zijn vinger over de rand naast de zitting. 'Dit moet je in de was zetten.' Een randje dat door Nicolien vergeten was. 'En wat zijn dit voor latjes?'
'Die heb ik tegen de bekleding gezet omdat de katten eraan krabden.'
'Ik zou dat lijmen. Met die spijkertjes is dat niks.'

Toen ze weg waren, was Nicolien uit haar doen.
'Waarom ben je uit je doen?' vroeg ik.
'Ik vond ze aangeslagen.'

'Ik vond ze net als anders.' Als altijd verbaasde ik me erover dat ze tot zo'n oordeel kwam. Ik zou altijd denken dat het een projectie van mijn eigen stemming was.
'Nee, ze waren aangeslagen. En dat is natuurlijk nog van die discussie.'
'Dat zou wel heel kinderachtig zijn.'
'Maar ik zou het heel erg vinden.'
'Is dat een verwijt?'
'Ik verwijt het je niet, maar ik begrijp niet waarom het niet zonder discussies kan. Je hoeft toch niet altijd met je standpunten aan te komen? Ik vind het prettig om gewoon over kleine dingen te praten.'
'Maar ik heb die discussie toch niet gezocht? Jullie begonnen over die film. Mag ik dan niet zeggen dat ik het geen goeie film vond? Ik vond het een rotfilm! Dat hoef ik toch niet onder stoelen of banken te steken?'
'En toch vind ik het jammer.'
'Maar wat vind je dan jammer? Ik heb mijn mening gezegd. Zo vriendelijk als ik kon. Ik ben niet gaan schelden. Petrus wel. Die heeft mij voor antisemiet uitgemaakt. Als ík nou aangeslagen was, maar je hoort me er niet over!'
'Begin alsjeblieft niet weer over Petrus. Ik kan geen kritiek op hem meer verdragen!' Ze begon te huilen. 'Ik vind het zo erg dat het zo gelopen is. Ik ben zo op die jongens gesteld. Je begrijpt niet wat het voor me betekent. Het zijn net mijn kinderen. Als je kinderen iets doen waar je het niet mee eens bent, dan blijf je toch ook van ze houden?'
Ze bleef de hele avond triest. In bed begon ze opnieuw te huilen. Ik probeerde haar te troosten. Ik zei dat het toch onzin is om jezelf verwijten te maken als je zo duidelijk geen schuld hebt. Ze zei opnieuw dat ik haar niet begreep en duwde me weg. 'Weg! Weg!' Waarna ik ten slotte, enigszins verongelijkt, onder mijn klamboe verdween.

*

Bij de Westerkerk was het druk. Rond het homomonument waren tribunes gebouwd, waarop al wat mannen en jongens zaten toen we kwamen aanlopen. Eromheen liepen er nog veel meer, sommigen hand in hand. Andere mannen waren bezig onwaarschijnlijk veel geluidsboxen op elkaar te stapelen. Weinig vrouwen. We lazen de tekst op de marmeren driehoek in de bestrating. Nicolien las hem hardop: '*Naar vriendschap zulk een mateloos verlangen.* Jij zei iets anders!' Het klonk als een verwijt. Alsof ik hen weer tekort had gedaan.
Ik herhaalde wat ik gezegd had: 'Naar vriendschap een mateloos verlangen.'
'Ja.'
Ik begreep wat ze bedoelde. Zij was degene die voor de homo's opkwam. Ik niet.
We liepen naar de waterkant en keken naar de marmeren trappen, die het water ingingen.
'En hier is de ontmoetingsplaats,' zei ik, op het urinoir wijzend. Een gewaagde grap, maar de nabijheid van zo veel homo's had haar grootmoedig gemaakt. Ze lachte.
We liepen langs de Keizersgracht terug. Van alle kanten stroomden mannen toe. Twee mannen, in wijde, witte overhemden met grote, gele dassen, hielden elkaar bij de hand.
'Er zijn veel homo's bij,' stelde ze tevreden vast.
'Die vijf jongens die daarstraks voor ons liepen, gingen er ook naartoe natuurlijk.'
'Waren dat dan ook homo's?' In haar stem was argwaan.
'Ongetwijfeld.'
'Hoe weet je dat dan?'
'Dat zie je.'
'Hoe dan?'
'Aan de manier van lopen.'
'Dat zie ik niet hoor. En ik begrijp ook niet dat jij dat ziet. Dat moet je eens tegen Petrus zeggen.'
Betrapt! De homohater! 'Je ziet het niet aan iedereen,' verontschuldigde ik me, 'maar aan deze zag je het.'

Onwillig schudde ze haar hoofd. 'Ik zie het niet,' herhaalde ze.

*

'Had je nog een plan?' vroeg ik.
'Ik had willen gaan fietsen, maar nu het weerbericht zo slecht is, weet ik het niet meer.'
'Laten we het dan maar gewoon doorzetten.'
'Maar waar wou je dan naartoe?'
'Marken?'
'Marken? Hoe kun je nou zoiets voorstellen! Dat is toch veel te ver? Dat weet je toch?'
'Zo ver is dat niet.'
'Natuurlijk is dat ver! Dat is idioot ver! Hoe wou je daar dan naartoe?'
'Over Uitdam?'
'Over de dijk? Met dit weerbericht! Het lijkt wel of je helemaal nergens meer mee rekening houdt!'
'Broek dan.'
'Langs het kanaal zeker?'
'En over Zuiderwoude terug.'
'Dat is ook nog te ver. Je moet toch een beetje rekening met me houden.'
'Over Zunderdorp dan.'
Ze zweeg. 'Goed,' zei ze ten slotte, 'laten we dan maar naar Broek gaan.'
Ik pompte de banden op en droeg haar fiets de trappen af. Toen ik mijn fiets uit het souterrain wilde halen, kwam Peer er juist uit met hun fietsen.
'Wij gaan nog maar even fietsen,' zei Nicolien. 'Het is zulk mooi weer.'
'Waar gaan jullie naartoe?' vroeg Peer.
'Naar Broek.'
'Waarom gaan jullie niet naar Marken?'
'We zien nog wel,' zei ik.

‘Dat is prachtig! Dat moet je doen!’
‘Laat het ons maar uitzoeken,’ weerde ik af, ‘dan komt het wel in orde.’
‘Wat zegt Maarten?’ vroeg Petrus, die juist uit het souterrain omhoog was gekomen.
‘Laat ons het maar uitzoeken, dan komt het wel in orde,’ herhaalde ik.
Hij lachte flauw.
‘Gaan jullie niet fietsen?’ vroeg Nicolien.
‘Nee, wij gaan boodschappen doen,’ antwoordde Peer.
Toen ik met mijn fiets het souterrain uitkwam, zag ik ze naast elkaar de Herengracht af fietsen, heel langzaam, in Petrus’ tempo, met Petrus aan de buitenkant.
‘Petrus was geloof ik niet zo erg in zijn humeur,’ zei ze.
Die indruk had ik ook gehad, maar daar kon ik de schuldige niet van geweest zijn.

*

We reden op een zondagochtend door Nauerna en Krommeniedijk. In een kleine huiskamer zaten twee mensen bij de koffie de krant te lezen. Het herinnerde me aan haar ouders. ‘Waarom kennen wij zulke mensen niet?’ vroeg ze toen we wat verder waren. ‘Alleen Peer en Petrus. Dat zijn de enige mensen die je je zo voor kunt stellen.’
‘Omdat je daarvoor in een dorp moet wonen en geen intellectueel moet zijn.’
‘Mijn ouders woonden niet in een dorp en Petrus is een intellectueel.’
‘Goed.’ Het leek me dat daar nog wel wat op was af te dingen, maar het leek me beter dat niet te doen.
‘Dus er klopt niets van die redenering!’
‘Nee, er klopt niets van,’ gaf ik toe.

*

Peer en Petrus waren opnieuw tien dagen naar Breda geweest. Toen ze terug waren, kwam Peer een doos bonbons voor de verzorging van Pierewiet brengen. Petrus was ziek. Ik stond op het punt de deur uit te gaan om de krant te halen.
'Zal ik er ook een voor jullie meebrengen?'
'Ik wil ook wel gaan.'
'Maarten vindt dat leuk,' zei Nicolien. 'Dan loopt hij altijd nog een eindje om.'
'Wat is daar nou voor leuks aan.'
'Dan maak ik foto's,' verduidelijkte ik. Dat was een verkeerde voorstelling van zaken. Ik had de dag tevoren één foto gemaakt. Maar ik veronderstelde dat hij het dan beter zou begrijpen.
'Wat is daar nou te fotograferen,' zei hij laatdunkend.
'De Noorderkerk, bij tegenlicht.'
Hij lachte ongelovig, alsof ik hem voor de gek hield.
Ik liep achter hem aan de deur uit, bedacht beneden in de gang dat ik mijn fototoestel had vergeten, haalde het op en haastte me naar buiten. Gejaagd liep ik door de Herenstraat, zenuwachtig zoekend naar fotogenieke situaties, de Prinsengracht, de Noorderkerk – niets. In de spanning van het voornemen had alles zijn glans verloren. Gespannen liep ik terug om staande voor de buitendeur te ontdekken dat ik mijn sleutel had vergeten. Zo moest je dus niet leven.

*

In de trein naar Enschede, gezeten aan de rechterkant, herinnerde ik me de opmerking van Petrus dat je links moest gaan zitten, omdat je ogen van links naar rechts gaan. Ik probeerde dat, stapte over naar de linkerkant en probeerde het ook daar en kwam tot de slotsom dat mijn ogen alle kanten op gingen, van links naar rechts, van rechts naar links, van boven naar beneden, van beneden naar boven. Wat een negentiende-eeuwse onzin, dacht ik geïrriteerd. Alsof het leven een boek is. Bovendien, hoe moesten de Japanners dat dan doen?

*

Nicolien was naar college. Ik zat op de divan te lezen. De telefoon.
'O, eh, dag Maarten, met Petrus. Ik wilde vragen of jullie misschien een scharrelei voor ons hebben.'
'Ik zal wel even kijken en dan breng ik het je.'
'Als je dat doen wilt.'
'Natuurlijk!' Ik legde de hoorn neer, liep naar de keuken, stelde vast dat de eieren op waren.
Petrus deed de deur open. 'O, dag Maarten.' Alsof hij verrast was me te zien.
'Onze eieren zijn op, maar ik wil ze wel even halen.'
Hij aarzelde. 'Ja, dat is natuurlijk heel vriendelijk.' Hij bleef aarzelen. 'De kwestie is dat ik nog niet op straat mag van Peer, omdat ik ziek ben. En Peer is in zijn donkere kamer.'
'Het is geen moeite.'
Op dat ogenblik kwam Peer achter hem de douchecel uit. 'Nee, ik doe het wel. Je kunt dat gehakt toch ook straks wel braden?'
'Ik wil het best doen,' herhaalde ik.
'Dan doe ik het wel zonder ei,' bedacht Petrus. 'Dan plakt het alleen wat minder.'
'Dan braad je het toch straks?' herhaalde Peer.
'Ik doe het wel,' besliste ik, me afwendend.
'Haal er dan meteen zes!' riep Peer me na. 'Hè Petrus?'
Onze bovenbuurvrouw liep voor me met haar hondje. Ik haalde zes eieren bij de groenteboer. Op de terugweg zag ik haar in de verte weer aankomen. Ik haastte me naar binnen. Hun deur stond nog aan. Petrus stond besluiteloos in de kamer.
'Twee gulden tien,' zei ik, de eieren op het aanrecht leggend.
Peer kwam weer uit zijn donkere kamer. Het kostte hen enige moeite te begrijpen dat ze van vijf gulden twee gulden negentig terugkregen. Beneden viel de buitendeur dicht.

'Het beste met je gehakt,' zei ik nog. 'En jij met je donkere kamer.' Ik haastte me om op tijd binnen te zijn.
Peer liep mee naar de deur. 'De zakken met kattengrind zijn gekomen, hè?' Tien zakken. De vorige keer had hij me daarmee geholpen.
De voetstappen van onze bovenbuurvrouw klonken in de benedengang. 'Ik krijg ze wel omhoog, hoor.' Ik stak de sleutel in het slot. 'Werk ze.'
'Dag meneer Koning,' zei hij, alsof hij plotseling niet meer wist dat we elkaar bij de voornaam noemden.

'En toen ik wegging zei hij "Dag meneer Koning"', vertelde ik zodra Nicolien thuis was.
'Waarom ben je dan ook niet wat langer blijven praten,' zei ze ontstemd. 'Je bent altijd zo kortaf.'
'Maar Jacqueline kwam eraan en dat bracht me in de war.'
'Daar hoef je toch niet van in de war te raken?'
'En ik vind zo'n contact toch al moeilijk.'
'Ik vind het contact met hen helemaal niet moeilijk.'
'Ik weet ook niet of dat de reden is.' Ik draaide me zoals gewoonlijk steeds meer vast. 'Ik zeg dat nou wel, maar het was toch ook aardig om die eieren te halen? En dat ik wat gehaast ben, kan voor Peer toch geen reden zijn om zo op te treden?'
'En waarom overkomt mij zoiets dan nooit? Tegen mij zijn ze altijd vriendelijk.'
Ik dacht aan de keer dat Peer haar de huid had vol gescholden omdat ze ervanuit was gegaan dat zij wel voor de katten zouden zorgen, maar het leek me verstandiger haar daar niet aan te herinneren. 'Misschien zijn ze tegen mij ook vriendelijk,' zei ik, 'en verbeeld ik het me alleen. Misschien was Peer ook zenuwachtig en vergat hij even wie ik was.'

'Ik heb Peer gevraagd waarom hij meneer Koning tegen je heeft gezegd,' vertelde ze een paar dagen later. 'Hij schrok en zei dat hij zich dat niet kon herinneren. En toen ik zei dat jij dat toch niet verzonnen had, zei hij: "Dat was dan zeker om

hem te jennen." En toen zei Petrus dat Peer dat hem niet had moeten leveren.'
'Wat had hij dan gedaan?'
'Dat weet ik niet.'
'Op zijn gezicht geslagen zeker.'
'Nee, dat denk ik niet.' Aan haar gezicht was te zien dat het haar verbaasd had, maar ze zei er verder niets over.

*

'Eigenaardig hè,' zei ze aan tafel, 'dat Petrus wel een hekel heeft aan Reinhart en niet aan Hesp. Ik vind Reinhart ook niet zo aardig, maar ik geloof dat ik Hesp nog erger vind.'
'Om die boter,' herinnerde ik me. 'Dat Reinhart zei dat dat andere merk evengoed was.'
'Eigenlijk had hij natuurlijk al een hekel aan Reinhart. Hij zal hem wel te veel een macho vinden.'
'Natuurlijk. Maar het gekke is dat hij dat niet doorziet.'
'Misschien niet,' zei ze aarzelend.
We zwegen.
'Hoe vind je de wijn?' vroeg ik.
'Lekker.'
Ik nam de fles in mijn hand en bekeek het etiket. 'Het is dan ook een *Chateauneuf*.'
'Ik denk dat Peer en Petrus die ook heel lekker zouden vinden.'
'Ja, het is hun type wijn. Maar Peer zou hem waarschijnlijk te duur vinden.'
'Omdat hij bang is te veel uit te geven natuurlijk.'
'Maar ook omdat hij eigenlijk de pest heeft aan alcohol.'
'Maar ook omdat hij zuinig is,' zei ze.
'Niet zuinig als het dingen zijn die hij graag wil hebben. Voor een nieuw fototoestel of een nieuwe kijker geeft hij zo honderden guldens uit.'
Ze lachte. 'Als Peer naar Breda is, zal Petrus wel gauw een lekker flesje in huis halen.'

‘Dag,’ antwoordde ze. Aan haar stem hoorde ik dat er iets was.
‘Hoe heb je geslapen?’
‘Slecht.’
‘Slecht?’
‘Ach, ik ben gedeprimeerd.’
‘Gedeprimeerd?’
‘Ik vind dat je zo onaardig praat over Peer en Petrus, terwijl je weet hoe ik op ze gesteld ben.’
‘Heb ik onaardig gepraat over Peer en Petrus?’
‘Moet je horen hoe je dat zegt! Heb-ik-onaardig-gepraat-over-Peer-en-Petrus? Alsof je me op wilt vreten! Wat heb ik je gedaan?’
‘Zo praat ik helemaal niet. Ik ben alleen verrast. Ik weet helemaal niet dat ik onaardig over hen gepraat heb.’
‘Neem dat van mij aan.’
‘Wat dan?’
‘Dat Petrus een hekel heeft aan Reinhart. Je vond het idioot dat hij dat zelf niet doorziet. En dat Peer wel geld uitgeeft voor dingen die hij zelf wil hebben. Alsof jij dat niet doet! Jij hebt ook een kijker gekocht!’
‘Maar zulke dingen moet je toch kunnen zeggen? Als dat niet meer kan, waar moet je dan in godsnaam over praten?’
‘Maar waarom altijd over Peer en Petrus? Waarom niet over anderen?’
‘Over anderen zeg ik zulke dingen ook.’
‘Ik heb ze niet gehoord.’
Ik haalde mijn schouders op. Ik vond het verwijt onzinnig en voelde me machteloos.
Een halfuur later, aan het ontbijt, pakte ze mijn hand. ‘Ik meen het niet. Ik ben alleen maar uit mijn doen. Je bent niet onaardig.’

*

Peer deed ons open. We feliciteerden hem. Nicolien gaf hem zijn cadeautje.

Bij het betreden van de kamer wachtte ons een verrassing. De bank was tegen de glazen kast geschoven, het tafeltje verdwenen. Op de plaats van het tafeltje stond nu een operatiestoel van chroom en zwart leer, die de ruimte voor het bureau van Petrus geheel in beslag nam, zodat alleen de hoek met het bureau intact was gebleven. In die hoek zat Petrus, nagenoeg opgesloten, met zijn zieke voet op een krukje. Hij keek naar ons, wat onderuit, wantrouwig.

'Wat heb je nou gedaan?' vroeg ik.

'Bij het vuilnis gevonden,' zei Peer trots. 'Als Petrus moe is, of als hij last van zijn voet heeft, kan hij daarop gaan liggen.'

'Het is wel een hele verandering, hè?' vond Nicolien.

'Daar ben je zo aan gewend, hoor.'

'Ik heb er geen moeite mee,' zei Petrus.

Enigszins gedesoriënteerd gingen we op de bank zitten, tegenover de stoel.

'Jullie willen zeker wel een kopje thee met appeltaart?' vroeg Peer.

'Van Nico,' begreep ik.

'Ja, natuurlijk.'

'Graag,' zei Nicolien.

'Hoe gaat het nu met je voet?'

'Nog niet goed,' zei Petrus terughoudend.

'We hebben een andere dokter genomen,' zei Peer uit de keuken. 'Een vrouw. Die van jullie was niks.'

'Wij vinden hem wel aardig,' zei Nicolien.

'Nee, aardig is hij ook niet.' Hij kwam met de theepot en de appeltaart de keuken uit.

'Waar zetten we dat nu op?' vroeg ik.

'Gewoon, op het tafeltje.' Hij ging de kamer uit, kwam met het tafeltje terug en plaatste het naast de stoel, zodat Petrus nu helemaal geblokkeerd zat. Petrus keek ernaar, zonder iets te zeggen.

Er viel een stilte.

'Hebben jullie nog wat gemerkt van die storm?' vroeg ik.

'We dachten dat de ramen eruit vlogen,' zei Peer.

'En heb je gezien dat er van de boom voor het huis een tak is afgewaaid?'
'Ja nou! Ik vond het alleen wel mooi dat hij op die auto was gevallen.'
'Wat praat je nou voor onzin,' zei Petrus geïrriteerd. 'Als je zelf een auto had zou je zo niet praten.'
'Maar ik heb geen auto.'
Daar reageerde Petrus niet op.
Ik keek naar Pierewiet. Zodra we waren gaan praten, was hij gaan zingen.
'Weet je dat Piet,' Peer maakte een beweging met zijn hoofd naar de bovenverdieping, 'die iep in de tuin wil laten omhakken omdat hij het licht wegneemt?'
'Hij is gek,' zei ik geschokt.
'Maar dat mag toch zeker niet?' zei Nicolien ontsteld.
'Natuurlijk mag dat niet,' zei Peer.
'Wat weet jij daar nou van?' zei Petrus geprikkeld. 'Je kent de gemeentewet toch niet?'
'Daar hoef je de gemeentewet niet voor te kennen.'
Ik keek naar Petrus. Ik had de indruk dat hij zijn irritatie op Peer afreageerde. Maar waarover was hij geïrriteerd? Nog altijd over mijn kritiek op *Shoa*? Terwijl het gesprek voortkabbelde, keek hij af en toe argwanend naar me, zonder zich erin te mengen.

'Wat was er nou aan de hand met Petrus?' vroeg ik, zodra we terug waren in ons huis.
'Ik weet het niet. Tegen mij is hij aardig. Toen Peer en jij even de kamer uit waren om naar die nieuwe werkbank te kijken, vroeg hij meteen waar we naartoe gefietst waren en dan is zijn gezicht heel anders. Het zal toch wel die ruzie over die film zijn.'
'Maar dat is mijn schuld toch niet?'
'Ik vind het jammer,' zei ze triest. 'Je weet hoe ik op ze gesteld ben.'

*

Voor de verjaardag van Nicolien aten we met zijn vieren bij de Portugees. We kwamen er om een uur of zes binnen. Het was toen al stampvol. Een halfuur later waren alle tafels bezet en zaten rond de tapkast mensen te wachten. Petrus droeg voor de gelegenheid een colbert en een vlinderdasje. Zijn haar had hij plat op zijn hoofd geplakt. Peer, Nicolien en ik waren in onze dagelijkse kleding. Zodra we zaten verdween Peer de keuken in om te kijken wat voor soep er was. Hij bleef lang weg.

'Achter je zit Anja Meulenbelt,' zei ik tegen Petrus.

'Die ken ik niet,' antwoordde hij. 'En het interesseert me niet.'

'Mensen interesseren mij altijd.'

'Je praat zo hard,' waarschuwde Nicolien. 'Iedereen zit te kijken.'

'En even verder zit Joop van Tijn,' vervolgde ik onverstoorbaar, het publiek monsterend.

Peer kwam terug. 'Er is vissoep en een soort tomatensoep met hele tomaten,' meldde hij. 'Die neem ik maar.'

De kelner kwam de bestelling opnemen.

'Moet je horen,' zei Peer, hem bij zijn arm vattend.

We gaven de bestelling door en begonnen vast aan de wijn.

'Zijn jullie al eens in Portugal geweest?' vroeg ik toen we aan de soep waren.

'Nee,' zei Peer, 'maar ik zou er best eens naartoe willen.'

'Ik heb daar geen behoefte aan,' zei Petrus.

'Jij hebt genoeg aan Ierland,' begreep ik.

'Ja, ik heb genoeg aan Ierland.'

'En Spanje dan toch,' vulde Peer aan.

Petrus gaf daar geen antwoord op.

'Wat trekt je nou aan in Ierland?' vroeg ik.

'Je kunt beter vragen wat me niet aantrekt,' antwoordde Petrus.

'Alles, hè Petrus?' zei Peer.

‘Wat trekt je niet aan?’ vroeg ik.
‘Niets,’ antwoordde Petrus droog.
‘En jou?’ vroeg ik aan Peer.
‘Wat mij wel of wat mij niet aantrekt?’
‘Wat je niet aantrekt.’
Hij lachte. ‘De regen natuurlijk.’
‘Dat vind ik nou zo geweldig overdreven,’ zei Petrus geïrriteerd. ‘Zo vaak regent het daar echt niet.’
‘Vaker dan bij ons in ieder geval.’
‘Ook niet vaker dan bij ons.’
‘In ieder geval vaker dan in Spanje.’
Petrus reageerde daar niet op. Met een stuurs gezicht lepelde hij zijn soep.
Het hoofdgerecht werd gebracht. Peer, Nicolien en ik stokvis, Petrus geitevlees. Hij nam een hap en schoof het bord toen met een vies gezicht van zich af.
‘Is het vlees niet goed, Petrus?’ vroeg Peer.
‘Het is lauw. Vlees moet warm zijn,’ zei hij, alsof hij daarmee een van de oerregels van de menselijke beschaving formuleerde.
‘Geef maar,’ hij nam het bord weg. ‘Ik laat het wel even opwarmen.’ Hij stond op en liep de keuken in.
Er was een lange stilte waarin we alle drie met onze handen naast ons bord op de terugkomst van Peer wachtten.
‘Zijn jullie nog van plan om volgend jaar naar Ierland te gaan?’ vroeg Petrus aan Nicolien. Hij was alweer vergeten dat wij Ierland niet zo’n succes hadden gevonden.
Ze aarzelde. ‘Misschien.’ Kennelijk wilde ze hem niet voor het hoofd stoten. Haar bezwaren waren groter dan de mijne. ‘Maar het fietsen beviel ons niet zo,’ voegde ze eraan toe.
‘Jullie vonden het geloof ik te druk,’ herinnerde hij zich.
‘Ja.’
‘Maar in het noorden is het stiller.’
Peer kwam terug met een bord waar de damp vanaf sloeg. ‘Asjeblieft!’ Hij zette het voor Petrus neer.
‘Vond jij het in het noorden van Ierland ook stiller?’ vroeg ik

aan Peer. Petrus' volstrekte onbegrip voor de gevoelens van anderen irriteerde me.
'Veel stiller!' verzekerde Peer.
'Ja, dat zei ik ook al,' zei Petrus humeurig.
'Het is niet alleen de drukte,' merkte ik op. 'Het is ook het rijden op asfalt.'
'In Nederland fiets je anders wel,' zei Nicolien.
'In Nederland fietsen is wat anders. Dat is mijn land. Je kunt beter in je eigen land fietsen dan in een vreemd land.'
'Dat is natuurlijk onzin,' zei Petrus. 'Ierland is natuurlijk iets heel anders.' Hij zei het op een toon die geen tegenspraak duldde.
Even had ik aanvechting ertegenin te gaan, maar ik beheerste me.

Op de terugweg bracht ik het gesprek op een buurvrouw, even verderop op de gracht, die altijd voor het raam zat te schrijven. Ik had te veel wijn gedronken en ik was in een baldadige stemming geraakt.
'Ja,' zei Peer, 'ook 's avonds.'
'Soms heeft ze bezoek.'
'Ja, is me ook opgevallen.'
'Zeg, jullie kijken toch zeker niet naar binnen?' zei Petrus gechoqueerd.
'Natuurlijk!' zei ik. 'Waarom niet?'
'Ik vind dat je dat niet kunt doen. Ik weet niets van een vrouw.'
'Daar!' Ik wees naar haar raam. Ik bleef staan en keek naar binnen. 'Ze zit met een man in de achterkamer.'
Peer was ook blijven staan. 'Ja,' zei hij.
'Nee, dat kun je niet doen,' zei Petrus gegeneerd. Hij liep door.
Nicolien liep mee.
Ik ging haar bordes op en keek op het naambordje. 'Ze heet A.F. Ligtelijn!' riep ik hen achterna.

*

Bij de post was een briefkaart voor de heer P.A.M. Greve van het GAK. Een meneer Van den Berg kondigde aan dat hij de heer Greve op vrijdag 22 zou komen bezoeken in verband met zijn AAW-WAO-uitkering. Ik zette de kaart rechtop tegen de electriciteitsmeter, zodat ze beter opviel. Een dag later lag hij plat. Ik bekeek de kaart nauwkeuriger en bedacht dat die misschien wel voor Peer was. Alleen heette Peer Greeve. Behalve wij wist in huis niemand dat, want op zijn brievenvak stond Peer de Graaf. Ik legde de kaart in zijn vak. Voor de deur leggen, zoals ik met de andere post deed als ik de eerste was, vond ik indiscreet. Ik hoorde niet te weten dat hij een WAO-uitkering had, al vermoedde ik dat natuurlijk wel. Weer een dag later lag de kaart opnieuw op de kast. Niet voor Peer dus. Blijkbaar voor iemand die een verkeerd adres had opgegeven. Dat irriteerde me. Misbruik van sociale uitkeringen vond ik slecht. Dat dat in dit geval niet kon, omdat de persoon in kwestie dan ook zijn geld op dit adres zou krijgen, bedacht ik pas veel later. Irritaties hadden hun onredelijkheden. Ik bekeek het adres opnieuw en stelde vast dat de postcode verkeerd was: BD in plaats van BP. Met die code en de naam in mijn hoofd klom ik de trap op, maar ik vergat een en ander weer omdat ik, eenmaal binnen, werd afgeleid. Pas toen ik er een paar uur later opnieuw langskwam en die kaart daar zag, dacht ik er weer aan. Terug in mijn kamer raadpleegde ik het telefoonboek. Geen P.A.M. Greve. De postcode BD omvatte de huizen 69-79. Het was mogelijk dat de poot van de 9 niet ver genoeg was doorgetrokken. Toen we een dag later, het was zaterdag, boodschappen gingen doen, keek ik daarnaar. Geen 9, integendeel een gave 0. Niettemin namen we de kaart mee. Op 69 woonden veel mensen, maar geen P.A.M. Greve, of het moest de bovenste bel zijn, waarbij geen naam stond. Intussen had ik ook op nummer 6 naar de namen gekeken, net toen er iemand met twee tassen kwam aanlopen, die daar bleek te wonen. Hij keek me na. Misschien wel de heer P.A.M. Greve. Als dat zo was, dan kleedde hij zich goed van zijn uitkering en gezien de twee tassen kwam hij ook niet van de honger om. Gelukkig maar. We kwamen met de boodschappen en de kaart terug. Het leek me nu wel heel waarschijnlijk dat iemand, de heer P.A.M. Greve in dit geval, als hij werkelijk zo heette, een vals adres had opgegeven. Het zou ook niet de eerste keer zijn geweest dat ons huisnummer daarvoor misbruikt was, want er kwam regelmatig post voor de vreemdste namen. Ik zette dus met een rood potlood een kruis door naam en adres en schreef met blokletters daarboven ONBEKEND – RETOUR, met een pijl naar het kaarthoofd, voor alle zekerheid. Tegen het eind van de middag, toen ik een stokbrood ging halen, stopte ik de kaart in de brievenbus. Afgehandeld. Waarna zich een lichte onrust van mij meester maakte. Als de kaart nu wel voor Peer geweest was? Dat vermoeden werd sterker toen Nicolien en ik bij het verlaten van het huis een giro-afrekening voor de heer P.A.M. Greeve aantroffen.

'Zie je nou wel,' zei ze. 'Hij was toch voor Peer. Waar bemoei je je ook mee? Je had hem gewoon moeten laten liggen! Wat heb je ermee te maken? Jij bent ook altijd veel te gauw in die dingen!'

'Maar dan komt die meneer Van den Berg voor niks.'

'En nu wordt Peer zijn uitkering misschien ingetrokken!'

Nu was ik boosaardig genoeg om daar nog plezier aan te beleven ook, maar niet als ik daarvoor verantwoordelijk was. Op de wandeling die dag vroeg ik me dus af hoe ik een en ander kon herstellen. Ik kon naar het GAK bellen en naar meneer Van den Berg vragen. Als hij te bereiken was, want zo'n man was er natuurlijk nooit, die was op huisbezoek. Maar stel dat hij te bereiken was, of een ander: *U spreekt met Koning. Ik ben een buurman van de heer Greve, die u vrijdag wilde bezoeken. Het probleem is echter dat ik zijn kaart heb teruggestuurd.* Die man zou daar natuurlijk verbaasd over zijn. *Als het uw buurman is, waarom stuurt u de kaart dan terug? – Omdat ik niet zeker weet of het mijn buurman wel is!* Ook geen dwingende reden. *Natuurlijk niet, maar ik denk dat hij het niet is, omdat die kaart tot tweemaal toe*, ik had intussen van Nicolien gehoord dat zij haar ook een keer in hun vak had gelegd, *uit zijn vak gelegd was. Maar was het dan niet beter geweest als u hem dat gevraagd had, meneer Koning?* Schaak! Want als ik dan zou zeggen dat ik dat niet wilde vragen omdat ik het indiscreet vond, zeker nu de kaart uit het vakje was gelegd, schoof ik Peer in een eigenaardig licht, waar hij misschien wel hoorde, maar dat leek me geen gespreksonderwerp voor de heer Van den Berg en mij. Ik dacht daar enige tijd over na zonder een uitweg te zien, tenzij ik zou voorwenden dat ik Peer nauwelijks kende. *Ja, natuurlijk, ik weet dat daar een meneer woont, bij een andere meneer, een meneer Stallinga, maar ik wist niet dat hij P.A.M. Greve heette, want op zijn brievenvak staat Peer de Graaf. – En hoe komt u dan op het idee dat hij wel P.A.M. Greeve heet?* Ja, hoe kwam ik op het idee? Bovendien, mocht die man wel weten dat Peer onder de naam P. de Graaf door het leven wilde? Kortom alle wegen naar het GAK bleken geblokkeerd, al rende ik ze natuurlijk nog geruime tijd af, voor ik dat toe kon geven. De enige uitweg was Peer zelf, wat wel inhield dat hij dan het GAK moest bellen. Maar Peer! Het leek me niet onwaarschijnlijk dat hij die kaart uit balorigheid uit zijn vak had gegooid. Ik kon me zijn reactie en die van Petrus wel voorstellen als hij min of meer gedwongen werd dat te verklaren. Of liever, hij zou die verklaring niet willen geven, maar vragen waar ik me mee bemoeid had: *Er stond toch P.A.M. Greve? – Ja, maar jij heet Greeve. – Nou, kom nou zeg, er staat toch maar één e?* Hoewel, voor een analfabeet als Peer was een e meer of minder natuurlijk minder dan niks. *En ik wist ook niet dat jij P.A.M. heette!* Heel onwaarschijnlijk als je bedacht dat ik elke dag de post sorteerde. *En er stond een verkeerde postcode op!* Ook niet sterk.

Een dag later kwam Nicolien Petrus tegen in de supermarkt. Ze had het kunnen vertellen, maar ze zag daar tegenop. De dag daarop zou meneer Van den Berg komen. Hij zou de kaart bij zich hebben en vragen waarom Peer die had terug-

gestuurd. Die gedachte amuseerde me.
Een week later waren de naamplaatjes bij hun bel en brievenvak veranderd. Er woonden nu drie mensen in hun huis: Petrus Stallinga, Peer de Graaf en P.A.M. Greeve.

*

'Ja, eh, Maarten, met Petrus van hierachter.'
'Petrus!'
'Wij, eh, gaan twee dagen naar Breda.'
'Leuk.'
'Ja.' Het was even stil, alsof hij zijn gedachten moest ordenen. 'En nu wilde ik vragen of het goed is dat Peer straks de sleutel komt brengen, met het oog op Pierewiet.'
'Natuurlijk.'
'Graag.'
Er viel opnieuw een stilte.
'Hoe gaat het met jullie?' vroeg ik toen hij niets meer zei.
'Nou, niet zo goed eigenlijk.' Het klonk gedeprimeerd.
'Niet zo goed?' Mijn eerste gedachte, dat er een crisis in hun verhouding was, verwierp ik meteen weer, omdat het onwaarschijnlijk was dat ze dan samen naar Breda zouden gaan, hoewel...
'Ik lig al vijf dagen op bed.'
'Wat heb je dan?'
'Een opgezet gevoel in mijn buik.'
'En koorts?'
'Nee, geen koorts.'
'Eetlust?'
'Ja, eetlust heb ik wel.'
'Vreemd.'
'Ja, heel onaangenaam.'
'Maar je gaat toch naar Breda.'
'Ja, dat was nu eenmaal het plan.'
'Het beste dan maar.'
'Dank je,' zei hij droog.

'Petrus is ziek,' zei ik, de hoorn neerleggend.
'Wat heeft hij dan?'
'Pijn in zijn buik, maar hij gaat wel naar Breda.'
'Dan zal het wel niet zo erg zijn.'
'Dat denk ik ook. Peer komt de sleutel brengen.'
'Nu?'
'Dat zei hij niet.'
'Wat raar. Anders is hij altijd zo precies.'
'Ja. Het zal die ziekte wel zijn.'
'Maar dan kan Peer toch ook wel zelf opbellen?'
Dat begreep ik ook niet. 'Misschien omdat we elkaar zo lang niet gezien hebben?' opperde ik.
'Zou dat toch om die kaart zijn?'
'Dat lijkt me onwaarschijnlijk.' Maar inderdaad, je wist dat nooit.
'Omdat het toch ook gek is om die sleutel te brengen als je maar twee dagen weg bent?'
'Ja, dat is gek,' gaf ik toe.

'Ja, met mij.'
'Peer!'
'Ik zou de sleutel nog komen brengen.'
'Ja.'
'Wanneer zal ik dat doen?'
'Wanneer je wilt.'
Hij lachte een beetje. 'Ik bedoel: vóór of na het Nieuws?'
'Na het Nieuws dan maar.'
'Dat zal ik dan maar doen. Tot straks. Dag.'

Hij kwam meteen na het Nieuws. Nicolien kreeg drie klapzoenen, ik een hand. Ze vroeg of hij een kop koffie wilde, maar hij had liever thee.
'Dat is lang geleden,' zei ik, terwijl Nicolien de kamer uitging.
'Ja,' zei hij vaag.
'Ik bedoel dat je hier thee dronk.'

Hij lachte een beetje.
'Want thuis zul je je thee wel gedronken hebben.'
'Nee, ik heb thuis nog geen thee gedronken.'
'Al die tijd dat je hier niet geweest bent niet?'
Hij lachte. 'O, bedoel je dat.'
'Twee maand?' rekende ik uit.
'Ja, heel gek,' gaf hij toe.
'Wanneer gaan jullie?' vroeg Nicolien de kamer inkomend.
Hij draaide zich naar haar om. 'Morgen. Als Petrus goed genoeg is tenminste, anders ga ik alleen.'
De gedachte aan een crisis kwam opnieuw bij me op. In dat geval was die buikpijn een metafoor geweest.
'En wanneer kom je dan terug? Vrijdag?' vroeg ze.
'Nee, overmorgen... tenminste, ja, dat is wel het plan.'
'En als Petrus nou toch niet meegaat?'
'Dan schuif ik wel een briefje onder de deur door.'
We zwegen. Ik dacht aan die kaart, maar het leek me onverstandig daarnaar te vragen.
'Jullie hebben toen toch die vriend van mij ontmoet? Toen we jullie op straat tegenkwamen?' zei Peer.
'Uit Limburg,' begreep ik.
'Die heeft een huis gekocht, hier op de Brouwersgracht. Een joekel van een huis.'
'Hij is toch alleen?'
'Ja, maar hij wil daar een galerie beginnen.'
'Kan dat?'
'Ja, waarom niet?'
'Ik bedoel, is dat huis daar geschikt voor?'
'Het is een pakhuis, dus hij zal er een boel aan moeten veranderen. Dat wel.'
'En daar ga jij hem bij helpen?'
'Ik kijk wel uit.'
'Het is toch een vriend van je?'
'Ik heb genoeg te doen.'
'Dat is toch niet aardig?' plaagde ik.
Hij moest daar hartelijk om lachen.

'Frans Veen heeft ons ook geholpen toen we hier zijn ingetrokken.'
'Ja, maar ik niet!' Zijn vrolijkheid had iets debiels. Een vrolijke idioot. 'Trouwens, als ik vraag of hij hulp nodig heeft, dan zegt hij dat dat niet hoeft.'
'Dan moet je het anders vragen. "Ik zou het leuk vinden om je te helpen, vind je dat goed?" moet je dan zeggen.'
Hij lachte. 'Ik niet hoor.'
Hij bleef anderhalf uur.
'Je mag wel eens naar huis gaan,' waarschuwde ik, 'want je krijgt geheid gedonder met Petrus.'
'Die is verdiept in zijn krant,' zei hij luchtig. Maar ten slotte stond hij toch op.
'En de sleutel?' vroeg Nicolien.
Die bleek hij te zijn vergeten. Ze ging met hem mee.
'Petrus ontving hem nogal knorrig,' vertelde ze toen ze terugkwam. 'Het was duidelijk dat het hem niks zinde dat hij zo lang was weggebleven.'

*

We stonden in de keuken en deden de afwas.
'Stil eens!' waarschuwde ze. Op de gang sloeg een deur. Stemmen. 'Onze vrienden! Ze gaan zeker eten.'
Ik keek om de hoek door het matglas van de voordeur en zag hun schimmen achter elkaar de trap afgaan. 'Heb je de brief, Petrus?' hoorde ik Peer zeggen. Hij had zijn pet op. Die pet irriteerde me. 'Met hun petten op,' zei ik, terugkomend in de keuken.
'Petrus had toch zeker geen pet op?'
'Nee,' gaf ik toe. 'Maar hij had er een op kunnen hebben.'

*

In de zomer gingen ze evenals vorig jaar een maand naar Breda om op het huis van Peers zusje te passen. Peer ging voor-

uit. Petrus kwam de avond voor zijn vertrek afscheid nemen.
'We hebben het erover gehad dat het misschien aardig zou zijn als jullie ons net als vorig jaar een keer kwamen opzoeken,' zei hij. 'Als dat jullie schikt natuurlijk.'
'Natuurlijk schikt ons dat,' zei Nicolien. 'Dat vinden we heel leuk.'
Hij knikte aarzelend, alsof hij op dat antwoord niet gerekend had. 'En hoe wilden jullie dat doen?'
Daar hadden we het al over gehad, want het was de vorige keer al min of meer afgesproken dat wij zouden komen.
'Maarten gaat weer op de fiets,' zei ze. 'Hè Maarten?'
Ik knikte.
'Weer over Dordrecht,' begreep hij.
'Nee, over Culemborg.'
'O ja. En is het dan de bedoeling dat wij jullie weer tegemoet komen? Omdat het toen mis is gegaan.'
'Nee, want ik kom dit keer met de trein,' zei ze. 'Maarten komt alleen.'
'Dus wij moeten jou tegemoet rijden?' zei hij tegen mij.
'Nee, ik vind het wel. Bovendien staat Nicolien dan voor een dicht huis.'
'Ja, daar had ik nog niet eens aan gedacht.' Het maakte de indruk dat het hem opluchtte.
Er viel een stilte.
'En wat spreken we dan af?' vroeg hij.
'Zeg jij het maar,' zei ik.
'Ja, dat is een beetje moeilijk, want Peer is er nu niet.'
'Zullen we het dan voorlopig houden op dinsdag over een week?' stelde ik voor.
'En hoe gaat dat dan?'
'Dan blijven we woensdag en dan gaan we donderdag weer terug.'
'Zal ik dat dan met Peer bespreken? Dan horen jullie het wel als het niet goed is. Ook als het wel goed is natuurlijk.'
Op de terugweg zag hij onze sleutels bij de voordeur hangen.
'Hangen jullie je sleutels daar?'

'Ja, waarom niet?' vroeg Nicolien.
'Dat zouden wij niet doen, zo dicht bij de deur.'
'Wij zijn niet zo bang hoor,' zei ze.
'We zijn niet bang!' zei hij verontwaardigd. 'We zijn voorzichtig!'
'Hij deed een beetje eigenaardig, vond je niet?' zei ze toen hij verdwenen was. 'Want het was toch allang afgesproken?'
'Hij is een beetje eigenaardig.'
'Daarom zei ik het niet,' zei ze ontstemd. 'Om hem weer een trap te geven.'
'Het is niet mijn bedoeling hem een trap te geven. Ik zeg alleen...'
'Ik heb níets gezegd! Hij is níet eigenaardig.'
'Maar ik zeg alleen...'
'Houd alsjeblieft op! Ik wil er niets meer over horen. Hij is níet eigenaardig!'

Vier dagen voor we naar Breda zouden gaan, belde hij op. 'Ja, eh, Maarten, met Petrus, Petrus uit Breda.'
'Petrus!'
'Ja, we hebben er de hele dag over gedelibereerd, maar het weer is zo slecht, dat we het maar beter vinden om het niet te laten doorgaan.'
'Maar het is pas over vier dagen.'
'Dat is wel zo, maar de voorspellingen zijn zo slecht, en Peer heeft nog allerlei klusjes te doen, en als het dan regent...'
'Jammer.'
'Ja, dat vinden wij ook.'
'Nou, een volgende keer dan maar.'
'Ja, een volgende keer maar.'
Gedesoriënteerd legde ik de hoorn neer. 'Ze vinden het beter dat we niet komen, omdat het weer te slecht is.'
'Maar dat kun je nou toch nog niet beoordelen?'
'Nee, en bovendien heeft Peer allerlei klusjes te doen.'
'Dát is het natuurlijk! Peer heeft er plotseling geen zin meer in! Die is volkomen onberekenbaar!'

Die opmerking gaf me een lichte voldoening.
'Wat nu?' vroeg ze na een stilte.
'Nu niets. Nu gaan we niet.'
'En als we nou opbellen dat we het weer niet erg vinden? Zij trekken zich toch ook nooit iets aan van het weer?'
'Peer wel.'
'Maar Petrus niet!'
Ik zweeg. Ik had er weinig zin in.

'Het komt me eigenlijk wel goed uit,' zei ze de volgende dag, 'ik zag er ook wel tegenop om drie dagen van huis te zijn.'
'Maar dat zeggen we niet.'
Ze lachte. 'Het zou mooi zijn als het prachtig weer was. Wat zouden ze zich schamen.'
Ik betwijfelde of deze mensen zich schaamden. Daarvoor was hun wereld te klein. 'Dat lijkt me niets voor hen,' zei ik.

Op de dag dat we naar hen toe zouden zijn gegaan, ging 's avonds de telefoon. Voor ik kon opnemen, kwam ze uit de keuken aanlopen. 'Ik neem hem wel. Misschien is het Petrus,' zei ze.
Het was Peer. Ze luisterde gespannen. 'Het is natuurlijk wel aardig dat je het nu weer goed probeert te maken,' zei ze. 'En ik begrijp ook wel dat jullie je nu schuldig voelen, maar we moeten het nu maar zo laten. Dat lijkt me beter... Nou, ik denk dat het zo gegaan is, ik zeg het maar eerlijk zoals ik het denk, dat jij de pest in had omdat het vorige week regende en dat je misschien ook nog wat klussen te doen had, zodat je maar hebt afgezegd, en dat hebben wij niet zo aardig gevonden...' Ze keek verbijsterd naar me, de hoorn een eind van haar af in de lucht. 'Hij gooit de hoorn op de haak. Hij zegt: "Je wordt bedankt" – en hij gooit de hoorn op de haak. Maar zo gek was het toch niet wat ik zei?'
'Je hebt gewoon gezegd wat je dacht.'
'Dacht jij dat dan niet?'
'Ja, dat dacht ik ook.'

'Maar jij zou het niet gezegd hebben?'
'Ik weet niet wat ik gezegd zou hebben.'
'Dus je zou het niet gezegd hebben?'
'Ik denk dat ik ongeveer hetzelfde gezegd zou hebben.'
'Ongeveer! Niet precies!'
'Je kunt toch nooit allebei hetzelfde zeggen?'
'Wat zou jij dan gezegd hebben?'
'God, dat weet ik niet. Hoe kan ik dat nou weten?'
'Dus ik heb het verkeerd gedaan?'
'Dat zeg ik niet. Je hebt gezegd wat je dacht en dat is nooit verkeerd.'
'Maar het maakt me wanhopig! Hoe moet ik dit goedmaken?'
'Je moet het niet goedmaken. Het is goed wat je gedaan hebt.'
'Maar wat zou jij dan doen?'
'Niets. Als iemand de hoorn op de haak gooit dan kan hij barsten.'
'Maar dan is de verhouding voorgoed verpest! Dat zou ik verschrikkelijk vinden!'
Ik had dat niet zo verschrikkelijk gevonden, maar voor haar betekende het meer. 'Bel ze dan op.'
'En je zegt dat jij dat nooit zou doen.'
'Ik niet, maar jij wel. Als je bang bent dat anders de verhouding verpest is, kun je beter opbellen.'
'En wat moet ik dan zeggen?'
'Dat we het er nog eens over gehad hebben, maar dat we het toch wel leuk zouden vinden om te komen.'
'En als ze dan zeggen dat ze dat nu niet meer willen?'
'Dat zien we dan wel weer.'
Na lang praten belde ze hen ten slotte op. 'Ja, Peer, nog eens met Nicolien.' Van waar ik zat kon ik horen dat hij woedend reageerde. 'Ja, daar wilde ik nu juist over praten. ... Geef me dan Petrus maar even.' Ze draaide zich naar me om: 'Hij is woedend.' Ze wendde zich meteen weer af. 'Ja Petrus, met Nicolien. We hebben het er nog eens over gehad, maar we zouden het toch wel leuk vinden om nog te komen. ... Ja,

maar ik dacht. ... Ja, dat begrijp ik natuurlijk wel. ... Dat was niet de bedoeling. ... Het was niet zo dat ik dacht dat jullie maar wat smoesjes zaten te verzinnen, maar. ... Ja, dat weet ik natuurlijk wel. ... In ieder geval heb ik het niet zo bedoeld. ... Goed. ... Ja, ik hoor wat Peer roept. ... Goed, laten we dat dan maar doen. ... Dan komt Maarten dus op de fiets en ik met de trein. ... Dat zou natuurlijk heel leuk zijn. ... Dan bel ik nog wel even. ... Goed, tot morgen. Dag.' Ze legde de hoorn neer. 'We gaan toch. Ze komen me van het station halen met de fiets van Peers moeder.'
'Wat riep Peer?'
'Hij riep "Laat ze maar komen", maar hij was nog altijd kwaad en Petrus ook.'
'Dat gaat wel over,' stelde ik haar gerust.

'Misschien regent het morgen wel,' zei ze in bed. 'Dan kunnen we toch nog afbellen.'
Dat leek me niet waarschijnlijk. In zulke situaties is de natuur nooit op je hand. 'Misschien,' zei ik.
'Zie je overigens dat ze zich wel schuldig voelen? Jij wilde dat niet geloven. Jij zei: "Ze voelen zich niet schuldig. Dat is niets voor hen." Maar ik heb gelijk! Ze voelen zich wel degelijk schuldig. Ik ken ze beter dan jij.' Na een stilte zei ze: 'En ik vind het ook wel aardig van Peer dat hij zo reageert. Ik herken dat heel goed. Zo ben ik ook.'
'Ik niet.'
'Maar je houdt toch van mij? Anders zou je toch niet van me houden.'
'Eén is genoeg. Als mensen zich zo gedragen weet ik me geen raad.'
'Wees maar blij dat er zulke mensen zijn,' zei ze. 'Dat zijn de aardigste mensen.'

'Jij vindt het toch ook wel een beetje leuk?' vroeg ze aan het ontbijt.
'Nee, ik zie er tegenop.'

'Maar je gaat toch ook fietsen?'
'Dat vind ik leuk, ja.'
'Misschien reageerde ik wel zo, omdat jij ze niet mag. Misschien zou ik veel vriendelijker geweest zijn als jij het ook leuk had gevonden.'
Ik lachte. 'Nog even en ik zit alleen met de zwartepiet.'
Ze reageerde daar niet op.

'Petrus zei nog dat we onze passen moesten meenemen,' zei ze.
'Goed.' Ik liep naar de achterkamer.
'Wat ga je doen?'
'Mijn pas halen.'
'Ik neem hem wel mee.'
'Nee, ik neem hem zelf wel mee.'
'Waarom?' Ze kwam achter me aan. 'Vertrouw je het mij niet toe soms?'
'Het is geen kwestie van vertrouwen. Ik vind het alleen gek om hem niet zelf mee te nemen.' Ik ging de kast in en zocht in het koffertje met geld en papieren. Hij lag daar niet.
'En ik dan?' zei ze achter me. 'Jij hebt toch ook altijd mijn pas in je zak als we met vacantie zijn? Is dat dan niet gek?'
'Ik vind het gek. Waar is hij? Ik kan hem niet vinden. Het is net zoiets als je portemonnaie of je portefeuille. Die draag je ook zelf.'
'Nou, en ik vind het nou weer gek dat je hem mij niet toevertrouwt. Dat vind ik nou weer gek. Gek hè?'
Ik vond de pas. Hij zat met de hare in een plastic hoesje. 'Neem jij hem dan maar mee,' zei ik, hem weer neerleggend.
'Nee, wat dacht je?' Ze haalde mijn pas uit de hoes en smeet hem op haar bureau. 'Als je mij niet vertrouwt, neem je hem zelf maar! Ik ga me niet opdringen!'
'Neem hem nou maar. Ik vond het alleen een beetje gek. Daar kun je toch wel begrip voor hebben?'
'En daar heb ik toevallig géén begrip voor! Ik neem hem níet mee!'

'Ik ook niet.'
'Dan blijft hij daar maar liggen!' Ze liep kwaad de achterkamer uit en sloeg de deur achter zich dicht.
Ik kleedde me langzaam aan, zette mijn horloge vijf minuten vooruit, nam mijn portemonnaie, mijn portefeuille, mijn giropas, de Museumjaarkaart en de kaart van Natuurmonumenten uit de doos en bracht de kijker en het fototoestel over naar de zakken van mijn jack. Toen pakte ik de pas. Ik ging naar de voorkamer. Er werd niet meer over gesproken.

Via Dongen en de Lange Dreef reed ik Breda binnen. Rijdend langs de Singel vergiste ik me in de afslag, maar ten slotte bereikte ik om kwart over zeven hun laan. Petrus deed open. Hij begroette me afgemeten.
'Wat ben je idioot laat,' zei Nicolien. 'Ik dacht dat je er om zes uur al zou zijn.'
'Hebben jullie nog gepraat?' vroeg ik toen we even alleen waren.
'Nee,' zei ze. 'Ze zeggen niets. Geen woord.'

We sliepen in de kamer van hun neefje en moesten ons in de badkamer wassen. Het bed was keihard, met kleine, keiharde kussentjes. Omdat ik te laag lag, zocht ik naar iets eronder. Ik kon alleen een dik, hard kussentje vinden, met *NAC-kampioen* erop geborduurd, en een badjas. Nicolien kreeg het dikke kussentje, ik de badjas. De badjas rook sterk naar parfum. Omdat ik mijn weerzin moest terugdringen, had ik moeite met inslapen. Midden in de nacht werd ik wakker met hoofdpijn. Die zou ik de hele volgende dag houden. De badkamer was geheel bezet met spiegels en verwarmingselementen. Er stonden roze tabouretjes met pluiskussentjes, een kaptafel, overal flaconnetjes. Op de grond lagen langharige kleedjes. De lucht was net als de badjas doortrokken met parfum. 'De badkamer van je zusje heeft iets van een bordeel,' merkte ik op toen we beneden kwamen. Ze zaten onder het zonnescherm op ons te wachten en reageerden daar niet op.

Ik stelde opnieuw vast dat ik een lichte fysieke afkeer had van de dingen die ze hadden aangeraakt. Ik trok de kring van mijn wereld zo nauw mogelijk om me heen. Ik wilde niet weten wie de boterhammen had afgesneden, met zijn mes in de boter had gezeten en kruimels in de honing had achtergelaten. Toen ik na het ontbijt mijn mond ging afspoelen, rekte ik mijn afzondering door door te klimmen naar onze slaapkamer. Mismoedig, gehinderd door de hoofdpijn, zat ik op de rand van mijn bed. Tegen het beschot hingen de kleurige glasplaten van twee afgedankte flipperkasten. Op een plank stonden een stuk of veertig bierpullen. Een clubvlaggetje van NAC. Een grote witte beer, geschoten op de kermis. Drie elektrische klokken, die door Nicolien op 23.01 waren stilgezet omdat ze bij het tikken niet kon slapen. Klassefoto's. Een kalender met een blote meid liggend op haar buik in het zand die me zwoel aankeek. Ik bladerde de kalender door. Ze ontliepen elkaar weinig en echt aantrekkelijk vond ik ze geen van allen. Die van de maand september, op haar rug, zonnebril op, schaamhaar weggeschoren, en glanzend van de bruine olie, was zelfs ronduit weerzinwekkend. Voor zulke vrouwen was ik te oud of te zacht. Langzaam daalde ik de trap af. Peer en Nicolien waren in de keuken aan de afwas. Petrus prutste onhandig aan de sluiting van een tasje. Als ik een portret van hem had moeten schetsen, zou het zo zijn.

We fietsten door Ginneken, langs de rand van het Mastbos, over de nieuwe rondweg in aanleg, langs de Mark naar Dreef. Meteen over de grens veranderden de bestrating en de huizen. Veel cafés. Een klooster met ertegenover in een bos een aangelegde grot met een Mariabeeld, met daarvoor een klein altaar en een veertigtal witgeschilderde banken. Op een rustieke omheining stond met witgeschilderde boomtakken AVE MARIA AVE. Omdat er volgens Peer krukken in de grot hingen, liep ik door. Op de voorste bank zat een keurig geklede oude man roerloos voor zich uit te kijken. Op de achterste bank, onder een afdakje, zaten twee vrouwen hardop monotoon te bidden. De wind woei in de kruinen van de bomen. Geen krukken. Peer liep onbeschroomd voor de roerloze man langs de grot in om ze aan te wijzen. Ik zag alleen een blindenstokje, op eenvijfde van de ware grootte. Omdat ik de situatie onbehaaglijk vond, knikte ik om aan te geven dat ik de krukken zag. Petrus en Nicolien hadden op een afstand staan wachten, Petrus met zijn rug naar ons toe.

In Minderhout stapten we opnieuw af, nu bij een kapel uit 1745. Peer, Petrus en Nicolien gingen naar binnen. Ik treuzelde, maakte een foto van een deur aan de achterkant, liep eromheen, haalde mijn fiets en zette die bij de andere voor ik hen volgde. Peer en Petrus waren druk aan het fotograferen. Peer fotografeerde alles. Petrus zocht zijn objecten met grote nauwkeurigheid uit. Hij was vervolgens heel lang, heel onhandig bezig met instellen, controleerde nog eens bij het licht van een raam of de afstand goed was, maar omdat hij die niet kon lezen, moest hij Nicolien om hulp vragen. Hij keek toen eindeloos door de zoeker, het toestel heen en weer bewegend, drukte eindelijk af, waarna hij zich even oprichtte als om uitdrukking te geven aan een immense voldoening. Eén oogopslag was voldoende om er zeker van te zijn dat het weer een heel saai plaatje zou worden.
Terwijl we de kapel langzaam verlieten, maakte Peer nog een reeks foto's uit het portaal, van het portaal, van de deur met daarachter het portaal en ten slotte van de kapel in haar geheel, van voren, van opzij en van achteren. 'Moet jij geen foto van de kapel maken?' vroeg hij, toen ik op mijn fiets aan de rand van het trottoir op hem stond te wachten. Om hem een plezier te doen keek ik door mijn zoeker, maar zo'n heel gebouw vond ik zo vervelend dat ik niet afdrukte.

We zaten op een terras in Hoogstraten, schuin tegenover de kerk. Peer had bitterballen genomen, Petrus garnalenkroketten. Nicolien en ik aten kaaskroketten.
'Hoe zijn die garnalenkroketten?' vroeg ik.

‘Ze vallen me mee,’ antwoordde hij.
‘Het klinkt ook heel lekker.’
Hij keek me wantrouwend aan. ‘Waarom heb jij ze dan niet genomen?’ Zijn gezicht was ongemakkelijk, wat zijn Chinese trekken nog versterkte. Het viezige, vlossige baardje en de dichtgeknepen scheve ogen herinnerden me aan de afbeeldingen van Chinese misdadigers op oude prenten. Ik aarzelde met mijn antwoord. De garnalenkroketten waren verreweg het duurst. Petrus nam altijd het duurste, ik maakte mijn keus gewoonlijk in het midden, terwijl Peer het goedkoopste nam. ‘Omdat ik dat wantrouw in de zomer,’ antwoordde ik, want dat was de andere helft van de waarheid.
‘Ze maken ze ook niet van echte garnalen. Zo lekker zijn ze nou ook weer niet.’
‘Zijn jullie eigenlijk wel eens in dat Belgische restaurant bij ons op de hoek geweest?’ vroeg ik.
‘Eenmaal,’ antwoordde Petrus, ‘maar we zijn er weggelopen.’
‘Ja, dat was mooi,’ merkte Peer op.
‘Wat was dat dan?’
‘Ze hadden afschuwelijke wijn,’ zei Petrus, zich zichtbaar kwaad makend. ‘Die heb ik natuurlijk teruggestuurd. En toen kregen we een andere fles, waar belletjes uit kwamen. Toen ik daar wat van zei, zei die juffrouw, een onbenullig schepsel: “Dan hebt u sprankelende wijn.” Ik ben opgestaan en het restaurant uitgelopen.’ Hij was opnieuw kwaad.
‘Zijn jullie er wel eens geweest?’ vroeg Peer.
‘Nee,’ zei Nicolien, ‘want ze hebben er slakken en kikkerbilletjes.’
‘Wat is dat nou voor onzin,’ zei Petrus humeurig. ‘Slakken en kikkerbilletjes kunnen verrukkelijk zijn. Als je ze goed klaarmaakt tenminste.’
Er kwamen mensen de kerk uit, eerst een paar, daarna een eindeloze dichte drom. Ze verspreidden zich. Kleine groepjes staken de straatweg over naar de cafés en restaurants aan onze kant. De meesten hadden een wit, geel of rood kaartje op hun revers, met alleen hun voornaam. Ze waren van alle

leeftijden. Hun kleding was ingetogen, maar niet uniform. In het groepje dat ons café binnenkwam was ook een pater of een pastoor, een kleine dikke man met de kwaadaardige bonhommie die je bij geestelijken wel meer aantreft. Ik vroeg me af wat er aan de hand was. Voor een gewone mis waren het er te veel. Bovendien droeg je dan geen kaartje. Bij een bruiloft hoorde een bruidspaar en bij een begrafenis een lijk, maar die konden ons ontgaan zijn. Hoewel, ook dat stuitte af op die kaartjes.
'Het zijn gewoon toeristen,' zei Petrus wrevelig. 'Het is een bus met toeristen.'
Intussen bleven de mensen naar buiten stromen. Er werden zelfs karren met invaliden de trappen afgedragen.
'Als het een bus met toeristen is,' zei ik, 'dan zijn het wel tien bussen. En dan vraag je je af waarom ze zich naar alle kanten verspreiden. Het lijkt die televisiereclame voor de Marine wel.'
'Ik denk dat het een bruiloft is,' zei Peer.
'Maar die kaartjes dan?'
'Ja, dat is wel gek,' gaf hij toe.
'Misschien is het een bedevaart.'
'Of toch een bijzondere hoogmis?'
Het werd Petrus plotseling te veel, dat gepraat over andere mensen. 'Schei toch eens uit!' zei hij tegen Peer. 'Het interesseert me niets wat die mensen daar doen! Wat heb je ermee te maken?'
Peer zweeg onthutst.
'Maar het interesseert mij,' zei ik, met moeite mijn agressie onderdrukkend. 'Het interesseert me wat mensen doen. Dat is mijn vak nog geweest ook.'
Hij reageerde daar niet op. Met zijn hoofd afgewend at hij kwaad zijn garnalenkroketten.
De ober kwam langs.
'Kunt u mij zeggen wat er aan de hand is?' vroeg ik.
'Een retraiteweek, meneer,' antwoordde hij.

We bezichtigden de kerk, die opvallend mooie grafmonumenten bleek te hebben, en het even verderop gelegen begijnhof, dat grotendeels leeg stond. Uit het zuiden kwam een zwarte lucht op. Toen we op de weg naar Minderhout voor een bakkerij op Peer stonden te wachten, begon het te regenen, maar het hield ook meteen weer op. Achter elkaar reden we langs de grote weg naar Mheer en toen over kleine wegen langs kasteel Maxburg de grens weer over, om Werhout naar Wallsteyn, waar we voor een klein café in een bos wat dronken, Peer en Petrus wijn, Nicolien bier, ik kersesap, met het oog op de hoofdpijn. Via Moeren en Rijsbergen reden we door het Mastbos terug naar Breda.

De moeder van Peer zat net te eten, maar ze stond erop dat we wat dronken. We zaten in de voorkamer, boven het café, om een grote tafel. Het was me opgevallen dat het publiek in het café erg jong was. Dat bleek de voorkeur te zijn van haar schoonzoon, op wiens huis Peer en Petrus pasten.
'Was dat ook de voorkeur van uw man?' vroeg ik.
'Nee, die richtte zich juist op oudere mensen.'
'Wat stel je toch een domme vragen!' viel Peer plotseling uit. 'Natuurlijk richtte hij zich op oudere mensen, want hij was zelf oud.'
'Je hebt mensen die zich hun hele leven op oudere mensen richten,' zei ik. 'Het interesseert me hoe dat bij jouw vader was.'
'Ja, zo was hij,' beaamde zijn moeder, 'al lag dat ook wel aan de tijd.'
'Nou, ik ga naar huis!' zei Peer driftig. Hij stond op. 'Op die manier zitten we om acht uur nog niet aan tafel!' Hij liep de kamer uit. 'Ga mee!'
'Ik heb mijn pils nog niet op,' waarschuwde ik.
'Dan drink je die maar niet op! We gaan nou naar huis!'
Zijn moeder maakte een sussend gebaar tegen me.
'Dan ga je maar alleen,' zei ik. 'Wij komen zo wel.'
'Nee! We gaan met zijn vieren! Dat geouwehoer!' Hij ging

het plat op en verdween met Petrus achter zich aan het huis in.
'Gaat u nou maar,' zei zijn moeder. 'Hij heeft weer wat.'
We dronken onze glazen leeg. Peer en Petrus stonden bij de fietsen toen we beneden kwamen. Petrus en ik fietsten voorop. Petrus zei niets. Ik was niet kwaad, eerder geamuseerd, maar idioot vond ik het wel.
'Ik heb er wat van gezegd, hoor,' zei Nicolien toen we een kwartier later even alleen waren. 'Hij verdedigde zich eerst nog, maar toen werd hij heel verlegen.'

Het regende. Terwijl Nicolien de stoelen afnam en de tafel dekte, rolde ik het zonnescherm uit. Peer en Petrus kwamen achter elkaar naar beneden. Toen we zaten te ontbijten barstte een stortbui los, een meter van ons af. Ik was heel moe. Alleen het vooruitzicht straks weer alleen te zijn gaf nog enige vreugde, al vroeg ik me wel af hoe ik Sliedrecht moest halen. Toen de regen ophield, stond ik op. Ze brachten me naar de deur en keken me op de stoep na.
'Vaarwel!' riep ik, maar toen ik omkeek, waren ze al verdwenen.

'Heeft Peer of Petrus nog gebeld?' vroeg ik, toen ik de avond daarna uit Sliedrecht thuiskwam.
'Nee, gek hè?'
'Ja.'
'Want de vorige keer belden ze ieder ogenblik om te horen hoe het gegaan was.'
'Ja, gek.'
'En Peer zei het ook. Dat hij bellen zou,' zei Nicolien.
'Dat heb ik niet gehoord.'
'Ja, dat zei hij tegen mij.'
'Ze zullen toch iets hebben.'
'Dat jij naar zijn vader vroeg?'
'Dat zou toch te gek zijn.'
'Ja, dat zou wel gek zijn.'
'We zullen het wel merken,' zei ik, mijn schouders ophalend.

*

'Heb je Peer of Petrus nog gezien?' vroeg ik veertien dagen later, toen ik van een fietstocht thuiskwam.
'Nee, daar horen we niets meer van.'
Sinds ze een week eerder uit Breda terug waren, hadden we niets meer van hen gehoord. Ze deden de ramen dicht wanneer we in de tuin van Freek zaten en gingen muisstil het huis in en uit.
'Maar ze horen ook niets van ons,' zei ze.
'Misschien kun je ze een keer op de thee vragen?'
'Natuurlijk vraag ik ze een keer op de thee.' Het klonk geïrriteerd. 'Dat waren we toch van plan?'
'Ja, daarom.'
'Of was jij dat soms niet van plan?'
'Ja, dat waren we van plan.'
'Waarom zeg je het dan zo, alsof je het eerst niet van plan was?'
'Ik was het wel van plan.'
'En dan stel je het toch voor?'
'Je herhaalt toch wel eens iets?'
'Toch niet als je het al van plan was?'
'We herhalen altijd eindeloos alles. Dat is toch gewoon? Je verwijt me altijd dat ik zo weinig zeg. En als ik dan wat zeg, verwijt je me dat ik me herhaal!' Ik was verontwaardigd.
'En ik weet ook niet wanneer ik ze moet uitnodigen als jij altijd aan het fietsen bent.'
'Ik ben bijna nooit aan het fietsen.'
'Je hebt toch de hele dag gefietst?'
'Ja, vandaag, maar daarvoor toch niet?'
'Nee, omdat je ziek was. Omdat je te moe was.'
Ik gaf daar geen antwoord op. Ik voelde me machteloos.

*

We zaten in de tuin van Freek. Zwartje lag een paar meter van ons af, onder een rododendron. Het was warm. Toen

Nicolien naar boven ging om de tafel te dekken, ging ze bij Peer en Petrus langs om hen op de thee te vragen. Na de lunch ging ik de krant halen. Ik liep over de markt en kocht een kilo appels. Het was opvallend stil. Iedereen was met vacantie. Terug in de tuin las ik de krant. Om halfvier belde Petrus om te zeggen dat ze een halfuur later kwamen. Waarom zei hij niet. Daar had een ander niets mee te maken. Om tien over vier kwamen ze eindelijk naar beneden. Aan het gezicht van Peer zag ik meteen dat er iets was wat hem niet zinde. Hij negeerde de stoel naast de mijne, ging helemaal aan de andere kant zitten, zei niets en keek broeierig voor zich uit. Nicolien vroeg naar hun fietstochten. Petrus gaf antwoord. Ze vertelde over mijn fietstocht. 'Hè, Maarten?' Ik nam de draad over. Toen ik begon te praten, wendde Peer zijn hoofd af. Ik vertelde hoeveel moeite ik had gehad om te begrijpen hoe de elektronische fietsenstalling in Sliedrecht werkte.
'Ik houd niet van dergelijke elektronische fietsenstallingen,' zei Petrus. Verder werd er op mijn verhaal niet gereageerd.
'Jij hebt geloof ik ergens de pest over in, hè?' zei Nicolien tegen Peer.
Hij schrok. 'Ik? Nee hoor.'
'Toch geloof ik dat het zo is.'
'Nee hoor.'
'Je hebt ook niet opgebeld over Maarten zijn fietstocht.'
'Nee,' zei hij vaag.
'Maar je had het wel beloofd.'
'Petrus wou het niet.'
Het was te zien dat Petrus moeite had met die opmerking.
'Wou ík het niet?'
'Ik zei: "Bel jij maar op". Maar je had geen zin, zei je.'
'Ik kan het me niet herinneren,' zei Petrus ongemakkelijk.
'Dan had je dus dit verhaal gehoord,' merkte ik op. Ik wilde van het onderwerp af. Ik geneerde me.
'Maar jíj zou toch opbellen?' hield Nicolien aan.
'Ik had geen zin.'

Ze liet het daarbij. We kregen het over onze bovenbuurman, wiens fiets uit het souterrain gestolen was, en dat er zo vaak bij ons gebeld werd door mensen die bij onze benedenbuurman moesten zijn.

'Die doe ik nooit open,' zei Petrus. 'Dan bellen ze maar ergens anders.'

'En als het de postbode is?' vroeg ik, want die belde om de haverklap aan.

Hij gaf daar geen antwoord op. 'In Breda ook,' zei hij. 'Toen werd er 's nachts om halfdrie gebeld door een juffrouw die vroeg of ze een taxi mocht bellen. Stel je voor! Het licht was nog aan, want we waren nog op. Daarom zal ze wel bij ons gebeld hebben. Gelukkig had ik de ketting op de deur en toen zag ik haar door de kier staan. Of ze een taxi mocht bellen. "Nee, dat mag niet," zei ik. "O, mag dat niet?" Ze was nog ongekleed ook. Ja, niet indecent, maar ze had geen jas aan. Ze was dus waarschijnlijk zo uit een auto gestapt.'

'Of uit een auto gezet,' opperde ik.

'Dat zou nog erger zijn. Maar het zal wel een trucje zijn geweest om het huis binnen te komen, om te kijken wat je hebt. In Breda was ook een vrouw die kwam vragen of ze je huis mocht bekijken omdat ze net zo'n huis wilde kopen. En dan haalden ze het later leeg.'

'Dat lijkt me om halfdrie 's nachts niet zo aannemelijk,' wierp ik tegen.

'Nee, dat niet. Maar dat het niet in orde was, dat is zeker. Het herinnerde me aan een verhaal uit Zeeland, van een vriend van me. Die nam een vrouw mee die stond te liften. Dat was een vrouw van lichte zeden. Toen ze reden, legde ze haar hand op zijn knie. Hij heeft het portier opengegooid en haar zo de auto uitgesmeten.' Hij meesmuilde. 'Een prachtig verhaal vond ik dat.'

'Ik vond het weerzinwekkende verhalen,' zei ik toen ze weg waren.

'Ach, Petrus heeft nu eenmaal een grote angst voor vrou-

wen,' verdedigde ze hem, 'en zeker voor zo'n vrouw die handtastelijk wordt.'
'Dan hoef je toch nog niet zo proleterig te reageren?'
'Ik vind dat niet proleterig. Een proleet zou er gebruik van gemaakt hebben.'
'En als die vrouw die aanbelde nou eens hulp nodig had, omdat ze met ruzie uit de auto was gestapt?'
Maar dat sprak haar niet aan. Je hoorde niet midden in de nacht bij een huis aan te bellen en ze verdroeg geen kritiek op Petrus.

De volgende ochtend lag er een briefje voor Peer bij mijn bord, dat ze geschreven had toen ik onder de douche was. Een woedend briefje. Ze schreef dat hij beter niet kon komen als hij zich zo gedroeg. En dat hij zijn mond moest opendoen als hem gevraagd werd wat er was. Het was zo typerend voor haar dat ik erom moest lachen.
'Waarom lach je?' vroeg ze argwanend. 'Is het soms niet goed?'
'Natuurlijk is het goed.'
'Waarom lach je dan?'
'Omdat ik het typerend vind voor jou.'
'Je weet dat ik daar niet van houd, dat er om mij gelachen wordt!'
'Ik lach niet óm je.'
'Zo van: wat heeft dat kindje dat weer aardig gedaan, alsof je mijn vader bent.'
'Zo lach ik niet.'
'Maar het komt wel zo op me over.'
'Daar vergis je je in. Ik lach omdat...' ik wilde zeggen: omdat ik je lief vind – maar ik besefte bijtijds dat die woordkeus het misverstand alleen maar zou vergroten, 'omdat ik zó van je houd. Ik herken je daarin.'
'Ik verstuur hem al niet meer. Je reactie zegt genoeg. Je vindt hem niet goed!'
'Ik vind het wel goed.'
'Je vindt het niet goed! Anders zou je veel enthousiaster zijn!

Dan zou je er niet zo om lachen! Ik wist het meteen.'
Ik gaf daar geen antwoord op.
'Daar heb ik nou de hele nacht voor wakker gelegen.'
'Heb je daar de hele nacht voor wakker gelegen?'
'Ja, natuurlijk! Ik was woedend! En dan vind jij het nog niet eens goed!'
'Ik vind het voortreffelijk als je wilt bereiken dat we ze niet meer zien.'
'Dat wil ik natuurlijk niet bereiken.'
'Wat wil je dan?'
'Dat hij zijn excuses aanbiedt!'
'Dat doet hij niet. Tegen zo'n briefje heeft Peer geen verweer. En Petrus is een stiekemerd, die weet met zo'n confrontatie evenmin raad. Ze zouden zich terugtrekken.'
'Zie je wel dat je het niet goed vindt? Ik wist het meteen.' Ze begon te huilen. 'Alles is voor niets geweest! De hele nacht voor niets wakker gelegen!' Ze liep de kamer uit.
Toen ik bezig was met de afwas hoorde ik haar hard huilen. Daarna ging ze zonder iets te zeggen naar beneden, naar Zwartje, terwijl ik de bedden opmaakte.
'Gaan we nog fietsen?' vroeg ik toen ze weer terugkwam.
'Ik heb geen zin meer,' zei ze toonloos. 'Ik heb nergens meer zin in. Ik heb hoofdpijn en ik ben gedeprimeerd.'
'Laten we nou maar gaan fietsen.'
'Dat je iemand zo in de grond kunt boren. Ik was zo opgewekt. En ik was zo blij dat ik dat briefje geschreven had.'
'Dan leg je het neer.'
'Natuurlijk leg ik het niet neer. Na wat jij gezegd hebt zeker? Iemand die geen verweer heeft! Nee, dat is verpest! Je hebt het weer eens verpest! Ik moet jou die briefjes ook niet laten lezen. Het gaat altijd mis.'
'Laten we nou maar gaan fietsen en denk er nog eens rustig over na. Je kunt het altijd nog neerleggen.'
'Nee, dat kan niet meer! Het was de bedoeling dat ze het zouden vinden als ze wakker werden! Als we terugkomen van het fietsen is het al te laat.'

Ik droeg haar fiets naar beneden en haalde de mijne uit het souterrain. We fietsten naar het Twiske. Toen we terug waren, zetten we ons in de tuin van Freek. Ik schreef een paar brieven.
'Ik ben toch maar blij dat ik die brief niet heb neergelegd,' zei ze toen we weer boven waren en aan tafel gingen. 'Anders had ik er wel over ingezeten.'

*

Toen ik met de krant het bordes op kwam, kwam Petrus juist de deur uit om die te gaan halen.
'Je bent laat,' zei ik, om wat te zeggen.
'Hoezo?' Altijd argwaan.
'Later dan gewoonlijk,' verduidelijkte ik, om eventuele scherpe kanten weg te nemen.
'Er zal er toch nog wel een zijn?'
'Een hele stapel. Misschien kun je hem lossen?'
Hij lachte een beetje zuur, maar hij lachte altijd een beetje zuur.
'Ik kwam Petrus tegen,' vertelde ik, bovenkomend.
'Heb je nog wat gezegd?'
'Nauwelijks.' Ik voelde me schuldig. Ze had me al verschillende malen verweten dat ik te weinig tegen hen zei als ik hen ontmoette. Dat vond ze niet hartelijk. 'Ik heb gezegd dat hij laat was.'
'En wat antwoordde hij daarop?'
'Dat er nog wel een krant zou zijn.'
Daarbij bleef het. Of ze met deze poging tot een gesprek tevreden was, werd me niet duidelijk. Omdat ik toch nog wat vergeten had, ging ik meteen de deur weer uit. Ik stak over naar de andere kant van de straat om de plassen langs de stoeprand te ontwijken. Petrus kwam met zijn krant de hoek om. Om mijn abrupte gedrag van daarstraks goed te maken stak ik de straat weer over. 'Jullie hadden zeker slecht weer, hè?' zei ik, op hem toelopend. Ik had ze op de fiets in de regen zien thuiskomen.
Hij bleef staan. 'Ja, we hadden slecht weer.'

‘Erg slecht?’
Hij dacht na. ‘In het begin was het redelijk. Daarna begon het te regenen,’ zei hij, de herinnering van heel ver halend.
‘Wij gaan morgen naar Harderwijk.’ Dit om het gesprek niet te eenzijdig te laten verlopen.
‘Dat is een heel eind,’ zei hij onbewogen.
‘En overmorgen van Harderwijk naar Arnhem.’
Hij knikte.
Ik keek naar zijn gezicht en stelde, niet voor de eerste keer, vast dat ik hem maar een kwaadaardig mannetje vond met die scheve ogen en dat dunne baardje dat uit dat wat roodaangelopen gezicht tevoorschijn kwam. ‘Maar nu moet ik naar de drogist,’ sloot ik af.
‘Ja, ik ga ook maar eens.’
‘De groeten aan Peer.’
‘Dank je.’ Geen groeten voor Nicolien.
Opgelucht liep ik door. Dat was godzijdank achter de rug.
‘Ik kwam Petrus natuurlijk weer tegen,’ meldde ik, de kamer inkomend.
‘En? Heb je met hem gepraat?’
‘Ja.’
‘Lang?’
‘Tamelijk lang.’
‘Wat heb je dan gepraat?’
‘Over dat ze gisteren in de regen gefietst hebben.’
‘Dat zou ik nooit hebben gedaan.’
Dat verraste me. ‘Waarom niet?’
‘Na de manier waarop ze zich gedragen hebben. Ik had me voorgenomen, als ik ze tegenkom, dan geef ik ze een kort knikje. Meer niet. Het moet nou eerst maar eens van hen uitgaan. Ik vind het idioot dat jij hem dan nog aanspreekt.’
‘Je verwijt me toch altijd dat ik hem niet aanspreek?’
‘Maar nou! Nu ze ons zo hebben laten barsten! Voel je dat dan helemaal niet?’
‘Ik voel helemaal niks. Ik vind wel dat ze zich gek gedragen, maar ik negeer dat.’

‘Hoe kan je dat nou negeren? Ik heb voor de vogel gezorgd! Ik heb bloemen neergezet! Niets! Nauwelijks een bedankje! Alleen een koel briefje dat ze weer terug waren! En jij overlaadt ze met vriendelijkheden!’
‘Nou, overlaadt... Zo lang was dat gesprek nou ook weer niet.’
‘Maar je was vriendelijk! Terwijl ze mij zo behandeld hebben! Ik zou er niet over gedacht hebben als ze jou zo behandeld hadden!’
‘Ik zal het niet meer doen.’
‘Nee, nou is het te laat! Nou moet ik wel vriendelijk zijn! Ik kan nou niet meer doen of ik kwaad ben natuurlijk, nou jij je zo gedragen hebt!’
Ik zweeg. Ik voelde me schuldig, hoewel ik niet wist hoe het anders had gemoeten.

*

‘Geef jij die *Bij* niet aan Peer?’ vroeg ik. Ze gaf hem altijd de *Bij* omdat hij geïnteresseerd was in de modeplaten.
‘Daar heb ik nu niet zo’n zin in, nu ze zo onaardig tegen ons zijn.’
’s Middags kwam ze bij het boodschappen doen Petrus tegen. ‘Ik heb hem alleen gegroet,’ vertelde ze. ‘Wel vriendelijk natuurlijk, maar ik ben geen praatje blijven maken. En dat vond ik toch vervelend. Eigenlijk is dat niks voor mij. Als hij nou maar niet denkt dat ik kwaad ben. Maar gelukkig had ik toen ik wegging de *Bij* voor hun deur gelegd, dus die vindt hij als hij straks terugkomt.’
‘Heb je die toch neergelegd?’
‘Ja. Ik vond het zo zielig. En hij geeft hem ook altijd aan zijn moeder en zijn zuster en die hoeven er toch geen dupe van te worden?’

*

Tot onze vacantie merkten we niets meer van hen. In de vacantie zorgde mevrouw Van Dijk voor de katten. Toen we half october terugkwamen, kwamen ze ons schreeuwend tegemoet. Hun bakjes waren leeg en de beide bakken vervuild. Er lag een brief van mevrouw Van Dijk dat haar dochter onverwacht was overleden, maar dat ze Peer en Petrus had gevraagd of die het tot onze terugkomst van haar wilden overnemen, omdat ze gehoord had dat die het al eerder hadden gedaan.

'Wat gek,' zei Nicolien. 'Het lijkt wel of ze er niets aan gedaan hebben.'

Die indruk had ik ook.

'Hoe moet dat nou?'

Ik haalde mijn schouders op.

'Zeg nou eens wat! Dat kunnen we toch niet over onze kant laten gaan?'

'Ik denk dat je het wel over je kant moet laten gaan.'

'Waarom dan? Zo kun je je toch niet laten behandelen?'

'Omdat je er niets mee opschiet.'

'Maar ik wil er ook niet iets mee opschieten! Ik wil dat ze weten hoe ik daarover denk!'

'Dan moet je ze dat laten weten.'

'Maar jij zou dat niet doen.'

'Nee. Ik zou wachten tot ze er zelf over beginnen.'

'En als je dan eens lang moet wachten?'

'Dan zou ik lang wachten.'

Een week later kwam Petrus onverwacht op bezoek, alleen. Hij gedroeg zich schutterig. 'Ik had misschien eerder moeten komen,' zei hij aarzelend, 'maar ik dacht dat jullie het wel druk zouden hebben na jullie vacantie.'

'Maar toch niet te druk om jullie te ontvangen?' zei Nicolien.

'Nee, dat misschien niet.'

Er viel een stilte.

'En mevrouw Van Dijk heeft jullie nog gevraagd om voor de katten te zorgen, hè?' zei ze. 'Omdat haar dochter plotseling overleden was.'

Hij schrok. 'Daar weet ik niets van.'
'Maar dat hebben jullie niet gedaan!'
'Dat wist ik niet,' herhaalde hij ongelukkig. 'Dat heeft Peer behandeld.'
'Maar Peer zal je toch wel verteld hebben dat ze dat gevraagd heeft?'
'Ik wist niet dat we ook voor jullie katten moesten zorgen. We dachten dat jullie al thuis waren.'
'Maar hoe kan dat nou? Jullie zien toch dat de post blijft liggen?'
'Dat doet Peer altijd. Daar weet ik niets van.'
Het was zo ongeloofwaardig dat ze er niet op doorging.
'Wat moet ik daar nou van denken?' zei ze, zodra hij verdwenen was.
'Dat Peer er geen zin in had en dat Petrus daar niet tegen durfde ingaan.'
'En waarom komt hij dan op bezoek?'
'Omdat hij geen ruzie wil hebben. Hij vindt zo'n verhouding met je buren vervelend.'
'Ja, zo zal het wel zijn,' gaf ze toe met een voor haar ongewone inschikkelijkheid.

*

Daarna lieten ze een half jaar lang niets van zich horen. Als ze ons in het trappenhuis hoorden, trokken ze zich terug achter hun deur en als ze ons in de verte zagen aankomen, liepen ze een straatje om. Alleen als het niet anders kon, bij een toevallige ontmoeting, groetten ze uitbundig, alsof er niets aan de hand was. Een keer bracht Petrus de sleutel, toen ze naar Breda gingen, en tien dagen later een doosje truffels om te bedanken voor de verzorging van de vogel, maar in tegenstelling tot vroeger wilden ze niet binnenkomen voor een kop thee.
'Peer is geweest,' vertelde ze, toen ik een paar maand na dit laatste contact terugkwam van een vergadering in Arnhem.

'En je zult niet geloven wat de reden was van hun eigenaardige gedrag.' Ze had er een stil plezier om.
'Wat was dat dan?'
'Hij kwam aan de deur om te vragen of ik nog eens voor Pierewiet wilde zorgen, want ze gaan weer naar Breda. En toen heb ik gezegd dat ik dat wel wilde, maar dat het verzoek me wel verbaasde na de abominabele manier waarop ze ons behandeld hebben. En toen zei hij dat hij daar juist over wilde praten, want dat hij de vriendschap op een laag pitje had gezet, omdat jij de badkamer van zijn zusje met een hoerenkast had vergeleken. Vind je dat niet prachtig?' Ze lachte. 'Dat is toch niet te geloven?'
'Ik zal wel bordeel gezegd hebben.'
'Wat je gezegd hebt, doet er nou niet toe,' mijn reactie irriteerde haar, 'het gaat erom dat het idioot is natuurlijk.'
'Ja.'
'Zoiets had ik nou geen ogenblik verwacht.' Het leek haar op te luchten.
'Nee.'
Ze keek me aan. 'En? Wat zeg je er nou van?'
'Moet ik iets doen?'
'Je zou bijvoorbeeld je excuses kunnen aanbieden.'
'Mijn excuses?' Ik vond dat een belachelijk idee. Met mensen die zo op mijn opmerkingen reageerden kon ik niet omgaan. Ik herinnerde me de ruzie met Petrus over *Shoa* die van een dergelijke stompzinnigheid was.
'Ja, waarom niet? Als hij zich dat nou heeft aangetrokken?'
'Dat zou dan alleen voor jou zijn.'
'Nou? En? Je kunt toch ook wel eens wat voor mij doen?'
'Begin nou maar met ze een keer op de thee vragen,' zei ik, 'als ze weer terug zijn.'

's Nachts droomde ze dat ze gingen verhuizen. Ze werd wakker met een onbedaarlijke huilbui. Ik troostte haar, maar voor mij was dat onbegrijpelijk.

Ze kwamen, terug uit Breda, op de thee met een doosje truffels voor de verzorging van Pierewiet. Terwijl Nicolien in de keuken bezig was met de thee zaten wij drieën zwijgend bij elkaar. Peer keek langs me met een ongemakkelijk gezicht, Petrus was kennelijk verlegen met de situatie, niet wetend wat hij zeggen moest. Ik wachtte tot Nicolien terug was.
'Zo,' zei ze opgewekt de kamer inkomend. Ze zette de thee onder de muts en kwam erbij zitten. 'Hebben jullie nog gefietst?'
'We hebben een heel aardige fietstocht gemaakt,' zei Petrus. Peer zei niets.
'Waar hebben jullie gefietst?' vroeg ze. 'In België?'
Terwijl Petrus omslachtig begon uit te leggen hoe ze gefietst waren, bleef Peer stuurs voor zich uit kijken. Er viel een stilte.
'Ik hoor dat jij kwaad bent omdat ik de badkamer van je zusje met een bordeel heb vergeleken?' zei ik tegen Peer.
Hij schrok. 'Nee hoor.'
Ik glimlachte. 'Maar ik ben nog nooit in een bordeel geweest.'
Hij keek me aan, zonder te reageren. In zijn blik was kwaadaardigheid.
'Maarten zegt zulke dingen meer,' zei Nicolien. 'Hij bedoelt daar niets mee.'
Petrus keek bezorgd naar Peer.
'Waarom zegt hij dat dan?' vroeg Peer, zich uitdrukkelijk tot haar wendend.
'Dat weet ik niet.' Ze lachte.
'Omdat ik die associatie had,' zei ik. 'Ik had ook boudoir kunnen zeggen. Het was er zo opgesmukt. Maar ik had geen ogenblik de bedoeling om haar te beledigen. Als ik vermoed had dat jij het zo zou opvatten, had ik het natuurlijk niet gezegd.'
'Waarom zeg je het dan?' Hij keek me nu wel aan, maar alsof hij zijn blik meteen weer zou afwenden.
Ik haalde mijn schouders op. 'Ik weet het niet. Het is een vorm van vertrouwelijkheid. Zulke dingen zeg ik als ik me op mijn gemak wil voelen.'

In de manier waarop hij naar me keek was geen spoor van begrip. 'Uit masochisme?'
Ik vond dat een onbegrijpelijke, oerdomme opmerking. 'Als je het zo wilt noemen.'
Hij wendde zijn blik af.
'In ieder geval spijt het me dat ik het gezegd heb, nu je er zo op reageert.' Ik moest daar een geweldige moeite voor doen. Het speet me geen ogenblik, ik vond het alleen maar stom om zo te reageren.
Het maakte niet de indruk dat hij daar genoegen mee nam. Zonder iets te zeggen keek hij stuurs van me weg.
'Ik geloof dat je het Maarten nog steeds kwalijk neemt, hè?' zei Nicolien.
Hij keek haar aan, met een wantrouwen dat kennelijk voor mij bestemd was. 'Nee hoor,' zei hij.
'Wat vond je er nou van?' vroeg ze, zodra ze weg waren.
'Tja.'
'Het was nogal onbevredigend, hè?'
'Hij blijft kwaad,' gaf ik toe. 'In ieder geval heeft dat er de schijn van.'
'Zou hij dat dan alleen maar gezegd hebben omdat wij anders niet voor Pierewiet zouden zorgen?'
Dat leek me inderdaad niet onwaarschijnlijk.

*

'Ik hoorde net op de trap een ontzettende ruzie tussen Peer en Petrus,' zei ze, met de boodschappen de kamer inkomend. 'Eerst hoorde ik Peer schreeuwen en toen Petrus die zei: "Maar ik wil je toch helpen?" En toen schreeuwde Peer: "Ach, wat helpen! Sodemieter op!"'
'Waar zou hij mee moeten helpen?'
'Ik weet het niet, maar ik denk dat Petrus het niet gemakkelijk met hem heeft. Het is een driftkop. Net als ik.'

*

In de achtertuinen was ergens feest. Toen we naar bed gingen, was het nog in volle gang.
'Wat zullen we doen?' vroeg ze. 'Zullen we het raam dan maar dichtdoen?'
'Wordt dat niet benauwd?'
'Maar anders kan ik niet slapen.'
'Doe dan maar dicht.'
Ze liep naar het raam. Op dat ogenblik hoorden we een raam openschuiven en schreeuwen: 'Is het godverdomme nou eens uit met dat gesodemieter?'
'Hoor je dat?' zei ze lachend. 'Peer!'
Het raam werd met een klap dichtgeschoven.

*

Ik bracht hun post mee naar boven, legde ze voor hun deur, ging de trap weer af, struikelde, probeerde vergeefs houvast te vinden en viel languit, met mijn arm uitgestrekt door de ruit die onze keuken van het portaal afschermde. Het glas viel rinkelend naar beneden. Ik keek naar mijn bloedende hand. Boven ging hun deur open.
'Wat is er aan de hand?' De verschrikte stem van Petrus.
'Ik val.' Mijn bloedende hand ophoudend haalde ik de sleutel uit mijn zak.
Hij kwam de trap af. 'En dat omdat je onze post bezorgde.'
'Het had erger kunnen zijn.' Ik stak de sleutel in het slot.
Hij wendde zich af. 'Ik stuur Peer wel even om je te helpen met die ruit.'
'Anders haal ik er wel iemand bij,' weerde ik af.
De deur werd opengetrokken. 'Wat is er gebeurd?' vroeg Nicolien verschrikt. 'Dag Petrus.' Ze keek naar mijn hand. 'Je bloedt.'
'Ik ben door de ruit heen gegaan.'
'Omdat hij bij ons de post bezorgde.'
'Ik struikelde toen ik de trap afging.'
'Je bent ook altijd zo gehaast.'

‘Ik stuur Peer wel,’ herhaalde Petrus, zich opnieuw afwendend.
Terwijl ze mijn hand verbond, werd er gebeld. Peer. Hij bekeek de ravage. ‘Petrus zei dat ik moest gaan helpen,’ zei hij terughoudend.
‘Dat is wel aardig, maar ik haal er wel een man bij.’
‘Dat moet je niet door een man laten doen, dan betaal je ik weet niet wat. Dat kun je beter zelf doen.’
‘Ik heb nog nooit een ruit ingezet.’
‘Maar ik wel.’
Naast elkaar keken we naar de kapotte ruit. Het portaal was bedekt met glas.
‘Ik zal maar eens beginnen met de stukken eruit te halen en de rotzooi op te ruimen,’ besliste ik. Ik ging het huis weer in, terwijl hij op het portaal bleef staan. Toen ik met een stoffer en blik terugkwam, stond hij er nog net zo.
‘Heb je ook een vuilniszak?’ vroeg hij.
‘Ik zal zo’n zak van het kattegrind nemen.’
‘Dat is nog beter.’
Ik haalde de zak uit het hok, gooide het kattegrind dat er nog in zat in een vuilniszak en keerde terug. Hij stond daar nog altijd naar het raam te kijken, met zijn handen in zijn zakken. Terwijl ik de stukken er een voor een uittrok en in de zak stopte, keek hij toe. Ik begon met de kleinere stukken, langs de benedenrand, en wrikte vervolgens een groter hoekstuk los.
‘Geef maar.’ Hij nam het van me over, brak het onder zijn schoen zodat het in de zak kon en begon me te helpen. Daarna veegde hij de vloer aan.
Ik bekeek de randen.
‘Als je nou een plamuurmes hebt, dan halen we eerst de oude stopverf eruit. En neem dan gelijk een centimeter mee.’
Hij was al met een zakmesje bezig toen ik terugkwam. ‘Geef maar.’
Ik gaf hem het plamuurmes en keek toe hoe hij de randen zorgvuldig schoonkrabde.

'Dat gaat goed,' zei hij tevreden. Opnieuw veegde hij de rommel op.
Ik hield de centimeter langs het raam. 'Tachtig bij éénvijfenveertig.'
'Laat eens kijken.' Hij mat het na. 'Negenenzeventig bij éénvierenveertig. Je moet een beetje speling houden, anders knapt het.'
Ik knikte. 'En nu?'
'Nu gaan we een nieuwe ruit kopen.'
Zonder iets te zeggen liepen we naar de Lindengracht. Achter elkaar kwamen we met de ruit tussen ons in terug. Er stond een harde wind, dwars op de gracht, zodat we de ruit met moeite in bedwang hielden.
'Sodeju.'
'Het valt niet mee,' gaf ik toe.
'Maar we redden het!'
'We laten ons niet voor één gat vangen!'
Tevreden kwamen we boven. Terwijl ik de ruit op zijn plaats hield en Peer de stopverf aanduwde, ging boven ons de deur open. Petrus.
'Gaat het?' vroeg hij.
'Als een lier!' verzekerde Peer.
'Dankzij Peer,' voegde ik eraan toe.
'Alleen had ik het niet gekund,' zei Peer.
Petrus sloot de deur achter zich en kwam erbij staan.
Onze voordeur ging open. 'Komen jullie straks thee drinken?' vroeg Nicolien.
'Geldt dat ook voor mij?' wilde Petrus weten.
'Natuurlijk geldt dat ook voor jou.'
'Omdat ik niets gedaan heb.'
Ik keek over mijn schouder. 'Jij hebt ons moreel gesteund.'
We gingen ons huis in. 'Jij zeker whisky?' zei ik tegen Petrus.
'Nou, wel graag.'
'Als ik je niet ontrief,' vulde ik aan.
Hij lachte een beetje.

'En jij zeker thee?' vroeg Nicolien aan Peer. 'Of wil je ook iets anders?'
'Nee, thee, voor mij thee.'
Ze ging de kamer uit. Er viel een stilte.
'Ik ben blij dat je me geholpen hebt,' zei ik tegen Peer. 'Alleen had ik het niet voor elkaar gekregen.'
'Ik ook niet,' zei hij.
'En eigenlijk was het voor ons,' vond Petrus.
Ik lachte. 'Je bedoelt dat ik voor jullie door die ruit ben gevallen.'
'Nou, dat is wat sterk uitgedrukt.'
'Jullie hadden last van dat feest, hè?' zei Nicolien, de kamer inkomend.
'Welk feest?' vroeg Petrus.
'Dat tuinfeest.'
Hij schudde zijn hoofd. 'Nee, dat geloof ik niet.'
'Omdat we dachten dat we Peer hoorden roepen.'
Peer kreeg een rood hoofd. 'Nee hoor, dat was ik niet.'
Petrus zei niets.
'Dan was het zeker iemand anders.'
Ze reageerden daar geen van beiden op.
'Hebben jullie ook een brief van die makelaar gehad dat ze ijzerdraad op het dak willen spannen om de duiven weg te jagen?' vroeg ik.
'En dat zou zijn op verzoek van de bewoners!' zei Peer kwaad.
'Ik heb daar een brief over geschreven,' vulde Petrus aan.
'Ik ook,' zei Nicolien. 'Ik was woedend, hè Maarten?'
'Ik vind het ongehoord dat zoiets beslist wordt zonder dat wij daarover geraadpleegd zijn.' Hij wond zich op. 'En dan met het argument dat het op verzoek van de bewoners gebeurt. Ik weiger dat te accepteren.'
'Wij ook!' zei Nicolien.
'Het zijn natuurlijk de kantoren die dat gevraagd hebben,' merkte ik op.
'Reken maar!' zei Peer.
'Wie het gedaan hebben interesseert me niet,' zei Petrus

kwaad, 'maar ik wens daarover eerst geraadpleegd te worden!'
'Leuk dat jij ook een brief geschreven hebt. Ze zullen wel denken!' Ze lachte.
Petrus schonk zichzelf bij. Zijn hand beefde.
'Wij gaan onze kamers laten schilderen,' vertelde ik.
'Wij ook,' zei Peer, 'maar niet door die schilder van jullie!'
'Waarom niet?'
'Veel te duur! We hebben een jongen gevonden die het voor minder dan de helft doet. En dan doet hij ook nog het plafond.'
'Zwart,' begreep ik.
'Nee, niet zwart. Hij heeft een uitkering en daar klust hij wat bij.'
'Dat is toch zwart?'
'Nee, dat is niet zwart, hè Petrus?'
'Nee, dat is bijverdienste,' zei Petrus met grote stelligheid.
'En waar laten jullie je meubelen dan?' vroeg Nicolien.
'In dat kamertje op driehoog. Dat mochten we lenen.'
'Daarom zijn de gordijnen daar dicht,' zei ik.
Ze reageerden daar niet op.
'Waarom doen jullie dat eigenlijk, want er komt daar nooit zon.'
'Nee,' zei Peer vaag.
Er viel een stilte.
'Zou je eigenlijk niet eens een fles wijn halen?' zei Nicolien.
'Ze willen vast wel een glas wijn.'
Ik stond op. 'Wit? Rood?' vroeg ik, van de een naar de ander kijkend.

*

Ze kwamen juist aanlopen, toen we het bordes afgingen om in de stad voor mij een broek te gaan kopen. Onder aan de trap wachtten we ze op.
'Hoe gaat het?' vroeg ik.

'Nou, niet zo best,' zei Peer. Hij zag er bedrukt uit.
Petrus zei niets.
'Wat is er dan?' vroeg Nicolien bezorgd.
'Mijn zwager en mijn zuster hebben me mijn kamer afgenomen.'
'Zou je dat nou wel vertellen?' waarschuwde Petrus.
'Ja, waarom niet? Dat mogen ze toch wel weten.'
'Maar waarom?' vroeg ik.
'Ja,' zei Nicolien.
'Ze willen boven de zaak gaan wonen.'
'En vindt je moeder dat dan goed?' vroeg Nicolien.
'Mijn moeder kiest hun kant.'
'Nou, dat kun je zo niet stellen,' vond Petrus.
'Jawel!' Hij werd plotseling heftig. 'Ze kiest wél hun kant!'
'Maar is daar dan niet over te praten?' vroeg Nicolien. 'Want dat kan toch zomaar niet? Waar moet je dan met al je spullen naartoe?'
'Nee, daar is niet over te praten,' zei hij kwaad. 'Dat komt nooit meer goed! Ik wil niets meer met ze te maken hebben.'
'Nou, nou,' suste Petrus.
'Ik denk er niet over! Zeker nog zoete broodjes gaan bakken ook!'
'En wat gebeurt er nu met je spullen?' vroeg ik.
'Die zijn hier. In een garage.'
'Zou je dat kamertje op driehoog niet mogen hebben?' opperde ik.
Hij schudde zijn hoofd. 'Nee, dat is Freeks logeerkamer. Die wil hij niet kwijt.'
'Lullig.'
'Ja,' zei Nicolien, 'wat vervelend voor je.'
Hij haalde zijn schouders op. 'Ik red me wel.'

'Hoe kunnen ze dat nou doen?' zei Nicolien, terwijl we verder liepen. 'Ze weten toch wel wat die kamer voor hem betekent?'

'Je weet natuurlijk niet wat er precies gebeurd is. Misschien heeft hij wel ruzie met ze gemaakt.'
'Dan zou hij dat zeker vertellen. Peer vertelt alles.'
'Of ze hebben die kamer echt nodig.'
'Maar dat kan toch nooit een reden zijn om hem eruit te zetten? Nee, ik vind het zielig. Hij was er echt ellendig van.'
'Ja, het is zielig,' gaf ik toe.

'Wat zou er nu met die verzameling van mijn vader gebeuren?' vroeg ze 's avonds.
Daar had ik ook aan gedacht. 'Die zal hij ook wel naar die garage hebben overgebracht.'
'Maar is dat daar dan niet slecht voor? Zo'n garage is toch vochtig?'
'Ze zal er niet beter van worden,' zei ik.
'Moeten wij hem dan niet helpen?'
'Hoe wou je hem dan helpen?'
'Door hem ons kamertje aan te bieden bijvoorbeeld,' zei ze.
'En wat wou je dan met de dingen die daarin staan?'
'Die haal je hiernaartoe.'
'Die kast van je vader? En die bedden?'
'Die bedden kunnen we wegdoen.'
'Maar de kast van je vader toch niet? En al die boeken?'
'Kunnen die niet op de gang?'
'Uitgesloten! Bovendien, als hij in dat kamertje zit, dan zit hij vlak voor ons slaapkamerraam! Ik moet er echt niet aan denken!'
Ze zweeg.
Het voorstel had me ontstemd.
'Ik zou alleen zo graag iets voor hem doen,' zei ze na een tijdje. 'Hij heeft het toch al zo moeilijk. En nou dit nog.'
'Zo moeilijk heeft hij het nou ook weer niet.'
'Hij heeft het ontzéttend moeilijk!' zei ze heftig.
Ik zweeg. Het kamertje was uitgesloten, maar in het hok op de gang zou ik wel een paar planken vrij kunnen maken, waar de verzameling voorlopig in ieder geval veilig was. 'We

zouden een paar planken vrij kunnen maken in het hok,' zei ik voorzichtig.
'Waar ze vroeger lagen,' begreep ze.
'Dan liggen ze in ieder geval droog. En dan kunnen we later zien of we dat kunnen uitbreiden voor andere dingen.'
Ze aarzelde. 'Maar dan loop je wel kans dat hij hier ieder ogenblik over de vloer komt.'
'Dat vind je toch niet erg?'
'Nee,' zei ze aarzelend.
'Laten we er maar eens rustig over denken,' stelde ik voor. 'Ze liggen nu toch al in die garage. Haast heeft het niet.'

*

Aan het eind van de middag ging ik de krant halen. Toen ik de deur uitkwam, ging boven de deur van Peer en Petrus open. Het was Peer. 'Ga jij de krant halen?' vroeg hij.
'Ja.'
'Zal ik dan met je meelopen?'
De vraag verraste me. 'Als je wilt,' zei ik aarzelend. Na een hele dag schrijven was ik niet gebrand op gezelschap.
Zonder iets te zeggen liepen we de gracht af, door de Herenstraat, langs de sigarenwinkel, de hoek om, langs de Keizersgracht. Ik zocht naar een opmerking, maar ik was nog te veel in de ban van wat ik geschreven had om iets te kunnen verzinnen.
'Wat zie je nou?' vroeg hij.
Ik keek om me heen. Met iemand naast me zag ik niks. De late zon lag over de kozijnen en daklijsten van de huizen voor ons. De gevels aan de overkant lagen in de schaduw, afgetekend tegen de hemel. 'Het zonlicht op de kozijnen en geveltoppen,' probeerde ik.
Hij keek intens.
'En op die hoekhuizen aan het begin van de Binnen Brouwersstraat.' Ik wees naar de verte.
Hij knikte.

‘Als je goed kijkt zie je de weerspiegeling van het water op de verf, alsof de kozijnen zacht golven.’
We bleven staan en keken omhoog.
‘Ja, ik zie het,’ zei hij.
We vervolgden onze weg. Ik zocht vergeefs naar een volgende opmerking. Mijn hoofd was dof.
‘Soms zit daar een vlucht duiven op het dak,’ zei ik toen we de Binnen Brouwersstraat passeerden.
Hij keek omhoog en schudde zijn hoofd. ‘Ik zie ze niet.’
‘Nee,’ gaf ik toe. ‘Ze zijn er niet altijd, maar als ze er zijn is het een prachtig gezicht om ze te zien opvliegen, rondzwenken en weer neerstrijken.’
‘Ja, dat zal wel.’ Het interesseerde hem kennelijk maar matig.
We draaiden de Prinsengracht op en bleven opnieuw staan. Aan de overkant stond de Noorderkerk in het late zonlicht. Boven de Lindenstraat lichtten de lampen op in een lange rij. De straat zelf lag al in de schaduw.
‘Heb je je fototoestel niet meegenomen?’ vroeg hij. ‘Dat neem je toch altijd mee?’
‘Niet altijd.’
‘O, dat dacht ik.’
‘Nee, niet altijd.’
Zwijgend liepen we verder. Ik had al mijn aandacht nodig om niet uit te wijken en tegen hem op te botsen uit een met de jaren gegroeid onvermogen een rechte koers te houden. Dat ergerde me. Na zo’n dag van ingespannen werken wilde ik alleen zijn. ‘Wil jij ook een krant?’ vroeg ik toen we de sigarenwinkel binnengingen.
‘Ja, doe maar. Of anders haalt Petrus hem wel.’
Ik kocht twee kranten en gaf hem er een.
Tot huis bedacht ik niets meer om nog te zeggen.
‘Nou tot kijk,’ zei ik, de sleutel in het slot stekend. ‘De groeten aan Petrus.’
‘En jij aan Nicolien.’
Nicolien stond in de keuken. ‘Zag je Peer?’
‘Hij is met me meegelopen.’

'Hé, wat eigenaardig.'
'Ik had de indruk dat hij op me stond te wachten.'
'O ja? Waarom zou dat zijn, denk je?'
Daar had ik geen idee van.

De daaropvolgende middag was ik een kwartier vroeger dan anders. Het was een opluchting dat hij dit keer niet achter de deur stond. De vaste route kreeg daardoor nieuwe glans. In mezelf verzonken draaide ik mijn rondje, bevrijd van de last van een anders aanwezigheid. Toen ik net thuis was, ging de telefoon.
'Ja, met mij. Zullen we weer samen de krant gaan halen?'
'Die heb ik al gehaald.'
Even was het stil. Mijn antwoord verraste hem. 'Bedankt,' zei hij toen.
'Geen dank,' zei ik verbluft. Maar hij had de hoorn al neergelegd.

Kort na het eten werd er gebeld. Nicolien was in de keuken, bezig met de koffie. Ik hoorde haar de deur openen en de stem van Peer, maar niet wat hij zei.
'Wil je niet even binnenkomen?' vroeg ze.
De deur ging weer dicht. Hij kwam de gang door naar de kamer.
'Wil jij ook een kop koffie?' vroeg ze achter hem. 'Ik heb net koffie gezet.'
'Liever thee,' antwoordde hij, de kamer inkomend. 'Hai!'
'Hai!' zei ik terug.
'Peer komt een citroen lenen,' zei ze, ook de kamer inkomend.
'Zijn jullie verkouden?' vroeg ik.
Hij glimlachte flauw. 'Nee hoor.' Hij wendde zijn ogen af.
Ze zette onze koppen neer en ging de kamer weer uit.
'Hoe gaat het met Petrus?' vroeg ik, hem opnemend.
'O goed.' Hij had die vage wegvluchtende blik in zijn ogen die me al eerder was opgevallen.

We zwegen. Hij wreef nerveus met zijn duim over zijn wijsvinger.
'Jij zei toch dat je een boek had over boerderijen?' zei hij.
'Meer boeken.'
'Een boek waar alles in staat.'
'Uilkema,' begreep ik.
'Mag ik dat lenen?'
'Natuurlijk.' Ik haalde het uit de boekenkast en gaf hem de twee delen.
Hij bekeek ze, voorzichtig hier en daar een bladzij opslaand.
'Hoe duur is dat?'
'Een paar honderd gulden,' schatte ik. 'Ik heb het gekregen.'
Hij knikte afwezig. 'Want ik heb een paar oude foto's,' legde hij uit, 'en die wou ik proberen thuis te brengen.'
'Uit Brabant?'
'Ja, uit Brabant.'
'Leen het maar.'
'Doen jullie nog iets met Petrus' verjaardag?' vroeg Nicolien, de kamer weer inkomend met een pot thee.
Hij keek om. 'Ik denk dat we ergens gaan eten.'
'Jullie gaan niet naar Breda?' vroeg ze.
'Nee, daar gaan we nooit meer naartoe,' zei hij plotseling heftig.
Ik herinnerde me het plan om hem een paar planken in het hok op de gang aan te bieden, aarzelde, maar overwon die aarzeling zonder verder nadenken. 'Wij hebben iets bedacht.'
Hij keek me aan.
Ik stond op. 'Ga maar mee.'
We gingen met zijn drieën het hok binnen, Peer met de beide delen Uilkema onder zijn arm. 'Ik zou deze planken voor je vrij kunnen maken.' Ik wees ze aan. 'Daar zou je dan die houtverzameling kunnen onderbrengen en eventueel andere kwetsbare dingen.'
Hij keek ernaar zonder iets te zeggen. 'Ja,' zei hij toen. Hij liep de gang weer op. 'Nou ajuus!'
'Je vergeet je citroen,' waarschuwde Nicolien, toen hij bij de

deur was. Ze bracht hem de citroen, terwijl hij met zijn hand aan de pal van het slot stond te wachten.
'Bedankt.' Hij ging de gang op en trok de deur achter zich dicht.
'Ik geloof dat het hem helemaal overrompelde,' zei ze, terugkomend. 'Hij heeft niet eens een kop thee gedronken.'

's Avonds laat, toen we op het punt stonden naar bed te gaan, ging de telefoon. Ik nam op.
'Ja, eh, Maarten, met Petrus. Is Peer bij jullie?'
De vraag verraste me. 'Nee, moet dat?'
'Hij is een half uur geleden hier weggegaan en hij zei dat hij naar jullie ging.' Aan zijn stem meende ik te horen dat hij ongerust was.
'Nee, hij is hier niet.'
Het was even stil. 'Dan zal hij wel in het souterrain zijn, bij de fietsen. Dank je wel.' Hij legde de hoorn neer.
'Wie was dat?'
'Petrus. Hij vroeg of Peer hier was.'
'Is hij weg?' vroeg ze verontrust.
'Hij zou naar ons toe gaan.'
Dat stelde haar gerust. 'Dan hebben ze zeker ruzie gehad.'
'Hij dacht dat hij dan wel in het souterrain zou zijn, bij de fietsen.'
'Zie je wel! Dan hebben ze ruzie gehad! Wie gaat er nu in het donker bij de fietsen zitten?'
'Heel weinig mensen,' gaf ik toe.

Bij de brug, op weg naar de flessenbak, zag ik Peer de hoek van de Herenstraat om komen. Ik stak mijn hand op. Even leek hij te aarzelen. Toen stak hij resoluut de rijweg over, recht op me toe. 'Ik heb jou van een heel andere kant leren kennen,' viel hij uit. Zijn gezicht was strak van woede. 'Jij wilt die blokjes inpikken, je bent jaloers, je kan niet hebben dat ik die heb en nu probeer je ze stiekem terug te krijgen, maar dat zal je niet lukken, vergeet dat maar!' Ik was verstard.

Zijn gezicht was vlakbij. 'En weet je wat je ook bent! Je bent nieuwsgierig! Je probeert in dat kamertje te loeren om te zien wat voor meubelen we hebben!' Op de stoep bleven mensen staan. In de hoeken van zijn mond was speeksel gekomen. Ik was erop bedacht dat hij me aan zou vliegen en balde mijn vuisten om terug te slaan. 'Nou dat zal je niet glad zitten! We weten allang wat voor een jij bent. En die boeken kun je wel vergeten. Die liggen bij die blokjes! Zie maar dat je die terugkrijgt! Dat zal je niet lukken. Die blijven mooi bij mij! Omdat je mijn vriendschap hebt afgewezen!' Terwijl hij tegen me stond te schreeuwen en achter hem steeds meer mensen stil bleven staan, keek ik strak naar zijn woedende gezicht, attent op wat er zou gebeuren. Plotseling wendde hij zich af. Met grote passen liep hij van me weg. Ik bleef nog even staan, verbijsterd, en klom toen langzaam de brug op. Mijn benen trilden en ik had het gevoel dat ik lijkwit was geworden.

'Peer is me aangevlogen,' zei ik, thuiskomend, nog niet helemaal hersteld van de schok.
'Aangevlogen?' vroeg ze verschrikt.
'Nou ja, hij heeft me uitgescholden.'
'O, dus niet aangevlogen.' Dat stelde haar blijkbaar gerust.
'Hij denkt dat ik die verzameling van je vader heb willen terugpakken.'
'Maar dat is toch onzin? Dat heb je toch zeker wel gezegd?'
'Ik heb niets gezegd.'
'Niets gezegd?'
'Ik kreeg niet de gelegenheid om wat te zeggen. Hij verweet me ook dat ik in dat kamertje heb willen loeren waar hun meubels nu staan.'
Ze moest daarom lachen. 'Dat kan toch niet eens.'
'Als ik een ladder op het glas zet.'
'Wat gek. We kennen die meubels toch?'
'En hij zegt dat ik zijn vriendschap heb afgewezen.'
Ze keek me verbaasd aan. 'Wat kan hij daar dan mee bedoelen?'

Ik haalde mijn schouders op. 'God mag het weten.'
'Het zal wel zijn omdat ze hem dat kamertje hebben afgenomen,' veronderstelde ze. 'Hij vertrouwt nu natuurlijk niemand meer.'

De volgende dag schreef ik hem een brief. Ik zette daarin dat er meer verklaringen waren voor ons aanbod en dat ik het jammer vond dat hij er een had uitgezocht die kant noch wal raakte. Ze vond het een aardige brief. Ik legde hem voor hun deur, zodat ze hem zouden vinden als ze de krant gingen halen.

Diezelfde avond werd er gebeld. Nicolien was in de keuken. Ik hoorde wat gemompel en toen haar stem: 'Loop maar even door. Hij is in de kamer.' Ik keek vanaf de divan naar de deur terwijl voetstappen door de gang naderbij kwamen. Peer kwam de kamer in, de boeken die hij geleend had in zijn hand. Hij bleef bij de tafel staan. Zijn blik was schuw. 'Zal ik ze hier maar neerleggen?'
'Nee, breng ze maar,' antwoordde ik.
Hij kwam aarzelend naar me toe, overhandigde de boeken en stak zijn hand uit. 'Excuus,' mompelde hij. Van harte klonk het niet.
'Het is goed,' zei ik, hem een hand gevend.
Hij draaide zich om en liep de kamer weer uit.

Het was zondagochtend vroeg. We zaten aan het ontbijt toen beneden de buitendeur in het slot viel.
'Wie kan dat nou zijn?' zei ze. 'Er is niemand thuis.'
'Peer en Petrus?'
'Zo vroeg? Die liggen nog in bed.'
Ik stond op. 'Dan is het zeker een inbreker die er met de computer van Freek vandoor gaat.' Ik liep naar het raam en stak mijn hoofd tussen de geraniums. Het was doodstil op de gracht. Twintig huizen verder liepen Peer en Petrus. Op het ogenblik dat ik mijn hoofd weer terugtrok draaide Peer

zich om en riep zo hard als hij kon: 'Maarten Koning! Grote klootzak!' Het schalde door de stilte van de zondagochtend. Ik zag nog net hoe Petrus hem bij zijn arm pakte en meetrok.
'Wat was dat?' vroeg Nicolien.
'Peer! Hij scheldt me uit voor klootzak.'
'Ja?' vroeg ze ongelovig.
'Voor grote klootzak.'
'Dan is hij zeker nog altijd niet goed op je,' concludeerde ze.

De dag daarna, toen ik met de krant in mijn hand de trap opklom, ging boven me hun deur open. 'Zul je voorzichtig zijn?' hoorde ik Petrus zeggen.
'Ja, ja,' antwoordde Peer. Hij wendde zich af en zag mij het portaal opkomen. Plotseling veranderde zijn gezicht. Hij stormde de trap af, recht op me toe. 'Als we nog eens de deur uitgaan,' zei hij woedend, zijn vinger uitstekend naar het knopje van onze bel, 'dan zal ik eerst even aanbellen, dan kun je uit het raam kijken!' Hij zag er gevaarlijk uit. Ik keek omhoog. Petrus stond voor zijn geopende deur toe te kijken.
'Dat was niet voor jullie,' zei ik me afwendend en de sleutel in het slot stekend.
'Dat was wél voor ons!' schreeuwde hij over zijn schouder, de trap verder afrennend.
Ik sloot onze voordeur achter me. Meteen daarna viel beneden de buitendeur dicht en toen pas hoorde ik ook Petrus zijn deur sluiten.

*

We waren in de keuken bezig met de afwas. Hun deur werd geopend, iemand kwam de trap af en belde aan. Nicolien deed open.
'Ik wil onze sleutel terug.'
Er was wat gerammel. 'Alsjeblieft,' hoorde ik haar zeggen.
Hij antwoordde niet. De deur ging weer dicht.
'Dat was Peer,' zei ze, de keuken inkomend.
'Ik hoorde het.'

‘Hij kwam hun sleutel terughalen.’ Op haar gezicht lag verbazing.

Ik kwam uit de Herenstraat. Op de hoek liep iemand me vanaf de gracht voorbij. Hij keek naar me. Ik keek op. Peer. Hij begon hard, honend te lachen. Toen ik al op de gracht was, hoorde ik hem in de verte nog.

Thuiskomend met de boodschappen zag ik Peer voor me uit naar binnen gaan. Hij liet de deur voor me dichtvallen. Ik maakte hem weer open en kreeg in de benedengang, zoals zo vaak, een hoestaanval. Hoestend en kuchend klom ik de trap op. Peer stond voor zijn deur. Zodra hij me de hoek om zag komen, begon hij net zo te hoesten en kuchen tot ik in mijn huis verdwenen was. Er sprak zo veel haat uit dat het me vooral verbaasde. Tegen Nicolien zweeg ik erover. Ik was er bij voorbaat zeker van dat ze het niet zou geloven.

Nicolien en ik kwamen thuis uit de stad. Toen we de sleutel in het slot staken, ging boven ons de deur open, alsof op ons gewacht was. We gingen naar binnen en sloten de deur. Meteen daarop werd er gebeld. Nicolien deed open.
‘Ik wil mijn schilderij terug!’ zei Peer afgebeten.
Ze keek me vragend aan, kennelijk te overrompeld om meteen te weten over welk schilderij het ging.
‘In de achterkamer, opzij van de schoorsteenmantel,’ hielp ik.
Terwijl ze naar de achterkamer liep, bleef ik staan. We zwegen, hij op het portaal, ik met mijn hand aan de deurknop.
Ze kwam met het schilderij terug. ‘Alsjeblieft,’ zei ze, het hem aangevend.
Zonder iets te zeggen wendde hij zich af. Hij klom terug naar zijn huis.
‘Wat raar, hè?’ zei ze.
‘Idioot.’
‘Moeten wij nu ook de verzameling van mijn vader terugvragen?’

'Ben je gek. Het is geen liefdesverhouding.'
'Hij zal toch niet begrepen hebben dat we het niet meer aan de muur hadden hangen,' zei ze onzeker. 'Want dat zou ik zielig vinden.'

Ik tilde mijn fiets uit het souterrain, op weg naar de tandarts. De fiets reed ongewoon zwaar en het viel me op dat het voorwiel slingerde, maar omdat ik haast had, besteedde ik er geen aandacht aan. Op de terugweg viel het me opnieuw op. Ik stapte af en inspecteerde de ophanging. De beide moeren waren tot aan de rand van de as losgedraaid. Nog even en ze waren er afgelopen en ik was voorover op mijn gezicht gevallen. Ik draaide ze met de hand aan en liep de rest van de weg omdat ik geen risico durfde nemen. Vanaf dat ogenblik voelde ik me niet veilig meer. Ik herinnerde me dat ze onze huissleutel nog hadden en hing voor ik naar bed ging een riem met koebellen aan de voordeur.
'Waarom doe je dat?' vroeg ze verbaasd.
'Omdat ik niet in mijn slaap verrast wil worden.'
'Je bent toch zeker niet bang voor inbrekers?' De gedachte alleen al wekte haar verontwaardiging.
'Ik ben niet bang voor inbrekers, maar ik vind het geen prettig idee dat Peer onze sleutel nog heeft.'
'Je lijkt wel gek!'
'Misschien. Maar als ik er rustiger door slaap?'
'Nou ik vind het idioot. Ik wist niet dat je zo'n bangbroek was. Het is gewoon om je dood te schamen!'
'Dat zou ik maar niet doen. Daar schiet niemand wat mee op.'

'Ik wou toch liever onze sleutel terugvragen,' zei ik een paar weken later. 'Ik zie niet in waarom zij onze sleutel moeten hebben als ze zelf hun sleutel hebben teruggevraagd en we bovendien toch geen contact meer met hen hebben. We kunnen hem beter aan Freek geven.'
'Nou, doe dat dan maar,' zei ze tot mijn verrassing, 'maar ik vind het kinderachtig.'

Ik schreef een briefje aan Petrus en legde dat in hun brievenvak. De volgende dag lag er een gesloten enveloppe met onze sleutel. Ik nam hem mee naar boven, probeerde hem in het sleutelgat te steken, maar slaagde daar niet in. Toen ik hem bekeek, stelde ik vast dat de baard eraf was gevijld. Zelfs Nicolien vond dat wel ver gaan. Ik schreef een nieuw briefje dat het me in strijd leek met de goede zeden om een sleutel die je in goed vertrouwen in bewaring had gekregen af te vijlen, daarmee een beroep doend op Petrus' burgermansfatsoen. Per omgaande kwam er een briefje terug dat hij er niets van wist. Er zat vijf gulden bij om een nieuwe sleutel te laten maken, maar geen woord van verontschuldiging. Een ogenblik overwoog ik die vijf gulden terug te sturen, maar dat gebaar leek me vervolgens te persoonlijk.

Ik kwam thuis met een zak kattegrind op mijn bagagedrager, zette de fiets op zijn plaats, zeulde de zak de trappen op en realiseerde me toen ik mijn sleutels weghing dat ik vergeten had mijn fiets op slot te doen. Ik wilde terugkeren, hoorde Peer langskomen, wachtte tot hij zijn deur was ingegaan en ging de trappen weer af naar het souterrain. Mijn fiets stond op slot. In de veronderstelling dat ik hem gedachteloos had afgesloten, zocht ik in mijn zakken en vervolgens op de grond onder de fiets. Ik vond het sleuteltje niet. Ik klom weer terug naar boven, doorzocht de gang, maar de sleutel bleef zoek.
Nicolien zat in de kamer. 'Wat ga je doen?' vroeg ze, toen ik de zaklantaarn uit de boekenkast nam.
'Mijn fietssleutel zoeken.'
'Daar heb je de zaklantaarn toch niet voor nodig?'
'Ja, want ik heb hem in het trapportaal verloren, denk ik.'
Met de zaklantaarn zocht ik tree voor tree de trappen af en toen nog eens de vloer van het souterrain. Ik vond hem niet. Omdat de sleutel had vastgezeten aan een grote, koperen Romeinse penning leek het me onwaarschijnlijk dat ik hem over het hoofd had gezien. De enige mogelijkheid was dat

een van de andere bewoners hem gevonden en in veiligheid had gesteld. Ik hing een papier aan de binnenkant van de voordeur met de vraag of iemand mijn fietssleutel gevonden had en pas toen ik terugklom naar mijn deur herinnerde ik me dat Peer vlak na mij omhoog was gekomen. Merkwaardig genoeg had ik tot dat ogenblik niet aan hem gedacht. Ik daalde de trap weer af en haalde het papier terug.

'Heb je hem gevonden?' vroeg ze toen ik de kamer inkwam.

'Nee.'

'Hij zal toch wel weer terecht komen?'

'Ik hoop het.'

Dat Peer het gedaan kon hebben, kwam niet bij haar op en ik had geen zin daar ruzie over te maken.

Een paar dagen later droeg ik mijn fiets naar de fietsenmaker. Ik liet het slot openbreken en kocht een beugelslot, waarmee ik onze fietsen aan elkaar verankerde.

Mijn achterband stond lek. Ik liet mijn plan om te gaan fietsen varen en tilde mijn fiets door het huis van Freek, die met vacantie was, naar het stoepje bij zijn achterdeur. Het was mooi weer. Ik spreidde mijn reparatieset uit, haalde de band van de velg, doopte hem in een emmer water en zocht het gat. Het duurde lang voor ik het vond. Terwijl ik nog aan het zoeken was, hoorde ik boven me gerucht en op hetzelfde ogenblik kreeg ik een pets water over me heen. Kletsnat keek ik omhoog, maar er was niemand te zien. Het raam van de kamer van Peer stond open. Ik tilde de fiets het gangetje in, haalde mijn gereedschap erbij en zette het onderzoek voort. Het bleek een miniem gaatje, niet groter dan een speldeprik. Ik plakte het, duwde de band met de muis van mijn hand om het wiel en bracht de fiets terug naar zijn plaats.

Een paar dagen later stond de achterband van de fiets van Nicolien lek met net zo'n gaatje en weer een week later mijn voorband. Toen dat zich nog drie keer herhaald had, bracht ik mijn fiets naar de fietsenmaker om te vragen wat voor gaatje het volgens hem was.

'Het was zo klein,' zei hij toen ik de fiets aan het eind van de middag ophaalde, 'dat ik het met moeite kon vinden. Ik zou zeggen dat iemand hem met een speld of een naald heeft lek gestoken. Heeft u hem soms buiten laten staan?'
'Nee, hij staat altijd binnen. Maar er wonen een heleboel mensen in ons huis.'
'Dan heeft een van die mensen u een kunstje willen flikken.'

'Volgens de fietsenmaker zijn de banden met een speld of naald lek gestoken,' zei ik tegen Nicolien.
'Wie zou dat nou doen?' zei ze ongelovig.
'Peer.'
'Peer?' Haar ongeloof balanceerde op de rand van verontwaardiging. 'Dat verbeeld je je maar weer. Zoiets zou Peer nooit doen.'

Amsterdam, juli-october 2001

Colofon

De buurman van J.J. Voskuil werd in opdracht van Uitgeverij Van Oorschot gezet uit de Bembo door Perfect Service te Schoonhoven en gedrukt door Hooiberg Haasbeek te Meppel. De gebonden editie werd vervaardigd door Boekbinderij Van Waarden te Zaandam, de ingenaaide uitgave door Boekbinderij Hexspoor te Boxtel.

Het ontwerp voor band en omslag van de gebonden uitgave is van Gerrit Noordzij, het omslag van de ingenaaide uitgave werd vervaardigd door Christoph Noordzij.

J.J. Voskuil
Bij nader inzien

De roman *Bij nader inzien* – voor het eerst verschenen in 1963 – is de fascinerende beschrijving van een groep studenten in Amsterdam tussen 1946 en 1953. Met een grote rijkdom aan onvergetelijke details weet J.J. Voskuil de naoorlogse atmosfeer van het studentenleven op te roepen. Vooral via de talloze op studentenkamers gevoerde discussies, waarin de literatuur een belangrijke rol speelt, raakt de lezer heel geleidelijk bekend met de persoonlijkheid van elk van de personages.

Het denken in 'vriend en vijand' vormt een leidraad in de contacten tussen deze studenten, evenals de nadruk op intelligentie en de afkeer van wetenschap. Hoewel volgens de schrijver vriendschap bij nader inzien niets te betekenen heeft, is dit een onvergetelijk boek over vriendschap.

J.J. Voskuil
Binnen de huid

Binnen de huid kan worden beschouwd als een uitdieping van *Bij nader inzien.* Portretteerde Voskuil in zijn debuutroman een groep vrienden, hiervan zijn in *Binnen de huid* behalve Maarten en Nicolien Koning op enkele passages na eigenlijk alleen nog de welbespraakte Paul Dehoes en zijn vrouw Rosalie overgebleven.

Dit is niet voor niets want in de loop der tijd zijn tussen beide paren emotionele spanningen ontstaan en deze komen in *Binnen de huid* aan de oppervlakte. Wat *Binnen de huid* vergeleken met *Bij nader inzien* en *Het Bureau* zo bijzonder maakt, is dat deze roman geschreven is in de ik-vorm. Hierdoor wordt de lezer als nooit tevoren het gedachtenleven van Maarten Koning binnengetrokken. De roman toont één groot gevecht tussen zijn emoties en zijn ratio, en in dat gevecht 'binnen de huid' raakt Koning het spoor zelfs af en toe bijster.

De lezer zal *Binnen de huid* ervaren als een roman zoals er in de literatuur nog niet eerder is geschreven. Het is een intieme, genadeloos eerlijke en pijnlijke registratie van een schrijver die alleen door nauwkeurige verslaglegging kon hopen uit de put te kunnen klimmen waarin hij terechtgekomen was. Door *Binnen de huid* zullen alle bewonderaars van *Bij nader inzien* en *Het Bureau* zich genoodzaakt zien deze romans opnieuw te beschouwen.

J.J. Voskuil
Het Bureau

Het Bureau is een roman in zeven delen, die de menselijke verhoudingen op en rondom een wetenschappelijk instituut tussen de jaren 1957 en 1987 tot onderwerp heeft. Hoofdpersoon is Maarten Koning, die ook in *Bij nader inzien* – het debuut van J.J. Voskuil uit 1963 – centraal stond.

Maarten Koning ervaart de maatschappij waarin hij een plaats moet vinden als bedreigend en past zich moeilijk aan. Dat scherpt zijn blik voor zijn eigen tekortkomingen en die van zijn collega's. In zijn ogen is de wereld waarin zij leven een schijnwereld, waarin mensen hun behoefte aan aandacht, erkenning of macht verbergen achter schijnbaar zinvolle, maar in werkelijkheid zinloze werkzaamheden. Deze verborgen behoeften van mensen die elkaar niet hebben uitgezocht maar wel dag in dag uit met elkaar moeten verkeren, zijn aanleiding tot talloze wrijvingen en spanningen, een enkele maal met een tragische afloop, maar meestal komisch.

J.J. Voskuil
Onder andere

Dat Voskuil in staat is rake portretten te schetsen, is genoegzaam bekend. Elke liefhebber van zijn werk heeft een haarscherp beeld van Paul Dehoes uit *Bij nader inzien*, Meneer Beerta en talloze andere personages uit *Het Bureau* of de ontroerende moeder uit *De moeder van Nicolien*.

Onder andere bevat verscheidene nieuwe portretten: van zijn vader, zijn vriend Kees (de broer van Frida Vogels), zijn uitgever Geert van Oorschot en twee nichtjes. Voorts bevat het boek stukken waar een dier, een geliefd voorwerp of een geliefde omgeving centraal staan. Er zijn stukken over 'typische Voskuilonderwerpen' als het wonen op de Lijnbaansgracht en fietsen in Nederland en een hilarisch verhaal over de restauratie van een spinnewiel dat alle Voskuilkenners onmiddellijk in de lach zal doen schieten:

'Bij het stofzuigen is één van de poten van het spinnewiel vlak bij de pen afgebroken. Het hout is vermolmd en door houtworm weggevreten. Onmogelijk om er nog een redelijk verband in te brengen. L. is ervan uit haar doen. Het spinnewiel is nog van haar ouders. Die hebben het altijd goed bewaard, en nu hebben wij het verpest.'